Wertvoller als Gold

Weitere Bücher von Keira Andrews

In deutscher Sprache

Weihnachten
Der Weihnachts-Deal
Der Weihnachts-Sprung
Das Weihnachts-Veto
Santa Daddy (Deutsche Ausgabe)
Im Notfall

Action & Abenteuer
Jenseits des Ozeans
Codename: Valor
Testphase Valor

Fantasy
Vermählt mit dem Barbaren: Band 1 (Barbaren Dilogie)
Der Schwur des Barbaren: Band 2 (Barbaren Dilogie)

Historische Romantik
Geisel des Piraten

Sport
Kalter Krieg

In englischer Sprache

Contemporary
The Spy and the Mobster's Son
Honeymoon for One
Beyond the Sea
Ends of the Earth
Arctic Fire

Holiday
The Christmas Deal
The Christmas Leap
The Christmas Veto
Only One Bed

Merry Cherry Christmas
Santa Daddy
In Case of Emergency
Eight Nights in December
If Only in My Dreams
Where the Lovelight Gleams
Gay Romance Holiday Collection
Lumberjack Under the Tree (free read!)

Sports
Kiss and Cry
Reading the Signs
Cold War
The Next Competitor
Love Match
Synchronicity (free read!)

Gay Amish Romance Series
A Forbidden Rumspringa
A Clean Break
A Way Home
A Very English Christmas

Valor Duology
Valor on the Move
Test of Valor
Complete Valor Duology

Lifeguards of Barking Beach
Flash Rip
Swept Away (free read!)

Historical
Kidnapped by the Pirate
Semper Fi
The Station
Voyageurs (free read!)

Wertvoller als Gold

von Keira Andrews

Wertvoller als Gold
Originaltitel: Kiss and Cry
Geschrieben und herausgegeben von Keira Andrews
Cover von Dar Albert
Formatierung von BB eBooks
Übersetzt von Feliz Faber
Korrektur von Veronika Kothmayer

ISBN: 978-1-998237-43-2

Danksagungen

Vielen Dank an Leta Blake, Anara, Mary und Rai, die meine Cheerleader waren und mir geholfen haben, dieses Buch bestmöglich in Form zu bringen.

Besonderen Dank an Elizabeth, die mir Einblick in ihre japanisch-kanadische Kindheit gewährt hat.

Ich bin seit Jahren Eiskunstlauf-Fan, und es ist mir immer eine Freude, über den Sport zu schreiben. Jede Ähnlichkeit mit realen Eiskunstläufer/innen oder Trainer/innen ist völlig unbeabsichtigt und rein zufällig.

Kapitel Eins

Henry

E S HEIßT JA, Ausnahmen bestätigen die Regel, und das stimmte auch. In der Regel hasste ich meine Konkurrenten nicht. Wie die meisten Sportler hasste ich es, zu verlieren, vor allem, wenn ich eigentlich hätte besser sein sollen. Aber manchmal bewunderte ich meine Konkurrenten. Manchmal war ich eifersüchtig auf sie. Manchmal wäre ich gern mit ihnen befreundet gewesen, wenn ich Zeit für Freundschaften gehabt hätte.

Für Theodore Sullivan galt das alles nicht.

Ich hasste ihn. Verabscheute ihn. Verachtete ihn. Er war mir ein Gräuel. Ich hätte noch weitermachen können – mein Vokabular war exzellent. Als ich klein war, hatten andere es ironisch genannt, dass ich die Sprache liebte, obwohl ich so wenig sprach. (Ich hatte bald jeden Versuch aufgegeben, die weitverbreitete missbräuchliche Verwendung des Wortes „ironisch" zu korrigieren). Sie verstanden eben nicht, dass man umso sicherer davor war, das Falsche zu sagen, je weniger man sprach.

Manon redete immer noch, und ich versuchte, mich durch den roten Schleier des Ärgers hindurch zu konzentrieren. Ich musste mich wohl verhört haben, weil mir das Blut so laut in den Ohren rauschte.

„Wie bitte?", platzte ich heraus.

Manon und Bill, die Schulter an Schulter auf dem Zweiersofa in der Ecke ihres Büros saßen, wechselten einen Blick. Selbst für ein Ehepaar konnten meine Trainer sich beeindruckend gut ohne Worte miteinander verständigen. Ich wusste nicht immer, was sie gerade dachten, doch ich erkannte den wachsamen Gesichtsausdruck, der besagte: *Henry wird das nicht gefallen.*

Mein Magen krampfte sich noch mehr zusammen. Ich saß wie erstarrt auf der nicht zu dem Zweisitzer passenden Couch gegenüber von ihnen, die bestrumpften Füße in den zotteligen Teppich verkrallt, den ich gern für Zehen-Greifübungen benutzte. Meine Kehle war trocken, aber ich konnte mich nicht einmal so viel bewegen, um nach meiner Wasserflasche auf dem von ringförmigen Flecken übersäten Couchtisch zwischen uns zu greifen. Ich hatte mich immer gefragt, warum sie keine Untersetzer benutzten, aber inzwischen war das Holz sowieso nicht mehr zu retten.

„Theo möchte in unser Trainingszentrum kommen." In Manons Quebecois-Akzent klang der Name wie „Teo", und für einen Moment erlaubte ich mir, davon zu träumen, dass sie einen anderen Eiskunstläufer meinte. *Irgendeinen* anderen Eiskunstläufer.

Aber es konnte nur Theodore Sullivan sein, vor allem der leichten Grimasse nach zu urteilen, die über Manons Gesicht huschte. Sie schien auf eine negative Reaktion von mir zu warten.

Sie sagte: „Wir wissen, dass es kurzfristig ist und wahrscheinlich ein ziemlicher Schock, und natürlich wollten wir uns erst mit dir zusammensetzen, bevor wir ihm eine Antwort geben."

Besprechungen wie diese fanden immer in dieser Ecke des beengten Büros im Untergeschoss der Eislaufarena statt. Manon sprach ruhig und wohlüberlegt, die Hände locker im Schoß gefaltet. Ihre Nägel waren mit einem glänzenden, dunkellila Lack überzogen, der zu ihren großen Ohrringen passte.

Sie hatte dunkelbraune Haut und trug eine kurze Afro-Frisur, und sie besaß wahrscheinlich mehrere hundert Paar Ohrringe. Selbst in ihrem üblichen Outfit aus schwarzen Leggings und Kapuzenshirt sah sie viel zu glamourös aus für das durchgesessene Ledersofa und den hässlichen roten Teppich.

Und zu glamourös für Bill, wenn ich ehrlich sein wollte, aber irgendwie funktionierte es zwischen ihnen. Bills blondes Haar war fast grau und gehörte dringend geschnitten. Während Manon Trainingsklamotten elegant aussehen ließ, erinnerte Bill mich eher an meinen Dad, wenn er am Wochenende in der Garage werkelte. Er hatte zuviel Sonne abbekommen; der Sonnenbrand auf seiner Nase lenkte mich ab. Er sollte wirklich Sonnencreme benutzen.

Bill lächelte auf diese ermutigende Weise, wie er es tat, wenn ich kurz davor stand, meinen wackligen vierfachen Lutz zu probieren. „Es könnte das Beste für dich sein, mit einem deiner größten Konkurrenten zu trainieren."

Falsch. Das Beste für mich war Theodore Sullivan auf der anderen Seite des Kontinents. „Aber er trainiert in Kalifornien. Es ist zu spät für eine so große Veränderung."

„Ende September einen solchen Schritt zu unternehmen ist nicht ideal", sagte Bill und breitete seine fleischigen Hände aus. „Aber wir haben noch über vier Monate Zeit bis zu den Spielen."

„Einhundertneunundzwanzig Tage", sagte ich automatisch. „Er kann doch nicht jetzt noch den Trainer wechseln."

Ich strich mir ungeduldig die Ponyfransen aus der Stirn. Mein Haar war von meinen morgendlichen Sprungübungen verschwitzt und hing mir ins Gesicht. Wenn ich es stylte, hatte mein Pony einen gepflegten Schwung, aber ich musste mal wieder zum Friseur.

Ich hatte das Glück, dichtes Haar zu haben, und meine Großmutter erwähnte immer noch, wie schwarz es von Natur aus war. Obaachan war in Japan aufgewachsen und hatte ihr braunes Haar immer tiefschwarz gefärbt.

„Wir würden nicht einmal daran denken, Theo anzunehmen,

wenn wir der Meinung wären, dass das deinem Training schaden könnte. Aber es wird dich beflügeln." Manons braune Augen leuchteten, als sie sich vorbeugte. „Das ist der letzte Schlüssel zu deinen Olympiavorbereitungen. Es wird nicht einfach werden, aber das macht dich nur stärker."

„Du weißt, wie viele Weltmeister und Olympiasieger aus jüngster Zeit mit ihren schärfsten Rivalen trainiert haben", sagte Bill. „Schau dir die Russen an. Die tägliche Motivation und der Konkurrenzkampf sind eine starke Sache. Ich wünschte wirklich, ich hätte so etwas zu meiner Zeit schon gehabt."

Bill war einmal kanadischer Meister bei den Herren gewesen, obwohl er bereitwillig zugab, dass er damals nur gewonnen hatte, weil die Favoriten Mist gebaut hatten. Trotzdem hatte er an ein paar Weltmeisterschaften teilgenommen und es einmal sogar in die Olympiamannschaft geschafft. Er hatte sich als einer der besten Sprungtechnik-Trainer einen Namen gemacht, wahrscheinlich nur übertroffen von dem legendären Walter Webber, der wiederum ihn trainiert hatte.

„Ich *habe* hier Konkurrenz. Ivan hat den vierfachen Salchow schon fast drauf. Er ist nationaler Meister."

Manon zog eine schmale Augenbraue hoch. „Du weißt genauso gut wie wir, dass Ivan für die Ukraine antritt, weil er nicht stark genug ist, um es in die russische Mannschaft zu schaffen. Wir sind sehr stolz darauf, wie weit er gekommen ist, aber er ist kein Medaillenanwärter."

„Wenn Julien alt genug wäre, um als Senior zu starten, könnte er einer sein." Mein Herz pochte. So war das nicht geplant. Dass Theodore Sullivan zum Trainieren nach Toronto kam, *war nicht geplant.*

Bill sagte: „Stimmt, aber er ist nun mal nicht alt genug, und Theo ist momentan Weltranglistenerster."

Das war mir *sehr* wohl bewusst. „Aber ihr seid *meine* Trainer." Ich zuckte innerlich bei meinem weinerlichen Tonfall zusammen.

Ich war erwachsen. Ich sollte nicht so emotional auf diese Neuigkeit reagieren. Eislaufen und Eislauftraining waren ein Geschäft.

Ihre Mienen wurden sanfter, und Manon griff über den fleckigen Tisch und drückte kurz meine Hand. „Das sind wir. Und wir möchten dir helfen, der Beste zu werden. Du weißt, dass wir dich lieben, Henry."

Die durchgesessenen Sprungfedern des Sofas quietschten, als ich unbehaglich hin und her rutschte, den Blick senkte und nickte. Manon sprach so offen von *Liebe* und Gefühlen, aber ich wäre lieber woanders gewesen. Nicht, dass ich es nicht zu schätzen gewusst hätte, und ich erwiderte ihre Zuneigung ja auch, aber musste das wirklich laut ausgesprochen werden?

„Er wurde sehr lange von Mr. Webber betreut." Ich rechnete nach. „Vier Jahre. Er hat im März die Weltmeisterschaft gewonnen. Es gibt keinen Grund für einen Trainerwechsel."

Man wechselte nicht die Pferde, wenn man siegte. Und ich konnte zu meinem Leidwesen bestätigen, dass Theodore Sullivan die letzten zwei Saisons ungeschlagen geblieben war.

Sie wechselten einen weiteren Blick, aber diesmal wirkten sie ernst und traurig. Bill stieß einen lautlosen Seufzer aus. Einen schrecklichen Moment lang bebten seine ewig aufgesprungenen Lippen, und ich dachte, er würde gleich weinen. „Es ist noch nicht allgemein bekannt, aber bei Mr. Webber wurde Bauchspeicheldrüsenkrebs diagnostiziert. Er muss sofort mit einer aggressiven Behandlung anfangen."

Mein Herz wurde schwer. „Oh."

Obwohl Bill bereits Ende Vierzig war, nannte er seinen ehemaligen Trainer immer noch „Mr. Webber", wie er es als Schüler getan hatte und wie es ein Großteil der Eiskunstlaufwelt tat. Viele Trainer waren unter ihren Vornamen bekannt, aber Mr. Webber war eine Legende. Er war inzwischen fast achtzig und hatte immer unverwüstlich gewirkt.

Als ich jünger war, hatte ich davon geträumt, von ihm trainiert zu werden. Aber als ich Vancouver vor drei Jahren verlassen musste, war Theodore Sullivan Mr. Webbers Star-Schüler gewesen. Ich hatte nicht einmal in Erwägung gezogen, mit meinem Erzrivalen zu trainieren. Ihn und sein unbeschwertes Lächeln und sein natürliches Talent für Sprünge jeden Tag sehen zu müssen? Nein.

„Du kannst dir vorstellen, wie erschüttert Theo ist." Manon schüttelte den Kopf. „Es ist für alle ein Schock. Aber Mr. Webber hat sich angehört, als wäre er guten Mutes. Er wird sich da durchkämpfen."

„Habt ihr mit ihm gesprochen?"

Bill nickte. „Er hat uns gestern angerufen, um sich persönlich zu erkundigen, ob wir Theo übernehmen würden."

Mir rutschte das Herz bis runter auf den hässlichen Flokati. Wie konnte ich da nein sagen?

Manon schien meine Gedanken zu lesen. „Es ist uns bewusst, dass wir dich in eine schwierige Situation bringen. Aber wir glauben wirklich, dass das genau der zusätzliche Trainingsschub ist, den du brauchst."

„Ich werde ihn schlagen."

Ich träumte schon seit Jahren davon, meinen Namen an erster Stelle vor Theo Sullivan zu sehen. Gold: Henry Sakaguchi, Kanada. Silber: Theodore Sullivan, USA. Oder manchmal, dass er es erst gar nicht bis aufs Podium schaffte. Ich hatte mir ausgemalt, ihm dieses nervige Grinsen von seinem perfekt symmetrischen Gesicht zu wischen.

Manon grinste. „Das ist das Selbstvertrauen, das wir sehen wollen. Unser Job ist es, euch beide bestmöglich zu trainieren, und dann liegt es bei den Richtern. Es ist ein Win-Win, wenn ihr zwei euch gegenseitig zu neuen Höchstleistungen treiben könnt."

Ich hätte nur zu gern widersprochen, aber sie hatte recht. Ich trainierte seit drei Jahren im Ice Chalet, und ich war von Anfang an der Beste gewesen. Ich wusste, dass ich nicht kindisch sein sollte, weil meine Trainer den Wettbewerb fördern wollten. Das war heutzutage im Eislaufen die Norm.

„Also, was sagst du?", fragte Bill. „Wir haben natürlich Verständnis, wenn du darüber schlafen willst."

Es war egoistisch, Manon und Bill das Prestige und das mögliche Einkommen vorzuenthalten, das damit einhergehen würde, einen weiteren Weltmeister zu trainieren. Auch wenn es mich ärgerte, dass wir zwar jeder zwei Titel hatten, er mich jedoch die letzten zwei Jahre in Folge geschlagen hatte. Er hatte den Schwung und war im Vorfeld der kommenden Olympiade der Favorit.

Es war egoistisch, ihnen das zu verweigern, selbst wenn ich Theodore Sullivan hasste.

Ich dachte daran, wie krank Mr. Webber war, und meine Haut prickelte unter einem heißen Anfall von Schuldgefühlen. Manon und Bill warteten geduldig auf meine Antwort, auch wenn Bills Fuß auf den Teppich klopfte und sein Knie wackelte.

Sie warteten bereitwillig, bis ich die richtigen Worte fand, aber ich konnte sehen, wie angespannt sie waren. Sie wollten diese Chance. Eigentlich hätten sie mich gar nicht fragen müssen – sie waren die Trainer und dies war ihr Trainingszentrum. Wenn es mir nicht passte, konnte ich jemand anderen engagieren.

Aber ich wollte niemand anderen. Wo hätte ich im Moment überhaupt hingehen können? Mein alter Trainer in Vancouver würde mich wahrscheinlich zurücknehmen, aber… ich verwarf schnell jeden Gedanken daran, in diese spezielle Arena zurückzukehren.

Was, wenn ich *ihm* im Umkleideraum begegnete? Mir drehte sich der Magen um. Es war schlimm genug, mit Theo Sullivan klarkommen zu müssen – ich brauchte nicht auch noch an meine Demütigung in Vancouver erinnert zu werden.

Ich nickte, und sie atmeten sichtlich auf.

„Das wirst du nicht bereuen." Manons Grinsen strahlte.

„Aber er ist undiszipliniert.“

Sie wechselten einen weiteren Blick, dann sagte Manon: „Es stimmt, dass Theo mit einem Übermaß an natürlichem Talent, aber vermutlich mit keiner sonderlich guten Arbeitsmoral gesegnet ist. In dieser Hinsicht wirst du ihm ein hervorragendes Vorbild sein. Und er wird dir unter die Haut gehen mit seiner Fähigkeit, einfach mir nichts, dir nichts einen Vierfachen zu springen.“

Da konnte ich mit Gewissheit zustimmen.

„Das wird großartig“, sagte Bill. „Es ist Olympiasaison, und wir drehen den Verstärker auf elf!“

Das war eins von Bills Lieblingszitaten; es stammte aus einem alten Film, den ich nie gesehen hatte. Ich nickte unglücklich.

Manon runzelte die Stirn. „Es gibt doch kein Problem mit Theo, von dem wir wissen sollten, oder? Abgesehen davon, dass er dich gelegentlich besiegt hat. Er war doch nicht unfreundlich, oder?“

Ich schüttelte den Kopf. Wir waren nicht wirklich befreundet, aber er war immer nett zu mir gewesen. Und das brachte mich offen gesagt zur Weißglut, weil es mir dadurch schwerer fiel, ihm böse zu sein.

Ich schaffte es trotzdem.

Wir waren Rivalen, und es wäre mir viel lieber gewesen, wenn er mich ignoriert hätte, so wie ich ihn zu ignorieren versuchte. Sieg oder Niederlage, er war immer gleich, lächelte und machte Witze. Nicht einmal aus unserer Zeit als Junioren konnte ich mich erinnern, dass er sich jemals über etwas aufgeregt hätte.

Ich sagte: „Es wird Zeit für Cardio.“

„So ist es.“ Bill tätschelte sich den Bauch unter seinem ausgeleierten T-Shirt. „Ich sollte mit dir um die Wette laufen und mir diese Timbits abtrainieren.“

Das sagte er oft, tat es aber nie. Ich war erleichtert, als ich nach oben entkommen konnte und schnürte meine Laufschuhe so fest, dass ich sie nochmal aufmachen und neu binden musste, um mir nicht den Blutfluss zu den Zehen abzuschnüren. Ich sprang über ein Schlagloch auf dem Parkplatz des Ice Chalet und joggte los.

Die Ziegelmauern der Arena waren in den Achtzigern mit Bergen verziert gewesen, und in einer Ecke konnte man immer noch die Umrisse eines schneebedeckten Gipfels ausmachen, wo das Wandbild nicht richtig überstrichen worden war.

Autos rauschten auf der Straße vorbei und einige bogen in die Plaza auf der anderen Straßenseite ein. Die meisten wollten in die Shoppers-Apotheke; aber ich hatte von anderen Eisläufern gehört, dass das Essen in dem winzigen Roti-Restaurant hervorragend sein sollte. Ich würde es probieren, falls ich mir jemals einen Cheat-Day erlaubte.

Einige Läden standen zur Vermietung, und der Bodenbeläge – Großhandel machte demnächst zu. Auf der Wiese neben der Plaza war ein großes Schild, das besagte, dass dort bald eine weitere Wohnsiedlung mit identischen Häusern hinkam.

Von der Wiese führte ein Pfad in ein bewaldetes Tal hinunter, von dem ich hoffte, dass es nie für Reihenhaussiedlungen verkauft werden würde. Auf dem Weg nach unten zählte ich meine Atemzüge und sprang über Wurzeln. Trockene Blätter raschelten unter meinen Füßen.

Der Wald war immer noch überwiegend grün, und Vögel zwitscherten im Vormittags-Sonnenschein. Normalerweise hörte ich beim Laufen nur dann Musik, wenn ich andere Leute um mich hatte, die womöglich mit mir reden wollten.

Heute brach Theodore Sullivan in meine meditative Konzentration auf Atem und Schritte und Waldgeräusche ein.

„Es gibt doch kein Problem mit Theo, von dem wir wissen sollten, oder?“

Ich hätte ihnen sagen können, dass er eine Ablenkung war. Das stimmte auch – als der Pfad sich auf die hohen Ahornbäume zu schlängelte, die sich in der Talsohle drängten, stolperte ich und wollte *„Seht ihr?!“* schreien, nachdem ich mich wieder gefangen hatte. Ich steigerte das Tempo, und meine Schritte dröhnten dumpf auf dem Waldboden.

Aber ich konnte ihnen nicht den eigentlichen Grund dafür verraten, warum Theo ein Problem war. Ich konnte nicht zugeben, dass ich am Abend vor meiner Kür bei den Junioren-Weltmeisterschaften, als ich vierzehn war, Theodore Sullivan und seine brandneue Körperbehaarung nackt in der Gemeinschaftsdusche einer kroatischen Beton-Arena gesehen hatte.

Ich war damals noch klein für mein Alter, aber er war sechzehn und hatte gerade einen Wachstumsschub hinter sich… in jeder Hinsicht. Unsere Blicke waren sich begegnet, nachdem er mich beim Gaffen erwischt hatte. *Nachdem* er meine Erektion gesehen hatte.

Und er hatte gegrinst.

Er hatte *gelacht*. Unbeschwert. Leichtherzig und lässig, als wäre nichts von Bedeutung. Wo doch *alles* von Bedeutung war.

Ich war weggerannt, ohne mir das Shampoo aus den Haaren zu waschen, hatte mir eine Wintermütze übergestülpt und war noch nass in einen Jogginganzug geschlüpft. Ich war immer auf Eislaufen und Schule konzentriert gewesen, und ich war völlig verwirrt von den neuen Gelüsten, die bestenfalls unpassend waren.

In jener Nacht hatte ich extrem unanständig und detailliert von Theodore geträumt. Am nächsten Tag hatte ich die Einleitung zu meinem Kurzprogramm vermasselt und meine beiden Dreifach-Axel verpatzt. Ich war auf dem dritten Platz gelandet – gerade noch – während er Gold geholt hatte. Und das Schlimmste war, dass ich ständig an ihn denken musste.

Daran denken musste, ihn zu küssen. Und… mehr zu machen. Ich wusste nicht einmal genau, was, aber ich wollte einfach *alles* mit ihm machen. Schon vor diesem Moment im Duschraum hatte ich mich widerstrebend zu Jungs hingezogen gefühlt, aber Schauspieler im Fernsehen waren nicht *real*.

Der nasse, nackte Theodore war sehr, sehr real gewesen.

Und jetzt war ich anscheinend auf ihn geprägt wie ein Entenküken, sehr zu meinem Entsetzen und zu meiner Beschämung. Andere Leute schienen peinliche Zwischenfälle einfach mit einem Achselzucken abtun und sie unbekümmert vergessen zu können, aber ich konnte nicht begreifen, wie das gehen sollte.

Selbst jetzt noch pochte mein Herz, als ich neun Jahre später in einem Randbezirk von Toronto durch die Bäume rannte – *neun Jahre!* – wenn ich mir vorstellte, wie Theodore als Erwachsener nass und nackt aussah.

Hellbraunes Haar, volle Lippen, Grübchen in den Wangen, schlanke Muskeln und dunkle Haare auf der Brust, die seine rosigen Brustwarzen betonten. Ein schmaler Haarstreifen unter seinem Nabel, der zu seinem…

Ich brüllte meinen Frust so laut hinaus, dass ein ganzer Vogelschwarm aufgeschreckt aus einer Birke davonflatterte. Ich hätte nicht daran denken sollen. Normalerweise konnte ich diese Art von Ablenkung verdrängen. Obwohl ich gelegentlich schon in Versuchung kam, endlich über das hinwegzusehen, was beim ersten Mal passiert war, als ich unachtsam geworden war und einem anderen Mann vertraut hatte …

Vertraute Ängste wallten in mir auf und schnürten mir die Kehle zu. Ich wollte vor Scham im Boden versinken, was für sich allein genommen schon erbärmlich war. Es war drei Jahre und achteinhalb Monate her.

Ich hatte Vancouver verlassen. Ich war jetzt erwachsen – vierundzwanzig. Ich hätte imstande sein sollen, diesen Vorfall hinter mir zu lassen. Ich hätte mich nicht immer noch wie ein naiver, unerfahrener Teenager fühlen sollen.

In einer schattigen Talsenke kam ich auf weichen Untergrund mit ein paar Pfützen, die der gestrige Regen zurückgelassen hatte. Meine Schuhe quatschten durch Morast, als ich rannte und rannte, und in meinem Kopf ging alles drunter und drüber. Theodore Sullivan hatte nichts mit meiner Demütigung in

Vancouver zu tun. Ich musste mich konzentrieren.

Mein hartnäckiges, erbärmliches Hingezogensein zu Theodore war nicht der Hauptgrund, warum ich ihn hasste. Nein, das Schlimmste war, dass ihm alles so leichtfiel.

Er befolgte die ungeschriebenen Regeln nicht. Er war berühmt dafür, das Training zu schwänzen. Party zu machen. Aus harter Arbeit einen Witz zu machen, indem er mit unbestreitbarer natürlicher Begabung trotzdem gewann. Er machte einen Witz aus dem Blut, dem Schweiß und den Tränen, die ich dem Eislaufen mein ganzes Leben lang gewidmet hatte.

Es war nicht fair.

Und ich wusste, dass meine Feindseligkeit kleinlich und unter meiner Würde war, aber er hatte so eine Art, einfach jeden um den Finger zu wickeln, einschließlich der Wertungsrichter. Es war nur natürlich, gelegentlich auf andere Eisläufer eifersüchtig zu sein. Aber sie arbeiteten hart. Sie bekamen ihre B-Noten nicht auf dem Silbertablett serviert wie Theodore. Unsere B-Noten sollten eigentlich künstlerischen Ausdruck und Eislauf-Fertigkeiten widerspiegeln.

Meine B-Noten hätten wegen der Qualität meiner Musikalität, meiner sauberen Kantenarbeit und der Übergänge zwischen Elementen höher sein sollen – aber mit jedem Vierfachen, den er stand, ging seine Punktzahl nach oben. Die beiden Bewertungen sollten eigentlich nicht miteinander in Zusammenhang stehen. Aber je besser man im Springen war, desto besser wurde in den Augen der Preisrichter plötzlich auch der künstlerische Ausdruck.

Es hatte mich viel Arbeit mit meinem Sportpsychologen gekostet, um mich nicht mehr zwanghaft mit meiner Bewertung durch die Preisrichter zu beschäftigen. Ein Großteil davon war Politik und hing davon ab, welcher Verband welchen Preisrichter in der Tasche hatte. Trotzdem war es eine Herausforderung, Theodores Noten nicht mit zusammengebissenen Zähnen zu begutachten.

Jede Zehntelnote war mir an die Nieren gegangen. Jahrelang.

Ich war ein hervorragender Springer, aber nur, weil ich ständig daran arbeitete. Er schien neue Vierfache über Nacht zu lernen und hatte begonnen, Vierfach – Dreifach Kombinationen herunterzuspulen wie nichts. Anders als früher verlor er nicht mehr die Konzentration und sprang nicht mehr überhastet ab.

Jetzt würde ich ihn jeden Tag vor der Nase haben, so charmant, perfekt, faul und wunderschön, wie er war. Er würde mich zur Weißglut bringen.

Ich holte tief Luft und rannte auf der anderen Seite des Tals den Hang hinauf. Meine Beine brannten, und mein verschwitztes T-Shirt klebte an meinem Rücken. Manon und Bill hatten recht. Dies war der letzte Antrieb, den ich brauchte. Ich hasste Theodore Sullivan, und ich würde jedes Quäntchen dieses Hasses nutzen, um mich ganz nach oben aufs Podium zu treiben.

Kapitel Zwei

Theo

DIE KATERBIER-THEORIE WAR Blödsinn.

Ich saß vor meinem Pint, einem India Pale Ale aus einer hiesigen Brauerei, das in der Flughafenbar ausgeschenkt wurde, und befahl mir, nicht zu kotzen. LAX war überfüllt – welch Wunder! – aber ich hatte wenigstens einen Hocker ergattert, eingezwängt zwischen einem Mann in einem billigen Anzug und einer Wasserstoffblondine, die zu viel blumiges Parfüm trug. Ich hätte es besser wissen müssen, als Emily vorgeschlagen hatte, dass wir alle zusammen einen „kleinen" Abschieds-Umtrunk machen sollten.

Ich dachte mir, ich hätte einen letzten Abend mit meinen Trainingskameraden verdient, vor allem, da in Toronto Schluss mit lustig sein würde. Wenn es nicht um die Olympiavorbereitungen gegangen wäre, hätte ich niemals freiwillig jeden Tag mit Henry Sakaguchi verbracht. Aber Mr. Webber wollte unbedingt, dass ich ging.

Das Glas war mit Kondenswasser beschlagen, und als ich einen großen Schluck trank, rutschte es mir fast aus den Fingern. Meine Kehle war wie zugeschnürt, und ich hustete und tat so, als wäre das der Grund, warum mir die Augen tränten. Der Typ im billigen Anzug warf mir einen finsteren Blick zu, und ich stellte mir vor, er wäre er ein ukrainischer Preisrichter und bedachte ihn mit meinem charmantesten Lächeln.

Dieses Spiel spielte ich oft, wenn ich auf Reisen war – mir auszudenken, welche Fremden die Preisrichter aus diversen Ländern sein könnten. Die Frau, die nach Rosen stank, hätte eine australische Preisrichterin sein können, die manchmal in irgendeinem Gremium auftauchte. Der Barkeeper mit dem Hipster-Haarknoten war zu jung für einen Preisrichter, aber wenn er ein Pint zapfte, stellte er hübsche Unterarme zur Schau.

Na, bitte. Ich würde nicht weinen. Mr. Webber würde wieder in Ordnung kommen. Er würde nicht aufgeben, und die Ärzte auch nicht. Ich kam mir vor wie ein Arschloch, weil ich ihn verlassen hatte – wenn ich geblieben wäre, hätte ich ihm vielleicht irgendwie helfen können. Obwohl ich keine Ahnung hatte, wie.

Das Handy in meiner Hosentasche summte. Ich wusste ohne hinzuschauen, wer es war, und irgendwann musste ich wohl in den sauren Apfel beißen. Normalerweise wäre ich rausgegangen, um den Anruf entgegenzunehmen. Aber in der Bar war es durch das Stimmengewirr und die Sportsendungen in den Fernsehern so laut, dass sowieso niemand groß mithören konnte.

„Hey, Mom.“

„Wo bist du?“

„Ich warte darauf, dass mein Flug aufgerufen wird.“

Sie atmete geräuschvoll aus. „Das gefällt mir nicht.“

„Ich weiß, aber es ist nicht deine Entscheidung.“ Wie oft konnten wir dasselbe Gespräch führen? Zig mal, anscheinend.

„Ich bin immer noch deine Mutter.“ Hätte sie neben mir gesessen anstatt des Typen im billigen Anzug und der Wasserstoffblondine, dann hätte sie mich bei diesen Worten mit dem Zeigefinger angestupst.

„Natürlich bist du das. Aber es ist meine Karriere. Ich komme selbst für mein Training auf, also treffe ich auch selbst die Entscheidungen.“ Nur unter dieser Bedingung hatte Mr. Webber mich vor vier Jahren angenommen, nachdem ich es blöderweise nicht in die Olympiamannschaft geschafft hatte. An seiner Eisbahn waren keine Eislaufmütter erlaubt, die seine Entscheidungen in Frage stellten und ihm reinredeten. „Das wird schon."

„*Das wird schon?*" Sie seufzte dramatisch. „Manchmal glaube ich, dass du gar nicht siegen willst."

Ich nahm hastig einen großen Schluck Bier, um die Antwort hinunterzuspülen, die mir als erstes in den Sinn kam – *was du nicht sagst.* „Natürlich will ich siegen", sagte ich pflichtbewusst. Und das stimmte auch.

Ich meine, warum sollte ich nicht siegen wollen? Ich hatte das Talent dazu. Siegen machte Spaß. Siege waren gut für Werbeverträge und für mein künftiges Einkommen, wenn ich auf Tournee ging. Aber ich war nie so erpicht darauf gewesen wie meine Mutter. Ich hatte nie um jeden Preis gewinnen wollen.

„Warum trainierst du dann mit dem einzigen Menschen, der dir die Goldmedaille streitig machen kann?"

„Weil Mr. Webber es so will. Und du weißt, wie gut sich das für andere Eisläufer bewährt hat. Schau dir die letzten zehn oder mehr Jahre im Eistanzen an. Praktisch die gesamte Top Ten trainiert gemeinsam. Und schau dir die russischen Paarläufer an."

Sie grummelte. Nicht einmal meine Mutter konnte etwas gegen den Dreifachsieg der russischen Paarläufer bei den letzten Weltmeisterschaften sagen. Die drei Teams hatten dieselbe Trainerin und hassten sich abgrundtief, aber Mann, zu welchen neuen Höchstleistungen die Spannungen sie getrieben hatten.

„Sieh zu, dass du dich nicht durch Henry Sakaguchi ablenken lässt. Er kann dich schlagen."

„Henry ist so ziemlich die größte Spaßbremse der Welt. Keine Leidenschaft. Er ist wie ein Alien, aber der langweiligste Außerirdische, den man sich vorstellen kann."

„Du darfst nicht unachtsam werden. Diesmal schließt du gefälligst keine Freundschaften."

Ich verdrehte die Augen. Sie hatte es immer gehasst, dass ich mit allen befreundet war. Jetzt würde sie jeden Moment meinen mangelnden „Killer-Instinkt" kritisieren. „Henry kann mich nicht ausstehen. Ich bin der letzte Mensch auf Erden, mit dem er abhängen würde."

„Er arbeitet härter als du." Sie murmelte widerstrebend: „Vielleicht hat er einen guten Einfluss auf dich."

Ich zuckte die Achseln, obwohl sie mich nicht sehen konnte. „Vielleicht. Mom, Henry Sakaguchi ist irrelevant. Ich weiß, dass ich ihn schlagen kann. Ich habe ihn im März bei den Weltmeisterschaften geschlagen, und ich werde ihn wieder schlagen. Ich gewinne in Calgary Gold."

Sie gab ein Summen von sich, das skeptisch klang. „Du hast nicht den Killer-Instinkt dafür. Er schon."

Na bitte. „Und ich schlage ihn trotzdem, weil ich mehr Vierfache drauf habe." Wie oft konnten wir diese Debatte führen?

„Und er behält seine Privatangelegenheiten für sich."

Ich biss die Zähne zusammen. Das war ihr Code für *„Henry redet nicht auf Instagram über sein Schwulsein."* Sie hatte wirklich kein Problem damit, dass ich schwul war. Aber sie war absolut dagegen gewesen, dass ich mich outete, da das Eiskunstlauf-Establishment immer noch irrsinnig homophob sein konnte.

Aber ich war geoutet, und das würde ich auch bleiben, und es war nie ein Problem gewesen. Ich war derzeit der beste Springer der Welt, und nicht einmal der spießigste Preisrichter konnte etwas gegen meine Vierfachen sagen. Die Preisrichter hatten in den letzten paar Saisons entschieden hinter mir gestanden.

„Weil sich niemand für Henrys Liebesleben interessiert. Er hat keins, nach allem, was ich gehört habe." Ja, er sah gut aus, aber er war zu kalt, um heiß zu sein.

In der Eiskunstlauf-Szene war weithin bekannt, dass Henry schwul war – er hatte die Leute in seinem alten Trainingscenter vor einigen Jahren informiert – aber das wurde nie in den Medien thematisiert oder wo auch immer. Es war kein Geheimnis, aber es war auch nicht *offiziell*.

Ich fügte hinzu: „Außerdem bin ich nicht der einzige offen schwule Eisläufer. Alex Grady, Matt Savelli. Es ändert sich jeden Tag, vor allem, seit Dev Avira und Misha Reznikov an die Öffentlichkeit gegangen sind."

„Sie haben nicht mehr an Wettkämpfen teilgenommen, als sie sich geoutet haben."

„Tja, die Zeiten haben sich geändert."

Sie gab widerstrebend zu: „Es scheint so. Worüber ich natürlich froh bin."

„M-hm."

„Du weißt, dass die Einrichtungen nicht mit dem vergleichbar sind, was du in L.A. hast."

„Die Eisstunde kommt billiger, und in der Nähe gibt es eine neue Eishockey-Arena, also steht mehr Zeit zur Verfügung."

Als hätte sie mich nicht gehört, sagte sie: „Oder, weißt du, es gibt hier in Chicago eine neue Arena. Ich habe neulich in der Feinkostabteilung zufällig Pavel getroffen, und er hat gesagt, er würde dich liebend gern zurücknehmen."

Ich unterdrückte ein Lachen bei der Vorstellung, wie meine Mom sich bei Mariano's an meinen alten Coach heranpirschte und sich hinter einem Regal voller Fladenbrot zum Angriff bereit machte. Da sollte noch einer sagen, Patricia Sullivan würde sich nicht für die Karriere ihres Sohnes engagieren. „Das ist echt nett von ihm, aber ich habe mich nicht ohne Grund von Pavel getrennt."

Sie schniefte. „Es war nicht seine Schuld, dass du es nicht ins Team geschafft hast."

Ja, ich wusste verdammt gut, dass ich damals bei den Nationals die Konzentration verloren hatte und im Kurzprogramm zweimal bei meinen Sprungkombinationen gestürzt war. Nach einer mittelmäßigen Grand-Prix Saison im Herbst hätte ich einen

Sieg bei den nationalen Meisterschaften gebraucht. „Ich hab' nicht gesagt, dass es seine Schuld war!"

Atme.

Die parfümierte Blondine schaute mich schräg von der Seite an, und ich atmete nochmal tief durch, den Blick auf das Basketball-Wiederholungsspiel im Fernseher geheftet. „Pavel ist klasse, aber ich gehe zu Bill und Manon."

„Wenn du schon unbedingt nach Toronto gehen musst, anstatt nach Hause zu kommen zu deiner Familie, warum fragst du dann nicht Elena Cheremisinowa?"

„Weil sie sich heutzutage auf Eistanzen konzentriert. Sie hat keinen männlichen Wettkampfteilnehmer mehr trainiert, seit Alex Grady die Weltmeisterschaft gewonnen hat. Und was am wichtigsten ist, Mr. Webber möchte, dass ich zu Bill und Manon gehe. Es ist vielleicht das letzte–" Wieder schnürte es mir die Kehle zu. Fuck, ich weigerte mich, zu weinen. „Ich vertraue seinem Urteil."

„Hat Melody dir erzählt, dass sie beim Probe-SAT im neunundneunzigsten Perzentil war?"

Ich war inzwischen an ihre abrupten Themenwechsel gewöhnt. Früher hatte sie immer stundenlang mit mir gestritten, aber seit ich meine Sachen gepackt hatte und nach L.A. gezogen war, um bei Mr. Webber zu trainieren – und ihr verboten hatte, mitzukommen – hatte sie endlich gelernt, wann sie aufgeben musste. Na ja, nachdem sie wieder angefangen hatte, mit mir zu reden, was fast ein Jahr gedauert hatte.

„Ja, sie hat das ganz toll gemacht. Wenn's ernst wird, packt sie den Test bestimmt, keine Sorge."

„Ich mache mir keine Sorgen. Veronica und Melody sind sehr konzentriert. Deine Schwestern haben mich noch nie enttäuscht."

Ich biss die Zähne zusammen und bemühte mich um einen unbeschwerten Ton. „Ich bin unheimlich stolz auf sie."

Dagegen konnte sie nichts sagen. „Wo wirst du in Toronto

wohnen?“

„In einer Souterrainwohnung unter einem Meth-Labor.“

„Sei nicht immer so herzlos zu deiner Mutter.“

Bevor sie anfangen konnte, mir aufzuzählen, wie ich sie sonst noch enttäuscht oder ihr Sorgen gemacht hatte, sagte ich: „Mein Flug wird aufgerufen. Hab' dich lieb, Mom. Ich schreib' dir eine SMS, wenn ich in Toronto bin. Grüß Dad und die Mädels von mir.“

„Zähl die Sitzreihen bis zum nächsten Notausgang. Wenn die Kabine sich mit Rauch füllt, wirst du mir dankbar sein.“ Sie legte auf.

Ich trank mein Bier aus und gab den Bartender mit dem Hipster-Haarknoten einen Wink, mir noch eins zu bringen.

DAS ICE CHALET sah mit seinen lila und orangefarbenen Rennstreifen an den Wänden um die Eisbahn wirklich aus wie direkt aus den Achtzigern entsprungen. Es gab keine Bande, nur eine Stufe hinunter zur Eisfläche, und alle Köpfe drehten sich in meine Richtung, als ich meine Kufenschoner abnahm und auf eine Zuschauerbank warf.

Mist. Ich hatte gar nicht gemerkt, dass ich so spät dran war. Ich schüttelte den Gedanken an Mr. Webbers missbilligendes Stirnrunzeln ab und glitt mit meinem breitesten Lächeln auf die anderen Eisläufer zu, die auf der Eisfläche versammelt waren.

Bill und Manon standen vor einer Gruppe von ungefähr zehn Eisläufern, zusammen mit ein paar Assistenten, die mir entfernt bekannt vorkamen. Das Alter der Schüler bewegte sich zwischen zwölf und Anfang zwanzig. Die meisten erwiderten mein Lächeln; ein kleines Mädchen himmelte mich eindeutig an wie einen Popstar. Ich zwinkerte ihr zu.

Bill sagte: „Da bist du ja. Vergiss nicht, wir haben zu Anfang und Ende jeder Woche gleich frühmorgens eine Teamsession.“

„Stimmt, stimmt. Tut mir leid – ich hab‘ noch Jetlag.“ Und das stimmte auch! Obwohl ich auch seit Jahren nicht mehr morgens um sieben trainiert hatte. Mr. Webber hatte akzeptiert, dass ich kein Morgenmensch war. Manon hatte mir einen Wochenplan zugemailt, aber den hatte ich mir nicht genau angeschaut. Eigentlich gar nicht. Ich hatte nur registriert, dass ich am Montagmorgen viel zu früh hier sein musste.

Als Bill mich den anderen Eisläufern vorstellte, war mir bewusst, dass Henry Sakaguchi mich mit seinem missbilligenden Blick durchbohrte. Er und meine Mutter hätten Notizen zu ihrer Technik austauschen können. Natürlich bedachte ich ihn mit meinem strahlendsten Lächeln, als Bill als letztes zu ihm kam.

„Und Henry kennst du natürlich.“

„Hey, Mann!“ Ich hob die Hand zum High-Five, weil ihn das wahrscheinlich ärgern würde.

Er trug ein typisches Trainingsoutfit, ganz ähnlich wie meins – schwarze Leggins und ein langärmeliges schwarzes Sportshirt – und starrte mich an, die Arme immer noch vor der Brust verschränkt. Ohne auch nur den Hauch eines Lächelns klatschte er flüchtig mit mir ab. Offensichtlich hatten selbst Henrys außerirdische Anführer ihm beigebracht, dass man jemanden nicht hängen lassen konnte.

Manon verkündete: „Okay, fangen wir mit Zitronen an.“

Ich blinzelte überrascht, als alle – einschließlich Henry – sich in Reih und Glied aufstellten und hintereinander über das Eis glitten, wobei sie die Füße in weiten Schwüngen rhythmisch auswärts und einwärts bewegten. Eine Übung, die wir schon als kleine Kinder gelernt hatten.

Manon sagte zu mir: „Wir fangen immer mit den Grundlagen an. Kniebewegung und Balance als solide Basis. Laufe *im* Eis, nicht auf dem Eis.“

Ich hätte gern argumentiert, dass ich die Grundlagen schon

vor vielen Jahren gelernt hatte, aber heute war mein erster Tag, daher machte ich mit und kam mir dabei ein bisschen lächerlich vor. Manon war früher Eistänzerin gewesen, daher war es einleuchtend, dass sie sich auf Kantenwechsel und Grundlagen konzentrierte. Aber das hier hätte ich mir schenken und weiterschlafen können.

Nach einer Unmenge Zitronen gingen wir zu Kantenarbeit über. Das war wieder Anfängerkram. Ich schielte nach Henry, der gerade eine altmodische Acht lief. Pflichtfiguren bei Wettbewerben waren schon vor unserer Geburt abgeschafft worden – Gott sei Dank – aber ich wette, Henry hätte für seine Acht die volle Punktzahl geholt. Ich konnte mir nicht vorstellen, wie langweilig es sein musste, so etwas stundenlang zu üben.

Ich zwang mich zur Konzentration und glitt in Schleifen und Bögen über das Eis, ritzte mit den Kufen eine Acht hinein. Ich war nicht für meine Finesse bekannt, aber das lag daran, dass Sprünge viel wichtiger waren und es viel mehr Spaß machte, sie zu üben. Das hier war öde.

Manon nickte. „Très bon, Theo. Du bist ein Naturtalent."

Das stimmte – als Kind hatte ich meine zwei Jahre jüngere Schwester Veronica einmal zu ihrem Eislaufunterricht begleitet und war sofort in meinem Element gewesen. Eigentlich hätte ich im Stadion nebenan Eishockey spielen sollen, aber ich hatte mich immer wieder mit in den Eiskunstlaufkurs geschmuggelt.

Selbst in Hockeyschlittschuhen hatte ich Sprünge und Drehungen geschafft. Der Lehrer hatte meiner Mutter gesagt, dass ich ein Spitzenläufer werden könnte, und damit hatte sich der Fall erledigt. Ich fragte mich manchmal, was wohl aus mir geworden wäre, wenn ich nie Schlittschuhe angezogen hätte. Aber ich liebte es schon. Irgendwie. Meistens.

Henry starrte mit gewohnt ausdrucksloser Miene auf die perfekte Spur, die meine Kufen im Eis hinterlassen hatten. Er war ein solcher Freak, dass er gleich nochmal loslief und drei weitere präzise Achten hintereinander ablieferte. Wir traten schon seit unserer Kindheit gegeneinander an, und ich wusste nicht, ob ich ihn außerhalb von Pressekonferenzen schon jemals mehr als drei Worte auf einmal hatte sagen hören.

Die Session endete damit, dass jeder von uns das Element vorführte, auf das er oder sie sich diese Woche besonders konzentrieren wollte. Manon nannte es „uns Intentionen setzen".

Die Jüngsten fingen an, und das kleine Mädchen, das auf ihren Streichholzbeinchen über die Eisbahn lief, setzte zu einer Dreifach-Lutz/Dreifach-Toeloop-Kombination an. Da die Spitzenläuferinnen – die heutzutage alle Teenager waren – inzwischen vierfache und dreifache Axels sprangen, war ich nicht überrascht, ein Kind das machen zu sehen, was einmal als die schwierigste Sprungkombination für Frauen gegolten hatte.

Alle applaudierten ihr, und ich klatschte mit. Der jüngere Kanadier, Julien, stürzte bei seinem vierfachen Toeloop, aber wir klatschten trotzdem Beifall und Bill sagte ihm, dass es nah dran gewesen war.

So ging es weiter, bis Henry über die Eisbahn stürmte und mit einem Auftippen seiner Kufenspitze zu einem vierfachen Lutz ansetzte, mit dem er letzte Saison Probleme gehabt hatte. Das war heutzutage der schwerste Sprung bei den Männern, und er schaffte ihn mit Hängen und Würgen. Die letzte Drehung war fragwürdig.

Ich konnte nicht lügen – ich war erleichtert, dass er den Sprung über den Sommer nicht gemeistert hatte. Mein Arsenal von Vierfachen – Rittberger, Flip, Lutz, Toeloop und Salchow – waren mein Ticket zum olympischen Gold. Ich hatte den vierfachen Axel probiert, der eigentlich ein viereinhalbfacher ist, da der Axel als einziger Sprung vorwärts abgesprungen wird.

Im Training hatte ich ihn ein paarmal geschafft, aber das Verletzungsrisiko war es nicht wert. Einen Sprung auf der Trainingsbahn zu landen war immer noch meilenweit davon entfernt, ihn bei einem Wettkampf zu landen. Solange ich im

Training nicht achtzig Prozent Konstanz bei einem Sprung hatte, kam er nicht ins Programm.

Bevor ich zu Mr. Webber gekommen war, hatte ich dazu geneigt, Sprünge zu überstürzen. Laut Mr. Webber lag das daran, dass ich nicht in jedem Moment des Programms voll konzentriert war, und damit hatte er nicht unrecht. Ich hatte Geduld lernen müssen. Er hatte sie mir eingebläut – bildlich gesprochen – und meine Vierfachen hatten mich ganz nach oben aufs Podium katapultiert.

Nachdem wir Henrys Versuch beklatscht hatten, war ich an der Reihe. Ich hatte mir keine Gedanken darüber gemacht, ob ich an einem speziellen Element arbeiten wollte – ich hatte mir gedacht, Bill und Manon würden mir schon sagen, was ich machen sollte. Aber ich konnte der Versuchung nicht widerstehen, meinen vierfachen Lutz hinzurotzen, und da ich gerade so gut im Flow war, hängte ich gleich noch einen Dreifachen an. Ich lief auf der Kante aus, während der Applaus erscholl.

„Ich glaube, an dieser Combo musst du nicht mehr groß arbeiten", sagte Julien kopfschüttelnd. „Wow."

Henry wandte sich ab, aber nicht schnell genug; ich sah seine verkrampften Wangenmuskeln und seinen empörten Blick. Er hatte mich schon immer gehasst, aber ich ließ mich nicht von meinen Konkurrenten auf die Palme bringen.

Ganz im Ernst – der Einzige, der mich schlagen konnte, war *ich*. Und Henry würde genau darauf lauern, klar. Aber nur, weil wir auf dem Eis Rivalen waren, mussten wir uns noch lange nicht hassen, jedenfalls meiner Meinung nach.

Ich war mir ziemlich sicher, dass Henry diese Meinung nicht teilte. *Ganz und gar nicht*

Die jüngeren Kinder gingen, da sie vormittags Schule hatten. Sie würden nachmittags wiederkommen. Ich hätte jetzt gut ein Nickerchen machen können, aber anscheinend ging das Training für Henry, Julien, Ivan und mich noch weiter.

Während Manon und ich über die Beinarbeit bei den Schrittelementen in meinem Kurzprogramm sprachen, arbeitete Henry mit Bill an seinem vierfachen Lutz – mal mehr, mal weniger erfolgreich.

Obwohl wir beide nicht besonders groß waren – er ungefähr einen Meter siebzig, ich eins-dreiundsiebzig – hatte er lange Beine, die toll aussahen, wenn er bei der Landung die Spannung hielt. Nach einem harten Sturz, der mich zusammenzucken ließ, sprang er wieder auf, und unsere Blicke trafen sich.

„Theo?"

Ich wandte meine Aufmerksamkeit ruckartig wieder Manon zu. „Sorry! Jetlag."

Sie lachte, und ihre langen, goldenen Ohrringe schaukelten, als sie den Kopf schüttelte. „Warum hab' ich nur das Gefühl, als würdest du das noch vier Wochen lang sagen?"

Ich lachte ebenfalls. „Weil Mr. Webber euch vor mir gewarnt hat?"

„Das hat er in der Tat." Ihr Lächeln verblasste. „Hast du am Wochenende mit ihm gesprochen?"

„Ja, ich habe ihn gestern angerufen. Er weigert sich immer noch, SMS zu schreiben. Er hat sich gut angehört! Genau wie immer." Er fing diese Woche mit der Chemo an, also würde sich das wahrscheinlich ändern, und das fand ich zum Kotzen.

„Gut, gut. Ich weiß, du bist erst am Freitag angekommen, aber fühlst du dich wohl in der Wohnung? Hat Giselle dir den Mietwagen übergeben und dafür gesorgt, dass du alles hast, was du brauchst?"

„Ja, alles bestens, danke." Es war mir echt zu peinlich, die Wahrheit einzugestehen, und die Sache mit dem Auto würde ich später klären. Ich beobachtete Henry bei einer eingesprungenen Sitzpirouette. Level vier, auf jeden Fall.

Ich sagte zu Manon: „Ich bin überrascht, dass er zugestimmt hat, mich hier trainieren zu lassen."

Sie beobachtete Henry und lächelte voller Zuneigung. „Er ist zu ehrenhaft, um das abzulehnen." Ihr Blick wandte sich mir zu und wurde schärfer. „Die meisten halten Henry für kalt und denken, dass ihn nichts berührt, aber das ist nicht wahr. Nur, damit du's weißt."

„Okay. Ist vermerkt. Wir hatten nie Probleme miteinander. Er ist so still, dass ich kaum merke, wenn er da ist."

Sie runzelte die Stirn. „Du solltest ihn auch nicht unterschätzen. Na schön, Zeit, sich zu konzentrieren. Jetlag hin oder her."

Irgendwann ging Henry zu seinem Langprogramm über, von der ISU offiziell „Kür" genannt. Sein Kurzprogramm lief er zu „The Blower's Daughter", die Kür zur Mondscheinsonate. Die war zwar historisch gesehen ein bisschen klischeehaft und überbeansprucht beim Eiskunstlauf, aber heutzutage klang sie geradezu wohltuend.

Seitdem bei Wettkämpfen auch Musik mit Gesang zugelassen war, hörte man einen steten Strom von Emo-Balladen, wie man sie aus Hausfrauenserien wie *Grey's Anatomy* oder so kannte. Oder manchmal auch härtere Sachen, aber nur selten wirklich klassische Musik. Das Stück passte perfekt zu Henrys ruhiger Eindringlichkeit.

Die sanfte Klaviermelodie der Mondscheinsonate hatte etwas Meditatives, und wenn ich dieses Stück schon die ganze Saison hindurch wieder und wieder hören musste, war es wenigstens schöne Musik.

Sie erfüllte die Eisbahn trotz des blechernen Klangs des Soundsystems, das wahrscheinlich allmählich in die Jahre kam. Manon und ich achteten darauf, Henry nicht im Weg zu sein, während er seinen Durchlauf machte. Ich kam nicht umhin zu bemerken, dass er bei seinem vierfachen Lutz patzte, aber der Rest war gut.

Erschreckend gut. Die Saison hatte gerade erst angefangen, aber Henry war wettkampfbereit. Mir wurde ganz mulmig zumute, und ich versuchte, mich auf meine Waagenpirouette zu konzentrieren, während Manon mich dazu anhielt, die Zehen zu strecken. Was ich bereits tat, aber ich streckte sie zähneknirschend fester denn je, obwohl Pirouetten nicht genug Punkte einbrachten, um allzu viel Zeit auf sie zu verwenden.

Mittlerweile merkte ich, dass die Mondscheinsonate erneut lief. Und nochmal. Bill arbeitete inzwischen mit Ivan. Als das Stück ein drittes Mal anfing, presste Manon für den Bruchteil einer Sekunde die Lippen zusammen, doch dann lächelte sie wieder und rief über das Eis: „Okay, Henry. Das reicht. Es ist Zeit für deine Pilates-Session." Sie hob die Hand, und wer auch immer in der Tonkabine saß, stellte die Musik ab.

Henry atmete schwer, aber als er an uns vorbeikam, erkannte ich, dass er immer noch sein Programm ausführte. Er glitt mit einer schwierigen Spread-Eagle-Überleitung in seinen Dreifach-Axel-Dreifach-Toeloop, den er perfekt landete und flüssig auslief. Dann beschleunigte er und machte sich noch einmal an den vierfachen Lutz. Er schaffte ihn mit knapper Not und berührte mit einer Hand das Eis. Aber es sah so aus, als wäre die Drehung vollständig gewesen. Ich applaudierte, und er warf mir einen Blick zu, der die hässliche orangefarbene Farbe von den Wänden hätte ätzen können.

„Jesus", murmelte ich. „Ich dachte, auf dieser Eisbahn wird auch geklatscht? Mr. Webber hat uns beigebracht, immer Unterstützung zu zeigen, wenn jemand ein schwieriges Element schafft, mit dem er sich schwertut."

Eines Sommers, als ein russischer Spitzenläufer zum Training gekommen war, hatte ich ihm zu seinem vierfachen Salchow applaudiert, nachdem er vorher x-mal gepatzt hatte. Er hatte das *nicht* zu schätzen gewusst.

Manon zuckte zusammen. „Tut mir leid. Henry ist ein Perfektionist, und manchmal ist er eben…"

Ein humorloser Pedant? „Perfektionistisch?"

„Genau."

„Ja, aber… Jesus. Er hat gerade drei komplette Durchläufe hintereinander gemacht, die praktisch perfekt waren."

„Wenn wir ihn lassen würden, würde er wahrscheinlich weitermachen, bis er es absolut sauber hinkriegt."

Mir fielen fast die Augen aus dem Kopf. „Warum hört er nicht einfach auf, wenn er einen Fehler macht, und fängt von vorne an?"

„Weil ihm das nicht reicht. Wie auch immer, jetzt bist du an der Reihe. Kurz oder lang? Wir würden gern beides sehen, da wir nicht in die Choreographie einbezogen waren."

„Jetzt? Ich mache nicht viele Durchläufe. Schon gar nicht montags. Mit Jetlag."

Sie lachte. „In Ordnung, heute lassen wir dir den Jetlag noch als Ausrede durchgehen. Aber morgen nicht."

Nach meiner Session schlüpfte ich in meine Turnschuhe und folgte einem Pfeil ins Untergeschoss. Ich schlappte mit offenen Schnürsenkeln durch die Unterwelt des Ice Chalet, bis ich zum Fitnessraum kam.

Es war ein rechteckiger Raum mit lila gestrichenen Hohlblockstein-Wänden und greller Deckenbeleuchtung. Wenigstens das Equipment sah einigermaßen neu aus, einschließlich der beiden Pilates-Reformer Maschinen.

Henry war im Stretching-Bereich, einer mit dicken Matten belegten Ecke des Raums, und arbeitete an seinem rechten Quadrizeps. Ich streifte meine Schuhe ab und ließ mich in einen Seitspagat fallen. Dann lehnte ich mich vor und scrollte durch Instagram.

Ich spürte praktisch Henrys Missbilligung auf mir lasten, ungelogen, und tatsächlich – als ich aufblickte, starrte er mich an. Seine braunen Augen waren *unglaublich* ausdrucksstark. Seine Wimpern waren sehr dicht, und er hatte eine Art an sich, einen wütend anzustarren, während er ansonsten teilnahmslos wirkte. Sein Gesicht war wie eine Maske stiller Anspannung.

Ich warf ihm ein fröhliches Lächeln zu, weil ihn das wahrscheinlich ärgern würde. Das war kindisch, zugegeben, aber wenn ich ihn schon die ganze Saison über am Hals hatte, war ich gezwungen, ihn zu provozieren. Ansonsten wäre das todlangweilig.

Er ignorierte mich und wechselte zu einer Einbein-Dehnung der rückwärtigen Oberschenkelmuskulatur. Ächzend verzerrte er das Gesicht. Die Haare fielen ihm ins Gesicht, und er umklammerte seinen gebeugten Fuß.

„Zieh' nicht so fest. Lass die Dehnung einfach geschehen."

„Wir sind nicht alle von Natur aus gelenkig." Sein Tonfall war unbewegt.

Ich glaube, wenn man eins von diesen Aura-Fotos von ihm machen würde, wäre seine grau in grau. Ich hatte das mal bei einer unseligen Yoga-Freizeit in Mexiko gemacht, und meine Aura bestand aus einer Mischung von Rot, Orange und Lila. Heiter, kreativ und entspannt.

Die von meinem Ex – er war derjenige, der auf Kristalle, stinklangweilige Meditationen und endlose Yogastunden stand – war fast komplett weiß gewesen, was für Spiritualität stand. Wir folgten einander immer noch auf Instagram, und nach dem, was ich zuletzt von ihm gesehen hatte, lebte er sein bestes *ommm*-Leben in Thailand.

„Ich bin wohl hashtag-begnadet." Ich lächelte nochmal. Ich *war* von Natur aus gelenkig, also hatte ich vermutlich Glück gehabt. Darüber hatte ich mir nie groß Gedanken gemacht. „Übrigens, danke, dass du mich diese Saison hier trainieren lässt."

Er machte den Mund auf und wieder zu. Seine Lippen waren voll und rötlich-pink, doch seine Miene blieb wie üblich maskenhaft leer. Dann wechselte er zum anderen Bein und senkte den Kopf auf sein Knie. Aus dieser Nähe sah ich einen Muskel in seiner Wange zucken, als er die Zähne zusammenbiss. Anscheinend brachte ich ihn schon durch meine bloße Anwesenheit in Rage.

Es war kindisch und dumm, aber ich wollte ihn unbedingt zu einer Reaktion provozieren. Ihn hinter seiner Maske hervorlocken und wütend machen. Henry hasste mich offensichtlich schon seit Jahren, und das störte mich doch ein bisschen – weil mein inneres Kind sich fragte: *Warum magst du mich nicht?*

Ich kam eigentlich mit allen gut aus, aber ich hatte keine wirklich *engen* Freunde. Als ich klein war, hatte meine Mom es mir schwer gemacht, andere Kinder kennenzulernen. Ich durfte nie jemanden besuchen, denn womöglich hätte ich dort Junkfood gegessen, und nach ich dann die US-Nachwuchsmeisterschaften gewonnen hatte, unterrichtete sie mich zuhause.

In L.A. war ich mit vielen Leuten befreundet gewesen, auch wenn wir uns nie besonders nah gekommen waren. Aber Henry war wie eine Ziegelwand. Eigentlich hätte ich ihn wirklich in Ruhe lassen und dankbar sein sollen. Ich konnte verstehen, dass er nicht gerade begeistert darüber war, dass ich plötzlich mit ihm trainierte.

Und ich war dankbar, daher sagte ich: „Ganz im Ernst, danke."

Er ignorierte mich.

„Es ist echt cool von dir, mir einen so großen Gefallen zu tun." Das stimmte schließlich. „Ich weiß das wirklich zu schätzen. Danke."

Mit einem kaum hörbaren Seufzer blickte er kurz auf, nickte mir zu und legte dann wieder den Kopf auf das Knie.

Aha, seine kanadische Höflichkeit war also eine Schwachstelle. Ich fragte mich, wie ich ihn dazu kriegen könnte, mich wirklich anzulächeln. Kein gekünsteltes Lächeln wie beim Händedruck auf dem Podium, sondern ein echtes. Eins, das von Herzen kam. Eins, das nur für mich war – auch wenn es höchstwahrscheinlich auf der ganzen Welt keinen Menschen gab, den Henry weniger gut leiden konnte als mich.

Um nicht dauernd daran denken zu müssen, dass Mr. Webber

krank war und die olympischen Spiele sich anbahnten, brauchte ich eine Ablenkung. Dieses Spiel konnte Henry ein bisschen weniger langweilig machen. Ich grinste vor mich hin, während ich weiter scrollte.

Er würde mir unmöglich widerstehen können.

Kapitel Drei

Henry

DIE TÜR FIEL mit einem dumpfen Schlag hinter mir ins Schloss, und ich tippte ich den Code ein, um den verhalten piepsenden Alarm abzustellen. Esmeralda kam aus dem Wohnbereich angerannt und begrüßte mich mit leisem Miauen. Wahrscheinlich hatte sie unter dem Bett am Fenster geschlafen. Oder direkt auf meinem Kopfkissen.

Ich ging in die Hocke, um sie im Schein der roten Betriebsleuchte des Reiskochers zu streicheln. „Hast du mich vermisst?", fragte ich, als sie sich an meinen Beinen rieb. „Ich hab' dich auch vermisst." Ehrlich gesagt waren mir Katzen meistens lieber als Menschen.

Sie miaute nach ihrem Abendessen, als wäre sie am Verhungern. Nachdem ich meine Laufschuhe ausgezogen und sie auf dem Regal im Flurschrank verstaut hatte, knipste ich das Licht in der Küche an und öffnete den Oberschrank. Esmeralda strich mir aufgeregt um die Knöchel.

Ich maß sorgfältig eine Portion Nassfutter für sie ab und gab nach kurzer Überlegung noch einen Extra-Teelöffel voll dazu. Der Tierarzt hatte gesagt, sie müsste abnehmen, aber sie war so klein und mager gewesen, als ich sie im Wald hinter dem Ice Chalet gefunden hatte – als sie *mich* gefunden hatte – dass es mir schwer fiel, ihr etwas abzuschlagen. Ich schöpfte einen halben Teelöffel voll wieder heraus. *Na bitte.* Ich verstieß nicht so sehr gegen die Regeln.

Ich schaltete den Fernseher ein. Esmeralda schlang ihr Abendessen hinunter, und ich holte einen Rest Blumenkohl-Hühnchen-Curry aus dem Kühlschrank. Die in Brauntönen gehaltene Einbauküche war über eine altmodische Durchreiche teilweise zum Wohn- und Schlafzimmer offen. Wenn die Wohnung heute gebaut würde, wäre sie wahrscheinlich ganz offen konzipiert, aber es war ein älteres Gebäude.

Da Bills Cousin die Immobilie verwaltete, hatte ich die Einzimmerwohnung zu einem guten Preis mieten können. Daher konnte ich mich nicht beklagen, auch wenn ich statt der rötlichbraunen und schwarzen Arbeitsflächen und Schränke lieber glänzend weiße gehabt hätte. Und Parkettböden statt Linoleumfliesen und grauer Teppichböden.

Ich schaute mit halbem Auge HGTV, während ich frischen Reis aus dem Reiskocher schöpfte und darauf wartete, dass das Hühnchen in der Mikrowelle warm wurde. Ich war in einem japanisch-kanadischen Haushalt aufgewachsen, und wir hatten sowohl asiatische als auch westliche Gerichte gegessen. Aber der Reiskocher war immer in Betrieb gewesen.

Das allgegenwärtige rote Licht hatte etwas merkwürdig Beruhigendes an sich. Obwohl meine Familie immer noch in Vancouver lebte, gab es mir das Gefühl, ihnen irgendwie näher zu sein. Da ich allein lebte, brauchte ich nicht annähernd so viel Reis, aber es fühlte sich falsch an, den Kocher nicht ständig anzulassen.

Ich hatte mich gerade an den kleinen runden Bistrotisch neben dem Zweisitzersofa gesetzt, als das Summen meines Handys einen Videoanruf ankündigte. Ich stellte es auf den Handyständer und tippte auf das Display, bevor ich den Fernseher stummschaltete. Mein jüngerer Bruder zog eine Grimasse.

„Alter, warum lässt du mich in deine Nasenlöcher gucken?

Nimm dein Handy in die Hand wie jeder normale Mensch.“

Ich schnitt ein Stück von der in rotem Kokosmilchcurry geba-ckenen Hühnerbrust ab. „Es ist Essenszeit.“

Sam verdrehte die Augen. „Okay, okay. Wir brauchen ein Geburtstagsgeschenk für Dad. Willst du dich beteiligen wie üblich?“

Ich nickte. „Und ich bezahle wie üblich am meisten?“

Er grinste. „Wenn du drauf bestehst. Ich bin schließlich noch Student.“

„Du suchst was aus, und ich schicke Geld.“

„Cool. Aber wir kaufen nichts *Praktisches*.“

„Ich bin überzeugt, dass du nicht mal weißt, was ein prakti-sches Geschenk ist.“

Er grinste und warf seine Ponyfransen aus dem Gesicht. Er hatte eine lila-grau gefärbte Strähne in seinen schwarzen Haaren. „Das nehm‘ ich als Kompliment.“

„Wie läuft das Training bei Etienne und Brianna?“

„Gut! Sie sind unheimlich froh, dass sie aus Hackensack weg-gegangen und wieder nach Vancouver zurückgekommen sind. Ihre Trainerin hier hat vielleicht nicht so viel Einfluss bei den Preisrichtern, aber es graut ihnen nicht mehr jeden Tag davor, auf die Eisbahn zu müssen. Und Bree findet es toll, dass sie bei Tim wohnen kann.“

„M-hm. Findet Etienne es toll, dass er bei dir wohnen kann?“

Er wurde rot. Es war immer noch seltsam, meinen Bruder so verliebt zu sehen. Etienne war jahrelang sein bester Freund gewesen, und es war sogar für mich ganz offensichtlich gewesen, dass er Gefühle für Sam hatte. Letztes Weihnachten hatten sie erkannt, dass Sam diese Gefühle erwiderte.

„Wir sind jetzt seit, was, sechs Monaten zusammen. Natürlich findet er’s toll.“

„Hat er noch nicht genug von dir?“

Sam zeigte mir den Finger.

Ich sagte: „Ich habe gehört, dass Anita Patel ausgefallen ist, weil sie sich den Fuß gebrochen hat. Sie und Christopher dürften nicht rechtzeitig zu den US-Meisterschaften fit sein. Etienne und Brianna könnten als zweites Eistanzpaar ins Olympiateam kommen." Chloe Desjardins und Phillipe Vincent waren aus dem Ruhestand aufs Eis zurückgekehrt, und sie waren unbestreitbar die Favoriten.

Sam hüpfte praktisch vor Freude und kämpfte gegen ein Grinsen an. „Sie könnten es wirklich schaffen! Sie sind froh, dass sie nicht aufgegeben haben, und sie finden es toll, wieder zu trainieren. Etienne nimmt sich Zeit zum Klavierspielen, und ich schwöre, dass er besser Schlittschuh läuft, seit er sich öfter entspannt. Und jetzt ist Anita verletzt!" Sein Lächeln verschwand. „Nicht, dass wir gewollt hätten, dass sie sich verletzt. Jesus, ich hör' mich an wie ein Monster."

„Du bist kein Monster. Verletzungen können Chancen schaffen, selbst wenn wir sie niemandem wünschen." Das war schlicht die Wahrheit. „Wir haben eine lange Saison vor uns. Etienne und Brianna müssen sich ihren Platz immer noch verdienen."

Er nickte energisch. „Absolut. Bree hat endlich keine Symptome mehr von ihrer Gehirnerschütterung, und sie arbeiten unheimlich hart an ihren Levels. An den meisten Tagen fällt Etienne abends praktisch ins Bett."

Für einen Moment war ich ganz neidisch bei der Vorstellung, nach einem langen Trainingstag zu einem Partner nach Hause zu kommen. Wie lächerlich. Ich hatte Esmeralda, und sie reichte mir völlig.

„Aaaalso."

Ich sah Sam stirnrunzelnd an. „Hmm?"

Er verdrehte die Augen. „Wie war die erste Woche mit Theo?"

Ich schluckte einen Bissen Blumenkohl mit Reis. „Gut."

Ehrlich gesagt war sie anstrengend und nervig gewesen. Alle redeten nur noch von ihm, und die anderen Eisläufer umschwärmten ihn wie Mücken das Licht. Oder wie Fliegen einen Scheißhaufen. Er war schon dreimal zu spät zum Training gekommen, und „Jetlag" war zu einem Dauerscherz geworden. Ich hatte das alles ignoriert, so gut ich konnte, und mich weiter voll auf mein Training konzentriert.

„Oh ja, aber sicher doch. Na *komm* schon, raus damit. Wie ist er denn so?"

„Ich kenne ihn seit zehn Jahren. Er hat sich nicht geändert."

„Ja, aber du kennst ihn nicht *richtig*."

„Aber gut genug, dass es mir vollkommen reicht."

Sam schniefte. „Willst du mir wirklich einreden, dass es dich völlig kalt lässt, Theo Sullivan jeden Tag zu sehen? Dass es dich kein bisschen ablenkt?"

„Es ist eine gute Übung für den Wettkampf."

„Naja, schon, aber du musst doch ein bisschen sauer sein."

„Nein, bin ich nicht."

„Okay, okay. Was hält er von Kuznetzov?"

„Ich habe keine Ahnung."

Sam riss die Hände hoch. „Wie kannst du nur *nicht* mit ihm über Kuznetzov reden? Der könnte euch beide schlagen!"

Mein Magen krampfte sich zusammen, aber ich tat ganz lässig. „Kuznetzov ist irrelevant für unser Training."

„Nicht mal, wenn er den vierfachen Axel schafft? Sag mir nicht, du hättest die Gerüchte nicht gehört. Er hat auf Instagram einen gezeigt!"

Julien, Ivan und Ga-young hatten das aufgeregt durchgehechelt, und ich hatte versucht, sie zu ignorieren. „Instagram ist kein Wettkampf."

„Wenn du das sagst. Wie läuft's mit dem Lutz?"

Ein Thema, über das ich noch weniger reden wollte als über Theodore Sullivan. „Gut."

„Bist du sicher, dass es das Risiko wert ist? Du warst immer so konsequent."

Das stimmte, und es war eine berechtigte Frage. Trotzdem reagierte ich gereizt. „Glaubst du etwa, ich kriege den nicht hin? Ich habe ihn schon im Wettkampf geschafft."

Sam seufzte. „Lass doch den Scheiß. Natürlich schaffst du den. Du weißt, dass ich an dich glaube."

Ich nahm einen weiteren Bissen und nickte.

„Hat Theo einen Freund?"

„Er ist erst seit einer Woche hier."

„Ich meine, zuhause in Kalifornien. In der Presse wurde nie einer erwähnt, aber wir wissen ja beide, dass das im Eislaufen nichts zu bedeuten hat, auch wenn er offen schwul ist."

„M-hm." Theodore hatte sich zwar schon vor ein paar Jahre offiziell geoutet, aber der amerikanische Eislaufverband thematisierte das nur selten, wenn überhaupt. Ich hoffte, dass der kanadische Verband in meinem Fall mehr Unterstützung zeigen würde. Aber es war bisher nie zur Sprache gekommen, da ich nie das Bedürfnis verspürt hatte, mich in den Medien zu outen.

Ich hatte meiner Familie und meinen Trainern gesagt, dass ich schwul war, aber das erschien mir ziemlich irrelevant, da ich nicht in einer Beziehung war. Und das eine Mal, als ich es versucht hatte –

Ich fing mich wieder und konzentrierte mich auf Sam. „Was macht das Studium?"

„Alles okay. Kaum zu glauben, dass ich nächstes Jahr mein Vordiplom mache. Drück' die Daumen, dass ich zum Masterstudium zugelassen werde."

Er wollte unbedingt Soziale Arbeit studieren. „Du wirst angenommen. Die können von Glück sagen, wenn sie dich kriegen."

Er strahlte. „Das sagt Etienne auch. Hat er dir erzählt, dass er und Bree von den Preisrichtern drei Key Points für ihren Spurenbildtanz bei der Nebelhorn Trophy gekriegt haben?"

Ich hörte zu, während Sam weiter von Etienne sprach. Er war auch schon mit Frauen zusammengewesen, aber seine Beziehung mit Etienne war auf einem ganz anderen Level. Seine Augen strahlten, und seine Stimme klang ganz andächtig.

Anscheinend war er tatsächlich verliebt, was ich mir gar nicht vorstellen konnte. Oder doch, da auch ich einmal kurz geglaubt hatte, verliebt zu sein. Aber da war ich nur einer kindischen Illusion erlegen. Liebe war nichts für mich.

„Besuchst du Ojiichan am Wochenende?"

„Ja. Ich gehe mit ihm ins JCCC zu einer Kendo-Show."

Sam erschauerte. „So viele verlorene Samstage dort. Wenigstens hat Kendo Spaß gemacht."

„Shodo hat auch Spaß gemacht."

„Nur du konntest Spaß dran haben, verschnörkelte Kalligraphie zu lernen. Und den Sprachunterricht kannst du auch knicken. Aber du bist durch das Eislaufen um alles rumgekommen, nachdem du erst mal die Nachwuchsmeisterschaft gewonnen hattest."

Unsere Eltern hatten sich im JCCC, dem Japanisch-Kanadischen Kulturzentrum in Toronto, kennengelernt, als sie beide dort Wochenendkurse gemacht hatten. Sie hatten die Tradition mit Sam und mir weitergeführt. Ich hatte zwar außer einigen Brocken Japanisch nichts davon behalten, aber ich hatte die Herausforderung gemocht.

Ich sagte: „Als wir nach Vancouver gezogen sind, haben sie dich machen lassen, was du wolltest."

„Ja, weil sie zu sehr mit deinem Eislaufkram beschäftigt waren. Und dann bist du einfach wieder nach Toronto gezogen und hast uns im Stich gelassen."

Das Schuldgefühl war inzwischen vertraut, mehr ein dumpfer Schmerz als ein Stich. „Du weißt doch, dass ich zu den hochkarätigsten Trainern wechseln musste. Und dafür musste ich eben wieder hierher zurück." Es war wahr – Jillian, meine Trainerin in Vancouver, war während meiner Teenagerzeit perfekt für mich gewesen. Aber dann hatte ich ein höheres Niveau gebraucht.

Außerdem hatte ich jener Eisbahn und der tagtäglichen Erinnerung daran entkommen müssen, wie jämmerlich ich mich *seinetwegen* zum Narren gemacht hatte. Diesen Teil hatte ich meiner Familie nie gebeichtet. Sie waren zwar mir zuliebe nach Vancouver gezogen, aber jetzt waren sie dort zuhause, und sie hatten sich nie in meine Eislaufkarriere eingemischt.

Die Eltern unseres Vaters waren in Toronto geblieben, und ich besuchte Ojiichan an jedem freien Wochenende. Unsere Großmutter väterlicherseits war vor ein paar Jahren gestorben, und er lebte jetzt allein in einem kleinen Apartment in einer Seniorenwohnanlage.

„Ich verarsch' dich doch nur", sagte Sam. „Außerdem bist du ja an Halloween zur Skate Canada wieder hier. Da kommen dann alle zum Feiern."

Ich umklammerte meine Gabel. Ich *musste* siegen. Theodore würde auch dort sein. Das war ärgerlich, vor allem, da die ISU die Spitzenläufer normalerweise davon abzuhalten versuchte, vor dem Finale im Dezember in der Grand-Prix-Serie direkt gegeneinander anzutreten.

Aber er hatte darauf bestanden, Skate America und Skate Canada direkt nacheinander zu machen. Dann würde er ohne Unterbrechung bis zum Finale trainieren können. Andere Eisläufer hatten diese Strategie auch schon angewendet, aber ich verteilte meine Wettkämpfe lieber gleichmäßig.

Später, während ich – von Esmeralda aus ihrem Lieblings-Pappkarton beobachtet – meine allabendlichen Planks machte, ertappte ich mich bei der Überlegung, ob Theodore tatsächlich einen festen Freund zurückgelassen hatte, um hier zu trainieren.

Nicht, dass das eine Rolle gespielt hätte. Nicht, dass mich das kümmerte. Ich ließ mich auf die Ellbogen hinunter und wechselte zwischen Plank und Hover hin und her, hob erst einen Fuß, dann den anderen.

Ich fragte mich, was Theodore gerade machte. Wahrscheinlich

Fastfood oder irgendwas genauso Verantwortungsloses essen und faul auf der Couch herumhängen. Ich machte fünfzig Wiederholungen zusätzlich und stellte mir dabei die oberste Stufe des Podiums und Theodore unter mir vor.

THEODOR HÄTTE EIGENTLICH mit einem „Fallenden Blatt" nach seiner Schrittsequenz in eine Pirouettenkombination überleiten sollen. Stattdessen war er abrupt zum Stillstand gekommen, obwohl seine Musik weiterlief. Das hier war ein Durchlauf, was bedeutete, das ganze Programm von Anfang bis Ende durchzuführen. Nicht während der Pirouetten herumzustehen und dann wieder neu anzusetzen.

Meine Trainingseinheit war vorbei, und ich saß auf der niedrigen Tribüne an einer Seite der Eisfläche aus und schaute zu, während ich mir bedächtig die Turnschuhe zuschnürte. Mir taten die Füße weh, weil ich neue Schlittschuhe eingelaufen hatte, und obwohl ich das nie zugegeben hätte, war ich erleichtert gewesen, sie ausziehen zu können. Ich hatte trotzdem zwei komplette Durchläufe gemacht. Sie waren nicht perfekt gewesen, aber einigermaßen akzeptabel.

Wie ich in den letzten zwei Wochen herausgefunden hatte, machte Theodore nicht gern Pirouetten und ließ diese Elemente oft aus. Seine Pirouetten waren mittelmäßig, und warum wohl?

Seine Faulheit ging mir auf die Nerven; dabei hätte ich eigentlich froh sein sollen, dass er sich nicht so vorbereitete, wie er sollte. Es überraschte mich, dass Mr. Webber ihm das hatte durchgehen lassen, aber vielleicht hatte er das gar nicht.

Manon und Bill hielten ihn dazu an, die Programme komplett durchzulaufen, aber bisher hatten sie es noch nicht forciert. Wahrscheinlich ergab das Sinn, da sie immer noch dabei waren, sich aneinander zu gewöhnen. Theodore redete sich vermutlich immer noch mit Jetlag heraus, als ob wir es nicht alle gewohnt wären, zu Wettkämpfen um die ganze Welt zu reisen.

Die Musik zu seinem Langprogramm schwoll an, als er wieder loslief und Anlauf für seinen nächsten Sprung nahm. Der vierfache Salchow war lehrbuchmäßig, aber er hatte sich davor auch gut dreißig Sekunden lang ausgeruht.

Doch ich wusste, dass er bei Wettkämpfen die Sprünge genauso raushauen konnte, also war seine Faulheit beim Training irrelevant. Die Ungerechtigkeit saß unter meiner Haut wie ein Splitter.

Er lief zu einem Rolling-Stones-Medley, das überwiegend aus dem Song „Sympathy for the Devil" bestand. Das Publikum würde sein freches Grinsen und seine explosiven Sprünge lieben und sich nicht darum scheren, dass seine Überleitungen schlicht waren und er bei der Beinarbeit mehr den Oberkörper bewegte, statt sich um ein exaktes Spurenbild zu bemühen. Wenn er die Sprünge auf den Punkt traf, würde das den Preisrichtern auch egal sein.

Als er seine Schlusspose einnahm, eine Faust in die Luft stieß und den Kopf nach einem Hüftschwung in den Nacken warf, klatschten ein paar Verräter in der Arena Beifall. Ich schnappte mir mein Equipment, um es in meinen Spind zu stopfen, bevor ich zum Laufen raus in den Nieselregen ging.

Ich platschte durch Pfützen und befahl mir, nicht mehr an Theodores Hüften zu denken.

Es dauerte nicht lange, und ich lief den Weg hinunter in die Rinne. Ich hatte meine Atmung perfekt auf mein Tempo abgestimmt, so dass meine Lungen bei optimaler Kondition arbeiteten.

Irgendwann hörte ich dumpfe Schritte hinter mir, aber achtete nicht groß auf sie und konzentrierte mich darauf, in der idealen Trainingszone zu bleiben.

„Hey!"

Mein Herz setzte einen Schlag aus, als Theodore mich überholte. Ich wäre fast über meine eigenen Füße gestolpert, als er sich umdrehte, rückwärts joggte und mich anlächelte. Er hatte eine Energie wie ein ungebärdiger junger Hund, und ich musste an den lebhaften Sheepadoodle meiner Eltern denken.

Ein ungebärdiger junger Hund, der trotz des feuchtkalten Wetters nur Shorts und ein weißes T-Shirt trug. Die Baumwolle klebte durchsichtig an seinem straffen Oberkörper.

„Das ist ein toller Weg!" Er drehte sich wieder um und rannte jetzt vor mir her. „Ich hasse Laufen, aber Manon und Bill zwingen mich dazu."

Die zusätzliche Energie der nicht gemachten Pirouetten kam ihm offensichtlich zugute. Während ich ihm nachlief, hätte ich nur zu gern gefragt, wer ihm von *meiner* Laufstrecke erzählt hatte. Aber jetzt pochte mein Herz, und ich atmete unregelmäßig. Meine optimale Koordination war verschwunden.

Und er lag *vorn*.

Nicht, dass es ein offizieller Wettlauf gewesen wäre. Aber wir rannten, und er hatte mich überholt. Also ja, eindeutig ein Rennen. Ich spannte meine Rumpfmuskulatur an, holte tief Luft und startete durch, zog an ihm vorbei. Er sagte irgendwas, aber ich hörte nicht zu. Er war wieder hinter mir, und nur darauf kam es an.

Scheinbar mühelos holte er auf, lief neben mir her und passte sein Tempo meinem an. „Was macht ihr hier eigentlich in eurer Freizeit?", fragte er.

Ich legte erneut Tempo zu. Milchsäure brannte in meinen Oberschenkelmuskeln, als der Weg bergauf führte. Warum musste er nur so viel reden? Zumal mit mir. Seine aufdringliche Freundlichkeit würde sich nicht auf meinen Hass auf ihn auswirken.

Ob es nur fair war oder nicht – ich hasste ihn erfolgreich seit Jahren. Ich würde mich nicht dazu verleiten lassen, zu glauben, Theodore Sullivan wäre ernsthaft an mir interessiert. Das

Sprichwort vom gebrannten Kind traf ganz eindeutig zu.

Er war mir auf den Fersen, und er redete immer noch. „Ivan hat gesagt–"

Ich konzentrierte mich auf das Rauschen des Blutes in meinen Ohren und ignorierte ihn, blendete alles aus, außer zu gewinnen. Wir überholten uns abwechselnd. Der Pfad führte in einer Schleife zum Ausgangspunkt zurück, und ich kalkulierte gerade die verbleibende Distanz, um genau die richtige Menge an Energie für meinen Sieg aufzuwenden, als er aus meinem peripheren Blickfeld verschwand.

Wenn er ein Geräusch gemacht hatte, als er gestolpert war, hatte mein donnernder Puls es übertönt. Immer noch rennend blickte ich mich um und sah ihn bäuchlings hingestreckt im nassen Dreck liegen. Ich war weiter oben am Hang, aber meine Schuhe rutschten auf dem Matsch. Ein Adrenalinstoß durchfuhr mich, als ich mit den Armen ruderte, um das Gleichgewicht zu halten.

Ich blieb stehen und wartete ab. Er rührte sich nicht, und bestimmt hatte es ihm den Atem verschlagen. Ich konnte mir nicht vorstellen, dass er sich den Kopf gestoßen hatte, aber nach ein paar Sekunden schoss mein Adrenalinspiegel erneut in die Höhe. Ich trat einen Schritt näher.

Er war nicht wirklich verletzt.

Oder?

Ich ging noch einen Schritt weiter den Hang hinunter. Der Nieselregen war inzwischen stärker geworden, und der Erdboden musste eiskalt sein. Nun ja, wir waren Kälte gewohnt, aber…

War er tatsächlich verletzt?

Seine Schultern bebten, und für einen schrecklichen Moment dachte ich, er würde weinen. Mitgefühl flammte auf, und meine Gummisohlen gruben sich in den Schlamm, als ich mich ihm langsam näherte.

Stöhnend drehte er sich auf den Rücken und schaute mich

von unten herauf an. Seine perfekten Zähne blitzten auf, als dieses nervige Lächeln über sein Gesicht huschte, und dann lachte er weiter. „Sogar der russische Preisrichter würde mir eine gute B-Note für diese Landung geben."

Meine merkwürdige Erleichterung wich stechender Gereiztheit. Ihm war nichts passiert, und doch machte er wie üblich eine große Sache daraus. Ganz abgesehen davon, dass er mit seinen überzogenen Noten für künstlerischen Ausdruck angab.

Immer noch lachend rieb er sich die Brust. Das schlammverschmierte weiße T-Shirt war über seinem Bauch hochgerutscht, und mein Blick fiel auf einen feuchten Streifen blasser Haut.

„Ach, komm schon. Bist du etwa tatsächlich ein Roboter? Sag mir nicht, dass das nicht witzig war! Das war ein sensationeller Bauchklatscher."

Während ich mir vorstellte, mit den Fingerspitzen über seinen nackten Bauch zu streichen, streckte er mir hilfesuchend die Hand entgegen. Seufzend ging ich noch ein paar Schritte weiter, bis ich vor seinen Füßen stand, nahm seine Hand – und er zog mich mit einem Ruck in den Schlamm.

Auf ihn drauf.

War ja klar. Er lachte, und ich stützte mich mit meiner freien Hand gegen seine Brust und versuchte, mit rutschenden Schuhen Halt zu finden. Unsere Beine verfingen sich ineinander, meine Finger gruben sich in seine Brustmuskeln, und es war *nicht witzig.*

Schon gar nicht, als Ga-young und Julien von der anderen Seite her über dem Hügelkamm auftauchten. Ga-young hatte in Südkorea schon Medaillen gewonnen, aber mit vierzehn war sie noch zu jung, um bei internationalen Wettbewerben als Erwachsene zu starten. Sie starrte uns mit weit aufgerissenen Augen an. Julien lachte. Schweiß glänzte auf seiner braunen Haut.

Er rief etwas auf Französisch, das vermutlich das Äquivalent zu „nehmt euch ein Zimmer" war, und ich rappelte mich hastig hoch. Meine Wangen brannten. Theodore lachte immer noch, und Ga-young presste die Lippen zusammen und versuchte offensichtlich, ein Kichern zu unterdrücken.

Kochend vor Wut kämpfte ich mich den Hügel hinauf. Meine Lungen schmerzten, und meine schwarze Hose war von oben bis unten mit Schlamm verspritzt. Er war lächerlich! Mich mit so einem kindischen Trick in den Matsch zu ziehen. Direkt auf ihn drauf. Warum musste er nur so –

Zu meinem Entsetzen stellte ich fest, dass ich einen leichten Ständer hatte. Ich biss die Zähne zusammen und unterdrückte ein Knurren. Ganz egal, wie oft er mich anlächelte, ganz egal, wie verführerisch sein Körper unter seinen engen, durchsichtigen T-Shirts war, ich würde mich nicht blenden lassen.

Wie der Lichtblitz einer Kamera schoss mir die Erinnerung an das erste und einzige Mal durch den Kopf, als ich einem hübschen Gesicht und einem unbeschwerten Lächeln vertraut hatte. Ich stürmte über die Hügelkuppe auf die regennasse Straße mit ihren vorbeiziehenden roten Rücklichtern zu und besiegte Theodore Sullivan haushoch, auch wenn er gar nicht mehr mit mir um die Wette lief.

Kapitel Vier

Theo

FRÜHER ODER SPÄTER musste es passieren, und anscheinend war es heute soweit.

Die Aufzugstüren öffneten sich im achten Stock, und Henry stieg zu. Na ja, er kam halb herein, blieb wie angewurzelt stehen und starrte mich an, als wäre ich ein Geist und wir wären in einem Horrorfilm. Der Typ hasste mich, aber bitte. *So* schlimm war ich nun auch wieder nicht.

„Hey!" Ich winkte ihm zu. „Wir sind wohl Nachbarn."

Er blinzelte, also war er wenigstens nicht vor Schreck zu Stein erstarrt wie im Märchen. Manons Assistentin hatte erwähnt, dass Henry auch in diesem Gebäude wohnte, ebenso wie Ivan, bis er eine Frau kennengelernt hatte und zu ihr gezogen war.

Die Tür sprang wieder auf. Henry hatte sich nicht bewegt, und die Tür startete tapfer den nächsten Versuch, sich zu schließen und ihre aufzügliche Pflicht zu tun. Nach zwei weiteren vergeblichen Versuchen ertönte ein zorniger Piepston. Ich zerrte Henry an den herabhängenden Bändern seines Kapuzenpullis in den Aufzug.

„Dann wohnst du also im achten Stock, hm?", stellte ich überflüssigerweise fest. „Ich wohne im elften. Das Gebäude scheint ganz nett zu sein. Gefällt's dir hier?"

Sein Blick schwenkte zu den nummerierten Bedienungstasten. Er nickte und drückte dann stirnrunzelnd P1. Der Aufzug hielt im Erdgeschoss, und ich sagte: „Also dann, bis gleich!", bevor er mich fragen konnte, warum ich nicht bis runter ins Parkhaus fuhr.

Im Vorbeilaufen winkte ich dem Concierge zu und zog dann mein Handy aus der Tasche, um nach meinem Taxi zu sehen. Scheiße. Scheiße! Die Fahrt war gecancelt worden und die App suchte gerade nach einem neuen Fahrer. Aus irgendeinem Grund war es nicht immer einfach, hier draußen um die Mittagszeit ein Taxi zu bekommen. In der Ferne sausten Autos auf der 401 vorbei, der Haupt-Verkehrsader durch Toronto.

Da das Ice Chalet mitten im Nirgendwo lag, wollten einige Fahrer nicht dorthin fahren. Es war eigenartig, dass man in den Siebzigern eine Eislaufarena so weit draußen gebaut hatte, aber anscheinend hatte es dort einmal einen großen Outdoor-Erlebnispark gegeben, der inzwischen längst weg war.

Ich hatte es mit dem Bus versucht, aber ich musste dreimal umsteigen, um zur Eisbahn zu kommen. Und es dauerte viel zu lange. Wenigstens hatte ich Manon und Bill dazu überreden können, mich dienstags und donnerstags erst um 13 Uhr anfangen zu lassen. Das Problem war nur, dass heute Montag war.

Ich hatte nicht nur die obligatorische Teamsession bei Tagesanbruch verpasst. Als ich endlich aufgewacht war, hatte es keinen Sinn mehr gehabt, vor Mittag hinzugehen. Ich hatte mich per SMS bei Manon entschuldigt und erklärt, dass mein Wecker nicht geklingelt hätte. Das stimmte auch! Weil ich total vergessen hatte, ihn zu stellen. Normalerweise erinnerte mein Handy mich abends daran, aber es hatte mich im Stich gelassen.

„Komm schon, komm schon …" Fast hätte ich mein Handy geschüttelt, als ob das irgendwas gebracht hätte.

Henry war bestimmt schon in aller Herrgottsfrühe auf dem Eis gewesen. Wahrscheinlich war er zum Mittagessen nach Hause gekommen und fuhr jetzt wieder zurück. Ein Motor brummte in der Nähe, und ein roter Honda Civic kam die Einfahrt entlang und fuhr an der Haustür vorbei. Es war Henry, und weil ich ein Idiot war und nicht den Kopf einzog, begegneten sich unsere Blicke durch sein Autofenster.

Er fuhr weiter. Das war sowohl eine Erleichterung als auch ärgerlich, weil es echt mies von ihm war, mir keine Mitfahrgelegenheit anzubieten. Nicht, dass er mir etwas schuldig gewesen wäre, aber die meisten Leute hätten wenigstens gefragt, denn schließlich hatten wir das gleiche Ziel. Meine Mutter hätte bestimmt seinen Killer-Instinkt gelobt.

Ein eisiger Wind blies trockene orangefarbene Blätter um meine Converses. Meine Finger wurden langsam taub. Es war teuer, für die Fahrt zur Eisbahn und zurück jedes Mal einen Lyft zu bezahlen, aber es war die beste Alternative, da ich kein Auto mieten konnte.

Aus dem Augenwinkel sah ich etwas Rotes aufblitzen. Mir blieb vor Staunen der Mund offenstehen, als der Civic nach einer präzisen 180-Grad-Wende zurückkam. Er hielt am Randstein, und das Beifahrerfenster ging runter.

Als ich mich vorbeugte, um ihn sehen zu können, fragte Henry nur: „Warum?"

Ausreden lagen mir auf der Zunge, aber nach kurzem Zögern blieb ich bei der Wahrheit. „Ich habe keinen Führerschein."

Zwischen seinen Augenbrauen bildete sich eine kleine Furche, die geradezu liebenswert war. „Warum?"

„Meine Mom wollte nicht, dass ich Trainingszeit opfere, um fahren zu lernen. Ich hätte es nach meinem Umzug nach Kalifornien tun sollen, aber da gab es eine andere Eisläuferin, die ein Auto hatte. Emily Lee? Sie hat einen coolen Jeep Wrangler, und sie hat mich immer mitgenommen." Mein Gesicht brannte, und ich wusste, dass ich puterrot geworden war. Ich war zu faul gewesen, den Führerschein zu machen als ich die Gelegenheit gehabt hätte, und jetzt stand ich da. Nicht, dass es mich gekümmert hätte, was Henry dachte.

Trotzdem wand ich mich innerlich. „Aber meine Mitfahrgelegenheit müsste jeden Moment hier sein."

„Wer nimmt dich mit?"

Ich hielt mein Handy hoch. „Wer auch immer bei Lyft arbeitet."

Er verzog das Gesicht. „Das ist teuer."

„Ja, schon. Bin selbst schuld, weil ich nicht fahren gelernt habe."

Eine Zeitlang sagte er nichts. Dann schaute er nach vorn und entriegelte die Beifahrertür mit einem leisen, dumpfen *plonk*.

„Bist du sicher? Du musst nicht."

Er warf mir nur einen leidgeprüften, finsteren Blick zu, also stieg ich ein, bevor er es sich anders überlegte. „Danke, Mann. Wirklich nett von dir."

Unermüdliche Freundlichkeit würde sicher irgendwann ein Loch in seine Backsteinmauer meißeln. Ich würde ihn dazu kriegen, mich zu mögen. Oder ihm wenigstens ein echtes Lächeln entlocken, und wenn es mich umbrachte.

Nachdem ich mich angeschnallt hatte, ließ ich meine Hand über das makellose Armaturenbrett gleiten. „Schickes Auto! Es überrascht mich, dass du ein rotes fährst. Ich hätte gedacht, du stehst eher auf grau oder schwarz, oder vielleicht weiß? Und auch noch so ein schönes Kirschrot. Hat es eine Rückfahrkamera? Sind die heutzutage Standard? Ooh, hast du Sitzheizung?" Ich drückte einen Schalter unter den Heizungsknöpfen.

Henry seufzte, bog nach rechts ab und fuhr Richtung Norden. „Das war ein Vorführwagen. Der Preis war sehr günstig, und es neu lackieren zu lassen wäre zu teuer."

„Ah, das erklärt alles. Oh, mein Arsch wird angenehm warm! Das ist bestimmt super an so einem kalten Wintermorgen."

„Mhm."

Henrys Handy war mit dem Soundsystem verbunden, und ich

blinzelte, als ich sah, was auf dem Display stand. „Dua Lipa? Du hörst nicht ganz normal Radio oder so? Was ist da sonst noch drauf?" Ich scrollte durch die Playlist, während Henry mir einen empörten Blick zuwarf. „Hast du K-Pop? Lady Gaga? Ich liebe diesen Song!" Ich tippte ihn an.

Ich sang mit, und aus dem Augenwinkel sah ich, wie sich Henrys Todesgriff um das Lenkrad entspannte. Nach einer Minute klopfte er den Rhythmus mit einem Finger mit.

„Du hörst das, um dich fürs Training in Stimmung zu bringen, stimmt's?" Ich wartete nicht auf eine Antwort, aber er nickte. „Em und ich würden dasselbe tun." Ich schaute hinaus auf das Neubaugebiet, auf die endlosen Reihen von schmalen, dicht gedrängt liegenden Grundstücken. „Ich vermisse sie. Was macht ihr hier so in eurer Freizeit? Bist du mit jemandem zusammen?"

Kaum hatte ich die Frage gestellt, wurde mir bewusst, dass es mir schwer fiel, mir Henry in einer Beziehung vorzustellen. So verklemmt wie er war, musste er ein Alptraum sein.

Er sagte nichts, daher sah ich ihn an und wartete noch ein bisschen. Dann fragte ich: „Gibt es da eine besondere Frau? Oder Person?" Er antwortete immer noch nicht, und meine Neugier wurde nur stärker. Ich hörte auf mein Bauchgefühl und fügte hinzu: „Oder stehst du vielleicht auf Männer? Das hab' ich jedenfalls gehört."

Er zuckte zusammen und warf mir einen scharfen Blick zu. „Was hast du gehört?", fragte er schroff.

Oha. Warum flippte er jetzt aus? „Na jaaa …" Ich tippte mir nachdenklich ans Kinn und versuchte, mir einen guten Scherz einfallen zu lassen, aber plötzlich kam mir das nicht mehr witzig vor.

Henrys Adamsapfel hüpfte. Er umklammerte krampfhaft das Lenkrad und beobachtete mich; sein Blick huschte zwischen mir und der Straße hin und her. Ich war mir nicht sicher, ob er wütend war oder… verängstigt? Ich verstand diese Reaktion nicht, aber ich wusste, dass ich mich dabei unwohl fühlte. Und das gefiel mir nicht.

Ich lächelte beschwichtigend. „Hey, schon gut. War nur Spaß. Ich hab' gar nichts gehört." Die ganze Eislaufszene wusste, dass er schwul war. Wo lag das Problem? Vor welchen Gerüchten hatte er Angst?

Mit leicht geöffnetem Mund holte er zittrig Luft. Ich streckte die Hand aus, aber er zuckte so heftig zurück, dass ich Angst hatte, er würde in den Gegenverkehr geraten.

„Warum hast du vorhin so die Panik gekriegt?"

Natürlich sagte er nichts, den Blick jetzt starr auf die Straße gerichtet. Wenigstens blieben wir in unserer Spur.

„Ist es …" Ich suchte nach den richtigen Worten, da das offensichtlich ein heikles Thema war. Vielleicht war bei Henry alles ein heikles Thema. Hatte er Angst, öffentlich geoutet zu werden? „Du weißt, dass ich schwul bin, oder? Es ist okay, wenn du's auch bist. Oder wenn du's nicht bist. Was auch immer du bist, es ist okay."

Darüber schien er nachzudenken. Schließlich fragte er: „Du hast also keinen Tratsch über mich gehört?"

„Nein. Über dich redet eigentlich niemand." Na ja, jedenfalls nicht über seine Sexualität. Er war so zugeknöpft, dass die meisten nur Witze darüber machten, wie sehr er sich wie ein Roboter oder Alien benahm. „Aber ich dachte, es wäre okay für dich, schwul zu sein? Falls du's bist? Mein hochempfindliches Gaydar sagt ‚ja', aber ich könnte mich auch irren. Ist schon ein-, zweimal vorgekommen." Ich zuckte sorglos die Achseln, aber die Neugier brachte mich um.

Henrys angespanntes Schweigen war ein bisschen unheimlich. Als ich gerade einen weiteren Witz machen wollte, sagte er: „Ja, ich bin schwul. Es ist kein Geheimnis, aber ich…" Sein Blick huschte zu mir, als er an einer Ampel anhielt, dann schaute er zu Boden. Es war mir ein Rätsel, wie eine so kleine Bewegung so *traurig* sein konnte. „Ich hab' keine Zeit für was anderes außer dem Training."

Ich war merkwürdig froh, dass er es mir gesagt hatte. „Ja, das versteh' ich. Ich bin auch mit niemandem zusammen." Ich wollte ihm den Arm tätscheln oder so, aber dann würde er womöglich wieder ausflippen. „Ich hab' wirklich keine Gerüchte über dich gehört. Ich schwör's."

Der Song lief immer noch und füllte das Schweigen, als er wieder vor einer roten Ampel hielt. Ich wippte mit dem Fuß und mir brannten weitere Fragen auf der Zunge. Jetzt, wo ich darüber nachdachte, hatte er nicht einen Ständer bekommen, als er mich damals in unserer Juniorenzeit unter der Dusche gesehen hatte? Ich konnte mich dunkel daran erinnern, dass er mich danach gemieden hatte wie die Pest, obwohl sowas jedem mal passieren konnte.

Ich konnte mich nicht beherrschen. „Dann hast du also nur One-Night-Stands? Das Training macht's einem definitiv schwer, Zeit für eine richtige Beziehung zu finden. Welche App ist hier die beste? Ich muss unbedingt mal wieder poppen."

Er blickte starr geradeaus und umklammerte wieder das Lenkrad so fest, dass seine Knöchel weiß wurden. Seine Wangen waren gerötet.

„Ach, komm schon! Wir haben alle unsere Bedürfnisse. Oder bist du Ace? Nicht, dass Ace-Menschen nicht auch Bedürfnisse hätten. Aber vielleicht stehst du nicht auf Sex mit anderen Leuten, was natürlich auch völlig in Ordnung ist."

„Bitte, hör auf zu reden."

„Ich hab' dich doch nicht nach deiner Lieblings-Rimmingtechnik gefragt. Ganz im Ernst, es ist okay, wenn du nicht auf Sex stehst. Meine Schwester Veronica identifiziert sich als Grey Ace."

„Ich bin nicht asexuell. Hör auf." Er drehte die Musik lauter.

Ganz ehrlich, es war liebenswert. Dass er so leicht zu schockieren war! Okay, dann war er also nicht Ace. Aber bei jemandem, der immer so kühl und beherrscht war, faszinierte mich diese Reaktion. War er im Bett total verklemmt? Gab er auch nur einen Laut von sich?

War er Jungfrau?

Als wir auf dem Weg in die Arena waren, stellte ich ihn mir vor, wenn er einen geblasen bekam. Stöhnte er, oder war das nicht erlaubt? Er ging vor mir her, und ich heftete den Blick auf seinen Knackarsch in der engen, schwarzen Hose. Wenn ich ihn lecken würde, könnte ich ihn dann dazu bringen, sich gehen zu lassen und laut zu sein?

Meine Eier kribbelten, und ich schüttelte die albernen Gedanken ab. Ich musste es ja wirklich sehr nötig haben, wenn ich mir vorstellte, ausgerechnet Henry zu ficken. Er hatte keinen Humor, und ich fickte gern humorvolle Leute. Und es ging mich nichts an, was er machte oder nicht und mit wem er was machte oder nicht.

Allerdings war es wirklich nett von ihm gewesen, mich mitzunehmen, und ich sagte: „Nochmal danke!"

Seine kanadische Höflichkeit hatte anscheinend einen Kurzschluss, und er ignorierte mich. Und er ignorierte mich auch während des Trainings weiter, als wir nach den Sprungübungen einen Durchlauf nach dem anderen machten. Ich versuchte, mich auf meine Vierfachen zu konzentrieren und nicht mehr daran zu denken, Henry den Arsch zu lecken, bis er schrie. Das würde ihm ein Lächeln entlocken.

Am Ende des Tages ließ ich mir Zeit beim Umziehen und unterhielt mich mit Ga-young und ihrem Vater, da ich es nicht eilig hatte, in meine leere Wohnung zurückzukehren. Als ich die Eisbahn verließ, hatte ich immer noch fünfzehn Minuten zu warten, bis mein Lyft da sein würde.

Auf dem Parkplatz leuchteten Scheinwerfer auf, und ein Auto kam durch die frühe Novemberdämmerung auf mich zu. Erst als es vor mir anhielt, erkannte ich, dass es der rote Civic war. Dass es

Henry war.

Dass er auf mich gewartet hatte.

Grinsend sprang ich rein. „Du hättest doch nicht warten müssen! Danke. Ich hätte nicht so lange gebraucht, wenn ich das gewusst hätte. Du brauchst mich wirklich nicht immer mitzunehmen. Das erwarte ich nicht von dir."

„Es ist verschwenderisch, nicht zusammen zu fahren."

„Stimmt. Das hier ist besser für die Umwelt." Ich konnte nicht aufhören zu grinsen. „Ich steh' nicht in aller Herrgottsfrühe auf, so wie du, aber das ist echt super. Ich geb' dir natürlich Benzingeld. Hey, wann ist dein zweiter Grand Prix? Du nimmst an der NHK in Osaka teil, stimmt's? Weißt du, wer im Ausschuss sitzt? Der technische Spezialist für das Finale des Junioren Grand Prix ist Edgar Stein, und Ga-young scheißt sich schon vor Angst in die Hosen, weil er bei Kantenfehlern so streng ist. Ihr Lutz ist eindeutig eher ein Flutz."

Henry antwortete einsilbig wie immer. Im Aufzug nach oben hätte ich ihn fast zum Abendessen in meine Wohnung eingeladen – was bedeutet hätte, Pizza zu bestellen und an einem Pappkarton zu essen, weil ich keine Möbel hatte. Ich war offensichtlich einsam, da Henry nicht mal eine gute Gesellschaft war.

Andererseits, vielleicht war er das ja doch irgendwie? Er redete nicht viel, und er konnte mich nicht leiden, aber er hörte immer auf eine Weise zu, die ich anziehend fand. Aber er war immer noch mein größter Rivale, und es war wahrscheinlich keine gute Idee, zuviel Zeit mit ihm zu verbringen.

Er hatte wahrscheinlich null Interesse daran, mit mir abzuhängen. Daher sagte ich gute Nacht, als er aus dem Aufzug stieg. Ich versuchte, Em in LA per FaceTime anzurufen, aber sie war beschäftigt. Ich versuchte es bei einigen anderen Freunden aus LA, aber sie waren auch beschäftigt.

Ich simste regelmäßig mit Freunden und sah sie auf Insta und wo auch immer, aber es war eine stressige, anstrengende Olympia-saison, und inzwischen war so ziemlich jeder, den ich kannte, in der Eislaufszene. In LA hatten wir zusammen trainiert und am Wochenende zusammen Party gemacht, wenn wir keine Wett-kämpfe hatten.

Aber jetzt, da ich nicht mehr ständig mit ihnen zusammen war, merkte ich, dass das alles ziemlich oberflächlich war. Wir hatten jede Menge Spaß gehabt, und sie hatten Verständnis für Eislauf-Ängste. Aber wenn ich mich zu erinnern versuchte, wann wir mal über andere Dinge geredet hatten – Dinge aus dem wahren Leben oder unsere Familien – fiel mir nichts ein.

Ich fragte mich, ob Henry Freunde hatte. Bestimmt hatte er welche, obwohl er bei Wettkämpfen immer wie ein Einzelgänger gewirkt hatte. Vielleicht könnten wir zusammen abhängen, da wir Nachbarn waren. Ja, klar. Nachbarn und *erbitterte Rivalen um olympisches Gold*, rief ich mir ins Gedächtnis.

Na ja, nicht dass ich so besonders erbittert gewesen wäre, aber es war keine gute Idee, zuviel Zeit mit demjenigen zu verbringen, der mich am ehesten schlagen konnte. Ich konnte meine Mutter schon fast mit den Zähnen knirschen hören, weil er mir eine Mitfahrgelegenheit angeboten hatte.

Was mich natürlich dazu brachte, noch lieber mit Henry ab-hängen zu wollen.

Nach einem Tiefkühl-Fertiggericht – von einer Biomarke und mit echtem Gemüse drin, also wenigstens einigermaßen gesund – rief ich Mr. Webber an.

Er hielt nicht viel von Smalltalk, und er meldete sich mit: „Ich habe von deiner Mutter gehört."

Ich stöhnte auf. „Echt jetzt? Sch–" ich fing mich gerade noch. „Scheibenkleister. Tut mir leid, dass sie Sie belästigt hat. Dazu hatte sie kein Recht."

„Ich habe schon seit Jahrzehnten mit Eislauf-Eltern zu tun. Ich habe sie ausreden lassen und ihr gesagt, ich wüsste ihre Perspektive zu schätzen. Dann habe ich aufgelegt."

„Mannomann!" Ich lachte, als ich mir vorstellte, wie stinkwütend meine Mutter gewesen sein musste. Das hatte sie davon, wenn sie sich einmischen musste. „Trotzdem tut es mir leid, dass sie Sie genervt hat."

„Chemo ist schlimmer als deine Mutter, das versichere ich dir."

Ich hasste es, wie müde er klang, schwach und beinahe gebrechlich. Obwohl er nie auch nur die Stimme erhoben hatte, wenn er mit mir sprach, hatte das, was er sagte, immer Gewicht und Nachdruck. Er war nicht besonders groß, aber er hatte eine eindrucksvolle Präsenz.

„Ja, aber trotzdem. Es wird Sie freuen, zu hören, dass mein vierfacher Sal einwandfrei flutscht."

„Machst du deine Durchläufe?"

„Meistens. Haben Sie gewusst, dass Henry jedes Mal von vorn anfängt, wenn er auch nur einen Fehler macht?"

„Er ist mit Leib und Seele bei der Sache."

„Ja, aber das bin ich auch. Ich will mich nur nicht überanstrengen und mir eine Verletzung einhandeln. Das heißt nicht, dass ich nicht gewinnen will."

„Gewinnen zu wollen und Hingabe sind nicht ganz dasselbe", sagte Mr. Webber trocken.

Das tat weh, obwohl es wahr war. „Aber Henry ist so kalt. Da ist keine Leidenschaft dabei."

„Es stimmt, dass er sehr introvertiert ist. Er interpretiert die Musik wunderschön, aber anders als du hat er nicht so den Draht zum Publikum. Ich würde nicht sagen, dass bei ihm keine Leidenschaft dabei ist. Er ist beherrscht, aber er liebt Eislaufen. Er verwendet viel Mühe und Sorgfalt auf jede einzelne Bewegung."

Ich stand von meinem Bett auf – das aus einer Matratze auf dem Fußboden bestand – und begann in meiner kleinen Wohnung auf und ab zu gehen. Es war eine Einzimmerwohnung, bei der nur das Bad wirklich separat war; die Küche war zum Wohnbereich hin halb offen.

„Ich liebe Eislaufen auch", behauptete ich eigensinnig.

„Wenn du das sagst."

„Es stimmt! Ich bin gut darin. Ich war schon immer gut darin."

„Das warst du, Theo."

Jetzt wollte er mich nur beschwichtigen. Ich hätte gern noch weiter mit ihm gestritten, aber er sagte, er wollte ein Nickerchen machen, daher verabschiedeten wir uns. Ich tigerte immer noch auf und ab, merkwürdig aufgewühlt.

Obwohl ich das Eislaufen wahrscheinlich nicht zu meinem Beruf gemacht hätte, wenn meine Mutter mich nicht dazu gedrängt hätte, konnte ich mir nicht vorstellen, was ich sonst machen sollte. Ich hatte die Highschool abgeschlossen, aber was würde ich studieren, wenn ich aufs College gegangen wäre?

Ich konnte gut eislaufen. Auf Asientourneen und durch Werbeverträge war damit Geld zu machen. Ich hatte immer gedacht, dass ich eines Tages ein guter Trainer sein würde. Mit Kindern zu arbeiten wäre super, obwohl ich nicht so der organisierte Typ war. Henry wäre toll darin, aber er verstand keinen Spaß. Obwohl er wahrscheinlich hervorragend Technik unterrichten könnte.

Warum dachte ich so viel an Henry? Kopfschüttelnd ließ ich mich wieder auf meine Matratze fallen und loggte mich bei Twitch ein, um zu sehen, was mein Lieblings-Streamer heute gepostet hatte. Ich wünschte, ich hätte eine Couch. Henry hatte wahrscheinlich eine Couch. Er hatte wahrscheinlich eine ganze Couchgarnitur, wie meine Eltern. Er –

Und schon wieder dachte ich an Henry.

„SIE VERBRINGEN MEHR Zeit mit Sakaguchi als mit dir."

Es kostete mich meine ganze Selbstbeherrschung, um nicht gleich wieder aufzulegen, ohne ein Wort zu sagen. Warum war ich rangegangen? Tja, weil sie zehnmal hintereinander angerufen hatte, und weil es leichter war, einfach mit ihr zu reden und es hinter mich zu bringen, damit ich weiter durch Instagram scrollen konnte.

„Hallo auch, Mom."

„Warum hast du heute mit dem Assistenten gearbeitet?"

„Weil Manon und Bill mit ihren anderen Schülern beschäftigt waren. Es gibt einen Ablaufplan, und ich habe kein Problem damit, ein paar Trainingseinheiten mit Marc zu machen."

„Nun, ich habe ein Problem damit!"

Mir riss der Geduldsfaden. „Dann ist es ja gut, dass ich erwachsen bin und du nichts mehr mitzureden hast!" Ich holte tief Luft und warf einen Blick auf die Tribüne. Es war kurz nach sechs Uhr abends; dann gab es bis zum Abendessen immer eine Ruhepause, bevor die städtisch geförderten abendlichen Freizeitkurse für Kinder anfingen.

„Die ganzen Jahre habe ich geopfert, um dir zu helfen, und das ist nun der Dank dafür."

Mein Hinterkopf landete mit einem dumpfen Bums an der orangefarbenen Backsteinmauer, und ich schloss die Augen und umklammerte das Handy, das ich am Ohr hatte. „Ich hatte keine Wahl. *Du* warst fest entschlossen, einen Champion aus mir zu machen."

„Und das habe ich auch geschafft!" Ihre Stimme bebte, wurde hoch und gepresst. „Ich will doch nur dein Bestes."

„Ich weiß." Wir hatten dieses Gespräch schon hundertmal geführt. Ich wusste genau, was sie als nächstes sagen würde, und sie tat es, genau aufs Stichwort.

„Ich tu' das nur, weil ich dich liebe." Sie schniefte.

„Ich liebe dich auch, Mom." Was sollte ich sonst sagen? Ich liebte sie wirklich. Und sie liebte mich, obwohl ihr Ehrgeiz und ihre zwanghafte Art mich verrückt machten. Sie würde sich nicht ändern, also musste ich damit klarkommen.

„Und ich will nur das Beste für dich. Du bist so talentiert, mein Liebling. Wenn diese Trainer–"

„*Meine* Trainer machen ihren Job großartig. Deine Spione haben dir bestimmt berichtet, dass ich sogar ganze Durchläufe mache. Manchmal." Ihre Spione waren wahrscheinlich andere Eislaufeltern – in einer Eislauf-Trainingshalle gab es nur wenige Geheimnisse, aber dafür sehr viel Klatsch und Tratsch.

„Du solltest so viele wie Sakaguchi machen. Ich höre seine Musik!"

Tatsächlich hallte die Mondscheinsonate durch die fast leere Eishalle. „Mein Training ist für heute beendet. Ich hab' früh angefangen und alles." Jetzt wartete ich auf Henry, um mit ihm zurückzufahren, aber das würde ich meiner Mutter todsicher nicht erzählen. Es war nur eine Frage der Zeit, bis ihre Spione sie darüber ins Bild setzten. „Wie geht's Dad?"

Ich konnte sie praktisch die Achseln zucken hören. „Gut. Macht Überstunden."

„Und die Mädchen?"

Dies war Moms Gelegenheit, sich über meine Schwestern auszulassen, und sie verbiss sich darin wie ein Krokodil. Ich machte ‚hmm' und ‚aha' und blendete sie aus, während ich zusah, wie Henry zu seiner eingesprungenen Sitzpirouette ansetzte.

Er hatte nicht meine natürliche Gelenkigkeit, aber er ging trotzdem sehr tief runter, das Spielbein kerzengerade ausgestreckt und den Oberkörper in einer schwierigen, verdrehten Haltung. Seine Drehungen verrutschten nicht, und er behielt trotz der schwereren Variante ein gleichmäßiges Tempo bei.

Ich schaute mir an, wie er in seine Schrittfolge überleitete, und dachte daran, was ich zu Mr. Webber über Henrys Gefühlskälte gesagt und wie er mir widersprochen hatte.

Während Henry in herrlichen Bögen und Schwüngen dahinglitt, sich mit fast geschlossenen Augen zu der Musik bewegte, die er inzwischen schon zigmal gehört hatte, strahlte er einen großen inneren Frieden aus. Man hätte meinen können, er wäre vollkommen allein, und so lief er im Allgemeinen immer.

Und es war wirklich wunderschön, wie ein Gemälde in einem Museum. Aber während ich ihm zuschaute, wünschte ich, er würde aufblicken, mit mir Kontakt aufnehmen und mich einlassen. Nicht mich persönlich, sondern das Publikum ganz allgemein.

Oder mich persönlich vielleicht auch.

Die Kommentatoren nannten mich gern einen „Entertainer" und einen „Schauspieler". Ich bekam so viel Energie von den Zuschauern, wenn ich vor Publikum lief, aber Henry wirkte dann noch angespannter. Ich konnte mir vorstellen, dass er am liebsten wirklich vollkommen allein sein wollte, um einfach laufen und laufen und für sich selbst nach Perfektion streben zu können.

Während ich zufrieden war, solange ich gute Noten von den Richtern bekam, die meine Persönlichkeit und meine Sprünge mochten. Ich hatte mich wirklich nie dafür interessiert, nach Perfektion zu streben.

„Du hörst deiner armen Mutter nicht einmal zu."

Seufzend riss ich meinen Blick von Henry los. „Natürlich hör' ich dir zu. Hey, hab' ich dir schon erzählt, dass ich ein neues Kostüm für mein Kurzprogramm bekomme? Kannst du mir deine Meinung zu den Farben sagen? Warte, ich schick' dir die Auswahl per SMS."

Ich hatte bereits meine Wahl getroffen, zusammen mit Manon und der Designerin, aber nichts machte meine Mutter glücklicher, als mir Vorschriften zu machen. Ich schickte ihr die Bilder während Henry nochmal mit seiner Kür begann, obwohl ich ihn keinen einzigen Fehler hatte machen sehen.

Kapitel Fünf

Henry

*E*S IST NUR *Liebe.*

Manons Worte klangen mir in den Ohren, aber trotzdem pochte mein Herz, als ich den Zuschauern der Skate Canada ein leichtes Lächeln zuwarf und die Arme ausbreitete, um über das Eis auf meine Startposition zu gleiten.

Ich hatte immer das Gefühl, enorm unter Druck zu stehen, wenn ich vor heimischem Publikum lief. Manon hatte sich alle Mühe gegeben, mir klarzumachen, dass das Publikum mich nur unterstützen wollte.

Kanadische Fans waren absolut loyal, und sie jubelten und pfiffen und trampelten zur Begrüßung. Sam, Mom, Dad, Obaachan und sonstige Verwandte und Freunde waren auch hier. Nicht so sehr *meine* Freunde, da ich immer viel zu sehr aufs Training konzentriert gewesen war, um gesellige Kontakte zu knüpfen.

Obwohl ich bei meinen Vierfach-Toe in meinem Kurzprogramm gestrauchelt war, stand ich immer noch auf dem zweiten Platz. Hinter *ihm*, natürlich. Ich wollte keine Enttäuschung sein, und wenn ich nicht perfekt lief… Bäh.

Vor Publikum aufzutreten war ehrlich gesagt das, was ich am Eislaufen am wenigsten mochte. Ich hätte mit Freuden jeden Tag trainieren können, ohne Zuschauer zu brauchen. Doch das Publikum gehörte zum Siegen, und ich wollte unbedingt gewinnen.

Ich senkte den Kopf für meine Anfangspose, ein Bein nach hinten ausgestreckt, beide Hände auf dem Herzen über meinem langärmeligen Hemd, dessen leicht silbrig schimmernde Schulterpartie unterhalb der Brust passend zu meiner Hose in ein tiefes Marineblau überging. Mein frisch getrimmter Pony fiel mit perfektem Schwung über eine Seite meiner Stirn.

Sei perfekt. Nicht stürzen. Keine Fehler machen. Enttäusche sie nicht.

Mit einem flauen Gefühl in der Magengrube stieß ich mich ab, als der erste Klavierton durch die Arena hallte, und nahm Anlauf für meinen ersten Vierfachen, den gefürchteten Lutz. Ich verkrampfte mich und sprang zu hastig ab. Mein Timing war völlig daneben, und ich öffnete mich zu spät, überdrehte den Sprung und schaffte es gerade noch, auf den Füßen zu bleiben.

Ich konnte den negativen GOE-Wert geradezu vor mir sehen, der den Fernsehzuschauern oben links auf dem Bildschirm in Rot neben der Grundnote angezeigt wurde. Ich hatte schon zu viele Punkte verschenkt, und das war erst das erste Element. Ich musste mich konzentrieren und den Fehler abschütteln, so gern ich auch nochmal von vorn angefangen hätte.

Konzentrier' dich, sonst schlägt er dich!

Nach einer passablen Vierfach-Dreifach-Toeloop-Kombination schaffte ich meinen ersten dreifachen Axel auf den Punkt und leitete in die choreographische Sequenz über, in der ich Zeit hatte, wieder zu Atem zu kommen und die Musik zum Ausdruck zu bringen. Doch das Summen in meinen Ohren war so laut, dass ich Beethoven kaum hören konnte. Ich bekam den Lutz einfach nicht aus dem Kopf.

Was würde er tun?

Theodore würde sein Programm spontan ändern und den Lutz noch einmal versuchen, diesmal in Kombination. Während der vier Wochen, seit er in Toronto trainierte, hatten Manon und Bill vergeblich versucht, ihn davon abzubringen, seine Choreographie über den Haufen zu werfen und Übergänge auszulassen. Ich hatte mein Bestes getan, um ihn zu ignorieren.

Ich kannte jeden Moment meiner Choreographie in- und auswendig, als wäre sie in meiner DNA verankert. Während ich meine Kombi-Pirouette machte, ging ich in Gedanken das Programm durch und suchte nach der richtigen Stelle, um anstatt der geplanten Dreifach-Dreifach-Kombination die Vierfach-Lutz-Kombination zu probieren.

Mit wild pochendem Herzen zog ich mechanisch mein Programm durch und dachte fieberhaft nach. Meine Vierfach-Lutz-Kombination war noch nicht konsistent genug, aber war dies nicht meine Chance, sie im Wettkampf zu zeigen? Wenn ich sie schaffte, würde meine Note nach oben schießen und das Publikum würde toben vor Begeisterung. Ich konnte das schaffen. Ich musste es versuchen.

Meine Beine brannten, aber ich flog über das Eis, schwang ein Bein weit nach hinten und katapultierte mich in den Lutz.

Schmerz schoss durch meine Hüfte, als ich auf das Eis knallte und noch ein Stück weiter schlidderte, bevor ich wieder auf die Füße sprang. Noch schlimmer als erneut beim selben Sprung zu stürzen war, dass ich ohne einen weiteren Sprung am Ende, nicht mal einen Einfach – Toeloop, zweimal denselben Solo-Vierfachsprung wiederholt haben würde, und das war nicht erlaubt.

Das Publikum klatschte und versuchte, mir Auftrieb zu geben. Ich hatte mein Programm total verhunzt, aber ich schaffte den Rest ohne größere Fehler. Wie betäubt brachte ich es zu Ende. Das Publikum applaudierte trotz meiner miserablen Leistung.

Ich konnte nur versuchen, zu lächeln, als ich mich verbeugte. Mein Gesicht brannte vor Scham. Ich hatte jämmerlich versagt, nicht nur vor den Fans, sondern auch vor meiner Familie. Nichts hätte ich lieber getan, als mich in ein dunkles, tiefes Loch zu verkriechen. Doch die Kameras waren auf mich gerichtet, und die Mikrophone in der Tränenecke waren empfindlich genug, um jedes Wort aufzufangen.

Ich straffte die Schultern und umarmte Manon steif, während sie mir versicherte, dass alles okay war und dass ich mein Bestes getan hätte. Die Tränenecke – eine Sitzecke im Stadion, in der die Eisläufer mit ihren Trainern auf die Bekanntgabe der Bewertung warteten – war in rot und weiß gehalten und mit dem Ahornblatt-logo des kanadischen Eiskunstlaufverbands geschmückt.

Jetzt war es mein Job, mit Manon auf der Bank zu sitzen und so zu tun, als wäre alles in Ordnung, während die Kameras uns in Großaufnahme zeigten. Während die Richter ihre Noten festlegten und der technische Spezialist alle fragwürdigen Elemente begutachtete, liefen Zeitlupen-Wiederholungen aller Schlüsselmomente meiner Darbietung im Fernsehen, auf der Anzeigentafel in der Arena und auf einem Monitor zu meinen Füßen.

Ich hatte mir nie gestattet, in der Tränenecke tatsächlich Tränen zu vergießen, nicht einmal aus Freude. Manon redete immer noch beruhigend auf mich ein, während wir uns die Wiederholungen ansahen, und ich nickte mit möglichst teilnahmsloser Miene, den Blick auf meine Misserfolge geheftet.

Theodore war noch nicht gelaufen, und ich hatte meine Geräuschunterdrückungs-Kopfhörer in der Umkleide gelassen. Ich hatte die Wertung des Teilnehmers gehört, der vor mir gelaufen war, aber er hatte eindeutig zu viele Fehler gemacht, als dass ich mir Sorgen machen musste, hinter ihm zurückzufallen.

Die Skate Canada gehörte zur Grand Prix Serie aus sechs Wettbewerben im Herbst, die im Dezember im Grand Prix Finale für die besten sechs Eisläufer/innen oder Paare aus jeder Disziplin ihren Höhepunkt fand. Wir sammelten Punkte für unsere Platzierung bei den beiden uns zugewiesenen Veranstaltungen.

Mein Mund war quälend trocken, und ich trank gierig aus der Wasserflasche, die Manon mir gegeben hatte. Meine Chance, es ins Grand Prix Finale in Turin zu schaffen, würde davon abhängen, wie ich hier und bei meinem zweiten Wettbewerb abschnitt, der NHK Trophy in Japan.

Bei der NHK würde die Konkurrenz hart sein – auch ohne Theodore, der letzte Woche bereits die Skate America gewonnen hatte. Wenn ich hier bei der Skate Canada nicht aufs Podium kam – selbst wenn ich die NHK gewann, bei der ich als Favorit gehandelt wurde – würde ich dann genug Punkte sammeln, um ins Finale zu kommen? Das hing davon ab, wie andere Spitzenläufer bei ihren Wettbewerben abschnitten.

Kalter Schweiß klebte auf meiner Haut. Die Punktrichter ließen sich Zeit. Die Wiederholungen waren inzwischen vorbei, und alle Blicke richteten sich auf mich, als würde ein Ameisenschwarm über meinen Körper herfallen. Je länger die Richter brauchten, desto mehr Elemente standen im Zweifel, und desto niedriger konnte meine Wertung ausfallen.

Was hatte ich mir nur dabei gedacht? Warum war ich so dumm gewesen? Ich änderte nie meine Choreographie. Das war unvernünftig, und das wusste ich auch. Ich hatte das Ziel aus den Augen verloren und möglicherweise meine Chance auf die Teilnahme am Grand Prix Finale verspielt, die mir schon so gut wie sicher gewesen war.

Wenn ich es nicht schaffte, wäre das die beste Gelegenheit für andere Eisläufer, die mir auf den Fersen waren, bei den Richtern und den Zuschauern Boden gut zu machen.

Mir war speiübel.

Manchmal fragte ich mich, warum ich mir unter allen Sportarten ausgerechnet eine ausgesucht hatte, bei der ich beurteilt wurde. Das Expertengremium analysierte jede meiner Bewegungen, ebenso wie die Zuschauer und die Kommentatoren. Wenn ich Hürdenläufer wäre, hätte ich entweder das Rennen gewonnen oder nicht. Doch von dem Moment an, als ich zum ersten Mal Schlittschuhe angezogen und auf die Nase gefallen war, hatte ich mich nach der Herausforderung gesehnt, das Eis zu meistern

Als der Stadionsprecher schließlich die Wertung für meine Kür verlas – 180,72 – schielte ich mit zusammengekniffenen Augen auf den Monitor zu meinen Füßen und dann nach der Anzeigentafel, während ich auf das Klassement wartete. Mein Name erschien an oberster Stelle, und gleich darauf sagte der Sprecher: „Und er steht momentan auf dem ersten Platz."

Es kamen nur noch zwei Läufer, Theodore mit eingeschlossen. Das hieß schlimmstenfalls Bronze für mich, aber ich sollte vor dem Läufer aus China bleiben, falls er nicht wirklich eine überragende Leistung zeigte. Wie es schien, war ich nicht der einzige, der gepatzt hatte, und trotz der Erleichterung war mir immer noch schlecht.

Manon tätschelte mir das Knie und sagte mir, ich hätte es gut gemacht – obwohl wir beide wussten, dass das eine glatte Lüge war. Aber die ganze Welt schaute zu und hörte mit. Hinter den Kulissen seufzte sie tief und sagte: „Du hast Glück gehabt", gefolgt von etwas auf Französisch, das ich nicht unbedingt übersetzen wollte.

Aber sie umarmte mich ein weiteres Mal, bevor ich meinen Spießrutenlauf durch die wartenden Reporter und Kameras antreten musste. Während ich mich durch die Menge zwängte, beantwortete ich ihre Fragen mit den üblichen Standardsätzen – nein, ich machte mir überhaupt keine Sorgen wegen der olympischen Spiele und oh ja, es war ein echter Ansporn für mich, mit Theo Sullivan zu trainieren, einfach großartig, könnte nicht besser sein.

Am Ende hatte er auch keine allzu tolle Kür, obwohl er mich um 9,63 Punkte schlug. Ich musste zugeben, dass ich die Präsentation vernachlässigt hatte und die Ausdrucksnoten wahrscheinlich nicht verdiente, die ich bekam, aber Theodores Programmbestandteils-Noten waren trotzdem unfair hoch.

Jetzt musste ich nur noch die Medaillenzeremonie und die obligatorische Pressekonferenz durchstehen. Man hatte mir oft gesagt, ich hätte ein „Resting Bitch Face", aber ich hatte schon vor Jahren jeden Versuch aufgegeben, ständig zu lächeln. Meine Leistungen im Eiskunstlauf konnten für sich selbst sprechen. Wobei sie heute nichts Schmeichelhaftes gesagt hatten.

Theo wartete mit einem breiten Grinsen auf dem Podium, als ich unter tosendem Applaus auf das Eis glitt. Ich verbeugte mich vor den Zuschauern, die wirklich zu freundlich und zu loyal zu mir waren, obwohl ich mich so blamiert hatte.

So gern ich Theo auch ignoriert hätte, ich trat vor ihn hin und streckte ihm die Hand entgegen. Er schüttelte sie und beugte sich dann mit ausgebreiteten Armen vor, weil er einfach schlimm war.

Mir blieb nichts anderes übrig, als die Umarmung zu erwidern oder rüpelhaft zu wirken. Beim Eiskunstlauf war der äußere Anschein lebensnotwendig. Ich musste mich als guter Verlierer zeigen, selbst wenn ich vor Frust und Wut kochte – vor allem auf mich selbst. Ich umarmte Theo steif.

„So ein Pech, das mit dem Lutz", sagte er, als wir uns wieder voneinander lösten, und sein Atem strich über meine Wange.

Wenn ich etwas gesagt hätte, hätte ich ihn entweder wütend angeschnauzt oder – noch schlimmer – wäre in Tränen ausgebrochen. Daher nickte ich nur und lief um das Podium herum und stieg hinauf, um die Silbermedaille entgegenzunehmen, die ich nur mit Hängen und Würgen behalten hatte. Wang Zhan hatte Bronze gewonnen und freute sich wahnsinnig darüber. Er grinste über beide Ohren, umarmte uns und hüpfte praktisch auf das Podium.

Plötzlich wurde mir bewusst, dass ich mich gar nicht mehr erinnern konnte, wann ich mich zum letzten Mal so über eine Medaille gefreut hatte, selbst wenn es eine Goldmedaille war. Als ich meinen letzten Weltmeistertitel gewonnen hatte, war die vorherrschende Empfindung Erleichterung gewesen. Zufriedenheit, ja, aber *Freude*? Ich betrachtete Wang Zhan mit einem Anflug von Neid und fragte mich, ob Theodore Freude empfand. Er grinste immer auf diese nervige Art mit seinem wunderschönen, perfekten Lächeln, also musste es wohl so sein.

„DU KANNST DAS besser."

„Mom!", sagte meine Mutter verärgert zu Obaachan und nahm mich in die Arme, und ich ließ mich für einen Moment von ihrem Lieblingsparfüm einhüllen, das schwach nach Kokos duftete und mich an Sommer denken ließ. „Wir wissen, dass du dein Bestes getan hast, und wir sind immer stolz auf dich."

Ich trat zurück und nickte, obwohl mir Obaachans Ehrlichkeit lieber war. Wir verstanden einander. Ich hatte nicht mein Bestes getan – nicht im Entferntesten – und was hatte ich für einen Grund, stolz zu sein?

Vielleicht, weil ich nicht komplett zusammengebrochen war und es immer noch ins Finale schaffen konnte, aber diese Silbermedaille kam in den Müll. Entweder das, oder ich würde sie zum Training tragen, zur Erinnerung daran, was ich nicht tun sollte.

Dad umarmte mich ebenfalls in der ruhigen Ecke der Eissporthalle. Die Kür der Frauen hatte bereits angefangen, aber es liefen immer noch einige Leute hier draußen herum und kauften widerlich aussehende Pizza. Stadionessen war durchweg ungenießbar und überteuert, und ich rührte es nicht an, selbst wenn ich am Verhungern war.

Keiner von uns war besonders groß, aber Obaachan war so klein, dass ich mich bücken musste, um sie zu umarmen. Sie zwickte mich mit einer vertrauten, scharfen kleinen Drehung in die Taille und flüsterte: „Du stehst dir selbst im Weg." Sie trat zurück. „Annabelle wird das nicht gefallen."

Ich zuckte zusammen und stimmte zu. Annabelle, meine Choreographin, würde nächste Woche aus Montreal nach Toronto kommen, um mit mehreren Eisläufern ihre Programme durchzugehen und sie zu optimieren. Sie würde nicht erfreut darüber sein, dass ich ihr Werk heute so verhunzt hatte. Da ich sie engagiert hatte und leicht beschließen konnte, nicht mehr mit ihr zu arbeiten, würde sie es taktvoll angehen. Aber ich hatte die Kritik verdient.

„Wie geht es Ojiichan?", fragte mein Vater. „Trägt er seine Hörgeräte?"

Ich seufzte. „Nein. Er sagt, er braucht sie nicht." Wir alle wussten, dass das nicht wahr war. Aber mich störte es nicht sonderlich. Wenn ich ihn in seiner Seniorenwohnanlage besuchte, saßen wir oft stundenlang in friedlicher Stille zusammen und machten Kreuzworträtsel.

„Er war schon immer schrecklich dickköpfig", sagte Dad. „Habe ich euch schon von diesem einen Mal erzählt, als ich fünf oder sechs war und–"

Sam, der gerade mit Etienne zu uns getreten war, stöhnte auf. „Ja. Das hast du uns schon tausend Mal erzählt." Er umarmte mich. „Flipp nicht aus. Es ist besser, hier zu floppen als später in der Saison."

Mom schnaubte empört. „Er hat nicht *gefloppt*."

Obaachan gab ein Geräusch von sich, das sich entschieden skeptisch anhörte. Während Sam sich mit ihr unterhielt, sagte Etienne leise zu mir: „Das war eben Pech. Bei der NHK bist du wieder voll da."

Ich nickte. Mich nicht unterkriegen zu lassen war die einzige Option. „Wie war der Rhythmustanz?"

Er bekam leuchtend Augen. „Super. Wir sind einen Platz hochgerutscht und sind morgen in der Endauswahl."

„Großartig." Ich freute mich aufrichtig für ihn und Brianna.

Sam küsste Etienne auf die Wange. „Bin stolz auf dich."

Ich freute mich auch aufrichtig für Sam und Etienne, obwohl die unbeschwerte Art, wie sie sich küssten, mich ganz… was? Wehmütig machte? Das war lächerlich. Noch seltsamer war, dass ich mich dabei unwillkürlich fragte, wo Theo war. Wahrscheinlich losgezogen, um irgendwo sorglos zu feiern.

Mein Handy summte. Esmeraldas Katzensitterin hatte ein Update geschickt. Wie erwartet verstecke Esmeralda sich immer noch jedes Mal, wenn die Frau kam, um nach ihr zu sehen. Ich hasste es, sie alleinzulassen, aber ich musste an Wettkämpfen teilnehmen.

„Also, wir gehen dann mal, damit du zu deinen Freunden kannst", sagte Mom und winkte jemandem weiter hinten in der Eingangshalle zu. „Bis morgen nach der Gala. Wir machen deine sämtlichen Lieblingsspeisen zum Abendessen." Sie zog mich an sich und umarmte mich.

Ich warf einen Blick über die Schulter, um zu sehen, wem Mom zugewunken hatte. Da waren ein paar kanadische Eisläufer, mit denen ich hier in Vancouver trainiert hatte, bevor ich wieder nach Toronto gezogen war. Hannah Kwan warf mir ein fröhliches Lächeln zu, und ihr dunkler Pferdeschwanz wippte. Neben ihr stand ihr Paarlaufpartner.

Mein Blick begegnete dem von Anton Orlov, und mir stieg die Galle in die Kehle. Meine Ohren summten, und obwohl Etienne und Sam gerade etwas zu mir sagten, musste ich flüchten. Hannah rief mir etwas zu, und ich ging in der nächstbesten Toilette auf Tauchstation. Schweißtropfen standen mir auf der Stirn, und ich atmete schwer. Glücklicherweise folgten Sam und Etienne mir nicht.

Es war unvermeidlich, dass ich bei Veranstaltungen auf Anton treffen würde. Er und Hannah wetteiferten bei den Landesmeisterschaften hinter dem Spitzenpaar, das bei der Weltmeisterschaft Gold gewonnen hatte, um die Silbermedaille.

Wir würden sicher zusammen in der Olympiamannschaft sein, und ich würde für Fotos lächeln und mit ihm im selben Raum sein müssen. Im selben Flugzeug, im selben Bus.

Es war inzwischen Jahre her – drei komma sieben, um genau zu sein – und ich hätte imstande sein müssen, die Vergangenheit hinter mir zu lassen. Aber Anton nur zu sehen warf mich zurück, und Demütigung und Schmerz schnürten mir den Magen zu. Ich hasste – verabscheute, verachtete, verfluchte – meine Schwäche.

Merkwürdigerweise dachte ich an Theodore und daran, was er an meiner Stelle tun würde. Er hätte das Ganze wohl mit einem Achselzucken abgetan und sich den nächsten Sexpartner, die nächste Beziehung oder die nächste Party gesucht. Immer mit diesem Lächeln auf den Lippen.

Ich wartete dreizehn Minuten in der Toilettenkabine, und als ich wieder herauskam, waren Anton und die anderen weg. Heute Abend beim Bankett würde ich sie wiedersehen, aber ich würde mit Sicherheit so viel Abstand halten, wie ich nur konnte.

TUNDEN SPÄTER WAR ich dem Bankett entkommen, nachdem ich meinen obligatorischen Auftritt gehabt hatte. Draußen war feuchtkaltes Nieselwetter, wie es in Vancouver üblich war.

Nachdem ich mir einen Trainingsanzug angezogen und meine Schuhe zugeschnürt hatte, schlüpfte ich aus dem Hotel, lief zum Hafendamm und dann auf dem Fußweg daran entlang. Dabei ging ich meine Kür in Gedanken durch und listete die Fehler, die ich gemacht hatte, einzeln auf.

Es war spät, als ich einen Park durchquerte, und der Pfad war schlammig. Meine Füße rutschten, als ich einen Abhang hinunter kam, und plötzlich sah ich Theodore vor mir, wie er dort im Matsch gelegen hatte – lachend wie üblich. Diese blendend weißen Zähne und die Beinahe-Grübchen in seinen Wangen. Wie rot seine Lippen wirkten, wenn sie regennass waren...

Ich lief schneller und zwang mich, nicht mehr an seinen Körper unter mir und den warmen Hauch seines Atems auf meinem Gesicht zu denken.

In der Hotellobby flitzte ich mit gesenktem Kopf und hochgezogener Kapuze zu den Aufzügen. Das Bankett war sicher schon vorbei, aber viele waren wahrscheinlich noch in die Bar gegangen. Ich hielt den Blick auf meine schlammbespritzten Schuhe geheftet, bis ich in meiner Etage aus dem Aufzug stieg, erleichtert über die Stille, die mich empfing.

Eine Stille, die dahin war, als Theodore „Da bist du ja!" rief und sein Lächeln aufblitzen ließ.

Er lungerte vor meinem Zimmer herum, daher hatte ich keine andere Wahl, als mich ihm zu nähern. Eine Schulter an die Wand gelehnt, in einem blauen Frackhemd, das sich eng um seinen schlanken Oberkörper schmiegte, die Anzugjacke lässig über die Schulter geschlungen, fragte er: „Kannst du mir einen Gefallen tun?"

Nein. „Was?"

„Ich hab' meine Karte verloren." Er schien meine Gedanken zu lesen. „Und mein Handy hat keinen Saft mehr. Kannst du für mich bei der Rezeption anrufen? Mein Zimmer ist gleich da den Flur runter."

Alles war besser, als mehr Zeit mit ihm zu verbringen als nötig, daher nickte ich. Dann folgte er mir in mein Zimmer, weil er unausstehlich war. Und außerdem eindeutig betrunken, seinen glänzenden Augen und dem leichten Torkeln nach zu schließen.

„Ich muss pissen. Kann ich?"

„Vermutlich."

Er lachte, warf seine Jacke auf den hölzernen Schreibtischstuhl und verfehlte ihn um Längen. „Siehst du? Ich wusste doch, dass du unter dieser ganzen Ernsthaftigkeit lustig bist."

„Bin ich nicht."

Das brachte ihn nur zum Kichern und Hicksen. „'tschuldigung. Hab' zuviel Wein getrunken. Oder zu viele Cocktails. Oder vielleicht beides. Hier sind 'ne Menge Russen, und die können ganz schön die Sau rauslassen."

Ich ignorierte ihn, staubte seine Jacke ab und hängte sie über den Stuhl, bevor ich am Empfang anrief. Der Mitarbeiter erklärte sich einverstanden, jemanden mit einem Schlüssel raufzuschicken. Aber um ihn aushändigen zu können, müsse man natürlich einen Ausweis sehen.

Ich hatte vergessen, Theodore nach seiner Zimmernummer zu fragen. Der Empfangschef wollte sie mir nicht sagen, sondern jemanden zu meinem Zimmer schicken. Somit hatte ich Theodore weiterhin am Hals.

Als er wieder aus dem Bad kam, redete er immer noch, als wären wir mitten in einer Unterhaltung, und dann *ließ er sich auf mein Bett plumpsen.* „Also hab' ich sie zu einem Wettsaufen mit Tequila statt Wodka herausgefordert."

Ich musste wohl träumen. Er war nicht wirklich hier in meinem Zimmer, in seinem inzwischen bis zur Brust aufgeknöpften Hemd, das aus seiner Hose heraushing, und ohne Krawatte. Ausgestreckt auf dem Bett, das ich benutzt hatte. Immer noch mit seinen Lederschuhen an den Füßen. Mit seiner dunklen Brustbehaarung, die aus dem offenen Kragen des besagten Hemds hervorschaute.

Auf *meinem* Bett.

Er lächelte mich beduselt an. „Meinst du nicht auch?" Als ich nicht antwortete, fügte er hinzu: „Dass die russischen Eistänzer nicht so gut sind wie das neue, heiße italienische Paar, aber wahrscheinlich trotzdem gewinnen werden. Und sie vertragen erstaunlich viel Tequila."

„Deine Schuhe sind auf meinem Bett."

„Oh. 'tschuldigung." Er schaute auf seine Füße, als wäre er überrascht, sie zu sehen. „Ich hab' mir gedacht, du nimmst bestimmt das Bett am Fenster. Komisch, dass es in diesem Hotel in den meisten Zimmern zwei Betten gibt, auch wenn man nur eins verlangt. Früher hab' ich mir das Zimmer immer mit jemandem geteilt, weil's billiger war. Aber ich hab' letztes Frühjahr auf der Japan-Tour einen Haufen Geld verdient. Jedenfalls sind die Tagesdecken hier wahrscheinlich voller Sperma, also mach' dir keine Gedanken wegen der Schuhe."

Korrektur: Das hier musste ein Alptraum sein.

Er setzte sich ruckartig auf. „Nicht mein Sperma! Ich hab' nicht, äh, auf dein Bett gewichst." Er lachte. „Moment mal, du warst ja hier, also weißt du das. Du hättest es gesehen, wenn ich mir einen runtergeholt hätte. Nicht, dass du nur zugeguckt hättest."

Unsere Blicke trafen sich und sein Lachen erstarb. Mein Gesicht war heiß.

Sein Adamsapfel hüpfte, und er lachte nochmal. „Ich meine, ich hab' das mal im Fernsehen gesehen, als sie so eine UV-Lampe oder was auch immer dabeihatten – wie man sie benutzt, um Blutspritzer zu finden, die weggewischt worden sind – und damit haben sie Hotelzimmer untersucht. Die Tagesdecken werden nicht oft gewaschen, und da war jede Menge Wichse drauf."

Das war zwar ekelhaft, aber als ich ihn „Wichse" sagen hörte, durchfuhr mich ein absolut unangebrachtes Verlangen wie ein Blitz. Das Wort hätte geschmacklos klingen sollen, aber…

Ich blickte mich im Zimmer um, denn ich musste irgendwo anders hinschauen als auf seine gespreizten Beine.

„Widerlich, nicht? Die Fernbedienung ist anscheinend total mit Keimen verseucht. Macht ja auch Sinn."

Er rasselte weitere abstoßende Fakten herunter. Ich hatte zwar gewusst, dass Hotelzimmer nicht so sauber waren, wie ich es mir gewünscht hätte, aber sie waren seit Jahren ein fester Bestandteil meines Lebens. Ich hatte nicht darüber nachdenken wollen. Ich hatte meine Laufschuhe an der Tür ausgezogen, und jetzt war ich froh, dass ich in Socken auf dem Teppich stand.

„Ich muss duschen", platzte ich heraus.

Theodores Blick wanderte über meinen Körper. „Ach ja, stimmt. Du warst laufen. Warum bist du nicht zum Feiern geblieben?"

Ich spuckte das Wort aus wie Gift. „*Feiern?*"

„Ja. Ich meine, ich weiß, du bist Zweiter geworden, aber…" Er zuckte zusammen. „Tut mir leid. Das hätte ich nicht ansprechen sollen."

„Keiner von uns hat etwas zu feiern. Wir hatten Glück, dass der Rest des Feldes so schwach war."

Er zuckte die Achseln. „War bestimmt nicht meine beste Leistung. Aber ich hab' trotzdem gewonnen. Und ich hab' die Skate America letzte Woche gewonnen, also bin ich mit Sicherheit im Finale. Das ist definitiv eine Feier wert."

„Aber du hast geschludert. Deine Übergänge waren kaum vorhanden. Wenn du pünktlich zum Training kommen und deine Durchläufe machen würdest und nicht mehr so faul wärst, dann–" Ich brach ab. Warum versuchte ich, ihm zu helfen?

Er verdrehte die Augen und sagte: „Ja, *Mom*. Ich hab' dich trotzdem geschlagen."

Musste er mich schon wieder daran erinnern? Ich biss die Zähne zusammen. „Ist es dir denn egal, dass du nicht so gut warst, wie du sein könntest?"

„Warum interessiert *dich* das? Das ist nicht gerade tödlich von dir."

Ich hatte keine Ahnung, was ich dazu sagen sollte. Er lachte vor sich hin, wie Betrunkene es manchmal tun.

Anscheinend war mir meine Verwirrung anzusehen, denn er sagte: „Oh, ich meine, du sollst ja angeblich den Killer-Instinkt haben. Meine Mom lobt immer, wie rücksichtslos du bist." Er verzog das Gesicht. „Aber ich weiß nicht. Du hättest mich im Flur stehen lassen können, aber du hilfst mir. Hier bin ich." Er deutete auf sich und das Bett. „Ich glaube nicht, dass du so kalt bist, wie alle sagen."

Das tat weh, aber es war nur ein kurzer Stich. Ich würde mich viel lieber von allen für rücksichtslos und eiskalt halten lassen, als die Wahrheit über meine Schwäche zu verraten. Ich sagte nichts.

Theodore füllte bereitwillig das Schweigen. „Jedenfalls ist es jetzt vorbei. Hat keinen Sinn, mich wegen heute zu quälen. Wen interessiert schon ein einzelnes Grand-Prix-Ergebnis? Es war gut genug. Was zählt, sind die olympischen Spiele."

Gut genug? Wen interessiert das? Mich packte die Wut, und ich ballte die Fäuste. Wie konnte es ihm *egal* sein? Er könnte einer von den ganz Großen sein – vielleicht der Größte aller Zeiten – wenn er sich Mühe geben würde, statt nur das Minimum zu machen. Bei seinem natürlichen Talent wäre er unschlagbar. Er war es jetzt schon fast. Es war so eine *Verschwendung.*

„Ist dir denn überhaupt irgendwas wichtig? Willst du Mr. Webber nicht stolz machen?"

Sein Gesicht wurde blass, und sein Lächeln verschwand. Er machte den Mund auf und wieder zu. „Ich…"

Dann schoss er aus dem Bett und ins Bad. Als ich hörte, wie er sich übergab, packte mich das schlechte Gewissen, und das war stärker als mein Groll. Ich überlegte, ob ich ihm eine Flasche Wasser aus der Minibar bringen sollte und was wohl besser wäre – ob ich versuchen sollte, ihm zu helfen, oder ob ich ihn lieber in Ruhe lassen und mich nicht einmischen sollte. Obwohl es mein Zimmer war.

Am Ende überlegte ich immer noch, als er wieder herauskam, mit rotem Kopf und den Händen in den Taschen. „Tut mir leid. Tequila war keine gute Idee. Hatte ganz vergessen, dass ich davon kotzen muss."

Es klopfte leise an der Tür, und Theodore zeigte dem Angestellten seinen Ausweis und nahm die neue Schlüsselkarte in Empfang. Er lächelte mich an, aber es war eher eine Grimasse.

„Danke, Mann. Tut mir leid, dass ich so reingeplatzt bin. Wir sehen uns bei der Gala-Probe. Ich werd' mir Mühe geben, nicht allzu verkatert zu sein." Er winkte und war weg.

Seine Anzugjacke, die ich ordentlich über den Stuhl gehängt hatte, blieb zurück. Ich legte sie mir gefaltet über den Arm und öffnete die Tür, aber der Flur war bereits leer. Sein Zimmer musste ganz in der Nähe sein.

Plötzlich wünschte ich, ich würde die Nummer kennen, um ihm seine Jacke und das Wasser bringen zu können. Hatte er Zahnpasta und eine Zahnbürste? Bestimmt. Ich hatte Listerine, und damit zu gurgeln würde ihm helfen, den sauren Nachgeschmack aus dem Mund zu bekommen.

Ich überlegte, ob ich an jede Tür auf dem Stockwerk klopfen sollte, bis ich ihn gefunden hatte, aber letztendlich ging ich wieder in mein Zimmer zurück. Ich nahm die Tagesdecke ab, faltete sie zusammen und legte sie auf das andere Bett.

Im Badezimmer fand ich Theos zerknitterte Krawatte auf dem Fliesenboden, und ich bügelte sie, rollte sie sorgfältig zusammen und steckte sie in die Tasche seiner Jacke.

Kapitel Sechs

Theo

ICH WAR ZWAR in einer neuen Stadt, aber die Dating-App zu öffnen war wie den Kühlschrank aufzumachen und dieselben Hühnerbrüste und Broccoli darin zu sehen.

Na schön, es war kaum acht Uhr morgens und die Eislaufbahn lag mitten im Nirgendwo, also war es sehr unwahrscheinlich, dass hier in der Nähe schon jemand für ein heißes Rendezvous in den Startlöchern stand. Aber ich konnte ja trotzdem durch die hiesigen Optionen scrollen, die gerade nicht online waren.

Gähn.

Ich war mit Henry hergefahren, obwohl meine erste Session erst um neun war. Während ich wartete, konnte ich noch ein bisschen relaxen und meinen XXL-Kaffee trinken. Schwarz, natürlich.

Ich hatte Henry überredet, im Tim Hortons-Drive In vorbeizufahren, da das auf dem Weg lag. Bei Kaffee war ich nicht wählerisch, solange nur Koffein drin war, aber Henry hatte die Nase gerümpft und sich an seine Thermosflasche mit seinem eigenen Gebräu gehalten, was auch immer es war. Wahrscheinlich Grüntee oder sowas.

Während ich Henry dabei zusah, wie er seinen vierfachen Salchow übte, leckte ich mir die letzten Zuckerkrümel von meinem Ahornsirup-Donut von den Fingern und versuchte, mich nicht allzu schuldig zu fühlen. Ich hatte nicht widerstehen können. Genausowenig wie dem Frühstückssandwich mit Ei und Schinken, trotz Henrys offensichtlicher Missbilligung.

Er machte seine Energieriegel wahrscheinlich selbst aus Tofu und Haferflocken oder was auch immer. Aber ich würde heute insgesamt vier Stunden auf dem Eis verbringen, dazu zwei Stunden Cardio und zusätzlich noch Krafttraining. Ein kleiner Zuckerschub konnte nicht schaden, auch wenn meine Mutter da ganz, ganz anderer Meinung wäre.

Ich scrollte durch die App. Da gab es nur Blumenkohl und Proteinshakes, und dabei wollte ich… was? Schokoladenkuchen? Filet Mignon? Mmm, Speck. Herrgott, mir hätte schon ein Butternut-Kürbis gereicht. Oder vielleicht eine Steckrübe. Radieschen. Alles, nur nicht noch mehr Karotten-Sticks. Ich wollte das Sex-Date-Äquivalent zu diesem Ahornsirup-Donut.

Ich sah zu, wie Henry über die Eisbahn powerte und einen Salchow nach dem anderen sprang. Er patzte ein paarmal, aber nicht oft, und die Übergänge bei seinen Landungen waren wirklich wunderschön. Er überhastete keine Elemente, wie ich es manchmal tat. Und seine schwarze Hose schmiegte sich eng an seine langen, schlanken Beine und seinen Hintern…

Jesus, ich war wirklich notgeil, wenn ich schon an *Henry Sakaguchis* Hintern dachte.

Ich machte ein weiteres Mal den virtuellen Kühlschrank auf, obwohl ich wusste, dass immer noch derselbe Scheiß drin sein würde. Ich versuchte es mit einer anderen App und scrollte ziellos durch kopflose Waschbrettbäuche. Ob Henry wohl ein Profil hatte?

So, wie er sich gab, schien das ziemlich unwahrscheinlich, aber hmm. Ich versuchte, mich an die Blicke zu erinnern, die ich im Umkleideraum auf ihn erhascht hatte, und daran, wie seine Brust aussah, aber ich hatte eigentlich nie wirklich achtgegeben.

Wahrscheinlich nicht sehr haarig. Schlanke Muskeln, flacher Bauch. Rosige Nippel. Ob er wohl ein paar Haare unterhalb des Bauchnabels hatte? War er beschnitten oder unbeschnitten? War er so unschuldig, wie er wirkte?

Ich trank den Rest meines inzwischen kalten Kaffees auf einen Zug und rutschte unbehaglich auf der Bank hin und her. Auf der Eisbahn einen Ständer zu kriegen stand nicht auf meinem Trainingsplan. Aber wenigstens war ich jetzt hellwach.

Genug über Henrys imaginäres Dating-App-Profil gegrübelt. Er war viel zu verklemmt, um eins zu haben. Ich konnte mir nicht vorstellen, dass er sich mal soweit entspannte, um tatsächlich zu poppen *und* Spaß dran zu haben. Er wäre der langweiligste Sexpartner aller Zeiten.

Ein paar Stunden später saß ich in dem kleinen Pausenraum im Keller bei Manons und Bills Büro. Es gab einen Linoleumfußboden, orangefarbene Wände, eine Mikrowelle, einen Kühlschrank und ein paar runde Tische.

Ich biss genüsslich in mein Roti mit Ochsenschwanz-Curry aus dem Imbissladen gegenüber und versuchte, Julien zu beruhigen, der bei mir am Tisch saß und sich wegen seines Dreifach-Axels verrückt machte. Ga-young und ihre Mutter saßen an einem anderen Tisch und aßen Salat aus großen Tupperware-Behältern.

„Ich krieg einfach das Timing bei meinem Absprung nicht hin", sagte Julien bedrückt.

„Das schaffst du schon. Bist du nicht dieses Jahr an die zehn Zentimeter gewachsen? Bringt alles durcheinander. Das machen wir alle durch."

„Sogar du?" Er sah mich hoffnungsvoll an.

„Na klar! Das kommt wieder."

Um ehrlich zu sein hatte mein Übergang von den Junioren zu den Senioren meine Sprünge nicht allzusehr beeinflusst. Ich konnte mich von Natur aus so schnell drehen, dass meine Dreifachen und Vierfachen einfach mit mir gewachsen waren.

Meine Probleme waren Geduld und Konzentration gewesen. Aber sehr viele Eisläufer hatten zu kämpfen, vor allem Frauen, da sich ihre Körper noch stärker veränderten.

„Danke. Es ist schwer, sich nicht runterziehen zu lassen. Ich will unbedingt gewinnen.“

Ich grinste. „Gewinnen ist toll. Aber es ist nicht alles.“

Er verdrehte die Augen. „Sagt der Typ, der dieser Tage gar nicht verlieren kann.“

„Gutes Argument.“ Ich nahm einen weiteren Bissen von meinem Roti. „Mmm.“

Henry wartete vor der Mikrowelle, wie üblich anscheinend ganz in Gedanken versunken. Als das Gerät pingte, nahm er mit Hilfe eines zusammengefalteten Küchenpapiers einen Glasbehälter heraus und ging auf den letzten freien Tisch zu. Ich sagte: „Hey, willst du dich nicht zu uns setzen?“ und zog den dritten Stuhl heraus. Es kam mir einfach falsch vor, Henry allein essen zu lassen.

Er blieb stehen und wirkte unschlüssig, bevor er sich zu uns setzte. Sein Knie stieß unter dem Tisch an meins, und er zuckte zurück und rührte in seinem Mittagessen, dass die Gabel gegen den rechteckigen Glasbehälter klirrte. Es sah aus wie Lachs mit haufenweise Gemüse und ein bisschen Wildreis. Ich sah keine Soße. Tat er da überhaupt Salz dran?

Ich biss wieder von meinem Roti ab und nuschelte: „Hast du das schon mal probiert? Echt lecker.“

Henry zog eine Augenbraue hoch. „Machst du heute einen Cheat-Day?“

„Ich schätze schon.“ Ich zuckte die Achseln. „Ich hab‘ noch einen Monat bis zum Finale. Aber ich hab‘ nichts mehr zu essen zuhause. Müsste wirklich mal einkaufen gehen. Bäh, ich hasse Kochen und Essen mitbringen.“

Julien aß Hühnchen und Gemüse. Er sagte: „Meine Mom packt mir das Gefrierfach voll mit solchen Gerichten.“

„Ja, meine Mom hat früher alle Mahlzeiten für mich gekocht.“

Ich zuckte nochmal die Achseln, um die Anspannung abzuschütteln, die mich gepackt hielt. Bei meinem nächsten Bissen stellte ich mir vor, wie sauer sie jetzt wäre. „Ich bin meistens ganz brav, und vor Wettkämpfen halte ich mich besser. Ein Cheat-Day wird mich nicht umbringen."

Henry gab einen leisen Laut von sich, der nach… Widerspruch? Abscheu?… klang.

Ich fragte: „Was?"

„So undiszipliniert", murmelte er vor sich hin.

Ich verdrehte die Augen. „Ja, aber ich hab' dich trotzdem bei der Skate Canada geschlagen, nicht?" Das brachte mir einen finsteren Blick von ihm ein, und Julien beobachtete uns argwöhnisch. Ich fügte hinzu: „Wenn's drauf ankommt, zieh' ich es durch", und nahm einen riesigen Bissen Ochsenschwanz-Curry. Es war ein bisschen scharf, aber ich weigerte mich, zu husten.

Er schüttelte den Kopf, aß seinen faden Fisch mit Gemüse und ignorierte mich. Na schön, er hatte *nicht* unrecht. Aber ich wusste, wie es war, jede Kalorie obsessiv zu zählen, und *scheiß drauf.* Bevor ich mich beherrschen und ein Lächeln aufsetzen konnte, flammte heißer Zorn auf.

„Vielleicht bin ich ja undiszipliniert, aber wenigstens bin ich nicht stinklangweilig. Weißt du, wenn dich tatsächlich mal irgendwer ficken wollte, müsste er dir erst diesen Riesen-Stock aus dem Arsch ziehen."

Es war dumm, das zu sagen, und *warum dachte ich an Henry beim Sex??* In der plötzlichen, erstickenden Stille im Pausenraum errötete Henry mit diesem merkwürdigen, leichten Zusammenzucken. Es war mehr als nur Verlegenheit oder Ärger – das Aufblitzen von Schmerz war unverkennbar.

Ga-youngs Mutter sagte streng: „Was ist das für eine Art, zu reden?" Ga-young starrte mich mit großen Augen an, die Gabel auf halben Weg zum Mund.

Julien murmelte etwas auf Französisch vor sich hin und schüttelte den Kopf. Henry legte seine Gabel weg, drückte den Deckel auf seinen Behälter, schob seinen Stuhl zurück und stand auf.

„Tut mir leid!", sprudelte ich hervor. „Ich weiß nicht, warum ich das gesagt habe." Ich sprang auf die Füße. „Ich hab's nicht so gemeint. Bestimmt wollen jede Menge Leute dich–" Moment, nein, das ging in die falsche Richtung. „Es tut mir leid. Essen ist ein heikles Thema."

Henry ging trotzdem wortlos hinaus. Was ich ihm nicht verdenken konnte. Ich plumpste wieder auf meinen Stuhl und stocherte in meinem restlichen Mittagessen herum, an dem ich keine Freude mehr hatte.

„Das war wirklich nicht deine Art", sagte Ga-young, nachdem ihre Mutter auf die Toilette gegangen war.

„Ich weiß."

„Ich meine, Henry hasst dich wie die Pest, und er hat dich eindeutig für dein Mittagessen kritisiert, aber ich hätte nicht gedacht, dass *du* ein Problem mit *ihm* hast", meinte Julien, während er eine Banane schälte.

Es hätte mir eigentlich nichts ausmachen sollen, aber das tat es. Es nagte den ganzen, verdammten Tag über an mir.

Hasste er mich wirklich?

Ja, wir waren Konkurrenten und seit der letzten Winterolympiade die beiden besten Eisläufer der Welt. Aber er nahm mich jetzt in seinem Auto mit. *Soweit* reichte seine kanadische Höflichkeit doch sicher nicht.

Ich hatte eine späte Off-Ice Krafttraining-Session mit der Trainerin in dem fensterlosen Fitnessraum im Keller, daher schrieb ich Henry eine SMS, dass ich einen Lyft nehmen würde. Das hätte ich ihm auch einfach sagen könne, aber ich bezweifelte, dass er mit mir reden wollte, nachdem ich so ein Arschloch gewesen war. Es war nur fair, ihn vom Haken zu lassen.

Zusammen mit der Trainerin arbeitete ich daran, mein nicht-dominantes Bein und meine ganze linke Körperhälfte zu kräftigen, um nicht aus dem Gleichgewicht zu sein. Ich landete hundertmal am Tag nach Sprüngen auf meinem rechten Bein, daher durfte das linke nicht außen vor gelassen werden.

„Kommst du zu der Sonder-Trainingseinheit morgen früh?", fragte Maggie, die Trainerin, die auf einer Hantelbank saß und meine Einbein-Kniebeugen überwachte. Ich war barfuß, die Zehen weit gespreizt.

Ich machte den Mund auf, um *Auf keinen Fall* zu sagen – Samstage waren zum Ausschlafen da – zögerte jedoch. „Worum ging's dabei nochmal?"

„Natalia Platova gibt einen Meisterkurs in Kantenarbeit."

„Ach ja, stimmt." Sie war eine Legende, und es war erstaunlich, dass sie mit über achtzig noch herumreiste und Seminare abhielt. „Ja, ganz bestimmt."

Mr. Webber wäre begeistert von der Idee, denn er war schon immer ein großer Fan von Natalia gewesen. Meine Theorie war, dass die beiden vor Urzeiten, als sie noch selbst an Wettkämpfen teilnahmen, eine stürmische, verbotene Liebesaffäre gehabt hatten, während Natalia im kommunistischen Russland gefangen war.

Ja, er würde wollen, dass ich an dem Kurs teilnahm, selbst wenn das eine Gruppensache war. Die letzten paar Male, als ich ihn angerufen hatte, hatte er sehr müde geklungen und nicht lange reden können.

Was Henry nach der Skate Canada gesagt hatte, ging mir nicht aus dem Kopf. Ich wollte Mr. Webber wirklich stolz machen. Und ich war entschlossen, beim Grand Prix-Finale im September einen triumphalen Sieg einzufahren.

Mein Quadrizeps brannte, als ich erneut in die Hocke ging und mich dann wieder hochdrückte, bis ich auf den Zehenspitzen stand, die Core-Muskeln angespannt, um die Balance zu halten, die Arme nach vorn gestreckt. „Es wäre dumm, das zu verpassen."

„Stimmt." Maggie warf mir einen scharfen Blick zu. „Darum würde ich heute Abend aufs Feiern verzichten." Sie machte eine

Kreisbewegung mit der Hand, und ich vollführte eine Reihe von Drehsprüngen auf einem Bein – erst rückwärts, dann vorwärts.

„Ich habe seit der Skate Canada nicht mal ein Glas Wein getrunken!" Ich wischte mir entrüstet den Schweiß von der Stirn. „Nur weil ich mich ab und zu mal entspannen und eine gute Zeit haben will, heißt das noch lange nicht, dass ich das ständig tue."

Sie hob die Hände. „Ich glaube dir."

Aber ich merkte ihr an, dass sie das nicht tat. Nicht wirklich. Ich meine, ja, hatte ich mir früher öfter mal die Kante gegeben? Na klar. Vor allem als Teenager, als ich im Gefängnis meines Elternhauses unter den wachsamen Augen von Wächterin Mom gelebt hatte.

Wenn ich die Chance gehabt hatte, ohne sie zu einem Wettkampf zu fahren, weil sie sich um meine Schwestern kümmern musste und keine Zeit hatte, nach Asien oder Europa zu reisen – dann hatte ich die Sau rausgelassen.

Aber mit einundzwanzig war ich nach LA gezogen, um bei Mr. Webber zu trainieren. Ja, ich hatte auch dort meinen Spaß gehabt, aber verglichen mit meiner Teenagerzeit war ich sehr viel ruhiger geworden.

In der Eislaufszene war es schwer, einen zweifelhaften Ruf wieder loszuwerden, und für manche Leute war und blieb ich eben ein Partyboy. Ich trainierte jetzt seit über einem Monat in Toronto, und ich war kein einziges Mal ausgegangen und hatte niemanden abgeschleppt.

„Ich bin da!", versprach ich Maggie.

„Soll ich dich mitnehmen? Ich übernachte heute bei meiner Freundin, und sie hat die Wohnung direkt neben deiner. Ich geh' mal davon aus, dass du nicht mit Henry fahren willst."

Oh.

Offensichtlich hatte es sich schon herumgesprochen, wie blöd ich mich benommen hatte. War ja klar. Auf einer Eislauf-Trainingsbahn gab es null Geheimnisse. „Ja, gern. Gehst du auch hin? Ich wusste gar nicht, dass du Schlittschuh laufen kannst."

„Nicht so richtig, aber ich versuche es zu lernen. Es hilft mir, euch zu helfen, wenn ich den Sport besser verstehe. Jetzt wollen wir mal ein paar Burpees machen."

Stöhnend gehorchte ich, obwohl Burpees Teufelswerk waren.

Natürlich würde Henry morgen auch hingehen. Ein Kantenarbeits-Kurs bei Natalia Platova war wahrscheinlich sein feuchter Traum. Nicht, dass ich immer noch darüber nachgedacht hätte, was ihn wohl antörnte. Nein. Ich dachte überhaupt nicht an Henry und daran, wie sehr er mich wohl hasste oder nicht.

ALLE KAMEN ZU dem Kurs, obwohl er eigentlich für Kinder war. Schließlich hielt ihn Natalia Platova, also erschien man, ganz egal, wie gut man war.

Die Eishalle pulsierte vor Eisläufern, Eltern und Trainern, und die Tribünen waren voll. Henry, wie üblich ganz in schwarz, beobachtete Natalia aufmerksam, lief wunderschöne Kurven und befolgte ihre Anweisungen perfekt.

„Hey!" Ein spitzer Finger piekte mich in die Hüfte, und ich riss meinen Blick von Henry los. Ein kleines Mädchen motzte mich an: „Pass auf, wo du hinläufst!" Dann blickte sie auf und erkannte offensichtlich, wer ich war, denn sie erbleichte unter ihren Sommersprossen. „Oh mein Gott. Theo Sullivan."

Ich grinste. „Guten Morgen. Wie heißt du? Tut mir leid, dass ich dir im Weg war."

Sie verzieh mir. In der Pause zückte sie einen Edding, und ich unterschrieb auf ihrer Clubjacke. Ihre Eltern waren begeistert, und ich unterhielt mich mit ihnen und einigen anderen Eltern, die dazukamen. Die Spitzenläufer waren normalerweise nicht gleichzeitig auf der Bahn wie die Vereins-Kids, aber es machte Spaß, ihre Fragen zu beantworten.

Und dann, in der zweiten Pause an diesem Morgen, schaute ich auf mein Handy und blinzelte, weil die Buchstaben der SMS von meiner Schwester Veronica plötzlich unleserlich wurden. Ich rieb mir die Augen, schaute nochmal hin und blinzelte heftig. Aber ich konnte trotzdem nicht klar sehen, und das Display schien zu hell zu sein, die Worte verschleiert, als läge eine Art Filter –

Mir wurde ganz furchtbar flau im Magen. Ich schloss die Augen, und da war sie, ganz links in meinem Gesichtsfeld – die Aura, die vor dem drohenden Migräneanfall warnte. Es passierte nur alle ein, zwei Monate einmal, also durfte ich mich eigentlich nicht beschweren, aber es war schrecklich.

Ich hasste es. Ich hasste es, wie hilflos ich mich fühlte, wenn die Aura erschien und ich nichts tun konnte, um das Unvermeidliche abzuwenden.

Scheiße. Ich musste hier raus. Die Pause neigte sich dem Ende zu, und ich sah weder Manon noch Bill, also konnte ich nichts erklären. Als ich meine Sachen holen ging, wuchs die Aura und verschleierte meine Sicht. Ich stellte sie mir als Prisma oder Kristall vor.

Sie war facettenreich, ein 3D-Gebilde, das auf der linken Seite anfing, immer größer und größer wurde und schließlich wieder verblasste. Manchmal stellte ich sie mir so groß vor, dass meine Augen sie nicht mehr bewältigen konnten und sie mein Gehirn umschloss und zusammenpresste, wenn der Schmerz einsetzte.

Ich wühlte in meiner Sporttasche und betete, dass ich daran gedacht hatte, die frische Dose Ibuprofen-Gelkapseln hineinzuwerfen. Aber das hatte ich nicht, und es wäre auch ein Wunder gewesen. Die Dose war wahrscheinlich noch in der Plastiktüte auf der Arbeitsplatte in der Küche, zusammen mit dem anderen Kram, den ich neulich bei Shoppers gekauft hatte.

Die riesigen Neonlichter an der Decke erschienen mir so grell wie noch nie, und ich hielt mir die Hand über die Augen. Schließlich entdeckte ich Manon inmitten einer Gruppe von

Eltern und winkte sie zu mir, während ich schnell meine Schlittschuhe auszog und die unterschwellige Panik wegzuatmen versuchte. Ich rief mir in Erinnerung, dass ich schon öfter Migräne gehabt hatte und dass mir nichts passieren konnte, ganz egal, wie hilflos ich mich fühlte.

„Was gibt's?", fragte sie.

„Tut mir leid, ich muss nach Hause."

Eine Augenbraue ging in die Höhe. „Jetlag?"

Die paar Leute, die in Hörweite waren, lachten, und ich konnte es ihnen nicht übel nehmen. Ich versuchte, ebenfalls zu lachen. „Nein. Diesmal nicht."

„Kater?", meinte Ivan.

Manon presste die Lippen zusammen. „Okay, wenn du verkatert bist, machst du besser den Abflug."

Es war wahrscheinlich dumm von mir, mich deswegen so gekränkt zu fühlen. Aber ausnahmsweise einmal konnte ich nichts dafür. „Ich habe keinen Kater!" Es war echt peinlich, wie weinerlich das klang. Wieso sollten sie mir glauben? „Ehrlich. Ich kriege gerade eine Migräne."

Manon nickte, als Bill auftauchte. „Okay. Geh nach Hause, Theo. Wir schauen heute Abend nach dir." An Bill gewandt fügte sie hinzu: „Er hat Migräne."

Bill sagte nur: „Okay. Gute Besserung."

Ich wusste nicht, ob er mir glaubte oder nicht, und ich hasste es, dass es mir *nicht* egal war. Jetzt musste ich entweder quälend lange auf den Bus warten oder hoffen, dass ein Lyft-Fahrer bereit war, zur Eisbahn rauszufahren. Ich schnappte mir meine Tasche und machte mich davon. Dabei wünschte ich, ich hätte meine Sonnenbrille mitgebracht, obwohl es bewölkt war.

Draußen vor der Eishalle schielte ich mit zusammengekniffenen Augen auf mein Handy. Der Schmerz hatte noch nicht eingesetzt, aber wegen der Aura konnte ich kaum etwas sehen. Sie würde bald verschwinden, und dann *bam*.

„Gehst du schon?"

Löste diese Migräne jetzt auditorische Halluzinationen aus? Ich drehte mich um, und da stand Henry mit Kufenschonern auf den Schlittschuhen. Ich sagte: „Ich fühl' mich nicht wohl." Er runzelte die Stirn, und ich war mir nicht sicher, ob er mir glaubte. Ich wusste nicht genau, was dieser Gesichtsausdruck bedeutete. Enttäuschung?

Die Übelkeit packte mich so heftig, dass ich die Zähne zusammenbiss, aber das nützte nichts. Ich stürzte zum Bordstein, beugte mich vor und kotzte in die toten Blätter, die verstreut auf dem rissigen Asphalt herumlagen.

Das passierte manchmal, wenn eine Migräne zuschlug. Wenigstens hatte ich nur einen Energieriegel gegessen, also hatte ich nicht viel im Magen. Ich hustete und würgte und fiel auf die Knie.

Aus dem Augenwinkel sah ich Henrys Schlittschuhe neben mir auftauchen. Ich krächzte: „Ich hab' keinen Kater!" Es war bescheuert – schließlich mochte er mich nicht einmal – aber ich wollte Henry unbedingt klarmachen, dass ich das hier nicht zu verantworten hatte. „Ich kriege gerade eine Migräne, ich schwör's." Ich hustete, als mir wieder die Galle hochkam.

Seine Hand drückte sanft meine Schulter. „Ich fahr' dich heim. Warte mal eben."

Die Erleichterung war warm und süß, aber ich fröstelte dort am Randstein, spuckte und trank kleine Schlucke Wasser aus meiner Flasche, an die ich wenigstens gedacht hatte.

Henry kam zurück, und ich schaffte es, aufzustehen und zu seinem Auto zu gehen. Die Aura war inzwischen verschwunden. Jeden Moment würde der Schmerz anfangen und immer stärker werden, bis mein Kopf sich anfühlte wie in Zement eingegossen.

Im Auto lehnte ich mich ans Fenster, während er fuhr. „Ich hab' wirklich Migräne. Mit Aura und so."

Er hielt den Blick auf die Straße gerichtet und bremste vor einer roten Ampel. Ich bezweifelte, dass er etwas sagen würde.

Wahrscheinlich dachte er, ich würde nur Scheiße labern, und das wurmte mich *gewaltig*.

Dann fragte er: „Wie ist das?"

„Die Aura? Ich sehe sie wie eine Art Prisma. Normalerweise ist sie ein kleiner Halbmond, und dann wird sie größer und größer, bis sie verschwunden ist. Und dann kommt der Schmerz." Ich schloss die Augen und sehnte mich verzweifelt nach einer Sonnenbrille.

„Hast du Medikamente?"

„Nur freiverkäufliche Sachen. Wenn ich die früh genug nehme und mich in einem dunklen Zimmer hinlegen kann, ist es nach ein paar Stunden normalerweise erträglich. Aber ich habe vergessen, das Ibuprofen einzustecken."

„M-hm."

In der Tiefgarage schlurfte ich mit gesenktem Kopf neben Henry her und beschwerte mich darüber, wie verdammt hell es überall war. Der Aufzug war die reinste Folter. Als er sich in Bewegung setzte, bescherte mir das eine frische Welle von Übelkeit, die meinen leeren Magen gurgeln ließ.

Erst als wir vor meiner Tür standen, wurden mir zwei Dinge bewusst.

Erstens, dass Henry immer noch bei mir war und zweitens, dass meine Schlüssel in meiner Jacke waren – die ich heute Morgen auf eine Bank neben der Eisfläche geworfen hatte. Ich stöhnte auf. „Oh, Scheiße, ich hab' meine Schlüssel nicht dabei. Wir müssen den Concierge holen."

Henry schaute auf sein Handy. „Der hat gerade Mittagspause."

„Scheiiiisse." Ich hätte mich am liebsten auf dem hässlichen beigefarbenen Teppich im Flur zusammengerollt.

Henrys lange Finger fassten mich am Ellbogen, und er führte mich zum Aufzug zurück. Ich folgte ihm, da ich annahm, er würde das schon irgendwie in Ordnung bringen. Das Gewitter in meinem Hirn machte es mir schwer, mich zu konzentrieren oder zu denken. Ich brauchte nur Dunkelheit und Ibuprofen.

Doch Henry brachte mich nicht nach unten, um auf den Concierge zu warten. Er lotste mich in sein Apartment und forderte mich auf, die Schuhe auszuziehen, als wir reingingen. Ich tat es und war froh, dass mein Magen bereits leer war, als ich mich bückte, um meine Turnschuhe aufzuschnüren.

„Danke. Er kommt sicher bald wieder", murmelte ich. „So lang ist die Mittagspause nicht."

Henry sagte nichts und führte mich in den Hauptraum des Apartments. Es war eine Einzimmerwohnung, wie meine, aber er hatte ein richtiges Bett mit Rahmen und allem an der Wand unter dem großen Fenster.

Ein ledernes Zweisitzersofa stand gegenüber einer Kommode, auf der ein Fernseher thronte, und neben der Küchenzeile war gerade noch Platz für einen kleinen runden Tisch mit Stühlen. Es war alles so *erwachsen*.

Henry schloss die Kommodenschublade, in der er gekramt hatte, drehte sich um und hielt mir ein kariertes Stoffbündel hin. Ich starrte es verwundert an.

„Du hast Erbrochenes auf der Hose", sagte er.

„Oh! Fuck. Tut mir leid. Bin ich damit an deinen Autositz gekommen?"

Er hielt mir immer noch das Bündel hin. Eine Schlafanzugshose? Ich nahm das weiche Material, und er verschwand im Bad. Sollte ich die anziehen? Wahrscheinlich. Denken war so *mühsam*.

Ich zog meine Trainingshose aus – ja, Kotze-Spritzer auf einem Bein – aber da war Henry bereits wieder zurück. Er hatte eine Dose Ibuprofen in der Hand und starrte mich mit großen Augen an.

Hätte ich mich vielleicht nicht umziehen sollen? Aber ich konnte nicht einfach in der Unterhose rumstehen, also machte ich weiter, während er sich abrupt abwandte und in die Küche ging.

Der grünkarierte Pyjama war aus superweichem Flanell, und es war eine Hose mit dazu passendem Oberteil, weil Henry natürlich in einem kompletten Schlafanzug schlief und nicht nur in T-Shirt und Unterhose oder was auch immer.

Er kam mit einem Glas Wasser zurück, und ich nestelte an den Knöpfen des Oberteils herum, das mir um die Brust herum ein bisschen zu eng war. Für einen Moment dachte ich, er würde mir seine Hilfe anbieten, und unter dem steinharten Schmerz blitzte freudige Erregung auf. Dann winkte er mich ins Bad und gab mir das Wasser und das Ibuprofen.

Auf dem Waschtisch hatte er mir eine neue, noch verpackte Zahnbürste bereitgelegt. Wahrscheinlich ein Werbegeschenk vom Zahnarzt. Daneben lag eine halbleere Tube Zahnpasta, das Ende säuberlich aufgerollt. War er insgeheim meine Oma in Verkleidung? Womöglich hatte er auch noch eine Handtasche mit Pfefferminzbonbons drin.

Als ich wieder rauskam, wäre ich fast gestolpert. Henry kniete auf seinem Bett und reckte sich nach den grauen Vorhängen, um sie zu schließen, und ich hatte seinen Hintern voll im Blick.

Definitiv nicht meine Oma. Oh nein.

Er stand auf und schlug wortlos die Tagesdecke des Doppelbetts zurück. Sie war silberblau und erinnerte mich ein bisschen an das Kostüm, das er bei seiner Kür getragen hatte. Ich schlüpfte dankbar ins Bett. Mir tat alles weh, und ich war erschöpft und fühlte mich, als würde der Zement meinen ganzen Körper umschließen.

„So hatte ich mir mein erstes Mal in deinem Bett nicht vorgestellt.“

Oh, Jesus. Hatte ich das etwa laut gesagt? Wovon redete ich da überhaupt? Ich öffnete mühsam die Augen, aber es war zu dunkel, um zu sehen, ob Henry rot wurde. Wahrscheinlich würde ich alles nur noch schlimmer machen, wenn ich versuchte, den Witz zu erklären. Daher ließ ich das lieber sein und hielt den Mund.

Ich würde nur ein kurzes Nickerchen machen, und dann konnten wir meine Schlüssel beim Concierge holen und Henry hätte seinen Samstag zurück…

Ich wusste nicht, wieviel Zeit vergangen war, als ich verschlafen blinzelnd wieder aufwachte. In der Wohnung war es immer noch dunkel, und aus der Küche kam ein schwacher, roter Lichtschein. Henry saß am hinteren Ende des Zweisitzer-Sofas, die Beine untergeschlagen, so dass nur seine bestrumpften Füße herausschauten.

Er trug eine Jogginghose und ein Hoodie und kritzelte im sanften, gelben Licht einer Leselampe, die von mir weggedreht war, mit einem Bleistift auf einem Klemmbrett herum.

Inzwischen war der Concierge bestimmt wieder aus der Mittagspause zurück und konnte meine Wohnung aufschließen. Doch der Gedanke, in meine fast leere Wohnung zu meiner Matratze auf dem Boden zurückzukehren, war nicht besonders reizvoll.

Ich kuschelte mich unter Henrys Bettdecke und atmete seinen kräftigen Geruch ein, der im Kopfkissen hing. Mein Kopf war immer noch schmerzhaft schwer, und ich schloss die Augen wieder, lauschte auf das gelegentliche Kratzen des Bleistifts und fragte mich, was er da machte.

Ich schlief weiter. Henrys Pillowtop-Matratze war unheimlich weich und trotzdem stützend. Im Halbschlaf nahm ich wahr, wie eine Katze aufs Bett sprang. Ich hatte vorhin flüchtig eine Katze verschwinden sehen, und jetzt war sie offenbar neugierig, wer da in Henrys Bett lag.

Es war komisch, dass es mich erregte, diese Worte zu denken. *In Henrys Bett.* Ich hatte schon oft genug in fremden Betten gelegen, aber jetzt verspürte ich plötzlich einen Anfall von Eifersucht, wenn ich mir jemand anderen unter diesen hochwertigen Laken vorstellte – und vor allem, dass Henry mit drunter lag, statt nur in der Nähe zu sitzen.

Ich stellte mir vor, in seinen Armen zu liegen. Dass er mich küsste. Mich überall berührte, und dass wir beide nackt wären – obwohl sein Schlafanzug echt bequem war und ich es schön fand, ihn zu tragen.

Ich stellte mir vor, ihm ein lustvolles Stöhnen zu entlocken und ihn endlich mal zum Lächeln zu bringen. Offenbar hatte das Gewitter in meinem Hirn einen Kurzschluss in meinem Verstand verursacht.

Die Katze streifte meine nackte Haut, wo mein Fuß unter der Decke hervorschaute und die Pyjamahose hochgerutscht war. Nach einer Weile wurde mir immer zu warm, um eingemummelt und zugedeckt zu schlafen.

Ich wollte die Augen nicht aufmachen und mich auch nicht bewegen, um die Katze nicht zu erschrecken. Daher blieb ich reglos in diesem Dämmerzustand. Irgendwann leckte eine kleine, raue Zunge versuchsweise an meinem Schienbein, und ich lächelte.

„Wie fühlst du dich?"

Bei Henrys Frage öffnete ich die Augen, und die dreifarbige Kaliko-Katze sprang vom Bett und brachte sich in Sicherheit. Henry schnalzte leise mit der Zunge; anscheinend lockte er sie damit zu sich. Die Katze sprang auf das Sofa, spazierte auf der Rückenlehne entlang und ließ sich dann neben seinem Kopf nieder.

Mir wurde bewusst, dass ich nicht geantwortet hatte und Henry anstarrte wie ein Psychopath. Ich sagte: „Besser, danke. Wer ist das?"

„Esmeralda."

„Großer *Glöckner von Notre Dame*-Fan?"

Er wirkte überrascht. „Ja."

„Was? Ich kenne das Buch. Okay, na schön, ich kenn' den Disneyfilm. Wir hatten ihn auf DVD, als ich klein war."

Seine Augenbrauen schossen noch weiter nach oben. „Der ist

besser als sein Ruf.“

„Stimmt!“ Dann mochte Henry also auch Disneyfilme? Das war merkwürdig tröstlich, obwohl er wahrscheinlich auch alte Bücher las, nach allem, was ich wusste. „Sie ist süß. Ein bisschen ängstlich?“

„M-hm.“ Er wandte mir das Gesicht zu, wobei er mit der linken Hand müßig die Katze streichelte. Ich hörte ihr leises, vibrierendes Schnurren.

„Woran arbeitest du?“ Ich nickte in Richtung des Klemmbretts auf seinem Schoß, erleichtert, dass sich mein Kopf fast wieder normal anfühlte.

„Kreuzworträtsel.“

„Oh, das erklärt den Bleistift. Ich hab‘ eigentlich noch nie eins gemacht. Als Kind hab‘ ich gern Wortsuchrätsel gemacht. Die findest du wahrscheinlich super einfach. Ist das das Kreuzworträtsel aus der New York Times? Ich hab‘ mal ein YouTube-Video darüber gesehen, dass es die Woche über von Tag zu Tag schwieriger wird. Und dass jedes Kreuzworträtsel ein Motto hat? Da wäre ich nie drauf gekommen. Echt krass. Wundert mich nur, dass du’s nicht mit Kuli ausfüllst und dich zwingst, nochmal von vorn anzufangen, wenn du einen Fehler machst.“

Für einen Moment dachte ich, er würde sauer werden. Doch stattdessen spielte ein leises Lächeln um seine Lippen. *Ja!*

Er sagte: „Touché.“

Es war kein echtes, strahlendes Lächeln, aber es war ein großer Fortschritt. Mein Magen knurrte, aber ich ignorierte ihn. Hier in Henrys abgedunkelter Wohnung zu sein und seinen Schlafanzug zu tragen war so ein behagliches Gefühl. Als wären wir in einem kleinen Kokon. Es war surreal und seltsam, aber auch irgendwie wunderbar.

„Du hast doch sicher Hunger“, sagte er.

Ich streckte mich und gähnte. „Ja. Wie spät ist es?“

„Vier Uhr zwölf.“

„Scheiße, echt jetzt? Ich hab' deinen ganzen Nachmittag beansprucht. Tut mir leid."

„Es ist nicht deine Schuld."

„Ich hab' keine Schokolade gegessen, das schwöre ich. Und auch keinen Rotwein getrunken. Zitrusfrüchte können ein Trigger sein, aber ich hab' die ganze Woche keine gegessen."

Henry runzelte die Stirn. „Du kannst nichts dafür, dass du Migräne hast."

„Ich hätte dieses Roti nicht essen sollen, aber ich glaube nicht, das da was drin war, was es ausgelöst hat. Manchmal passiert es anscheinend einfach, auch wenn ich alles richtig mache. Ehrlich."

„Ich glaube dir."

„Oh. Stimmt." Ich zuckte zusammen. „Entschuldige. Ich bin ziemlich empfindlich, was Essen betrifft. Hab' ich das schon mal gesagt?" Bevor ich den Mut verlor, machte ich weiter. „Ich war gestern ein Arschloch."

Er zog Esmeralda auf seinen Schoß, den Blick auf sie gerichtet, während er sie streichelte. „Ich hätte deine Ernährungsgewohnheiten nicht kritisieren sollen."

„Schau, wir wissen beide, dass ein Donut zum Frühstück nicht der beste Start in den Tag war. Eigentlich bin ich ja erwachsen und sollte es besser wissen, aber ich glaube, ich rebelliere immer noch gegen meine Mutter, wenn ich Junkfood esse."

„Sie schien immer sehr… anspruchsvoll zu sein."

Ich lachte laut auf. „Das ist nett ausgedrückt. Wenn sie jetzt hier wäre, würde sie mir wegen der Migräne den Arsch aufreißen. Sie würde behaupten, dass es meine Schuld war. Sie würde mein Zimmer durchsuchen und ihre Spione auf der Eisbahn ins Kreuzverhör nehmen, um Beweise zu finden, dass ich bei meiner Diät geschummelt habe."

Henry sah mich nur an, die Stirn noch tiefer gerunzelt. Ich zuckte die Achseln. „Sie war schon immer *sehr* in mein Eislaufen investiert. Als ich im Wachstum war und in der Mittelstufe Pickel gekriegt und ein bisschen Gewicht zugelegt habe, hat sie angefangen, den Kühlschrank und die Speisekammer abzuschließen."

Er blinzelte. „Wie?"

„So mit richtigen Ketten und Vorhängeschlössern. Sie hat extra Klammern an die Türen geschraubt. Nach ein paar Monaten ist mein Dad eingeschritten. Normalerweise lässt er sie machen, was sie will, weil es so einfacher ist, aber meinen Schwestern war es peinlich, Freunde mit nach Hause zu bringen. Außerdem waren sie sauer, weil sie sich nicht einfach einen Snack nehmen konnten, wenn sie wollten. Meine Freunde waren nicht so schockiert darüber, wahrscheinlich, weil sie auch Eisläufer waren. Aber sie hatte recht, dass Ernährung wichtig ist. Mit deinem Speiseplan wäre sie sicherlich einverstanden."

Er schüttelte nachdrücklich den Kopf. „Ich kann ihre Vorgehensweise nicht gutheißen."

„Wie man's nimmt. Wenigstens machen Manon und Bill kein öffentliches Wiegen. Mr. Webber hat das auch nicht gemacht", fügte ich rasch hinzu. „Aber bei meinem alten Trainer in Chicago hat meine Mom darauf bestanden, und er fand das wohl richtig. Pavel stammt ursprünglich aus Russland, also ist er in diesem Sowjet-System aufgewachsen. Wenn man da auch nur ein Gramm zugenommen hatte, gab's an diesem Abend keinen Borschtsch. Essen Russen wirklich Borschtsch? Hmm. Hast du das Interview mit dieser Russin gelesen, die letztes Jahr aufgehört hat? An manchen Tagen trinken sie nicht mal Wasser, aus Angst, dass sie zunehmen könnten. Das ist total beknackt. Aber ich hab' damit kein Problem. Ich versuche, mich nicht zwanghaft damit zu beschäftigen. Aber ich muss mich wirklich mal zusammenreißen und öfter einkaufen gehen und mein Mittagessen auf die Eisbahn mitbringen. Ich muss besser vorausplanen."

Nach einigen Momenten des Schweigens, während er mich nachdenklich musterte – *in seinem Bett* – sagte Henry: „Ich mache uns jetzt etwas zu essen."

Wahrscheinlich hätte ich widersprechen und sagen sollen, ich hätte ihm schon genug Umstände bereitet, aber… Eine selbstgekochte Mahlzeit klang wunderbar. Also trank ich mehr Wasser und setzte mich in seinem Bett auf. Ich fühlte mich immer noch benommen und völlig erledigt nach dem vielen Reden, obwohl Reden eine meiner Lieblingsbeschäftigungen war.

Esmeralda miaute Henry an, während er in der Küche herumlief. Ich konnte nicht genau sehen, was er machte, weil die Durchreiche höher war als die Arbeitsfläche, aber sah, wie er sich konzentrierte, während er schnippelte. Das rhythmische Geräusch des Messers war beruhigend. Einmal nagte er an seiner Lippe, und ich konnte nur noch daran denken, ihn zu küssen.

„Hat sie Hunger?", fragte ich, als die Katze noch lauter miaute. Zwiebeln und Knoblauch brutzelten in einer Pfanne, zusammen mit Gewürzen. Kreuzkümmel vielleicht? Was auch immer es war, es roch fantastisch.

„Immer", sagte Henry. Er nahm die Katze hoch und kuschelte das Gesicht an ihr Köpfchen.

Ich war offiziell eifersüchtig auf eine Katze.

Moment mal, wie bitte? Nein. Mein bescheuertes, migränevernebeltes Hirn spielte mir nur einen Streich. Definitiv nicht eifersüchtig, und ich wollte auch nicht von Henry bekuschelt werden. Aber ich musste zugeben, dass ich mir seine Anerkennung wünschte. Was keinen Sinn ergab! Warum sollte ich das wollen?

Ich war der zweimalige amtierende Weltmeister, und was noch wichtiger war, ich hatte ihn in den letzten vier – nein, fünf! – Wettkämpfen geschlagen, in denen wir gegeneinander angetreten waren. Ich stand an der Spitze. Ich sollte niemandes Anerkennung brauchen außer die der Preisrichter.

Mein Gesicht war heiß, als er auf mich zukam, immer noch mit Esmeralda im Arm. Er ging in die Hocke und setzte sie neben dem Kratzbaum am Fußende des Bettes ab, dann ging er wieder in die Küche.

„Pass auf", sagte er und öffnete einen Schrank. Er nahm ein Päckchen rote Linsen heraus und knisterte mit dem Plastik.

„Okay." Ich wartete auf die Pointe. War das ein Linsen-Witz?

Dann griff er langsam nach einem dünnen Plastikbeutel. Ich konnte nicht lesen, was auf dem Etikett stand. Den Blick auf die Katze gerichtet knisterte er ganz, ganz leise mit dem Plastik. Kaum hörbar.

Esmeralda *flog* praktisch zurück in die Küche und miaute zu seinen Füßen. Henry schüttelte zwei kleine, beige-braune Teilchen in seine hohle Hand und sagte: „Ihre Lieblings-Leckerlis. Sie kann diese Tüte von allen anderen unterscheiden. Immer." Er bückte sich und verschwand aus meinem Sichtfeld.

„Wow. Beeindruckend."

Bald brutzelte Hühnchen in der Pfanne, und ich fragte verspätet, ob ich etwas helfen konnte. Henry verneinte, also lehnte ich mich wieder zurück und sah zu, wie er für mich kochte. Ebenfalls verspätet fiel mir ein, dass ich mich anziehen sollte, und Henry sagte mir, dass meine Sachen noch im Trockner waren.

Er hatte meine Sachen gewaschen, und das gefiel mir.

Wir aßen an seinem kleinen Tisch von weißen Tellern auf Kork-Platzmatten, die mit Van Goghs „Sternennacht" bedruckt waren. Er hatte Fajitas mit Hühnchen und Paprika gemacht, und die Vollkornweizentortillas steckten in einem Stoffwärmer, der aussah wie ein großer runder Topfhandschuh.

Ich rollte mir schnell eine Fajita. „Mmm", machte ich beim ersten Bissen. „Oh mein Gott, sind die gut."

Er hatte alle Toppings auf dem Rest des Tisches arrangiert und löffelte sich gerade Salsa auf seine Fajita. Meine Begeisterung schien ihn zu freuen, denn seine Augen leuchteten auf. Es gab keinen Käse, aber er hatte dicke Bio-Sourcream bereitgestellt, und ich tat einen ordentlichen Klecks davon auf meine nächste Kreation.

Wir schauten uns eine Heimwerkersendung an und aßen leckeres Essen. In seiner Küche stand ein schnittiger, schwarzer Soda Stream, und obwohl er keinen Sirup zum Hineingeben da hatte, passte das schlichte Sprudelwasser perfekt. Ich meine, ein eiskaltes Corona wäre auch toll gewesen, aber das passte definitiv nicht in einen Olympia-Speiseplan.

Beim Gedanken an die olympischen Spiele wurde mir flau im Magen. Hier saß ich nun mit meinem größten Rivalen um die Goldmedaille zusammen, aß mit ihm und trug seinen Schlafanzug, während seine Katze uns um die Knöchel strich. Ich konnte mir den Zorn meiner Mutter über meine Schwäche ausmalen, und wie schockiert unsere Mitbewerber und alle anderen wären, wenn sie uns jetzt sehen könnten.

Ein angenehmer Schauer überlief mich. Es fühlte sich herrlich verboten an, obwohl wir nichts weiter taten, als zu Abend zu essen und uns eine Wiederholung von „Traumhaus" anzuschauen.

Es war ja nicht so, als hätten wir Sex miteinander – woran ich lieber nicht denken sollte, daher versuchte ich es sofort wieder zu vergessen. Aber mir schwirrte immer noch der Kopf, und mein Verstand setzte nach der Migräne erst langsam wieder ein.

Wenn ich unter dem Tisch mein linkes Bein ein paar Zentimeter verschob, würde mein Knie seins berühren. Wenn ich mich über den Tisch beugte und ihn küsste, was würde er dann machen?

Mein Herz setzte einen Schlag aus, als ich aufblickte. Ein Klecks Salsa hing in seinem Mundwinkel. Er sah mich an, schluckte und wurde still, eine Frage in seinen tiefbraunen Augen.

Ich streckte die Hand aus und wischte die Tomate von seinen Lippen, berührte ihn für einen flüchtigen Moment. „Salsa", sagte ich.

Henry war wie eine Statue, als ich mich wieder der Renovierung im Fernsehen zuwandte und in meine Fajita biss. Ich kaute und tat so, als wäre alles völlig normal. Er begann ebenfalls wieder zu essen, und als ich mir den Mund mit einer messerscharf gefalteten Stoffserviette abwischte, leckte ich mir verstohlen die Salsa vom Daumen.

Kapitel Sieben

Henry

WARUM WAR THEODORE Sullivan nur immer so *nett*?

Na ja, wahrscheinlich war er es nicht *immer*, aber das war ich auch nicht. Er war meistens großzügig und gab sich besondere Mühe, andere zu ermutigen.

Während ich beim Grand Prix Finale auf einem Stuhl im Backstagebereich saß, eine Banane aß und meine Knöchel kreisen ließ, die Beine ausgestreckt und die Füße in der Luft, sah ich ihm dabei zu, wie er seine junge amerikanische Teamkameradin tröstete, die vor Frust weinte.

Er saß mit June in einer Ecke des nichtssagenden offenen Raums auf dem Boden, schräg gegenüber von mir. Ich konnte zwar nicht hören, was sie sagte, aber ihren Gesten nach zu schließen klagte sie bestimmt über ihre Unter-Rotation. Sie trug einen Trainingsanzug, aber ihr Haar war immer noch zu einem komplizierten Knoten gedreht, und ihr Glitzer-Makeup verlief auf ihre Wangen.

Ich hatte Verständnis, aber was gab es dazu schon zu sagen? Sie musste eben höher springen. Wenn sie weiterhin bei jedem Sprung mehr als ein Viertel der Drehung erst auf dem Eis ausführte, nachdem sie gelandet war, würden die Sprünge schlechter benotet werden. Das musste korrigiert werden, und zwar besser jetzt, während sie noch relativ jung war.

Aber Theodore wusste offenbar so einiges dazu zu sagen. Er gestikulierte und lächelte ermutigend und redete und redete. June schniefte und nickte und begann schließlich zaghaft zu lächeln. Er schlang einen Arm um ihre schmalen Schultern und drückte sie an sich.

Ein Schauer überlief mich, als ich mir vorstellte, wie sich das anfühlen würde.

Nach fünfzig Mal Knöchelkreisen in jede Richtung stand ich auf und machte ein paar Lockerungsübungen. Ich schüttelte die Hände aus, dann die Arme und schließlich auch noch die Beine, um meinen Körper aufzuwecken. Ich war an Jetlag gewöhnt, aber an manchen Tagen machte er mir mehr zu schaffen. Ich hatte die NHK in Japan mit einem sauberen Kurzprogramm und einem schweren Fehler in der Kür gewonnen – einem Sturz bei meiner Vierfach-Toeloop-Kombination. Der vierfache Lutz war allerdings mein bisher bester gewesen.

Natürlich störte es mich, dass ich nicht beide Teile sauber gelaufen war. Aber es gab ja noch das Grand Prix Finale hier in Turin, die nationalen Meisterschaften und natürlich die olympischen Spiele und ein paar Wochen darauf auch noch die Weltmeisterschaft. Es war gefährlich, zu früh in der Saison Spitzenleistungen zu erbringen.

Aus der Eishalle drang gedämpft die Musik für das Kurzprogramm der Paare herein, ein furchtbar öder alter Song namens *Chasing Cars*. Ich setzte mich wieder, und Theodore ließ sich zu meinen Füßen auf den Boden plumpsen, sein Smartphone in der Hand.

„Ich schwöre bei Gott, wenn meine Mom Mr. Webber noch *ein*mal belästigt…", grollte er. „Momentan ist er nicht mal mein Trainer! Und ich bin erwachsen!"

Es war wirklich unangemessen. Ich hatte das Glück, dass meine Eltern meine kostspielige Eiskunstlauf-Karriere zwar immer unterstützt hatten, aber genauso zufrieden gewesen wären, wenn ich aufgehört hätte.

Sie hatten Jobs und Hobbys und hatten sich nie in mein Training eingemischt. Aber es gab viele Eltern in diesem Sport, die viel zu sehr in die Eislauf-Karriere ihrer Kinder investiert waren.

„Kontaktiert sie Manon und Bill auch?"

„Sie hat's versucht, aber sie haben sie geblockt. Mr. Webber nutzt immer noch ein altes Festnetztelefon, deshalb legt er jetzt einfach auf, wenn sie anruft. Er hat im Moment schon viel zu viel zu verkraften, um sich auch noch mit ihr zu belasten." Er schüttelte den Kopf, die Lippen zu einem dünnen Strich zusammengepresst. „Als ob es seine Schuld wäre, dass ich beim Kurzprogramm Zweiter war? Du bist sauber gelaufen, und ich habe meinen Axel verbockt. Natürlich bist du Erster geworden."

Das stimmte, obwohl es mir angesichts von Theos besorgter Unzufriedenheit schwer fiel, mich darüber zu freuen. Einen dreifachen Axel zu verpatzen war sehr ungewöhnlich für ihn, aber er war unkonzentriert gewesen.

Er fügte hinzu: „Als ob eine Chemo nicht schon schlimm genug wäre, ohne dass meine Mutter ihn fragt, ob er nicht zu den olympischen Spielen kommen könnte, um dafür zu sorgen, dass ich es besser mache."

Ich murmelte leise Zustimmung und sagte: „Das ist inakzeptabel."

„Ja." Theodore schluckte krampfhaft. Er hatte einen leichten Bartschatten auf der Haut. „Und als wir gestern telefoniert haben, klang er nicht–" Seine Stimme überschlug sich plötzlich, und er blinzelte heftig.

Oh nein. Ich wollte nicht, dass Mr. Webber etwas zustieß, auch wenn er schon älter war und statistisch gesehen wahrscheinlich nicht mehr lange leben würde. Und ich wollte nicht, dass Theo traurig war. Tatsächlich pochte mein Herz, und mir war ganz flau im Magen.

Er schüttelte den Kopf, atmete tief durch und versuchte offensichtlich, nicht zu weinen. Er saß im Schneidersitz, und seine Knie wackelten. Ich beugte mich vor und legte ihm eine Hand auf die Schulter. Er sah mich an und warf mir ein zittriges, dankbares Lächeln zu.

Ich dachte daran, von meinem Stuhl zu rutschen und ihn an mich zu ziehen, mit den Fingern durch sein feines Haar zu fahren, das so weich aussah…

Aber ich kam wieder zur Besinnung, als er sich räusperte und sagte: „Jedenfalls hat er sich heute nicht so toll angehört. Aber ich tu' mein Bestes, um ihn stolz zu machen."

Bei der Erinnerung an die herzlosen Worte, die ich nach der Skate Canada zu ihm gesagt hatte, stieg mir die Hitze in die Wangen. Ich ließ seine Schulter los, nickte und faltete die Hände im Schoß.

„Und hoffentlich gibt meine Mom jetzt endlich mal Ruhe. Ich meine, sie hat mehr gekriegt, als sie sich je hätte wünschen können, als sie mich damals gezwungen hat, mit dem Eislaufen weiterzumachen."

„Gezwungen?" Ich wusste, dass seine Mutter sehr investiert war, aber das war ein starkes Wort.

Er zuckte die Achseln. „Ich hab' in der Highschool x-mal aufzuhören versucht. Als ich dann allein nach LA gezogen bin – und Jesus, was hat sie sich dagegen zur Wehr gesetzt – war es wenigstens nicht mehr so schlimm. Aber als Kind hatte ich keine andere Wahl."

Ich konnte mir nicht vorstellen, nicht Schlittschuh laufen zu wollen. „Aber jetzt hast du eine."

„Jetzt bin ich zu gut, um aufzuhören. Das wäre bescheuert. Und es gefällt mir ja wirklich. Ich hab mein ganzes Leben lang so viel Arbeit reingesteckt. Nach den olympischen Spielen kann ich mich zurückziehen und Shows machen. Nur noch das, was Spaß macht, ohne Preisrichter und vorgegebene Elemente und A- und

B-Noten und den ganzen Scheiß."

Ich starrte ihn mit offenem Mund an. Aber wir standen doch ganz oben an der Spitze des Sports. Hier beim Grand Prix-Finale traten nur die sechs Bestplatzierten in jeder Disziplin aus den Herbstwettkämpfen an. Und natürlich waren wir Weltmeister. Jetzt zahlte sich unser ganzes Training aus – obwohl mir die Routine auf der Eisbahn lieber war als der Stress und die Reisen der Wettkämpfe.

Er fügte hinzu: „Sie hat wohl nur bedauert, dass sie mich nicht nach einem von den ganz Großen benannt hat. Dann hätte sie in irgendwelchen Talkshows darüber reden und Brian Boitano oder wen auch immer dazu bringen können, zu sagen, wie geehrt er sich fühlt."

Ich hatte mich immer darüber geärgert, wie flapsig Theo sein konnte. Wie leicht ihm alles zu fallen schien und dass er Fehler und Druck einfach mit einem Achselzucken abtun konnte. Aber irgendwie hätte ich mir nie träumen lassen, dass er das alles tief in seinem Innersten eigentlich gar nicht wollte.

Ich fragte: „Was sagt denn dein Vater dazu?"

Theodore schnaubte und tippte auf seinem Handy herum. „Nicht viel. Er ist vollauf mit Anwalt sein beschäftigt. Das ist der offizielle Ausdruck dafür."

Ich lachte leise. Theodore hob ruckartig den Kopf und sah mich begeistert an. Ich blickte mich verwundert um. Am Ende eines grauen Flurs war der Rand des Pressebereichs sichtbar. „Was?"

„Nichts." Er wandte sich wieder seinem Handy zu, aber es war mir ein Rätsel, warum er dabei so selbstzufrieden wirkte.

Mein Handy summte, und als ich es aus der Tasche zog, füllte das Gesicht meines Bruders das Display. Ich berechnete den Zeitunterschied zu Vancouver. Es war seltsam, dass er um diese Zeit einen Videoanruf versuchte. Mit einem mulmigen Gefühl im Bauch tippte ich auf Annehmen. „Was ist los?"

„Bro! Guten Morgen auch. Oder ist es Nachmittag? Keine Ahnung. Warum denkst du immer, dass irgendwas los ist? Mach' mal deine Schrauben locker."

Erleichterung durchströmte mich, und ich atmete auf. „Das ist keine Redensart."

„Klar ist es eine! Ich hab's doch eben gesagt."

Theodore lachte. Dann packte er mein Handgelenk, und seine Finger umschlossen nackte Haut, wo meine Trainingsjacke ein Stück hochgerutscht war. Er drehte meine Hand und sagte ins Handy: „Hey, Sam! Mal ganz im Ernst, waren seine Schrauben schon immer so fest angezogen?"

„Mann, du machst dir keine Vorstellung. Ich hoffe, Henry war nicht zu frostig. Er mag keine Veränderungen."

Ich versuchte, ihm meine Hand zu entreißen, aber Theodores warmer Griff um mein Handgelenk war zu stark. Er sagte: „Nein, er war super! Ich bin eben unwiderstehlich." Mit einem Lachen ließ er mich los.

Ich rutschte auf meinem Stuhl herum und ignorierte das Grinsen meines Bruders, als ich wieder auf das Display schaute. „Ja?"

„Ich wollte nur sagen, brich dir kein Bein." Das war ein alter Familienscherz, den meine Eltern und meine Großmutter auch gemacht hatten, als ich vorher mit ihnen telefoniert hatte. Sam fügte hinzu: „Mach' die Konkurrenz platt. Nichts für ungut, Theo!"

„Kein Problem!", rief Theodore.

„Ich gebe mein Bestes", sagte ich.

Sam und Theodore stöhnten einstimmig auf, und mein Bruder grummelte: „Wir sind nicht die Medien. Spar dir die hohlen Sprüche." Er wandte sich von der Kamera ab und sagte: „Ich komm' gleich."

Seinem verträumten Blick nach zu schließen sprach er mit Etienne. Ich verabschiedete mich und grübelte über seine Worte nach. *Spar dir die hohlen Sprüche.*

Das *war* kein hohler Spruch. Ja, es war eine Standardantwort von Eisläufern und anderen Sportlern, aber abgesehen davon, dass ich natürlich gewinnen wollte, versuchte ich wirklich, mein Bestes zu geben. Die Preisrichter konnte ich nicht kontrollieren –ich unterdrückte meinen aufwallenden Ärger auf Theo und seine überzogenen Ausdrucksnoten – aber mein Bestes zu geben lag vollständig in meiner Macht. Und wenn ich mein Bestes gab, waren meine Gewinnchancen doch deutlich höher.

Die Paarläufer waren fertig, und meine kanadischen Teamkollegen kamen vorbei. Wenigstens waren Anton und Hannah nicht bei dieser Veranstaltung, obwohl ich sie bei den Landesmeisterschaften im Januar noch bald genug sehen würde. Ich schob den Gedanken beiseite und nickte Rebecca und Brent zu. Sie waren nassgeschwitzt und grinsten und schienen aus irgendeinem Grund überrascht zu sein, mich zu sehen. Ich wusste nicht, warum, da das Herren-Einzellaufen als nächstes kam, gleich nach der Pause, und die Mitbewerber inzwischen bestimmt alle angekommen waren.

„Gut gemacht!" Theodore sprang auf und umarmte sie kurz. Sie waren offensichtlich gut gelaufen, und ich gratulierte ihnen ebenfalls, während Theodore ihren Trainer mit Fauststoß begrüßte. Rebecca und Brent gingen weiter zu den Presseleuten, und Theodore sagte: „Henry, du kennst doch Dev Avira, oder?"

Ich stand auf und schüttelte ihm die Hand, wobei ich lächerlicherweise Schmetterlinge im Bauch hatte. „Ja. Wie geht's Bailey?"

„Bestens! Sie kriegt demnächst ihr erstes Kind und macht gerade ihren Abschluss an der Uni." Dev grinste, und seine supergeraden Zähne blitzten weiß in seinem dunkelhäutigen Gesicht. Mit seinen dichten, glänzenden Locken, die ihm bis zu den Ohren reichten, sah er ausgesprochen gut aus. Früher war ich einmal ein bisschen in ihn verknallt gewesen. Und in seinen Ehemann. „Misha und ich werden Paten."

„Super!" Theodore wechselte einen weiteren Fauststoß mit ihm. „Er ist auch hier, stimmt's?"

„Ja. Kommentiert für das russische Fernsehen."

„Na, hoffentlich hat er nette Sachen über die Schützlinge seines Ehemanns gesagt." Theodore lachte. „Die inzestuöse Welt des Eiskunstlaufs. Man muss sie einfach lieben."

„Allerdings. Er nimmt nur selten ein Blatt vor den Mund, aber Becky und Brent waren heute wirklich gut."

„War offensichtlich der richtige Schritt, dass sie nach LA gegangen sind, um bei dir zu trainieren." Theodores Lächeln verblasste. „Ich vermisse LA."

„Kann ich mir vorstellen. Hat mir echt leidgetan, das von Mr. Webber zu hören. Ich hoffe, es geht ihm gut?"

Theodore nickte zu schnell. „Ja, ja. Er ist zäh. Er wird wieder!"

Dev nickte ebenfalls. „Das hoffe ich wirklich." Er räusperte sich. „Apropos inzestuöse Welt des Eiskunstlaufs, ich hatte nicht erwartet, euch zwei so dick befreundet zu sehen. Ihr seid *das* Gesprächsthema bei diesem Event. Die Leute sind geradezu schockiert, dass es kein Blutvergießen gegeben hat."

Das verblüffte mich. *Das* Gesprächsthema? Ich blickte mich um, und tatsächlich schauten einige Leute ganz schnell weg. Meine Haut kribbelte.

Die Leute beobachteten uns? Was sagten sie? Mein Puls ging hoch, obwohl ich gar nicht genau wusste, wovor ich eigentlich Angst hatte. Normalerweise versuchte ich es zu ignorieren, aber die Eislaufszene hatte das Tratschen im Blut.

Logischerweise war ich in Gedanken sofort wieder bei Anton und meiner Todesangst davor, dass alles rauskommen könnte. Nein. Inzwischen wäre das doch sicher schon passiert. Es war fast vier Jahre her. Trotzdem war es möglich. Natürlich war es das.

Ein Eisenring schnürte mir die Brust zusammen, und heiße Scham schoss in mir hoch wie eine Lavaexplosion. Ich war so naiv gewesen und schwach und –

„Henry?" Theodores Finger berührten mein Handgelenk. Ich riss meine Hand weg und verschränkte die Arme vor der Brust.

Theodore und Dev wechselten stirnrunzelnd einen Blick.

Dev lachte unsicher. „Hey, ist schon okay. Ich wollte dich nicht erschrecken. Das mit Gillooly war nur ein Witz."

Ich blinzelte. Anscheinend hatte er vorhin noch etwas anderes gesagt, aber das hatte ich in meiner Panik nicht gehört. Ich schluckte krampfhaft. „Ich weiß."

Theodore stieß mich mit dem Ellbogen an. „Keine Sorge. Jeder weiß, dass du viel zu ehrenhaft bist, um mir das Knie kaputthauen zu lassen. Ich meine, du bist *Kanadier*. Es wäre viel wahrscheinlicher, dass ich einen Schläger auf dich ansetzen würde."

„Das würdest du nicht tun. Du bist zum Verrücktwerden nett."

Sie brachen in Gelächter aus, und Theodores Augen leuchteten auf. Er lächelte mit Grübchen in den Wangen, und mir wurde noch heißer. Das hatte ich nicht laut sagen wollen. Genau deshalb redete ich nicht gern. Wenigstens schienen sie mich nicht auszulachen.

Tatsächlich war Theodore sogar ein bisschen rot geworden. Er sagte: „Siehst du? Ich bin eben wirklich unwiderstehlich." Er strahlte mich an und schien noch etwas sagen zu wollen, aber dann nickte er jemandem grüßend zu. „Da ist Misha."

Wie Dev war auch Mikhail Reznikov groß und schlank; er war sogar noch größer als sein Ehemann. Die männlichen Paarläufer waren typischerweise die größten aller Eiskunstläufer, und ich fand sie oft attraktiv. Als Misha Dev mit einem warmen, ungezwungenen Kuss auf die Lippen begrüßte, schlug mein Magen einen Purzelbaum.

Dev und Misha hatten um die Goldmedaille konkurriert, und doch hatten sie sich letztendlich ineinander verliebt. Als sie mit ihrer Beziehung an die Öffentlichkeit gegangen waren, hatte ich jedes Interview und jede Erwähnung in den Medien verschlungen.

Ich hatte sie zwar früher schon getroffen, aber ich bekam

trotzdem eine Gänsehaut, als ich sie hier direkt vor mir zusammen sah. Ich hatte ihre Hochzeitsfotos länger auf meinem Handy gespeichert gehabt, als gut für mich war.

„Hey, Glückwunsch zu der Buchtrilogie. Kommen die Bücher auch auf Englisch raus?", fragte Theodore. „Ich liebe Fantasy-Sachen mit Drachen und so."

„Ich hoffe es", antwortete Misha. „Spasibo." Er legte einen Arm um Dev. „Wir haben Zeit, um nochmal ins Hotel zu gehen, ja? Ich brauche etwas Ruhe."

Dev lächelten ihn an. „Ja." Zu Theodore und mir sagte er: „Viel Erfolg heute Abend, Jungs. Schön zu sehen, dass ihr euch nicht an die Gurgel geht. Bin ziemlich erstaunt, um ehrlich zu sein."

Theodore lachte. „Na ja, Henry hasst mich, aber ich mache ihn allmählich mürbe mit meinem unwiderstehlichen Charme und Esprit. Genießt die Ruhe!"

Nein, ich hasste ihn nicht. Die Erkenntnis war wie ein Wirbelsturm in mir, ein chaotisches Durcheinander von Worten und Emotionen. Ich hätte Theodores Behauptung gern widersprochen, aber Dev und Misha gingen bereits weg.

Eine neue Wahrheit machte sich in mir breit, zwängte sich in alle Ecken und Winkel.

Ich hasste Theodore Sullivan nicht. Nicht mehr.

Sein Atem kitzelte meine Ohrmuschel, und ich erschauerte, als er flüsterte: „Eine bewundernswerte Beziehung, was? Du weißt schon, dass mit ‚Ruhe' eigentlich Sex gemeint war."

Ich folgte seinem Blick zu Dev und Misha, die stehengeblieben waren, um mit einem Journalisten zu reden, jeder mit dem Arm um die Taille des anderen. Sie gingen so unbefangen und liebevoll miteinander um, obwohl sie einmal erbitterte Rivalen gewesen waren.

Theodore seufzte leise. „Oh mein Gott, kannst du sie dir beim Sex vorstellen? Echt. Heiß. Ich hab' gehört, sie hätten es im olympischen Dorf heimlich miteinander getrieben.“

Ja, ich konnte mir Dev und Misha sehr wohl auf intimste Art zusammen vorstellen. Aber mit Theos warmem Atem auf meiner Haut, mit seinem Körper dicht neben mir, konnte ich mir viel zuviel vorstellen. Ich konnte mir vorstellen, wie Theo mir andere Dinge ins Ohr raunte.

Schmutzige Dinge.

Verlangen durchfuhr mich, ließ mein Blut südwärts rauschen und drohte mich bloßzustellen. Wir waren hier beim Grand Prix-Finale, und dort standen Kuznetzov und sein Coach, und sahen sie uns etwa an?

Alle sahen uns an. Was machte ich hier eigentlich? Wie konnte ich mich so ablenken lassen?

Ich fuhr ruckartig zurück und fischte die geräuschdämpfenden Kopfhörer aus meiner Tasche. „Zeit zum Vorbereiten.“

Er war mein Rivale. Mein Feind. Ich musste mich konzentrieren. Ich musste ihn wieder ignorieren. Es spielte keine Rolle, ob Theodore nicht der Bösewicht war, als den ich ihn mir immer gern vorgestellt hatte. Er war mir jahrelang als Konkurrent unter die Haut gegangen, und ich konnte nicht zulassen, dass er mich jetzt mit seiner Freundlichkeit, seinen Grübchen in den Wangen und seinem Geflüster bezwang.

Theodore seufzte. „Ja, stimmt. Okay, also dann bis später. Möge der Bessere gewinnen, was?“

Ohne zu antworte drehte ich den Soundtrack zum *Glöckner von Notre Dame* auf, den ich vor jedem Wettkampf hörte. Ich musste mit meiner Vorbereitungs- Routine anfangen. Ich hätte mich nicht ablenken lassen dürfen.

Theodore sagte noch etwas, aber ich konnte ihn nicht mehr hören. Ich setzte mich wieder hin, schloss die Augen und begann mit der Visualisierung meines Programms.

Es war eine Sache, Theodore Sullivan nicht zu hassen. Aber ich wollte trotzdem gewinnen.

Kapitel Acht

Theo

DAS PUBLIKUM JUBELTE und klatschte bei den Rolling Stones mit, als ich bei meiner Beinarbeit alles gab. Meine Oberschenkelmuskeln brannten vor Milchsäure, ich rang nach Luft, aber ich zeigte mich den Zuschauern von meiner besten Seite, lächelte und winkte und ließ mich von ihrer Energie mittragen.

Ich hatte es geschafft. Es hatte mindestens für Silber gereicht. Beim Anlauf zum Salchow hatte ich mich verkrampft, aber ich hatte mich durchgekämpft und es geschafft, einfach loszulassen und nur die Musik und das Publikum zu fühlen.

Ich glitt mit elegantem Hüftschwung in meine Endpose, und es riss sie von den Sitzen. Das war immer ein großartiges Gefühl, und ich erlaubte mir endlich, an Mr. Webber zu denken, während ich mich breit lächelnd verbeugte.

Hoffentlich hatte ich ihn stolz gemacht.

Auf dem Weg zur Tränenecke half ich den Blumenmädchen, ein paar Plüschtiere aufzuheben, und winkte den Zuschauern zu. Aus dem Augenwinkel sah ich Henry durch eine andere Tür in der Bande auf die Eisfläche schießen. Manon war da und behielt ihn im Auge, als er ein paar Aufwärmrunden lief, während ich meine Noten bekam. Trainer mit mehreren Läufern bei einem Wettkampf teilten sich gewöhnlich auf, so dass kein Läufer oder

Paar zwischendurch allein war.

Bill wartete am Tor auf mich, zusammen mit der Vertreterin des US-Eislaufverbands. Sie applaudierten strahlend. Ich umarmte beide und saugte das Lob auf wie ein Schwamm, während ich meine Kufenschoner anlegte und meine Teamjacke überstreifte. Dann setzten wir uns vor die Kameras, die schon darauf warteten, jede Reaktion einzufangen.

Wir sahen uns die Wiederholungen an, die mit einem Hüftschwung in Zeitlupe endeten. Ich scherzte: „Sexy!", und die Zuschauer lasen es mir von den Lippen ab und lachten. Sie jubelten noch lauter, während die Preisrichter rechneten.

Je stärker das Publikum reagierte, desto höher fielen gewöhnlich die Noten aus, und jawohl – ein neuer Weltrekord leuchtete auf der Anzeigentafel auf. Ich stieß triumphierend die Faust in die Luft, und die Zuschauer tobten.

Ich wischte mir Schweiß vom Gesicht und trank gierig Wasser, dann sammelte ich meine Plüschtiere ein. Hinter der Bühne würde eine ganze Tüte voll stehen, die vom Eis eingesammelt worden waren. Ich spendete die Spielsachen immer dem örtlichen Kinderkrankenhaus.

Zu Beginn meiner Karriere hatte Mom darauf bestanden, alle Spielsachen und Geschenke zu behalten. Sie hatte sämtliche Ecken in unserem Haus damit gefüllt, bis meine Schwestern rebellierten und sogar Dad ein Machtwort sprach.

Ich freute mich wirklich über jedes Geschenk von meinen Fans, aber irgendwann hatte man auch mal genug Stofftiere. Auch wenn ich gelegentlich mal eins behielt, waren sie meiner Meinung nach bei den Kindern besser aufgehoben, die tatsächlich mit ihnen spielten.

Als wir die Tränenecke verließen, blickte ich mich nach Henry um, der gerade in der Mitte der Eisfläche seine Position einnahm. Schweigen senkte sich über die Arena. Ich hätte noch ein paar Minuten sitzenbleiben und ihm zusehen können, aber ich wollte ihn nicht aus dem Konzept bringen oder so.

Natürlich hatte er meine Noten und die Reaktion des Publikums gehört, also lastete jetzt der Druck auf ihm, seine Führung zu halten. Es waren nur ein paar Punkte, also würde es ein knappes Ergebnis werden.

Und natürlich wollte ich gewinnen – was denn sonst, Gewinnen machte am meisten Spaß – aber merkwürdigerweise ertappte ich mich dabei… ihm irgendwie die Daumen zu drücken? Nicht, dass ich einem Mitbewerber jemals etwas Schlechtes gewünscht hätte, aber… so unsympathisch mir Moms Killerinstinkt-Quatsch auch war, ich war nicht Weltmeister geworden, indem ich den anderen die Daumen gedrückt hatte.

Im Backstage Bereich, wo die Mondscheinsonate nur noch gedämpft zu hören war, gab ich die Plüschtiere ab und ging zu Kuznetzov und Nakamura, die momentan zweiter und dritter waren. Doch statt der erwarteten High-Fives blickten sie mir mit angespannten, merkwürdigen Gesichtern entgegen.

Hm? Waren sie sauer, dass ich auf den ersten Platz gekommen war? Ich meine, ja, sie waren offensichtlich auf einem Level, aber es war nicht unerwartet. Und wir hatten alle schon als Kinder gelernt, beim Eislaufen ein Lächeln aufzusetzen und unsere wahren Gefühle zu verbergen. Wenigstens, bis wir allein waren.

Bill sagte gerade zu jemandem: „Wovon reden Sie denn?"

Es geschah alles wie in Zeitlupe.

Alle beobachteten mich – Eisläufer, Trainer, Verbandsfunktionäre, Veranstalter, Kameraleute. Ich war es gewohnt, unter Beobachtung zu stehen, vor allem nach einem solchen Lauf. Neuer Weltrekord! Hurra!

Aber irgendetwas stimmte hier nicht.

Ich wandte mich Bill zu, als er mich am Arm packte. Tränen schimmerten in seinen Augen, und mir rutschte das Herz in die Hose. Vor Schreck wurde mir eiskalt.

Bill sagte: „Theo. Es gibt schlechte Neuigkeiten." Seine Stimme wurde heiser, und er räusperte sich. Aber er brauchte es gar nicht auszusprechen.

Mr. Webber war tot. Ich wusste es. Nicht auf irgendeine esoterische Art, von wegen *‚Ich spüre das Fehlen seiner kosmischen Anwesenheit im Universum‘*, sondern weil es das einzige war, das die unerträglich lastende Atmosphäre vernünftig erklärte. Außer, wenn etwas mit meiner Familie wäre – scheiße, war es das?

Ich erstarrte und krächzte: „Was?" Die Gesichter meiner Eltern und meiner Schwestern wirbelten mir im Kopf herum, und ich war drauf und dran, es aus Bill herauszuschütteln.

Er riss sich zusammen und sagte: „Mr. Webber ist leider vor ein paar Stunden von uns gegangen. Seine Kinder und Enkel waren an seiner Seite. Er ist friedlich eingeschlafen."

Einen schrecklichen Moment lang war ich erleichtert. Meine Familie war okay. Aber Mr. Webber war tot. Und er war zwar kein Familienmitglied gewesen, aber eigentlich *doch*, obwohl ich ihn dafür bezahlt hatte, mich zu trainieren, und obwohl wir Verträge und eine Geschäftsbeziehung gehabt hatten. Ich hatte ihn geliebt, und ich glaube, er hatte mich auch geliebt.

Und jetzt war er tot. Es war nicht fair, obwohl er alt war und ich tief in meinem Innersten gewusst hatte, dass der Krebs schlimm war und dass er es wahrscheinlich nicht schaffen würde, aber *es war nicht fair*.

„Ich hab' doch erst gestern noch mit ihm geredet", sagte ich, so dumm das auch war.

„Ich weiß." Bill drückte meinen Arm. „Er hat letzte Woche die Behandlung abgebrochen, und es ging ganz schnell. Er wollte nicht, dass du es weißt. Er wollte dich nicht ablenken."

Habe ich ihn stolz gemacht?

Am liebsten hätte ich es geschrien und die Antwort aus Bill herausgeschüttelt. Aber unter den vielen fremden Blicken, die wie heiße Nadeln auf meiner Haut kribbelten, konnte ich nur nicken. Ich stand da und nickte, als Bill mich umarmte.

Bill und andere Leute redeten auf mich ein, droschen wild durcheinander hohle Phrasen, von denen ich keine hören wollte. Sie sollten einfach still sein, still sein, *still sein.*

Ausnahmsweise einmal wollte ich nicht reden. Ich nickte und nickte, und ein Funktionär sagte zu mir, ich könne morgen mit der Presse reden, und dass sie auch die Siegerehrung verschieben würden, dass wir die Medaillen vor der Gala bekämen. Dafür war ich dankbar, aber konnten sie nicht alle einfach die Klappe halten?

Anscheinend hatte ich gewonnen und Henry um weniger als einen Punkt geschlagen. Es war mir egal, obwohl ich mir sicher war, dass das für Henry nicht galt – es war brutal, so knapp zu verlieren. Vermutlich war ich der letzte Mensch, den er sehen wollte.

Nachdem ich mir mein Kostüm praktisch vom Leib gerissen und Bill meine Tasche in die Hand gedrückt hatte, ergriff ich die Flucht und machte mich zu Fuß auf den Weg zu dem Hotel, in dem wir alle wohnten.

Kalter Dauerregen durchnässte mich. Die Nacht brach herein, und die Berge waren in dichte Wolken gehüllt. Es fühlte sich später an, als es war; der Regen hielt die Menschen anscheinend von den Restaurants und Bars fern.

Ich machte mir nicht die Mühe, meine Kapuze hochzuschlagen; die Nässe war merkwürdig angenehm. Das Licht der Straßenlaternen schimmerte in Pfützen auf der schmalen Straße zwischen dunklen, geschlossenen Cafés. Ein Mini rauschte vorbei und ließ sie kurz aufspritzen, dann kehrte wieder dumpfe Stille ein.

Eine Zeitlang blieb ich vor einem Uhrengeschäft mit einer aufwändigen, weihnachtlichen Schaufensterauslage stehen. Die pendelnden Glockenspiele, drehenden Räder und Kuckucksuhren faszinierten mich und hielten die Trauer in Schach. Ich fühlte mich merkwürdig leer und benommen.

Es war kaum vorstellbar, dass ich Mr. Webber nie wiedersehen würde. Er würde nie wieder die Augenbrauen hochziehen und mir diesen Blick zuwerfen, der Bände sprach. Mir nie wieder ein hart erkämpftes Lächeln schenken, nachdem ich mir den Hintern abgearbeitet und ausnahmsweise einmal klaglos alles getan hatte, was er verlangte. Mir nie wieder in der Tränenecke beifällig oder mitfühlend das Knie tätscheln.

Warum hatte ich ihn nicht heute Morgen nochmal angerufen? Plötzlich wollte ich unbedingt wissen, wann genau er gestorben war, und was ich da gerade gemacht hatte und ob ich Zeit gehabt hätte, ihn anzurufen und seine raue, sardonische Stimme ein letztes Mal zu hören.

Ich hörte Schritte hinter mir, aber ich dachte mir nichts dabei, bis ich einen Häuserblock von den erleuchteten Fenstern des Hotels entfernt in eine noch schmalere Seitengasse einbog. Meine nassen Chucks quietschten, als ich die steilere Straße hinunterging, um noch eine Weile in den Schatten bleiben zu können. Als die Schritte mir folgten, drehte ich mich sicherheitshalber um, falls ich gerade eine Dummheit gemacht hatte und gleich überfallen wurde oder so.

Henry war etwa fünf Meter hinter mir. Auf dem höheren Gelände der abschüssigen Gasse sah er sehr groß aus. Ich konnte seinen typischen, ernsten Gesichtsausdruck erkennen, obwohl er ausnahmsweise einmal nicht die Stirn runzelte. Selbst aus der Ferne wirkte sein Blick mitfühlend und besorgt, und mir ging das Herz auf, während mir zugleich der Atem stockte.

Ich begriff, dass ich in Wirklichkeit gar nicht allein sein wollte.

Meine Dankbarkeit dafür, ihn dort stehen zu sehen – triefnass im trübseligen Dezemberregen, über mich wachend, aber ohne sich aufzudrängen – war überwältigend.

Ich wollte *Henry*. Sonst niemanden. Seine beständige Gegenwart beruhigte mich auf eine Art, wie es wahrscheinlich niemand anders gekonnt hätte. Das war eigentlich ein beängstigender Gedanke, der mich fast in das Gewirr der engen, alten Gassen flüchten ließ.

Mit pochendem Herzen ging ich zu ihm. Die Straße war so steil, dass ich immer noch zu ihm aufblicken musste, und das erinnerte mich an die Zeiten, als er ganz oben auf dem Podium gestanden hatte und ich eine Stufe unter ihm auf dem zweiten Platz. Obwohl es schon eine Weile her war, dass er mich geschlagen hatte.

Er hatte immer so unnahbar gewirkt – ein Roboter, ein Außerirdischer, *ha, ha*. Immer noch sah er mich schweigend an. Ein Regentropfen rann über seine Nase.

Ich stellte mich auf die Zehenspitzen und drückte langsam einen Kuss auf Henrys regennasse Wange.

Dann senkte ich meine Fersen wieder, beugte mich mit hängenden Armen vor und legte meine Schläfe federleicht an seine Wange.

Ich zitterte – Henry auch? Mit angehaltenem Atem sehnte ich mich nach mehr. Mehr Wärme als seine stockenden Atemzüge, die mein linkes Ohr streiften. Mehr Körperkontakt. Mehr Haut. Mehr, mehr, mehr.

Was machte ich da? Warum ließ er es zu? Das war nicht – wir sollten nicht…

Was?

Einen schrecklichen Moment lang befürchtete ich, er würde mich wegstoßen oder auch nur zurücktreten, und das tat *weh*. Ich wollte ihn anbetteln, mich einfach… was? Ich wusste es nicht einmal genau.

Lass mich ein.

Seit wann wollte ich das? Was sollte das überhaupt heißen? Das wurde alles zu groß, geriet zu sehr außer Kontrolle. Es kam mir längst nicht mehr vor wie ein Spiel, und das war es vermutlich auch schon seit einer ganzen Weile nicht mehr.

Wir standen da wie erstarrt, meine Lippen nur einen Hauch von seiner Haut entfernt. Wir sollten beide schleunigst die Flucht ergreifen. Ich hätte nie zum Training nach Toronto kommen sollen, auch wenn Mr. Webber –

Das Schluchzen brach aus mir heraus. Ich sollte weglaufen, aber heiße Tränen erstickten mich und schnürten mir die Kehle zu. Und Henry ließ mich ein und nahm mich in die Arme, und ich vergrub das Gesicht an seinem Hals und weinte.

Was dem eigentlich gar nicht gerecht wurde. Ich heulte wie ein Baby, und ich war gottfroh, dass meine Mutter nicht da war und mir nicht befehlen konnte, mich zusammenzureißen. Ich fasste ihn um die Taille, und meine Hände quietschten auf dem glitschigen gummiartigen Material seiner Jacke, als ich ihn umklammerte.

Ganz ehrlich – wenn Henry mich aufgefordert hätte, mich endlich wieder einzukriegen, wäre das sein gutes Recht gewesen. Aber er umarmte mich nur fest. Es hätte beschämend sein sollen, aber ich fühlte mich geborgen.

Eine Vespa kam mit leise tuckerndem Motor den Hügel herauf und knatterte an uns vorbei. Wir standen eng umschlungen im strömenden Regen.

Schließlich murmelte ich: „Tut mir leid. Ich weiß nicht, was mit mir los ist.“

Er sagte nur: „Ich mochte Mr. Webber.“

Ich zog geräuschvoll die Nase hoch und schmeckte das Salz meiner Tränen. „Er hat dich auch gemocht. Er hat immer deine Diszipliniertheit und deine Arbeitsmoral bewundert. Hat ständig so Sachen gesagt wie ‚Henry Sakaguchi meckert nicht über zusätzliche Durchläufe‘. Und er hatte natürlich recht. Er hatte immer recht. Ich hätte mehr auf ihn hören sollen. Ich hätte–“

Henry rieb mir leicht den Rücken, als ich erneut in Tränen ausbrach. Ich weiß nicht, wie lange wird dort standen, bevor er mich mit einer sanften Hand auf meinem Rücken durch die schmalen Gassen lotste, während ich ihn vollsülzte, ihm Geschichten über Mr. Webber erzählte und davon, was ich manchmal für eine Nervensäge gewesen war.

Ich wusste nicht einmal, was ich sagte. Aber dass Henry sich mein Gelaber anhörte, als wäre es wichtig, war irgendwie das, was ich brauchte. Er brachte mich mit Hilfe seiner Schlüsselkarte durch den Seiteneingang ins Hotel und dann durch eine zweite Tür. Ich blieb stehen und blinzelte, als ich mich in einem grauen Treppenhaus wiederfand.

„So kommen wir wahrscheinlich unbemerkt rein", sagte Henry.

Ja klar, natürlich. Das Hotel war voller Eislauf-Menschen — von Läufern über Preisrichter, Trainer und Funktionäre bis hin zu Fans. Die Lobby und die Bar im Erdgeschoss würden rammelvoll sein.

Mit einem dankbaren Kopfnicken stapfte ich die Treppe hoch. Henry blieb fürsorglich an meiner Seite, als hätte er Angst, ich könnte hinfallen oder so.

Vor meiner Tür fummelte ich nach der Schlüsselkarte, die ich glücklicherweise in meine Jackentasche gesteckt hatte. Ein Gedanke driftete vorbei. „Woher hast du gewusst, dass das hier mein Zimmer ist?"

Er zuckte die Achseln, den Blick auf den gestreiften Teppich geheftet. „Ich bin in vier-null- fünf."

„Oh. Okay. Ergibt wohl Sinn, dass wir auf derselben Etage sind." Ich steckte die Karte in den Schlitz, und das Licht leuchtete rot. Ich versuchte es nochmal. Rot. Ich ruckelte an der Türklinke, als ob das was nützen würde.

Henrys Finger streiften mein Handgelenk, als er mir behutsam die Karte aus den Fingern nahm. Er drehte sie um und steckte sie dann wieder in den Schlitz. Grün.

Mit einem ziemlich hysterischen Lachen drängte ich mich an ihm vorbei ins Zimmer. „Danke." Ich öffnete mit zitternden, kalten Fingern den Reißverschluss meiner Jacke, streifte sich ab und ließ sie fallen. Henry hielt die schwere Tür offen und schaute von der Türschwelle aus zu. „Danke", wiederholte ich. „Ich hätte mich wahrscheinlich ganz blöd verlaufen. Danke."

Er nickte. Er holte Luft, und ich dachte, vielleicht will er ja was sagen? Dann nickte er nochmal und trat zurück. Und gleich würde die Tür mit einem dumpfen Geräusch ins Schloss fallen und ich würde nie hören, was er sagen wollte.

„Was?", fragte ich verzweifelt. Ich versuchte ein Lächeln. „Was wolltest du–" Ich macht eine Handbewegung in seine Richtung.

Henry sah mich nur an, und dabei hatte er wieder diese niedliche kleine Furche zwischen den Augenbrauen. Moment mal, niedlich? Ich meine, ja, das war sie. Keine Frage – die Furche war echt süß. Hatte ich das schon immer gefunden? Vielleicht. Ich war mir nicht sicher. Spielte das eine Rolle?

„Schaust du einen Film mit mir?", platzte ich heraus, bevor er verschwinden konnte. „Bitte?"

Für einen furchtbaren Moment dachte ich, er würde nein sagen, aber er nickte. „Wir sollten erst duschen."

Schlagartig explodierten Bilder vor meinem geistigen Auge: Dampf und Henrys nasse, nackte Haut. Verlangen schoss durch meine Adern wie ein Kometenschweif. Ich konnte kaum atmen, meine Knie wurden weich und mein Schwanz hart. Bevor ich antworten konnte, klappte die Tür zu und er war weg.

Ich musste lachen, weil Henry offensichtlich gemeint hatte, dass wir jeder für sich duschen sollten. Was absolut vernünftig war, da wir uns bisher noch nicht einmal geküsst hatten.

Aber verdammt, ich sehnte mich danach.

Ich riss mir die nassen Sachen vom Leib und stürzte mich praktisch in die Dusche. Mein Schwanz war so steif, dass er fast wehtat. Unter einem Strom von wundervoll heißem Wasser stützte ich mich mit einer Hand an den weißen Wandfliesen ab, beugte mich vor und wichste heftig.

Mein Kopf füllte sich mit Visionen von Henrys Mund und Zunge und Händen und den harten Konturen seines Körpers an meinem, aber diesmal standen wir nicht voll bekleidet im Regen. In meiner Phantasie küssten wir uns und rieben uns aneinander, während ich mit meiner Vorhaut spielte, die Beine gespreizt, um das Gleichgewicht zu halten.

Ich stellte ihn mir hinter mir vor. In mir. Wie er mir mit heißem Atem ins Ohr ächzte, mich ausfüllte, in mir kam. Ich fuhr die empfindliche Leiste an meinem Schaft entlang und fragte mich, wie Henry klingen würde, wenn er sich gehen ließ. Wie sich sein Stöhnen anhören würde, wenn unsere nackten Körper aneinander klatschten.

Meine Hoden zogen sich zusammen, und als ich die Muskeln anspannte und fester rieb, stieg der Druck in meinem ganzen Körper. Mein Schwanz pochte in meinem gewohnten Griff. Wie würde sich wohl Henrys Hand anfühlen? Sein Mund? Wie würde er schmecken?

Ein Ruck ging durch meinen Körper, und mein Sperma spritzte an die Fliesen. Die dampfige Enge der Duschkabine dämpfte mein Stöhnen. Ich umklammerte meinen Schwanz und streichelte meine Eier, während kleine Funken an meinem Rückgrat entlang zuckten. Mein Ellbogen knickte ein, und ich kippte nach vorn und stützte keuchend die Stirn auf meinen gebeugten Unterarm.

Tja. Entweder hatte ich schon viel zu lange nicht mehr gepoppt, oder ich wollte wahrhaftig etwas mit Henry anfangen.

Ich lachte, und vielleicht war ich jetzt völlig verrückt geworden, aber verdammt, ich wollte Henry wirklich ficken. Und nicht nur das. Ich wünschte, er würde mich in den Armen halten, wie er es auf der Straße getan hatte, stark und verlässlich, während diese Ausbrüche von Trauer und Hysterie kamen und gingen.

Aber was wollte Henry? War er nur nett zu mir? Das musste es sein. Oder er war einfach nur ein guter Freund, weil er sich unter seiner verklemmten, zurückhaltenden Fassade als freundlicher Mensch erwiesen hatte. Er hatte all die Jahre so humorlos gewirkt, aber in Wirklichkeit war er schüchtern und vorsichtig.

Könnte ich ihn zum Stöhnen und zum Orgasmus und zum Lachen bringen? Ihn dazu bringen, die Kontrolle zu verlieren?

Ich blieb zu lange unter der Dusche, während ich mir das ausmalte. Mein Schwanz zuckte. Ich war gerade erst in den weißen Hotel-Frotteebademantel geschlüpft, da klopfte es leise an der Tür. Meine Ohren brannten, als ich den Gürtel um meine Taille festzog. Da war Henry so großzügig, mit mir abzuhängen, und ich holte mir zu ihm einen runter. Er wäre entsetzt.

Ich riss die Tür auf, bevor er es sich anders überlegen konnte. Henrys Haare waren nass, und er trug eine Jogginghose und ein graues Skate Canada-T-Shirt. Ich war geradezu enttäuscht, dass er nicht seinen hinreißenden karierten Schlafanzug anhatte.

Er trug keine Schuhe, nur Socken, und das ließ ihn irgendwie sehr verletzlich wirken, obwohl ich derjenige im Bademantel war. Sein Blick huschte über meinen Körper und blieb dann irgendwo in der Nähe meines Kinns haften, wie üblich.

„Hey!", sagte ich überfröhlich und trat zurück. „Danke, dass du gekommen bist."

Er trat ein, und ich deutete auf das Kingsize-Bed. Plötzlich war ich froh, dass es in meinem Zimmer keine Sitzecke gab und dass sich auf dem einzigen Stuhl in der Ecke meine stinkigen Trainingsklamotten stapelten. Er schaute auf das ordentlich gemachte Bett, das der Zimmerservice frisch bezogen hatte.

„Oh! Lass mich…" Schwungvoll schlug ich die Tagesdecke zurück, warf sie auf den Boden und schob sie halb unter das Bett. Ich schaffte es, kein Wort von Sperma zu sagen. Aber ich wusste, dass wir beide daran dachten, und dieses Wissen trieb mir wieder die Hitze in die Wangen.

Als Henry sich auf die Bettkante setzte, wickelte ich mir mit einem Flattern im Magen das Ende des Frottee-Gürtels um die Hand. „Möchtest du was trinken?", fragte ich, als wäre das hier ein Date. Nein, ich war nur höflich. „Wir sollten uns was zu essen bestellen. Du hast doch bestimmt Hunger."

Henry beobachtete mich argwöhnisch, als ich mir die Zimmerservice-Mappe schnappte und sie ihm in die Hand drückte. Dann riss ich den Minikühlschrank auf und begann den Inhalt herunterzurasseln. Ich schwirrte vor nervöser Energie, und was zum Teufel war nur los mit mir? Mr. Webber war tot, und ich machte hier Henry schöne Augen.

Scham packte mich, und meine Stimme überschlug sich bei „Stella Artois". Scheiße. Ich blinzelte frische Tränen weg.

„Schon gut." Seine leise Stimme war beruhigend. Er sagte nichts weiter, sondern wartete nur, bis ich mich wieder im Griff hatte.

Ich machte den Kühlschrank zu und setzte mich behutsam neben ihn ans Fußende des Bettes, wobei ich gut einen halben Meter Abstand zwischen uns ließ. Henry schlug die Speisekarte auf, hielt sie zwischen uns und blätterte langsam Seite um Seite um. Es war eine englische Version, aber die Worte tanzten vor meinen Augen, als wären sie in einer unverständlichen Fremdsprache geschrieben. Mein nackter Fuß wackelte.

„Bist du nicht am Verhungern?", fragte ich. „Du solltest dir was gönnen. Nimm Pasta."

„Mm-hm." Er blätterte um.

„Wir sind schließlich in Italien. Wie heißt es doch so schön? Bist du in Rom … Du solltest ordentlich Kohlehydrate essen."

Er blätterte erneut um. „Solange du auch welche isst."

Ich lachte. „Damit wir beide ein paar Pfund zulegen? Das ist nur fair."

„Damit du was isst", sagte er einfach.

Mir wurde ganz warm ums Herz. „Sollte ich wohl. Ich hab' Hunger, aber auch wieder nicht, weißt du? Ich sollte zu traurig sein, um zu essen." Ich hätte zu traurig sein sollen, um mir einen runterzuholen. Wieder durchströmten mich Schuldgefühle. „Meine Mom würde mich zusammenstauchen, wenn sie jetzt hier wäre. Sie sagt, ich bin zu emotional. Gott, was bin ich froh, dass sie nicht mitgekommen ist." Mein Lachen war jetzt ein bisschen zu laut. „Das klingt furchtbar. Aber sie ist einfach anstrengend. Ich kann sie nicht daran hindern, zu den Landesmeisterschaften oder zu den olympischen Spielen zu kommen, aber zum Glück hat meine Schwester diese Woche ein wichtiges Klavierkonzert. Offen gesagt hätte meine Mutter das ohne zu zögern ausgelassen, um hier zu sein. Aber ich habe es absichtlich bei einer Familienfeier vor allen Leuten zur Sprache gebracht, so dass sie nicht anders konnte, als hinzugehen. Als wir klein waren, hat sie sich nie besonders für die Talente meiner Schwestern interessiert. Veronica studiert jetzt Musik an der Julliard. Spielst du Klavier? Das könnte ich mir gut vorstellen. Nicht, weil du Asiate bist! Sondern weil du auf dem Eis so viel Musikalität hast. Bei dir sieht es immer aus, als würdest du jede Note fühlen. Ich ziehe für das Publikum eine Show ab und wackle im Takt mit dem Hintern. Und Kuznetzov, ich glaube, der hört gar nicht, was gerade läuft."

„Die Musik stört ihn überhaupt nicht."

Mein wirres Hirn brauchte einen Moment, um Henrys trockenen Scherz zu kapieren, und dann entschlüpfte mir ein echtes Kichern. Wer hätte gedacht, dass er tatsächlich Sinn für Humor hatte?

Er fügte hinzu: „Ja, ich hatte als Kind Klavierunterricht. Und es klingt nicht furchtbar."

Wieder brauchte ich einen Moment, um zu begreifen, was er meinte – dass es nicht furchtbar klang, wenn ich meine Mutter nicht hier haben wollte. Dankbarkeit wallte in mir auf, für sein Verständnis und für die leicht gehässige Bemerkung über Kuznetzov. Er, ausgerechnet er, verstand es. Er verstand mich. Mein Leben war schon verdammt seltsam.

Henry drückte meine Schulter, und mir stockte der Atem. Sein Daumen berührte fast die Kante des Bademantels und mein nacktes Schlüsselbein. Gott, ich wollte von ihm berührt werden.

Es musste kein Sex sein oder so. Ich wollte nur seine Haut auf meiner spüren.

Er machte eine Geste in Richtung Kopfende des Bettes, die ich als Aufforderung nahm, mich anzulehnen. Also kroch ich hoch zu den Kissen, während er beim Zimmerservice anrief und ein paar Sachen bestellte. Dann ging er die Liste der Filme durch und suchte einen aus. Ich war merkwürdig erleichtert, keine Entscheidungen treffen zu müssen.

Henry setzte sich wieder ans Fußende des Bettes, und ich streckte die rechte Hand aus und zog an seinem Arm. Ein angenehmer Schauer überlief mich, als ich die Finger um seinen nackten Ellbogen schloss. Er warf mir über seine Schulter hinweg einen kurzen Blick zu, dann rutschte er nach hinten und setzte sich im Schneidersitz aufs Bett. Trotzdem blieb noch ein halber Meter Abstand zwischen uns, da die Matratze so riesig war.

Wir stapelten die übrigen Kissen aufeinander, um uns anzulehnen, und ich zupfte müßig an einem losen Faden an meinem Bademantel. Und weil ich einfach unmöglich war, sagte ich: „Ich frag' mich, ob in Hotelzimmern auf allem noch Spermareste sind. Soweit ich mich erinnern kann, war da mal was mit Spritzern an den Wänden."

Henry fuhr hoch und musterte das gepolsterte Kopfteil hinter uns. Er fummelte mit den Kissen herum. Dann warf er mit plötzlichem Erschrecken einen Blick auf die Fernbedienung. „Die hast du doch hoffentlich desinfiziert."

„Die Fernbedienung?" Ich starrte sie verständnislos an.

Seufzend stand Henry auf und ging. Ich war immer noch am Grübeln, als er eine Minute später mit einer Packung Desinfektionstücher wiederkam. Er fasste die Fernbedienung mit spitzen Fingern an, als könnte sie ihn beißen, und wischte sie dann gründlich ab, auch zwischen den Knöpfen und um alle Oberflächen. Anschließen machte er sich daran, sämtliche Griffe und Berührungsoberflächen in meinem Zimmer zu desinfizieren.

Es hätte nicht sexy sein sollen.

Es hätte eher nervig sein sollen. Es hätte komisch sein sollen. Doch stattdessen weckte es in mir den Wunsch, ihn an mich zu ziehen und zu küssen, selbst wenn er mir vorher die Lippen mit Clorox abwischte. Abgesehen davon, dass das vielleicht giftig war.

Er verschwand im Bad. Nach einer Minute lief der Wasserhahn, und er wusch sich bestimmt die Hände. Als er wiederkam, ging er an den frisch gesäuberten Mini-Kühlschrank und holte eine Flasche Weißwein heraus. Nach einer kurzen Inspektion der Gläser neben dem leeren Eiskübel schenkte er den Wein ein.

Wir machten es uns wieder bequem, tranken Chardonnay oder vielleicht Pinot Grigio und schauten den neuesten Marvel-Film. Er ging an die Tür, als der Zimmerkellner kam, brachte das Riesentablett herein und breitete unser Abendessen auf der Matratze aus

„Hast du keine Angst vor Krümeln im Bett?", fragte ich.

„Das ist die beste Alternative in diesem Zimmer. Wir essen nicht auf dem Fußboden." Er erschauerte.

„Das ist ein Argument."

Und dass die Tagesdecke weg war, bedeutete außerdem, dass ich mit Henry *im* Bett war, statt einfach nur auf dem Bett. Da gab es einen Unterschied, und es hatte etwas wohltuend Intimes, im Schneidersitz zusammen auf den Laken zu sitzen und Gnocchi und Caprese-Salat und so viele köstliche, fettige Sachen zu essen.

Henry aß langsam und genoss offensichtlich jeden einzelnen Bissen. Es war vermutlich die Untertreibung des Jahrhunderts, zu sagen, dass er sich wahrscheinlich nicht allzu oft so etwas gönnte. Dass er es mit mir tat – *für* mich – war auf eine Art beeindruckend, die ich nicht wirklich erklären konnte.

Gedanken an Mr. Webber blitzten immer wieder auf. Verschwanden nie ganz, waren aber auch nicht erdrückend. Die Ablenkung durch Essen und Wein und Superhelden und Henry war genau das, was ich brauchte, und ich war unendlich dankbar.

Als ich meinen Löffel in die ungelogen beste Mousse au Chocolat aller Zeiten tauchte, sagte ich leise: „Danke."

Henry schluckte einen Löffel voll Tiramisu, und unsere Blicke trafen sich. Der Moment dehnte sich in die Länge. Die Leute im Fernsehen brüllten irgendwas, und im Hintergrund knallten Schüsse. Ein kakao-bestäubter Krümel hing an seiner Oberlippe, und ich hätte fast die Hand ausgestreckt, um ihn wegzuwischen.

Er nickte leicht und wandte sich dann wieder dem Film und seinem Dessert zu.

„Ich hoffe, er war stolz auf mich", platzte ich heraus. Ich konnte Henry nicht ansehen. Womöglich stand ihm eine schreckliche Wahrheit ins Gesicht geschrieben, da er ein so schlechter Lügner war. „Glaubst du, er war es?"

Ich *musste* hinsehen.

Henry ließ den Löffel sinken und musterte mich mit seiner üblichen stillen Eindringlichkeit. Seine Augen unter den dichten Wimpern blickten ernst. „Ja."

Mit diesem einen, wunderschönen Wort wusste ich, dass er die Wahrheit sagte. Und ich wusste, dass ich wollte, dass Henry auch stolz auf mich war.

Als ich rüberschaute, um ihn zu fragen, ob er noch Wein wollte, sah Henry sich nicht den Film an. Sein Blick schnellte hoch und begegnete meinem, und als er das Gesicht wieder dem Fernseher zuwandte, war seine ohnehin stets beeindruckend straffe Haltung noch steifer.

Es gab *so vieles*, was ich gern gesagt hätte, aber ich rollte die Lippen nach innen und zwang mich, still zu bleiben. Ich warf einen Blick nach unten und – *oh*. Mein Bademantel klaffte auseinander, und meine halbe Brust lag frei, einschließlich eines Nippels.

Und Henry hatte eindeutig auf meine nackte Brust gestarrt.

Und es war eindeutig Verlangen gewesen, was da in seinem hinreißenden Gesicht geschrieben stand.

Es war wirklich erstaunlich, dass ich ihn einmal als Roboter oder Alien mit gleichbleibend ausdrucksloser Miene betrachtet hatte. Sobald man wusste, worauf man achten musste, schrie Henrys Gesicht praktisch seine Gefühle hinaus.

Die verstohlenen Blicke, ein winziges Zusammenpressen seiner Lippen oder ein angedeutetes Lächeln. Ein Naserümpfen, ein Weiten seiner Augen. Die leichte Röte auf seinen Wangen. All das, was kurz aufblitzte, bevor er wieder gelassen wirkte.

Es war Verlangen gewesen, was da unter seinen dichten Wimpern aufgeflackert war. Wenn ich ihn küssen würde? Vielleicht wäre er ja doch nicht so entsetzt. Vielleicht wollte er mich auch. Aber ich wollte nicht alles kaputtmachen, indem ich mich vorbeugte und meine Vermutung überprüfte.

Mit vollem Magen fläzte ich mich in die Kissen und rutschte tiefer und tiefer. Ich weiß nicht genau, wann ich einschlief, seltsamerweise eingelullt von den Kampfszenen – Soundeffekten. Aber als ich aufwachte, war es mitten in der Nacht.

Ich war mit einer weichen Decke zugedeckt, und ich blinzelte den murmelnden Fernseher an, in dem gerade auf BBC eine Kochsendung lief. Die Frau, die in einem Topf auf einem riesigen Gasherd rührte, war kaum hörbar.

Das Tröstlichste von allem war, dass Henry mich nicht alleingelassen hatte.

Im bläulichen Lichtschein aus dem Fernseher erkannte ich seine zusammengerollte Silhouette, seine schlaffen Lippen. Er lag auch unter der Decke, und ich war offiziell mit Henry Sakaguchi *im* Bett. Und merkwürdigerweise kehrte die Lust von vorhin nicht zurück. Ich wollte mich nur an ihn kuscheln und seinen Atem auf meiner Haut spüren.

Aus Angst, ihn zu wecken, regte ich keinen Muskel, während ich im flimmernden Licht die Rundung seiner Wange und den dunklen Fächer seiner Wimpern betrachtete. Seine Augen zuckten unter den Lidern, und ich hoffte, dass er gerade von mir träumte.

Kapitel Neun

Theo

EIN RAD AN meinem Koffer lief nicht ganz rund, und ich zerrte ihn gerade noch rechtzeitig zurück, um eine Kollision mit der Frau neben mir zu vermeiden. Mit den Zollformularen in der Hand marschierten wir einer nach dem anderen langsam durch den Ausgang der Gepäckausgabe, gaben den Beamten unsere Papiere und beteten, dass wir nicht zur Inspektion beiseite genommen würden.

Bei mir ging es nicht darum, dass ich etwas dabeihatte, wofür ich Ärger bekommen könnte – obwohl ich eigentlich keine Lebensmittel nach Kanada einführen durfte und trotzdem einen Butterfinger-Riegel und eine halbleere Tüte Doritos in meinem kleinen Rucksack hatte. Ich hatte während des Fluges einfach keinen Hunger gehabt.

Ich war von Turin nach L.A. zu Mr. Webbers Beerdigung geflogen, und jetzt war ich wieder in Toronto für die letzte Woche Training, bevor die Eisbahn über Weihnachten schloss.

Sie war am fünfundzwanzigsten komplett geschlossen, und am sechsundzwanzigsten gab es hier so einen komischen Feiertag namens „Boxing Day". Die Eisbahn war für Amateurläufer geöffnet, da Manon und Bill und das ganze Team sich diesen Tag freinahmen, bevor wir am siebenundzwanzigsten wieder mit dem

Training anfingen.

In einem nicht-olympischen Jahr hätten sie sich wahrscheinlich die ganze Woche zwischen Weihnachten und Neujahr freigenommen, aber da unsere nationalen Meisterschaften im Januar stattfanden – ein paar Wochen früher als sonst – zählte jeder Tag. Das galt vor allem für mich, da ich mir für Mr. Webbers Beerdigung freigenommen hatte.

Ich schlurfte in der Schlange voran und schielte dabei auf mein Handy, obwohl überall Verbotsschilder waren. Viele andere Leute verstießen auch gegen diese Regel. Das Display füllte sich mit Textnachrichten von meiner Mutter, aber das war ja nichts Neues. Sie war strikt dagegen gewesen, dass ich zu der Beerdigung ging, aber natürlich hatte ich sie ignoriert.

Die paar Tage Training würde ich problemlos nachholen. Es hatte gutgetan, ein bisschen kalifornische Sonne zu tanken und Em und meine Freunde von der Eisbahn in LA wiederzusehen. Ich hatte es sogar geschafft, die Beerdigung ohne zu weinen durchzustehen. Anscheinend hatte ich in Turin an Henrys Schulter so viel geweint, dass ich keine Tränen mehr hatte.

Ich hielt den Atem an, als ich durch meine Textnachrichten scrollte, aber nein. Nichts von Henry. Es war 19 Uhr nach hiesiger Zeit, und er müsste jetzt nach einem langen Trainingstag bei Esmeralda zuhause sein. Warum sollte er mir auch schreiben? Ich hatte ihm schon tausendmal schreiben wollen, seit ich Italien verlassen hatte, aber ich hatte die Textnachrichten immer nur getippt und nie abgeschickt.

Ich hatte Henry schon genug Umstände bereitet. Verdammt, allein nur in der Olympiasaison zum Training auf *seine* Eisbahn zu kommen war schon viel. Mich emotional auf ihn zu stützen, während ich in Turin psychisch zusammenbrach, war noch mehr gewesen.

Trotzdem hatte ich ihm vor dem Abflug in LA eine SMS geschrieben, dass ich auf dem Rückweg war und ob ich morgen mit ihm zur Eisbahn fahren könnte. Jetzt las ich seine Antwort nochmal.

Ja.

Selbstverständlich war es bescheuert, dass ich mir immer wieder dieses eine Wort anschaute, als könnte ich eine versteckte Bedeutung darin enträtseln. Ich hatte eine Frage gestellt, und er hatte geantwortet. Basta. Na schön, ich hatte mich bei ihm ausgeheult, und er war lieb und freundlich gewesen und wir hatten zusammen geschlafen – aber nicht so.

Das hieß aber nicht, dass sich irgendwas geändert hatte. Ich war sein Rivale um die Goldmedaille, und in Italien hatte ich ihn gerade erst ein weiteres Mal besiegt. Die meisten Leute wären bei weitem nicht so nett gewesen wie er.

Was erwartete ich eigentlich?

Der Typ vom Zoll nahm mein Formular, markierte es mit einem Strich und ließ mich durch. Ich hastete durch die Automatiktüren aus Milchglas, die aufsprangen und den Blick auf die Leute freigaben, die grüppchenweise auf ankommende Passagiere warteten.

Eine Familie hatte Heliumballons und Blumen dabei. Diverse Fahrer hielten Pappschilder mit Namen von Passagieren hoch, aber ich würde mir einfach einen Lyft rufen und –

Am Fuß der kleinen Rampe zum Wartebereich blieb ich ruckartig stehen. Ein Mann hinter mir rammte mir seinen Koffer in die Fersen und murmelte einen Fluch. Ich blockierte den Weg, und ich befahl mir, weiterzugehen und aufzuhören, Henry anzustarren.

Und ich starrte Henry an, weil Henry *hier* war.

Er wartete allein in der Nähe des Ausgangs in seiner schwarzen Trainingshose, Turnschuhen und einer blauen Daunenjacke, und er war wunderschön.

Mein Magen schlug einen Purzelbaum vor purer, unerwarteter Freude, und ich verkniff mir einen Jubelschrei. Wahrscheinlich grinste ich wie ein Idiot, als ich praktisch auf ihn zu rannte und meinen Koffer hinter mir her zerrte, statt ihn auf dem wackligen Rad zu schieben.

„Was machst du denn hier?", fragte ich, weil ich ein Volltrottel war. Schnell fügte ich hinzu: „Ich meine, holst du mich etwa ab? Danke! Genial. Ich hatte ja keine Ahnung. Das wäre aber wirklich nicht nötig gewesen. Der Verkehr auf der Fahrt hier raus muss furchtbar gewesen sein!" Woher wusste er meine Flugnummer? Ja klar, wir hatten wegen der Fahrt morgen gesimst, aber…

„Ich musste ein paar Besorgungen machen, deshalb war ich in der Gegend."

Wow, er war tatsächlich ein schlechter Lügner. Sein Blick huschte umher, und er trat von einem Fuß auf den anderen. Es war wirklich zum Schießen, aber auch liebenswert, wie offensichtlich es war.

Überdies lag der Flughafen ganz im Westen der Stadt, und wir trainierten ganz im Osten. Was konnte er hier schon zu erledigen haben? Während Torontos krasser Rushhour, die es durchaus mit der in LA aufnehmen konnte?

Um ihn vom Haken zu lassen, sagte ich: „Cool. Danke."

Ich bestand darauf, die irrsinnigen Flughafen-Parkgebühren zu bezahlen, und wir fädelten uns in den dichten Verkehr auf dem Highway ein, ein Meer von Rücklichtern vor uns in der Nacht. Wenigstens kamen wir einigermaßen voran, wenn auch nur mit dreiviertel der erlaubten Geschwindigkeit.

Henry hatte kein Radio an, und irgendwann konnte ich das Schweigen nicht mehr ertragen. Ich wackelte rastlos mit dem Fuß „Willst du mich nicht fragen, wie die Beerdigung war?"

Diese niedliche kleine Falte erschien zwischen seinen Augenbrauen. „Willst du darüber reden?"

„Na ja… eigentlich nicht. Es war eine Beerdigung. Die sind immer ziemlich ätzend. Ich war bisher nur bei der von meinen Großeltern. Also, einzeln. Sie sind nicht gleichzeitig gestorben wie bei einem Autounfall oder so."

„M-hm."

„Aber ich bin froh, dass ich hingegangen bin. War schön, meine alte Clique mal wiederzusehen. Der Andrang war enorm. Alle lieben Mr. Webber. Haben ihn geliebt. Bin immer noch nicht ganz daran gewöhnt, glaub' ich. Vielleicht will ich doch darüber reden."

„Okay."

„Ich vermisse ihn. Naja, klar, liegt ja auf der Hand. Aber obwohl ich wusste, dass er's wahrscheinlich nicht schaffen würde, er war einfach so… *präsent*. Er hatte so viel Charisma. Weißt du, was ich meine?"

„Wie du." Kaum hatte Henry das gesagt, schien er es auch schon zu bereuen; seine Lippen wurden schmal, und seine Finger umklammerten das Lenkrad fester. Er machte den Mund auf und wieder zu, sagte aber nichts weiter.

Ich lachte und schwafelte weiter, um mir meine Freude nicht anmerken zu lassen. „Das nehm' ich als ultimatives Kompliment. Jedenfalls ist es schon seltsam, dass er tot ist. Es hätte kein Schock sein sollen. War es auch nicht, glaube ich. Aber trotzdem war's einer. Ergibt wahrscheinlich keinen Sinn, was ich hier rede."

„Doch, das ergibt durchaus Sinn."

„Okay. Danke." Jetzt wollte ich wirklich nicht mehr darüber reden, daher wechselte ich das Thema. „Du musst doch am Verhungern sein", sagte ich. „Sollen wir irgendwo in ein Drive-In fahren? Ich lad' dich ein. Oh, oder ich hab' ein paar Snacks." Ich griff nach meinem Rucksack, den ich auf den Rücksitz geworfen hatte.

Als ich mein ungesundes Knabberzeug auspackte, schaute Henry es an, als hätte ich ihm gerade einen frischen Hundehaufen angeboten.

„Ich weiß, ich weiß! Sowas sollte ich nicht essen. Aber ich hab' Jetlag."

Den Blick auf die Straße geheftet sagte Henry: „Wenn du das

isst, fühlst du dich nur noch schlechter.“

„Ich weiß, zu fressen wie ein Schwein wird mir nicht helfen, zu gewinnen.“ Ich lachte. „Du solltest mich von morgens bis abends mit Doritos füttern.“

Henry fand das offenbar nicht lustig. Peinliches Schweigen erfüllte das Auto bei der Erinnerung daran, dass wir Rivalen waren. Warum hatte ich das gesagt? Es war das Letzte, worüber wir reden sollten.

Henry schnaubte verärgert. „Du bist kein Schwein“, sagte er. „Niemand sollte dich so nennen.“

„Meine Mutter ist anderer Ansicht.“ Ich versuchte, es mit einem Lachen abzutun. „Keine Sorge, damit habe ich kein Problem. Früher hat mir das viel mehr ausgemacht. Ich hatte jede Menge Therapie. Jedenfalls sollten wir vielleicht lieber einen Pakt schließen.“

„Einen Pakt?“

„Dass wir nicht übers Eislaufen reden. Na ja, das ist wahrscheinlich unmöglich. Wie wär's, wenn wir nicht über unsere Wettkämpfe reden würden. Wir könnten den Elefanten im Raum einfach in irgendeiner Ecke parken oder ihn unters Bett stopfen.“

Das Wort *Bett* laut auszusprechen, löste eine Flut von höchst unangemessenen Gedanken aus, über die ich definitiv auch nicht reden sollte.

Nach ein paar Minuten nickte Henry.

„Cool. Wir werden beide hart arbeiten und unser Bestes tun, und dann liegt es an den Richtern bei den Spielen. Und bis wir im Februar nach Calgary fahren, können wir zusammen abhängen und so.“

Henry nickte erneut, dann sagte er: „Ich habe ein Curry im Slow Cooker.“

„Mmm. Das wäre super.“ Der Gedanke an eine warme, selbstgekochte Mahlzeit in Henrys Apartment mit echten Möbeln und Esmeralda erfüllte mich mit einem Frieden, wie ich ihn nicht mehr empfunden hatte, seit ich in Turin neben ihm im Bett aufgewacht war. Immer noch an ihn gekuschelt, und er hatte mich beobachtet.

Als ich ihn verschlafen angeblinzelt hatte, hatte er hastig weggeschaut und war ein bisschen rot geworden. Es hatte meine ganze Willenskraft erfordert, mich nicht auf ihn zu rollen und ihn zu küssen, bis nichts anderes mehr zählte.

„Was für einen Slow Cooker hast du? Den Instant Pot? Ich hab' gehört, mit dem kann man auch Joghurt machen. Ich sollte öfter kochen. Eigentlich hab' ich mir gedacht, wir könnten das mit dem Essen vielleicht nach dem Divide-and-Conquer-Prinzip regeln? Ich kann nicht besonders gut kochen, aber ein paar Sachen krieg' ich schon hin. Ich sollte besser darin sein, Lunchpakete zu packen. Meine Mutter hat immer gesagt–"

Igitt, warum redete ich jetzt schon wieder von ihr? Ich hatte immer noch die kleine, zusammengerollte Doritos-Tüte in der Hand, und mich packte die Scham. Ich zerdrückte die restlichen Chips zu Krümeln und zerknitterte die Tüte.

„Wir gehen am Samstagmorgen einkaufen und kochen für nächste Woche vor."

„Ja, okay. Cool. Danke."

Ich atmete auf und stopfte die massakrierten Doritos wieder in meinen Rucksack. Die würde ich nachher wegwerfen, zusammen mit dem Butterfinger. Sonst würde ich mich morgen wirklich beschissen fühlen. Nicht, dass ich nie wieder Zucker genießen würde, aber Henry hatte recht. Ich fühlte mich nicht gern *igitt*.

„Ist morgen Freitag? Ich krieg' die Tage langsam nicht mehr auf die Reihe. Und nächste Woche ist doch Weihnachten, oder? Du fährst nicht nach Vancouver? Nein, natürlich nicht. Ich fahre auch nicht nach Chicago. Muss zu viel trainieren. Es wird komisch sein, zwei Tage unter der Woche frei zu haben. Wir könnten vielleicht nochmal was kochen? Es sei denn, du hättest an Weihnachten hier was vor. Du musst Weihnachten natürlich nicht mit mir verbringen!"

„Da gehe ich am Vormittag meinen Großvater in seinem Altersheim besuchen."

„Ich wusste gar nicht, dass du hier Familie hast. Cool. Das ist schön. Besuchst du ihn oft?"

„An den meisten Wochenenden."

„Cool." Das sagte ich zu oft. „Nochmal danke fürs Abholen." Wir waren inzwischen an Scarborough vorbei und in Pickering, also würden wir bald da sein. „Es ist schön, wieder hier zu sein. Und danke für -" Ich fuchtelte mit der Hand herum, während ich nach den richtigen Worten suchte. „Für unsere Zeit in Turin."

Er nickte und blickte über die Schulter, bevor er die Spur wechselte. Er war so *verantwortungsbewusst*. Seit wann fand ich das unerträglich sexy?

Nachdem wir in Turin zusammen aufgewacht waren, hatten wir uns für die Galaprobe zusammenreißen müssen. Henry hatte wie üblich kaum ein Wort gesagt. Aber ich hatte ihn vermisst, kaum dass er mein Zimmer verlassen hatte.

Und jetzt, da ich wieder in seinem praktischen Honda saß – ich wette, er kannte die Sicherheitsbewertungen auswendig – hatte ich das Gefühl, als wäre die Welt wieder in Ordnung.

„Ich koche morgen für dich", sagte ich. „Und für mich. Oh, aber wir müssen erst noch einkaufen gehen, also bestell' ich morgen was Gesundes für dich zu essen. Und für mich. Dann kann ich am Samstag kochen. Was soll ich machen?"

„Ich schicke dir ein Rezept."

„Okay! Aber nichts allzu Ausgefallenes."

„Gemüsepfanne mit Reis ist nicht ausgefallen."

„Ja, ich bin sicher, das kriege ich hin. Ziemlich sicher. Wahrscheinlich!"

Morgen wieder aufs Eis zu gehen würde anstrengend sein – es war erstaunlich, dass sich kaum eine Woche ohne Training wie eine Ewigkeit anfühlen konnte, sobald man wieder die Schlittschuhe anzog – aber ich konnte das Wochenende kaum erwarten. Ich würde Henry die beste Gemüsepfanne seines Lebens kochen. Oder bei dem Versuch sterben.

„PASS AUF DIE Mandeln auf. Sonst brennen sie an."

„Jau." Ich warf einen Blick auf die rohen Mandelblättchen in der Bratpfanne und drehte mich dann wieder zum Kühlschrank um.

Es war Samstagabend, und das Essen war fast fertig. Wir waren in Henrys Wohnung, weil er den ganzen Küchenkram hatte – ganz abgesehen von Stühlen und richtigen Möbeln – und er war mir nicht von der Seite gewichen, bis ich ihn aus seiner eigenen Küche gescheucht hatte. Ich hatte alles im Griff.

Er saß an dem kleinen Tisch neben der Küche und machte eins von seinen Kreuzworträtseln, einen Fuß hochgezogen und unter das Gesäß geklemmt. „Vorsicht mit den Mandeln", sagte er nochmal.

Mit einem genervten Augenrollen schaute ich nochmal kurz zum Herd, bevor ich mich daran machte, die Frühlingszwiebeln zu hacken. Sie durften erst ganz am Schluss zugegeben werden, damit sie nicht zusammenfielen, was laut Henry anscheinend passierte, wenn man sie zu früh hineingab.

Ich sagte: „Die Mandeln sind noch roh."

Ich begann die Zwiebeln zu hacken, und einen gefühlten Sekundenbruchteil später stieg mir der unverkennbare Geruch von etwas Angebranntem in die Nase. Ich wirbelte herum und riss die Pfanne vom Herd. „Verdammt! Sie sind verbrannt!"

Von seinem Platz am Tisch aus warf Henry mir einen Blick zu, der *oh, wirklich?* besagte. Esmeralda, die zusammengerollt an Henrys Füßen gelegen hatte, kam unter dem Tisch hervor und verzog sich auf das Fensterbrett über dem Bett, so weit wie möglich vom Gestank meiner beschissenen Kochkünste entfernt.

Ich rührte niedergeschlagen mit einem Holzlöffel in den verbrannten Mandeln herum. „Aber vor einer Sekunde waren sie doch noch roh!"

„Deshalb muss man sie im Auge behalten."

„Ich hab' versucht, zu multitasken."

„Wenn du mich helfen lassen würdest–"

„Nein, nein. Ich tu' das für dich. Und mich", fügte ich lahm hinzu. „Muss doch meinen Beitrag leisten. Es ist okay – ich mach' das schon."

Ich wollte das unbedingt hinkriegen. Es war mir egal, ob es mir schmeckte, solange er es mochte. Ich nahm mir einen Moment Zeit, um das Rezept nochmal durchzulesen. Okay. Alles klar. Ich würde die Mandeln nochmal machen. Kein Problem. Ich kippte die Verbrannten in die Biotonne.

„Okay, nächstes Wort", sagte ich.

„Kontrast zwischen zwei Dingen. Neun Buchstaben."

„Hmm." Ich rührte in dem Gemüse mit Truthahnhackfleisch herum, das so gut wie fertig war. „Gegensätze?"

„Das sind zehn."

„Stimmt. Hast du ein paar Buchstaben?"

Er sagte sie mir, und mir ging ein Licht auf. „Antithese!" Ich runzelte die Stirn. „Moment mal, wie spricht man das aus?"

„An-ti-*the*-se."

Lachend wandte ich mich wieder den Frühlingszwiebeln zu. „Ja, ich dachte doch, dass das nicht richtig klingt. Ich hab' nie gesagt, dass ich schlau bin."

Nach einigen Sekunden spürte ich das Kribbeln von Henrys scharfem Blick wie einen Laserstrahl und schaute auf, verblüfft über seine Eindringlichkeit. „Was?"

„Du *bist* schlau. Ein Wort falsch auszusprechen bedeutet nur, dass du es wahrscheinlich vom Lesen kennst, aber noch nie laut gehört hast."

„Ich wurde größtenteils zuhause unterrichtet, damit ich mich aufs Eislaufen konzentrieren konnte, deshalb hab' ich nur das Nötigste getan, um meinen Abschluss zu schaffen. Ist schon okay, wenigstens seh' ich ja gut aus." Ich warf mich in Positur wie ein Model, die Hüfte vorgeschoben und den Kopf kokett zur Seite geneigt, und klimperte mit den Wimpern. Er lächelte nicht einmal, und ich stellte mich wieder gerade hin. „Was ist denn? Ich reg' mich nicht darüber auf, dass ich das Wort falsch ausgesprochen habe. Ehrlich. Genaugenommen bin ich total begeistert, dass es mir überhaupt eingefallen ist! Aber süß von dir, dass du mich zu trösten versuchst."

Henry, immer noch mit seinem Stift in der Hand, wurde rot und senkte den Blick. Vermutlich hatte ich ihn eben zum ersten Mal so etwas wie ‚süß' genannt. Aber das war er, verdammt, und ich wünschte, ich könnte zu ihm gehen und seine rosigen Wangen küssen. Mich dann rittlings auf seinen Schoß setzen und –

Nein! Rückwärtsgang, Rückwärtsgang. Piiiep, piiiep, piiiep!

Aber warum hatte ihn das so aus der Fassung gebracht? Mein kurzes Aufblitzen von Begierde verlosch, und ich legte das Messer weg. Statt dem Drang nachzugeben, ihn mit Fragen zu bombardieren, sah ich ihn an und wartete.

Und wartete.

Ich trat von einem Fuß auf den anderen. Verschränkte die Arme vor der Brust und ließ sie wieder sinken. Nahm das Messer in die Hand. Legte es weg. Es war wahrscheinlich nichts? War es nichts?

Aber warum hatte ich dann das Gefühl, dass doch etwas war? Irgendwas hatte ihn tief getroffen, und das wollte ich aus ihm herausholen und es besser machen. Warum hatte er so heftig reagiert? Warum?

Saaags miiiir.

Als ich schon beinahe platzte vor Ungeduld, sah Henry mir endlich in die Augen und seufzte.

Er sagte: „Es ist nichts.“

Ein Vulkan von Fragen erhob sich. „Hmmm?“, fragte ich, beeindruckt von meiner coolen Fassade. Dann fragte ich mich, ob ich *Fassade* richtig ausgesprochen hätte oder nicht, aber das tat nichts zur Sache.

Henry drehte den Stift um, strich mit den Fingern daran entlang und über die Spitze, und ich vermied es tapfer, dabei an etwas Schmutziges zu denken. Größtenteils.

Schließlich sagte er: „Es ist albern, dass ich mich noch so gut daran erinnern kann. Ich war in der vierten Klasse. Es war nichts.“

„Okay.“

Er zuckte die Achseln. „Ich musste im Unterricht etwas laut vorlesen. Ich weiß nicht mehr, was. Das Wort ‚Urinstinkt‘ kam darin vor. Es ging nicht um Psychologie, also weiß ich nicht, warum das in dem Text stand. Ich war in einer speziellen Fortgeschrittenenklasse, und wir haben eine Kurzgeschichte gelesen, glaube ich. Ich habe es ‚Urin-stinkt‘ ausgesprochen, mit der falschen Betonung. Alle haben gebrüllt vor Lachen. Sogar Mrs. Markham hat gelächelt.“

Ich lachte leise. „Ah. Okay.“ Ich wartete darauf, dass er sagte, er wäre später auf dem Pausenhof zusammengeschlagen worden oder so.

Er starrte ins Leere, als erinnerte er sich daran, wie seine Mitschüler ihn ausgelacht hatten. „Ein Junge namens Tyler hat mich die ganze Woche damit aufgezogen und mich dumm genannt. Ich habe mich nicht mehr getraut, überhaupt noch was zu sagen, falls ich noch etwas falsch ausspreche.“ Er zuckte erneut die Achseln. „Also habe ich danach weniger geredet. Ich war sowieso schon ruhig.“

Whoa. Ich hätte fast *„Ist das alles?“* gesagt, aber Gott sei Dank tat ich es nicht. Henry hatte eindeutig Narben von einem Zwischenfall davongetragen, den viele andere – ich eingeschlossen – einfach mit einem Lachen abgetan hätten.

Es war mir schleierhaft, wieso er sich einen Wertungssport ausgesucht hatte. Aber vielleicht war er so gern auf dem Eis, dass er sich da durchgearbeitet hatte. Die Preisrichter zufrieden zu stellen musste seinen Perfektionismus befeuern.

Ich wünschte, ich könnte in der Zeit zurückgehen und dem kleinen Henry sagen, dass es okay war und dass er nicht perfekt sein musste. Und um Tyler in den Hintern zu treten.

Was ich sagte, war: „Es tut mir leid."

Er sah mich immer noch nicht an. „Ich weiß nicht, warum ich mich daran erinnere, als wäre es gestern gewesen."

Jetzt ging ich tatsächlich zu ihm, aber ich widerstand der Versuchung, mich auf seinen Schoß zu setzen. Stattdessen ließ ich mich auf dem anderen Stuhl nieder. „Weil dein großes Hirn ein verdammt gutes Gedächtnis hat und dich gern quält."

Seine Lippen zuckten, und ich fühlte mich wie im Siegesrausch, als hätte ich den illusorischen vierfachen Axel direkt hier in der Wohnung gelandet. Wie wäre es wohl, ihn zu küssen? Wenn ich mich über den Tisch beugte und mit der Zunge über seine Unterlippe strich, würde er mich einlassen?

„Houlihans Spitzname."

Ich riss den Blick von Henrys Mund los. „Hm?"

„Acht senkrecht. ‚Houlihans Spitzname'. Sieben Buchstaben." Mit dem Stift in der Hand tippte er auf die Seite in seinem Kreuzworträtsel-Buch.

„Ach ja, stimmt." Nun war ich es, der rot wurde. Meine Wangen glühten, als ich aufsprang und zum Schneidebrett zurückkehrte. „Keine Ahnung. Ich meine, ‚Spitzname' ist klar. Aber was ist ein Houlihan?" Ich schnappte mir die restlichen Frühlingszwiebeln und massakrierte sie.

„Höchstwahrscheinlich eine Person. Das Rätselbuch hier ist schon älter, also vielleicht jemand aus den Neunzigern. Oder sogar aus den Achtzigern."

Ich gab frische Mandelblättchen in die Pfanne und runzelte

die Stirn. „Warum machst du so alte Rätsel? Wären aktuelle Kreuzworträtsel nicht viel einfacher zu lösen?" Kaum hatte ich das gesagt, lachte ich. „Natürlich. Genau deshalb machst du ja die alten."

„M-hm."

Eine Welle von Zuneigung packte mich, und ich röstete die Mandeln und zwang mich, sie die ganze Zeit im Auge zu behalten – abgesehen von kleinen Seitenblicken zu Henry, denen ich nicht widerstehen konnte.

Kapitel Zehn

Henry

MIT ZUSAMMENGEBISSENEN ZÄHNEN und bemüht, mir nichts anmerken zu lassen, glitt ich in die Schlusspose meines Kurzprogramms. In der Stille nach dem Ende der Musik kehrten die Geräusche der Eisbahn wieder zurück. Das Stimmengemurmel – Bill korrigierte Ivans Haltung bei seinen Pirouetten, die Assistenztrainer, die mit jüngeren Schülern arbeiteten, ein paar Eltern, die von der Tribüne aus zusahen.

„Das reicht für heute", sagte Manon. „Du musst dich ausruhen – keine Widerrede."

Mein Puls war erhöht, und bei jedem hastigen Atemzug taten mir die Rippen weh. Ich hätte gern für einen weiteren Durchlauf plädiert – vor allem, da ich beim dreifachen Axel mit einer Hand das Eis berührt hatte. Meine Haut kribbelte unter den verstohlenen Blicken rund um die Eisfläche.

Alle hatten gehört, dass ich mir die Interkostalmuskeln an meiner linken Seite gezerrt hatte. Alle beobachteten mich und lauschten, auch wenn sie vorgaben, es nicht zu tun. Eine unnatürliche Stille senkte sich herab. Verletzungen herunterzuspielen gehörte zum Sport, aber so kurz vor den olympischen Spielen wurde sogar noch mehr als sonst darüber getratscht.

„Es ist schon viel besser", sagte ich zu Manon. Das stimmte

auch – ich hatte mich einen ganzen Tag lang ausgeruht, und es war nur eine Zerrung. Ich war ungeschickt gelandet und hatte mich verdreht. Ich kannte meinen Körper, und es war nichts Ernstes. Es war lästig.

„Gut!" Sie lächelte mich an, aber ihr Blick war stahlhart. „Und jetzt ruhst du dich aus. Du hast sowieso bald einen Termin bei Dr. Shankar. Tschüs!"

Es hatte keinen Sinn, mit ihr zu streiten, obwohl ich es hasste, nicht mit einem vollkommen sauberen Durchlauf abzuschließen. Am Rand der Eisfläche bückte ich mich, um meine Kufenschoner anzulegen, und achtete sorgfältig darauf, trotz des Ziepens im Rücken keine Miene zu verziehen.

„Hey! Der Lutz war super. Wie geht's deinen Rippen?"

Meine Muskeln protestierten, als ich mich aufrichtete und Theo ansah. „Bestens." Meine *Rippen* waren nicht verletzt.

„Ja?" Er zog zweifelnd eine Augenbraue hoch. „Weißt du, mir ist eine bessere Methode für die Heiß-Kalt-Behandlung eingefallen." Er bückte sich, nahm seine Kufenschoner ab und warf sie auf die nächstbeste Bank. Einer rutschte über die Kante und landete mit dumpfem Klappern auf dem Zementboden. „Mein Plan ist–"

„Theo!", rief Manon und tippte auf ihr Handgelenk, obwohl sie keine Uhr trug.

Selbst diejenigen, die mich bisher noch nicht angesehen hatten, um meine Verletzung einzuschätzen, beobachteten jetzt Theodore und mich. Er lächelte Manon strahlend an und rief: „Sekunde noch!"

Theodore und ich waren nur während der ersten Woche in derselben Gruppe gelaufen, bevor Manon und Bill Zeit gehabt hatten, den Trainingsplan anzupassen. Seither trainierten wir zu unterschiedlichen Zeiten, aber an den meisten Tagen fuhr er trotzdem morgens mit mir rein, da er in letzter Zeit öfter früh aufstand. Unsere gemeinsamen Fahrten gaben natürlich Anlass zu Klatsch und Tratsch, aber niemand wusste, dass wir zusammen kochten und aßen. Jedenfalls nicht, soweit ich wusste.

Doch je öfter man uns in der Arena zusammen sah, desto mehr würden sie über uns tratschen. Ich hasste das heiße Prickeln der Blicke und des Geflüsters, und ich blaffte: „Der Lutz war nicht super! Er war akzeptabel." Und in Anbetracht der Tatsache, dass er den besten vierfachen Lutz der Welt sprang, brauchte ich Theodores Aufmunterung nicht.

Er hatte gerade zum Sprechen angesetzt, aber jetzt sagte er stirnrunzelnd: „Nein, er war gut. Du hast dich zurückgehalten, aber der war perfekt. Ich weiß, wie es ist, wenn man verletzt ist. Jedenfalls wollte ich nur… Hey, Ivan."

Ivan, der gerade von der Eisfläche kam, legte seine Kufenschoner an und nickte Theodore zu.

„Theo, auf geht's!" Manon kam stirnrunzelnd näher. „Alles in Ordnung?"

„Ja, total", sagte Theodore.

Sie nickte resolut. „Aufwärmrunde. Knack' die Walnuss zwischen deinen Schulterblättern. Core-Muskeln anspannen und Knie lockerlassen. Straff und steif sind zweierlei."

Er spurte ausnahmsweise einmal, obwohl seine Haltung immer noch verbesserungsbedürftig war. Ich ging in die Hocke, um seinen verirrten Kufenschoner aufzuheben, und legte ihn neben dem anderen auf die Bank.

„Was hat er gesagt?" Ivan ließ sich auf die Bank fallen und zog eine Banane aus seiner Tasche.

Ich zuckte die Achseln. „Er hat nur geredet."

Ivan gab ein Brummen von sich und verschlang die halbe Banane mit einem Bissen. „Du darfst dich von ihm nicht verrückt machen lassen."

„Mach' ich nicht." Ich trank einen Schluck Wasser aus meiner Flasche und riss meinen Blick von Theodore los.

Ivan nuschelte mit vollem Mund: „Er ist ein netter Kerl, stimmt schon, aber vergiss nicht, dass er der Feind ist."

Ich wollte widersprechen. Vor ein paar Monaten hätte ich noch voll und ganz zugestimmt. Vor ein paar Monaten hatte ich Theodore noch gehasst. Jetzt sah ich ihm zu, als er mit Sprungübungen anfing und einen seiner bemerkenswerten vierfachen Salchows herunterspulte.

Ich suchte nach der Feindseligkeit, die einmal in Strömen geflossen war. Theodore lachte und sagte etwas zu Bill, und dann beschleunigte er für einen weiteren perfekten Salchow. Es fiel ihm so leicht – das natürliche Timing beim Absprung, die schnelle Drehbewegung.

Die Erinnerung an seine heißen Tränen an meinem Hals, als ich ihn auf einer regennassen Straße in den Armen gehalten hatte, kam wieder hoch. Wie er endlos auf Esmeralda eingeredet hatte, als könnte sie ihn verstehen. Die Anspannung in seinen Wangenmuskeln, wenn er von der Misshandlung durch seine Mutter sprach, auch wenn er es wahrscheinlich nie so nennen würde.

„Alle denken, du drehst langsam durch", lachte Ivan. „Sei vorsichtig."

Auf der Fahrt zu Dr. Shankars Praxis in Markham versuchte ich, mir Theodore nicht ganz oben auf dem Siegerpodest in Calgary vorzustellen, während ich eine Stufe unter ihm stand. Aber im Geiste hörte ich „The Star-Spangled Banner" statt „Oh Canada" und sah ihn mitsingen, eine Hand über dem Herzen.

Eine Welle kleinlicher Eifersucht überkam mich, und ich ließ mich von ihr mittragen. Versuchte, ihr mit weiteren Erinnerungen an meine Niederlagen noch mehr Nahrung zu geben. Ich würde Theodore bei den olympischen Spielen schlagen. Sobald wir nach Calgary abreisten, würde er mein Feind sein. Ich konnte dieser merkwürdigen... was? Freundschaft? ... ein Ende bereiten. Ich hatte immer noch die Kontrolle. Alles war bestens.

Beim Termin mit Dr. Shankar fragte sie: „Wie kommst du mit deiner Visualisierung voran?"

„Gut", log ich.

Selbst wenn ich mein Bestes gab, würde es reichen, um Theodore zu schlagen? Die Richter würden ihn in Führung bringen, wenn er alle seine Vierfachen landete. Er hatte in seiner geplanten Kür einen Vierfachen mehr als ich, und mehr würde er nicht brauchen, um einen Unterschied zu machen. Ganz egal, wie ungeschliffen seine Beinarbeit war. Schon allein sein Hüftschwung würde ihm eine gute B-Note einbringen, selbst wenn Manon seine Haltung nicht verbessern konnte.

„Henry?"

Ich blinzelte Dr. Shankar an. Sie musterte mich mit schräggelegtem Kopf, die braunen Augen leicht zusammengekniffen. Ich antwortete: „Ja?"

Sie saß mir in ihrem in neutralen Tönen gehaltenen Sprechzimmer gegenüber, und als sie sich aufrichtete und die Beine wieder nebeneinanderstellte, raschelte ihre weite Hose. Ich rutschte auf ihrer Couch hin und her, und das makellose Leder knarrte.

„Du wirkst heute etwas abgelenkt. Rastlos. Sagtest du nicht, du hättest eine frische Verletzung?"

Ich winkte ab. „Ich habe mir die Interkostalmuskeln gezerrt." Als ich auf meinen linken unteren Rücken deutete, achtete ich darauf, nicht zusammenzuzucken. „Wird von Tag zu Tag besser. Eine Bagatelle."

„Das freut mich zu hören. Wie läuft es mit Theo?"

Meine Wirbelsäule versteifte sich. „Gut." Ich konnte ihrem Blick nicht standhalten und schaute auf den salbeigrünen Läufer auf ihrem Parkettboden.

Sie lachte leise. „Ich glaube, das stimmt nicht so ganz. Du glaubst es auch nicht. Vergiss nicht, wenn du dich zu sehr auf deine Konkurrenten konzentrierst und nicht auf deine eigene Leistung – über die nur du allein die Kontrolle hast – dann kann die Ablenkung zu Fehlern führen."

Kontrolle. Dr. Shankar hatte recht. Ich hatte jahrelang in so vielen Aspekten meines Lebens die Kontrolle behalten. Nach meiner beschämenden Dummheit in Vancouver hatte ich mich wieder ganz dem Eislaufen gewidmet. Und doch ließ ich mich jetzt von Theodore ablenken.

Das Schlimmste daran war, dass das nicht auf dem Eis passierte. Es geschah zuhause.

Mein Blick huschte zu der runden Metalluhr an der Wand von Dr. Shankars Sprechzimmer. Wir waren in zwei Stunden zum Abendessen verabredet. Seit seiner Rückkehr von der Beerdigung hatte Theodore jeden Abend bei mir gegessen. Ich wechselte typischerweise dieselben paar Rezepte durch, und Theodore schnippelte eifrig Gemüse. Jetzt waren wir beide in der Küche.

Wenn er Nüsse röstete, behielt er sie genau im Auge, den Holzlöffel in der Hand.

„Henry, hast du darüber nachgedacht, einen persönlichen Therapeuten zu besuchen?"

Mit einem Ruck wandte ich meine Aufmerksamkeit wieder Dr. Shankar zu. „Ich brauche einen Sportpsychologen."

„Ja, unbedingt. Aber wie du dich vielleicht erinnern kannst, habe ich dir bereits vor ein paar Jahren nahegelegt, eine Therapie zu machen, die sich nicht nur aufs Eislaufen und auf deine Karriere konzentriert. Ich habe viele Klienten, die beides machen."

„Eislaufen ist alles, was zählt. Der Beste zu sein. Zu gewinnen."

„Mm-hm. Und doch hast du mir gesagt, dass du lieber trainierst, als in Wettkämpfen anzutreten. Willst du wegen des Erfolgs gewinnen oder wegen der Bestätigung?"

Leder knarrte, als ich mich bewegte. „Vielleicht beides."

„Du hast Theo seit dem Grand Prix Finale nicht mehr erwähnt."

„Wir haben eben von ihm gesprochen."

Sie lächelte. „Ich weiß nicht, ob ich deine Ein-Wort-Antwort ein Gespräch nennen würde. Und ich habe das Thema angeschnitten. Was mir, da ich dich inzwischen kenne, verrät, dass es einen Grund gibt, warum du nicht über ihn reden willst. Wie hast du dich gefühlt, als er dich beim Grand Prix Finale so knapp geschlagen hat?"

„Gut." Ich konnte ihr nicht sagen, dass mir das nur ein paar Minuten lang etwas ausgemacht hatte, bis ich von Mr. Webbers Tod erfahren hatte. Dass ich die dunklen, verschlafenen Straßen abgesucht hatte, bis ich ihn fand, nur um ihn aus der Ferne zu beobachten und sicherzugehen, dass ihm nichts zustieß.

Ich konnte es ihr nicht sagen, weil ich mir nicht einmal selbst ganz eingestanden hatte, dass es mich irgendwie mürbe gemacht hatte, Theodore im grauen Nieselregen weinend in den Armen zu halten. Oder zumindest angeknackst hatte, und jetzt war ich… undicht. Ich dachte ständig an ihn. Nicht daran, wie ich ihn schlagen konnte oder wie nervig er war und wie sehr ich ihn hasste.

Nein. Ich dachte daran, wie er Mandeln rührte und Esmeralda hinter den Ohren kraulte. Wie er neue Rezepte nachschlug, von denen er glaubte, dass sie mir schmecken würden, und wie er mich mit diesem wunderschönen Lächeln anstrahlte, bei dem er Fältchen um die Augen bekam.

Ich konnte ihr nicht sagen, dass ich immer noch so dumm und erbärmlich war wie in Vancouver, als ich mir eingeredet hatte, jemanden gefunden zu haben, der mich verstand. Mich sogar wollte. Sie würde mir Self-Talk-Übungen geben und mir sagen, dass nicht einmal die russischen Preisrichter so hart zu mir waren wie ich selbst, und von mir erwarten, das lustig zu finden.

„Mir ist klar, dass das leichter gesagt als getan ist, aber kannst du über die Feiertage deine mentalen Scheuklappen anlegen und dich auf die Entscheidungen und Verhaltensweisen konzentrieren, die deiner Kontrolle unterliegen? Kannst du aufhören, dich zwanghaft mit Theo Sullivan zu beschäftigen?"

„Unbedingt."

Noch eine Lüge.

„ZIEH DEIN SHIRT aus.“

Es war absolut lächerlich, dass mein Herz bei diesen Worten pochte. Theodore wusste, dass ich eine Muskelzerrung hatte, und nach unserem Abendessen aus aufgewärmtem Curry und frisch gedämpftem Broccoli war er in seine Wohnung raufgegangen und mit einem blauen, mit Gelkügelchen gefüllten Kühlpad wiedergekommen, das an einer Seite einen weichen Stoffüberzug hatte.

„Ich habe Kühlpads“, sagte ich.

Mit einem leisen *rrriitsch* zog er die schwarzen Stoffstreifen auseinander. „Aber das hier hält echt gut. Komm her.“ Er winkte mich zu sich.

Ich stand am Spülbecken und spülte gerade Esmeraldas Napf aus. Ich hatte ihr wieder zu viel Futter gegeben, aber nur ein bisschen. „Es geht schon.“

Theodore verdrehte die Augen und durchquerte auf seinen bestrumpften Füßen lautlos die Küche. Bevor ich protestieren oder auch nur den Schwamm und den Napf aus der Hand legen konnte, zog er mein T-Shirt hoch. Sein warmer Atem streifte mein Genick, und dann berührte das Kühlpad meinen Rücken. Ich schnappte leise nach Luft, und er verschob es ein wenig. „Ist das die richtige Stelle?“ Seine rechte Hand lag auf meinem Bauch, und ich erschauerte.

„Ein bisschen mehr nach links“, flüsterte ich. „Ja, da.“

Dicht hinter mir stehend zog er die Haltebänder über meinem Bauch fest und drückte den Klettverschluss zusammen. „Okay?“

Ich konnte kaum atmen, geschweige denn reden. „Kalt“, brachte ich zustande.

Sein Lachen kitzelte mein Ohr. „Das ist ja gerade Sinn der Sache. Du machst kalt-warm, oder? Ich hab‘ eine geniale Idee für

‚warm'."

Mein Magen schlug einen Purzelbaum. Wollte ich wissen, was er vorhatte?

BALD DARAUF FOLGTE ich Theodore aus dem Umkleideraum und über die gefliese Poolterrasse zum hauseigenen Whirlpool. Wir hatten den ganzen Bereich für uns allein, was so spät an einem Wochentag wohl kein Wunder war. Auf den Fliesen standen kalte Wasserpfützen von früheren Benutzern.

„Und ich so, das kann nicht dein Ernst sein. Ich soll zu *Phantom* laufen und dabei einen Einteiler mit dem Weiße-Maske-Design diagonal über einer Körperhälfte tragen? Wo sind wir denn, in den *Achtzigern*?" Mit einem verächtlichen Schnauben warf Theodore sein Handtuch über einen Haken an der Wand und ging dann weiter zu der Dusche in der Ecke. Sein Handtuch erwischte den Haken nur knapp und rutschte zu Boden.

Ich hob es auf und hängte es ordentlich an den Haken, dann tat ich dasselbe mit meinem. Nervöse Schauer jagten über meine nackte Haut. Ich hatte den hauseigenen Poolbereich tatsächlich noch nie benutzt, und meine dunkle Surfer-Badeshorts war ein paar Jahre alt und fühlte sich um meine Pobacken herum ein bisschen eng an.

Aber Theodore schlug mich um Längen, was knappe Badehosen betraf. Er drehte die Dusche auf und hielt die Hand unter den Wasserstrahl, bevor er sich drunterstellte.

„Warum machen wir nicht einfach *Cats* und stecken mich in ein Katzenkostüm? Ja, klar, ich war noch ein Junior, aber das war mehr als geschmacklos. Also, es gibt auch noch andere Musicals auf der Welt."

Wasser rann über seinen Körper, als er sich unter der Dusche drehte. Die kurze Badehose, die aussah wie ein knapper roter

Boxerslip, schmiegte sich an sein Hinterteil, als wäre sie aufgemalt. Ich hatte die Beule vorne in seiner Badehose bewusst ignoriert, und ich riss den Blick von ihm los, als er sich immer noch redend zu mir umdrehte. Als er den roten Knopf drückte, um den Whirlpool einzuschalten, ging ich unter die Dusche.

„Und?" Er stieg in den Whirlpool und sah mich erwartungsvoll an. „Hast du's gesehen?" Er hatte sich noch nicht hingesetzt, und das Wasser strudelte um seine schlanken Oberschenkel.

Was auch immer es war, ich hatte es wahrscheinlich nicht gesehen, also schüttelte ich den Kopf.

„Oh mein Gott, es ist echt schauderhaft, aber saukomisch. Wir sollten es uns mal an einem Abend anschauen. Esmeralda wird es lieben."

Ich sagte: „Okay" und fragte mich, ob es wirklich eine so gute Idee war, mit ihm zusammen einen Film oder eine Fernsehsendung – oder wovon auch immer er redete – anzuschauen. Es hätte mir nicht so vorkommen sollen. Es war eine *ganz* dumme Idee. Sich ein Trainingszentrum zu teilen war eine Sache. Ich sollte nicht auch noch die Abende mit Theodore verbringen.

Ich sollte jetzt schon im Bett sein oder meine abendlichen Yogaübungen machen, statt mit ihm im Whirlpool zu sitzen. Ich hatte mir eingeredet, dass das eine akzeptable Aktivität war. Es war ein Bestandteil der Physiotherapie, und die war entscheidend fürs Training.

Ich hatte nicht bedacht, dass wir dabei halb nackt sein würden. Genauer gesagt, dreiviertel nackt.

Er ließ sich mit einem langgezogenen, leisen Stöhnen ins Wasser sinken.

„Das ist fantastisch." Er stöhnte nochmal und schloss die Augen. „Na los, komm rein."

Ich tat es, weil ich drauf und dran war, mich zu blamieren, und unter dem weißen Wasser würde wenigstens meine Leistengegend nicht zu sehen sein. Fast hätte ich selbst auch aufgestöhnt.

Die Wärme tat wirklich unheimlich gut. Als ich die Beine ausstreckte, streifte ich seine Wade und zog hastig die Füße weg.

Er redete und redete und lachte über irgendwas, und jedes Aufblitzen eines Lächelns fuhr mir direkt in den Unterleib. Seine spärlichen Brusthaare waren um die Nippel herum nass und dunkel, und meine Kehle war trocken…

Jahrelang hatte ich einen Groll gegen ihn gehegt, nachdem er in dieser Gemeinschaftsdusche in Kroatien über meine pubertäre Erektion gegrinst hatte. Wo war diese schwelende Feindseligkeit jetzt, da ich sie brauchte? Wie konnte sie so schnell verschwunden sein?

Je mehr Zeit ich törichterweise mit Theodore verbrachte, desto weniger hasste ich ihn. Und jetzt musste ich feststellen, dass diese eine Emotion, die jahrelang so verlässlich gewesen war, mich im Stich gelassen hatte. Dieser irrationale Hass hatte mich angetrieben.

Konnte ich ihn ohne diesen Antrieb überhaupt schlagen?

„Dreh dich um." Er machte mit dem Finger eine Drehbewegung in der Luft. „Dann geht's besser."

Meine Gedanken waren abgeschweift und ich wusste nicht, worum es ging, aber das wollte ich nicht zugeben. Versuchsweise rutschte ich ein bisschen herum, bis ich seitwärts auf der gefliesten Bank des Whirlpools saß. Bevor ich mich versah, kam Theodore durchs Wasser gerauscht und klemmte sich dicht hinter mich, das rechte Bein gebeugt und das Schienbein gegen meinen Hintern gedrückt.

Mir stockte der Atem, als er die linke Hand mit gespreizten Fingern über meine Rippen legte. Mit Fingerspitzen und Daumen massierte er langsam den schmerzenden Bereich meines Rückens. Dabei sagte er: „Ich hab' mir diese Muskeln vor ein paar Jahren auch mal gezerrt, und da kommt man selbst so schlecht ran. Ich bin zwar kein Profi, aber fühlt sich das okay an?"

„Mm-hm."

Keine Atemübung und keine Meditation der Welt konnten verhindern, dass meine unterschwellige Erregung sich zu einer ausgewachsenen Erektion entwickelte. Ich hielt meine Augen starr auf die Reflexion des leeren Pools in der dunklen Glaswand gerichtet.

Dann fiel mein Blick auf das Abbild von Theodore dicht hinter mir und auf meine halb geöffneten Lippen. Wir waren klein in der Scheibe am anderen Ende des Raums, aber uns zu sehen erregte mich noch mehr.

Wie vorhin in der Küche spürte ich seinen Atem im Nacken. Ich konnte mir vorstellen, wie seine Lippen meine Haut berührten, wie er sich an mich drückte, mich über den Rand des Whirlpools beugte…

„Warum hilfst du mir?" Meine Kehle war so trocken, dass ich die Frage kaum herausbrachte.

Seine Finger tanzten über meine Rippen, und sein Tonfall war neckend. „Ich will dich fair und ehrlich besiegen. Das macht keinen Spaß, wenn du verletzt bist."

Ich riss mich so ruckartig von ihm los, dass das Wasser aufspritzte, und rutschte ans andere Ende des Whirlpools.

Er blinzelte mich an, dann rang er sich ein Lächeln ab, das nicht bis zu seinen Augen reichte. „Tut mir leid! Nicht vom Wettkampf reden, stimmt's? So war's abgemacht. Hier gibt's kein Gewinnen und Verlieren." Er fuhr sich mit den Fingern über den Mund, wie um das Zuziehen eines Reißverschlusses zu simulieren. Seine Lippen glänzten rot im Dampf.

Ich konnte ihn nur anstarren. Meine Atmung war zu schnell, und mir war schwindelig vor Verwirrung. Wir sollten das nicht tun. Ich sollte aufstehen und gehen und erst wieder nach Calgary mit Theo reden.

Nicht Theo. *Theodore.*

Eine Stimme dröhnte: „Der Poolbereich wird geschlossen!"

Die Ankündigung des Concierge ließ mich halb aus dem

Whirlpool springen. Leider dämpfte sie meine Erektion nicht im Geringsten, und während Theodore Höflichkeiten mit dem Mann austauschte, bevor er wegging und vermutlich wieder an die Rezeption zurückkehrte, versuchte ich, meinen Körper mit reiner Willenskraft zur Kooperation zu zwingen.

Was war nur los mit mir? Ich sollte mich nicht zu Theo – **Theodore** – hingezogen fühlen, und ich durfte ihn eindeutig nie wieder so nah an mich heranlassen. Ich musste der Sache ein Ende machen. Doch ganz gleich, wie sehr ich mich bemühte, mich zu konzentrieren und meinen Körper zu beherrschen – ich schaffte es nicht.

Theodore stieg aus dem Whirlpool, schnappte sich sein Handtuch vom Haken an der Wand und fuhr sich damit über die Haare. Und er drückte den roten Knopf, womit er mein Schicksal besiegelte. Die tarnenden Strudel des schäumenden Wassers sanken in sich zusammen, und es stieg nur noch Dampf auf.

Stirnrunzelnd warf er mir ein verlegenes Lächeln zu und fragte zaghaft: „Kommst du?"

Die Beschämung hatte mich in ihren Klauen, und ich wünschte, ich könnte einfach im Wasser untertauchen und im Dunkeln in meine Wohnung zurückschwimmen.

Seine Füße patschten über die nassen Fliesen, als er um den Whirlpool herumging und gegenüber von mir auftauchte. „Geht's dir gut? Du bist ganz rot im Gesicht." Ich nickte, doch die Falten auf seiner Stirn wurden noch tiefer. „Ist dir schwindelig? Das kann passieren, wenn man zu lange im Wasser bleibt und überhitzt."

Ich schüttelte den Kopf. „Geh ruhig ohne mich."

Er seufzte. „Echt jetzt? Hör mal, es tut mir leid, dass ich das gesagt habe. Ich weiß, dass wir hier unsere Rivalität außen vor lassen sollten. Sei nicht sauer, okay?"

„Geh einfach", krächzte ich.

„Du hörst dich komisch an. So lass' ich dich nicht hier zurück. Was ist–" Er ging in die Hocke und musterte mich, und dann bekam er plötzlich Stielaugen. „Oh! Hast du etwa einen–" Er biss sich auf die Lippe und versuchte, nicht zu lachen. Sein Lächeln wurde fragend. Dann hoffnungsvoll.

Sein Gesicht war so ausdrucksvoll, dass ich den Verlauf seiner Gedanken bis zu der unvermeidlichen, verblüffenden Erkenntnis mitverfolgen konnte – dass meine Erektion eine Reaktion auf ihn war. Vielleicht sollte ich mich besser gleich ertränken, denn ich würde sicher vor Scham sterben.

Und doch war sein überraschtes Lachen nicht grausam. Wenn ich jetzt an den entsetzlichen Moment in diesem Duschraum in Kroatien zurückdachte, als ich genauso erregt von ihm war… vielleicht war sein Lachen damals auch nicht grausam gewesen. Nur neckend. Wir waren schließlich beide jung gewesen. Er erinnerte sich wahrscheinlich gar nicht mehr an diesen flüchtigen Moment, der mich viel zu lange verfolgt hatte.

Und jetzt machte ich mich hier schon wieder lächerlich.

„Oh!" Er zog den Kopf ein und lächelte schüchtern, auf eine Art, die mein Herz einen Schlag aussetzen ließ. „Warte mal eben." Er brachte mir mein Handtuch und hielt es mir hin.

Ich konnte nur aufspringen, das Handtuch schnappen und es mir fest um die Taille wickeln, um meine Blamage zu verstecken. Mit patschenden Flipflops rannte ich praktisch zum Umkleideraum. Aufs Duschen verzichtete ich – Scheiß auf das Chlor. Ich schnappte mir mein T-Shirt und meine Schlüssel und flüchtete.

„Henry!"

Ich tropfte den ganzen Fußboden voll, während ich mit dem Daumen auf den Aufzugsknopf einhämmerte. Das war sehr rücksichtslos gegenüber dem Reinigungspersonal, aber ich musste entkommen.

Endlich ertönte ein ‚ping', aber natürlich drängte Theodore sich mit mir in den Aufzug, ebenfalls mit nacktem Oberkörper, einem Handtuch um die Hüften und einem Stoffbeutel in der Hand.

„Meinst du nicht, dass wir darüber reden sollten?"

Ich starrte ihn in stummem Entsetzen an, während der Aufzug sich in Bewegung setzte. Das musste eine Art grausamer Alptraum sein. Es war schon schlimm genug, wie erbärmlich ich war, und jetzt versuchte Theodore auch noch, *nett* damit umzugehen, was noch viel schlimmer war.

Als wir auf meinem Stockwerk ankamen, stürmte ich an ihm vorbei. Und er folgte mir natürlich. Und dabei redete er *natürlich* immer noch.

„Ist schon okay." Wir waren an meiner Tür, und er grinste arrogant. „Ich bin eben unwiderstehlich. Du bist nur ein Mensch."

Ich starrte ihn wütend an, rammte den Schlüssel ins Schloss und stieß die Tür auf. Ich versuchte mein Bestes, sie ihm vor der Nase zuzuknallen, aber er war schon halb drin und ich hätte ihn vielleicht ernsthaft verletzt, da das Holz dick und schwer war. Was er da machte, war unerlaubtes Betreten, und es hätte mir egal sein sollen, ob ich ihm wehtat. Meine Frustration wuchs.

Ich muss ihn wieder hassen. Ihn rauswerfen. Auf der Stelle!

Ich trat meine Flipflops weg und ballte die Fäuste, kurz vor dem Hyperventilieren. „Na los. Verspotte mich." Bitte. Das konnte ich verarbeiten. Es war vertraut. Das konnte ich ihm übelnehmen und mich daran festklammern.

„Ich bin nicht hier, um mich über dich lustig zu machen."

Mitleid war schlimmer als Spott, aber in seiner leisen Stimme lag etwas, das mich erschauern ließ. In der kühlen Luft überzog Gänsehaut meine nackte Brust, die immer noch feucht war. Meine Nippel waren hart, und in meiner Leistengegend pochte es.

„Wir sind uns einig, dass wir das hier von unserer Rivalität getrennt halten müssen." Theo trat näher. Das rote Licht am Reiskocher erhellte den kleinen Vorraum notdürftig. Esmeralda erschien, um zu erkunden, und verschwand dann wieder.

„Ich habe niemandem von unseren gemeinsamen Abendessen

erzählt. Und du?"

Ich schüttelte den Kopf.

„Und ich weiß, dass niemand auf der Eisbahn eine Ahnung hat. Sonst hätte meine Mutter davon erfahren, wäre nach Toronto geflogen und hätte während *Traumhaus* deine Tür eingetreten, um mich hier rauszuschleifen."

Darüber hätte ich fast gelächelt.

Theo lächelte tatsächlich, ein verschmitztes Grinsen im roten Lichtschein. Ich konnte ihn nur anstarren, als er noch näher kam. Langsam löste er mein Handtuch und zog es weg.

„Es sind immer die Stillen. Oder wie heißt das andere Sprichwort? Stille Wasser gründen tief? Ich wette, du bist *sehr* tiefgründig." Er biss sich auf die Lippe und fuhr mit einer Fingerspitze an meinem Brustbein entlang nach unten. „Niemand braucht zu wissen, was wir miteinander machen. Und wir hören auf, bevor wir nach Calgary fahren. Während der Spiele konzentrieren wir uns nur auf den Sport."

Ich keuchte flach durch den Mund und wusste nicht, ob ich mich lieber wegdrehen oder ihm in die Arme werfen wollte.

Er strich mit dem Zeigefinger über meinen empfindlichen Bauch, und ich zuckte reflexartig zusammen. Dann durch den feuchten, enganliegenden Stoff an meinem Schaft entlang. Ich konnte nur zittern und mir auf die Zunge beißen, um keine peinlichen Laute von mir zu geben.

„Du bist wirklich ein stilles Wasser. Das ist noch so ein Sprichwort, stimmt's? Ich wette, das war schon mal die Antwort in einem von deinen Kreuzworträtseln." Ohne Vorwarnung packte er meinen Penis mit der ganzen Hand und rieb. Pure Wollust schoss durch meinen Körper wie ein schockierend heller Blitz.

Irgendwie redete er immer noch über Kreuzworträtsel. „Weißt du, ich hab' neulich mal versucht, das Montagsrätsel zu lösen. Das ist das Leichteste, stimmt's?"

Meine Knie wurden weich, als er mich streichelte; ohne die

Wand hinter mir wäre ich zusammengebrochen. Inzwischen lachte er, aber ganz ohne Spott, und als er sich vorbeugte, hätte ich mich fast von ihm küssen lassen.

Im letzten Moment drehte ich den Kopf weg. Angst durchwogte die Lust – es war zuviel. Ich würde kommen, sobald seine Lippen meine berührten, und das war zu beschämend. Zu entlarvend. Wenn ich mich von ihm küssen ließ, würden sämtliche Mauern bröckeln. Ich wäre völlig schutzlos.

Er stockte, die Hand immer noch an meinem Schaft. Ich blinzelte den rot erleuchten Flurschrank an, das Gesicht zur Seite gewandt, seinen Blick heiß auf meiner Wange. Er murmelte: „Schon gut." Erneut überlief mich eine Gänsehaut, als er mit seiner freien Hand meinen Arm streichelte. „Hast du das schon mal gemacht?"

Erinnerungen an Vancouver kamen hoch, gefolgt von Entrüstung. Ich versteifte mich. „Natürlich! Ich bin nicht Jungfrau."

„Okay." Theodore streichelte mich immer noch langsam und sagte beschwichtigend: „Es wäre auch okay, wenn du's wärst."

„Bin ich nicht!" Ich starrte ihn wütend an und biss die Zähne zusammen. „Bin ich nicht."

Ich musste an das schmale Bett in diesem Wohnheimzimmer in Vancouver denken, und an *ihn* und daran, wie schamlos ich gewesen war. Wie erbärmlich dumm.

Ich fragte: „Warum tust du das? Du willst mich doch gar nicht."

Sein erstauntes Blinzeln wirkte eulenhaft im rötlichen Lichtschein. „Äh, da bin ich anderer Ansicht." Er nahm meine Hand und drückte sie an seine Erektion unter dem rauen Handtuch. „Henry, ich will dich."

Ich konnte ein Stöhnen nicht unterdrücken, und sein schönes Gesicht erhellte sich. Sein Blick huschte zwischen meinem Mund und meinen Augen hin und her, und er fasste mich am Kinn und drehte ganz bewusst meinen Kopf, um das Gesicht an meinen

Hals schmiegen zu können.

Sein feuchter Mund fand eine kitzlige Stelle, und ich verkniff mir ein Aufkeuchen. Wärme pulsierte in meiner Brust, weil er es respektierte, dass ich ihm einen Kuss verweigert hatte.

Während er mich streichelte und an meiner Haut nuckelte, überschüttete er mich mit einem Schwall von Lauten, Stöhnen und Gemurmel. Ich blieb still, die Lippen zusammengepresst und mit flatternden Nasenflügeln. Er zog mir die feuchte Badehose bis zu den Schenkeln herunter und fiel auf die Knie, und ich musste mir fast die Hand vor den Mund schlagen.

Er spreizte die Finger und ließ die Daumen rhythmisch über meine Oberschenkel kreisen, während er zu mir aufblickte. „Darf ich dir einen blasen?"

Wollte er das wirklich? War das ein Trick? Ich stand da wie erstarrt, die Hände an den Seiten.

Theo setzte sich auf die Fersen und ließ die Hände sinken. „Soll ich aufhören?"

Ich schüttelte so heftig den Kopf, dass mir fast das Hirn herausfiel. Oder was noch davon übrig war. Mit einem leichten, koketten Lächeln auf den Lippen blickte Theodore zu mir auf, während er sich vorbeugte und an meinen Eiern leckte. Ich musste wimmern. Er nahm einen Hoden in den Mund und lutschte daran. Es war unglaublich geil.

Er lächelte und nahm sich dann den anderen Hoden vor, streichelte ihn sanft mit Lippen und Zunge. Bei der federleichten Berührung zitterte ich am ganzen Körper. Ich hätte davonschweben können, wäre da nicht sein Mund gewesen, der mich erdete, seine starken Hände an meinen Hüften. Ich musste ihn berühren, und er schnurrte wie Esmeralda, als ich ihm die Finger in die weichen Haare wühlte.

Das musste ein Traum sein. Jeden Moment würde ich allein in meinem Bett aufwachen. Theodore Sullivan konnte doch nicht wirklich für *mich* auf den Knien liegen und mich so aufreizend berühren. Dann nahm er ohne Vorwarnung meinen Schwanz tief in den Mund. Er lutschte dreimal kräftig, und ich kam und schnappte nach Luft, als ich mich in seine Kehle ergoss.

Ich zersprang in zu viele Stücke. Der Orgasmus war schockierend intensiv im Vergleich zu denen, die ich mir selbst verschaffte, wenn die angestauten Bedürfnisse zu groß wurden. Mein Rücken wölbte sich, und ich zitterte und bebte. Diesmal war ich nicht allein.

Theo war bei mir, mit seinem ganzen Herzen, seinen Muskeln und seinen gestöhnten Ermutigungen. Er schluckte alles, und als ich mit Entsetzen feststellte, wie fest ich ihn an den Haaren gepackt hielt – das tat bestimmt weh! – riss ich meine Hand weg.

Als er mich freigab, glänzten mein Schaft und sein Mund feucht im roten Licht. Er schob seine lächerlich knappe Badehose herunter und legte meine Hand wieder auf seinen Kopf. Ich beugte zaghaft die Finger und zog ein klein wenig an seinen Haaren.

Stöhnend reckte er sich meiner Hand entgegen und holte sich grob einen runter, die Augen geschlossen und mit offenem Mund. Als er kam, landeten ein paar Spritzer auf meinem Knie, und er murmelte einen Strom von Obszönitäten.

Er sackte gegen meine Beine, womit er mich wenigstens noch ein paar Minuten lang auf den Füßen hielt. Ich konnte nicht widerstehen, seinen Kopf zu streicheln, während wir hörbar nach Atem rangen. Es fühlte sich an, als wären wir in einem Kokon, nur wir beide in dem geisterhaften Lichtschein aus der Küche. Wenn wir nur so bleiben könnten…

Esmeraldas entrüstetes Miauen ließ uns beide vor Schreck zusammenfahren. Theodore gab so etwas wie ein Lachen von sich und rappelte sich hoch. „Hört sich an, als wäre die Prinzessin eifersüchtig. Oder hungrig. Wie immer, stimmt's? Ich kann's dir nachfühlen, Schatz. Mmm, was würde ich nicht für einen Big Mac und eine große Portion Pommes geben. Und ein Shake. Die grünen mit Minzgeschmack sind natürlich die besten, aber ansonsten steh' ich auf Vanille. Ich mag Schokolade – ich meine, wer nicht? – aber nicht als Shake, warum auch immer."

Ich blinzelte, als er sich wieder in seine Badehose zwängte, und mein Herz flatterte, weil er *Schatz* gesagt hatte. Zu meiner Katze, rief ich mir in Erinnerung.

Wach auf!

Ich zog meine kalte, feuchte Badehose hoch und versuchte, die postkoitale Benebeltheit abzuschütteln.

„Darf ich ihr ein Leckerli geben?"

Ich nickte, und Theo verschwand in der Küche und öffnete den richtigen Schrank. Mit einer Vertrautheit, bei der mir gefährlich warm ums Herz wurde. Esmeralda sauste hinter ihm her, und er knisterte mit der Tüte und murmelte ihr etwas zu.

Als er zurückkam, musterte er mich aufmerksam. „Willst du dich hinlegen?"

Was wollte er damit sagen? Wollte er mit mir ins Bett gehen? Dachte er, ich würde gleich ohnmächtig werden? Hatten wir das eben wirklich getan? Was hieß das jetzt? Was würde als nächstes passieren?

Ich dachte daran, wie ich in Turin neben ihm gelegen hatte, oder als er während seiner Migräne in meinem Bett geschlafen hatte. Wie unschuldig er aussah, wenn er langsam aufwachte sich die Lippen leckte und verschlafen blinzelte.

„Ich muss morgen früh raus zum Training", sagte ich. Das stimmte auch. Ich wusste weder was ich wollte, noch was ich sagen sollte, also sagte ich das.

Für einen Moment … wirkte er etwa enttäuscht? Sogar *verletzt*?

Doch im nächsten Augenblick grinste er sorglos, wie so oft. „Stell dir mich morgen früh im Tiefschlaf vor, wenn du dich im Dunkeln zum Chalet rausquälst. Und wir sehen uns dann bei dieser Heiligabend-Gruppensession. Stimmt's?"

Sein Lächeln geriet ins Wanken, und mein Herz setzte einen Schlag aus, als ich nickte. Er biss sich auf die Lippe, streckte langsam die Hand aus und fasste mich am Kinn. Er drehte meinen Kopf, beugte sich vor und drückte mir die Lippen auf die Wange, wie er es in dieser verregneten Gasse in Turin getan hatte, als er vor Trauer wie betäubt gewesen war und ich ihm gefolgt war, um sicherzugehen, dass ihm nichts zustieß.

Ich hielt den Atem an, als er innehielt, nur einen Hauch von meiner Haut entfernt. Als er zurücktrat, raunte er: „Träum' was Schönes."

Ich sah zu, wie die Tür hinter ihm ins Schloss fiel, und wusste, dass ich eine schlaflose Nacht vor mir hatte.

Kapitel Elf

Theo

"B IST DU SICHER, dass wir dich nicht mitnehmen sollen?", fragte Ga-youngs Mutter mit einem höflichen, total neugierigen Lächeln.

"Ja, ich bin sicher!", wiederholte ich und deutete mit dem Daumen auf Henry. "Wir haben sowieso den gleichen Weg. Alles gut. Wir werden uns schon nicht umbringen. Jedenfalls nicht an Heiligabend."

"Vielleicht am zweiten Weihnachtsfeiertag", sagte Henry, ohne eine Miene zu verziehen.

Ga-young, ihre Eltern und ich wandten uns alle überrascht Henry zu. War das ... ein *Witz* gewesen? Ich grinste wie ein Idiot, als ich ihm auf den verschneiten Parkplatz des Ice Chalet folgte.

Heute Morgen war ich schwer in Versuchung gewesen, aus dem Bett zu springen und mit Henry früh reinzufahren, aber ich wollte ihn nicht ... keine Ahnung. Unter Druck setzen, vielleicht?

Im Honda waren wir zum ersten Mal seit meinem Lieblings-Blowjob aller Zeiten allein. Meinem Lieblings-Blowjob *bisher*. Es waren noch ein paar heiße Kandidaten im Rennen, aber Henry einen zu blasen, und seine zugeknöpfte Reserviertheit zunichte zu machen, war unglaublich gut gewesen.

Während ich an den Heizungsdüsen herumfummelte, warf ich

ihm heimliche Blicke zu. Er fuhr mit den Händen auf „zehn vor zwei", wie üblich, überprüfte vor jedem Spurwechsel seinen toten Winkel und justierte die Scheibenwischer, um gegen den feuchten Schneefall anzukämpfen.

Bereut er es? Hat es ihm gefallen? Ich meine, er hat in meinem Mund abgespritzt, also hat es ihm offensichtlich auf körperlicher Ebene gefallen, aber hat es ihm im Kopf auch gefallen? Ist er insgeheim sauer auf mich? Würde er mich dann mitnehmen? Er hat mich genauso gewollt wie ich ihn. Stimmt's? Oder würde er für jeden einen Ständer kriegen, der ihn in einem Whirlpool massiert? Was soll ich sagen? Soll ich ihn bitten, das Radio anzumachen, damit es nicht mehr so furchtbar still ist? Oder denkt er dann womöglich, ich will nicht mit ihm reden oder –

„Sollen wir heute Abend zusammen kochen?"

Seine Frage holte mich mit einem Ruck aus meiner Panikspirale. „Ja!" Ich verzog das Gesicht. „Aber ich kann nicht. Wir machen heute Abend unser großes Weihnachts-Treffen auf Zoom mit meinen Eltern und Schwestern und Onkeln und Tanten und Cousins und so. Wir sind heutzutage in alle Welt zerstreut. Jeder kocht für sich und dann essen wir zusammen und reden."

„Mhm." Er stellte die Scheibenwischer anders ein. „Ich telefoniere morgen früh mit meiner Familie, bevor ich meinen Opa besuchen gehe."

„Okay, cool. Entschuldige."

Er runzelte die Stirn. „Wieso?"

„Wegen heute Abend. Ich würde nämlich wirklich gern mit dir zu Abend essen."

Er warf mir einen Blick zu, und ein leichtes Lächeln spielte um seine Lippen.

Ja! „Und hey, falls du Gesellschaft haben willst, wenn du deinen Opa besuchst, könnte ich ja mitkommen. Nur wenn du willst. Wäre das seltsam? Ich will dich nicht in eine komische Situation bringen."

Aber wenn er mich morgen sehen wollte, konnte ich ihm mein

Geschenk geben. Aufregung schoss durch meine Adern. Es war wahrscheinlich eine dumme Idee, aber ich hatte es sicherheitshalber vorbereitet, um es ihm geben zu können, falls sich die Gelegenheit bot…

Nach einigen Momenten sagte er: „Du würdest gern mitkommen?"

„Ja, klar! Es wäre cool, ihn kennenzulernen. Wenn du willst. Falls nicht, würde ich das verstehen. Vielleicht hasst er mich ja, so wie meine Mutter dich hasst. Ist nichts Persönliches! Sie hasst jeden, der mich schlagen könnte. Entschuldige, darüber sollen wir ja nicht reden. Böser Elefant! Zurück in die Kiste!" Ich bekam die Krise. Warum war ich so nervös?

Das Stirnrunzeln war wieder da, als Henry in die Tiefgarage des Wohnhauses einbog und das unterste Stockwerk ansteuerte. Es war niemand in Sicht, als er auf seinen Parkplatz fuhr und den Motor abstellte. Er tickte noch ein paarmal, und dann war alles still.

Ich war mir sicher, dass Henry das Pochen meines Herzens hören konnte. Unbeholfen fummelte ich meinen Sicherheitsgurt los. Er schnallte sich ebenfalls ab, machte aber keine Anstalten, auszusteigen.

Eigentlich war ich ja erwachsen, aber ich fühlte mich wie ein Teenager. Warum wollte ich ihn so sehr?

„Ich würde mich freuen, wenn du mitkommst", sagte er leise.

„Okay." Ich nickte. Und nickte nochmal. „Willst du – alles cool zwischen uns? Ich hatte gestern Abend eine Menge Spaß. Und ich hätte Lust auf mehr, wenn du magst. Es muss ja nicht – wir könnten auch einfach-" Ich machte eine vage Handbewegung.

Fast hätte ich gesagt, dass es ja nichts bedeuten musste, aber das konnte ich nicht. Das hier bedeutete bereits etwas. Selbst wenn wir nie wieder miteinander intim wurden, *war* das etwas.

Henry atmete zittrig aus und leckte sich die Lippen, die braunen Augen auf mein Gesicht geheftet. „Willst du mich wirklich?"

Die Frage war kaum ein Flüstern, und plötzlich wirkte er unglaublich zerbrechlich. Als könnte ich ihn zerschmettern, wenn ich das Falsche sagte oder tat. Mein Beschützerinstinkt erwachte, und ich legte ihm behutsam meine linke Hand auf den Oberschenkel. Ich starrte ihm eindringlich in die Augen, als könnte ich ihn so dazu bringen, mir zu glauben.

„Ich will dich wirklich." Dann sprudelten weitere Worte hervor: „Es ist wahrscheinlich keine gute Idee, so kurz vor der Olympiade, aber wir hängen ja sowieso schon zusammen ab. Wir könnten vereinbaren, dass wir das weiterhin tun, bis wir nach Calgary fahren. Und dann ist wieder jeder für sich." Die unausgesprochene Frage war: was ist dann nach der Olympiade?

Ein Schritt nach dem anderen.

„Du wirst es niemandem sagen?", fragte Henry.

Die Frage versetzte mir einen Stich, um ehrlich zu sein. Schämte er sich für mich? Aber nein, das war nicht fair. Natürlich konnten wir es niemandem sagen. Heilige Scheiße, das wäre der heißeste Klatsch der ganzen Eislaufszene, und meine Mom würde es todsicher rausfinden und ausrasten.

Zugegeben, der Gedanke verschaffte mir eine grimmige Befriedigung, aber das konnte bis nach den Spielen warten. Vorausgesetzt, Henry und ich machten mit der Sache hier weiter… was auch immer es war.

Ein Schritt nach dem anderen.

„Es ist unser Geheimnis", versprach ich.

Langsam rieb ich seinen Oberschenkel, schob meine Finger zwischen seine Beine. Er schnappte vernehmlich nach Luft, und oh ja. Er hatte einen Ständer. Seine enge Trainingshose verbarg nichts.

„Ja?", fragte ich.

Bitte sag ja. Bitte sag ja. Bitte sag ja. Bitte –

„Ja."

Innerhalb einer Nanosekunde schritt ich zur Tat. Na ja, neigte mich zur Tat, da wir im Auto saßen. Der dehnbare Stoff war weich unter meiner Handfläche, und ich drückte seinen Schwanz so fest, dass er erneut nach Luft schnappte. Gott, ich *liebte* diesen Laut. Ich jagte ihm nach, begierig nach mehr.

Während ich ihn durch den Stoff hindurch streichelte, grinste ich ihn an. „Ist das okay?" Er blinzelte nur, die rosigen Lippen halb geöffnet, und sein ganzer Körper verspannte sich.

Scheiße. Ich nahm meine Hand weg. „Soll ich aufhören?"

Für einen Moment konnte ich geradezu sehen, wie er mit sich kämpfte. Dann schüttelte er kaum wahrnehmbar den Kopf und kapitulierte mit einem leisen, sexy Wimmern.

Mein Grinsen kam zurück, und diesmal zwängte ich die Hand in seine Hose und befreite ungeduldig seinen Schwanz. Die Hektik, mit der er sich in der Tiefgarage umsah, war liebenswert.

„Ist schon okay. Wir sind allein." Ich schmiegte das Gesicht an seinen Hals, und er packte meinen Oberschenkel.

Er war unbeschnitten, und ich streifte seine Vorhaut zurück, um die feuchtglänzende Eichel zu streicheln. Jesus, ich hätte ihn nur zu gern bis zum Anschlag in den Mund genommen, aber das Lenkrad machte das unmöglich. Ich hätte mich bücken können, um ihm einen zu blasen, aber das machte ich am liebsten im Knien.

Er kniff die Augen zu und atmete flach und praktisch geräuschlos durch den Mund, während ich ihm einen runterholte. Seinen eigenen Worten zufolge war er nicht Jungfrau, aber er hatte etwas Unschuldiges an sich, das ich nicht einordnen konnte. Eine verletzliche Stelle, wie die weiche Haut hinter seinem Ohr, an der ich leckte.

Der Taillenbund seiner Hose grub sich in meinen Unterarm, als ich die Hand weiter nach unten schob und mit seinen Eiern spielte. „Willst du kommen?"

Ein Schauder überlief ihn, und seine Hüften zuckten. Er nickte.

„Soll *ich* dich zum Kommen bringen? Sonst niemand?"

Er schloss die Augen, errötete bis zum Hals und nickte erneut. Immer noch umklammerte er mit der rechten Hand mein Bein, als wäre ich eine Rettungsinsel und er am Ertrinken.

Ich genoss es. Ich genoss es, ihm das zu geben, denn wenn irgendwer sich mal entspannen musste, dann war das Henry. Ich schob meine freie Hand unter seine Jacke und unter sein Sweatshirt, um ihm den Rücken streicheln zu können.

Die Lippen an seinem Ohr, während ich seinen Schwanz bearbeitete, flüsterte ich alles, was mir gerade in den Sinn kam. „Es ist okay, ich bin hier. Ich helf' dir. Ich geb' dir, was du brauchst. Du brauchst das echt nötig, was? Entschuldige – *dringend*. Ich weiß doch, wieviel Wert du auf korrektes Englisch legst."

Da! Er lachte, nur für einen Moment, ein erstickter, halb unterdrückter Laut. Aber es war unbestreitbar ein Lachen, und es machte mich unverschämt glücklich.

„Ja, du brauchst das ganz dringend. Holst du dir oft einen runter? Ich wette, das machst du. Aber das hier ist besser, stimmt's?" Sein Schaft pochte in meiner Hand. „Mmm. Das gefällt dir, oder? Dein Schwanz ist wunderschön, weißt du das?" Ich biss ihn ins Ohrläppchen – nicht zu fest, aber fest genug.

Ein süßes, perfektes leises Stöhnen entschlüpfte ihm. Ich wäre am liebsten in Triumphgeschrei ausgebrochen, und alles Blut, das noch in meiner oberen Körperhälfte war, rauschte südwärts. Als ich meine Hand wegnahm, wimmerte er.

„Fühlst du, wie geil du mich machst?" Ich führte seine Hand zu der Beule in meiner Hose und stöhnte auf, als er daran rieb. „Oh, Fuck. Du törnst mich an."

Er quiekte geradezu; inzwischen war er bezaubernd rot im Gesicht. Grinsend streichelte ich ihn schneller und fester. „Du hast ja keine Ahnung, wie sexy du bist. Aber du spürst es, oder? Ich spritz' gleich für dich in der Hose ab. Aber ich will, dass du als erster kommst. Ich will sehen, wie du loslässt. Soll ich dir ein Geheimnis verraten?"

Keuchend öffnete Henry die Augen. Sein Brustkorb hob und senkte sich sichtlich.

„Ich hab' beim Wichsen an dich gedacht. Hab' mir die Finger reingesteckt und mir vorgestellt, das wärst du. Wenn ich an dich denke, spritz' ich ab wie sonstwas, Henry."

Mission erfüllt, denn jetzt war es Henry, der meine ganze Hand mit Sperma vollspritzte, den geröteten Hals entblößt, zuckend und mit offenem Mund. Ich schloss die Faust fest um seinen Schaft und redete auf ihn ein, lobte ihn, ohne wirklich zu wissen, was ich sagte.

Dann schnappte ich überrascht nach Luft, als Henry mich gegen die Rückenlehne schubste und meinen prallen Schwanz aus Hose und Unterhose befreite. Er beugte sich über meinen Schoß und nahm meine Eichel in den Mund.

„Oh fuck, ja."

Mit seiner üblichen stillen Eindringlichkeit lutschte Henry mir den Schwanz, als würde der Technikspezialist jeden Winkel bewerten. Es war ein bisschen unbeholfen, und ich fragte mich erneut, wieviel Übung er hatte – oder nicht. Mir gefiel der Gedanke, dass er unerfahren war. Es gab so vieles, was wir gemeinsam erkunden konnten.

Ich wühlte die Finger in seine weichen Haarsträhnen und achtete darauf, nicht an ihnen zu ziehen. „Fühlt sich fantastisch an."

Er ließ zaghaft die Zunge kreisen, und ich redete weiter, ermutigte ihn. Es machte mir nichts aus, wenn er mich gelegentlich mit den Zähnen streifte. Ich mochte es manchmal ein bisschen härter, obwohl ich sicher war, dass Henry es nicht mit Absicht getan hatte. Er schlürfte, grub seine Finger in mein Knie und lutschte fester und fester.

Ich wollte ihm sagen, dass es okay war, dass er nichts zu beweisen hatte, aber es fühlte sich zu gut an. Ich konnte nur stöhnen und ihn warnen, als es eng wurde – eine Sekunde zu spät.

Er hustete und spuckte und gab mich frei, als mein Orgasmus aus mir herausbrach und ich den Rücken wölbte. *„Henry"*, stöhnte ich.

Als er sich aufsetzte, hatte ich immer noch die Hand in seinen Haaren und kraulte seinen Nacken, während ich blinzelnd in die Gegenwart zurückkehrte. Ich konzentrierte mich auf ihn, und mir stockte der Atem, als ich sein Gesicht sah.

Die milchigen Tropfen auf seinem Kinn und seinen roten Lippen.

Sein Mund glänzte feucht, und er blinzelte mich an. Er wirkte leicht benommen. Ich hatte offiziell noch nie im Leben jemanden so unbedingt küssen wollen. Henry Sakaguchi hatte mir gerade einen geblasen, und er sah total nervös aus, und es war *unbezahlbar.*

„Das war der Wahnsinn", murmelte ich.

Er zog die Augenbrauen hoch und lächelte zaghaft. Anfangs war es nur ein leichtes Zucken, und dann sah ich wahrhaftig Zähne. Ja, ja, ich hatte ihn schon beim Lächeln Zähne zeigen sehen, auf dem Siegerpodest oder für Fotos oder was auch immer, aber das war was anderes. Das hier war *echt.*

Ich mag dich wirklich sehr.

Ehrlich, was war mein Leben eigentlich? Wie hatte ich mich ausgerechnet in Henry Sakaguchi verliebt? Sein Lächeln verblasste, als ich mich vorbeugte. Ich hielt inne und flüsterte: „Ist schon okay. Ich will dich nur sauber machen."

Die bezaubernde Falte erschien zwischen seinen Augenbrauen, und ich leckte ihm ganz, ganz langsam die bitteren Tropfen vom Kinn, bevor ich den letzten mit der Zungenspitze aus seinem Mundwinkel wischte.

Er erschauerte und krallte die Finger schmerzhaft fest um mein Knie. Ich wollte ihn küssen – *dringend* – aber ich würde seine Grenze nicht überschreiten.

Das Zuknallen einer Autotür ließ uns beide erschrocken zusammenfahren. Ich schlug mir die Hand vor den Mund und blickte mich um, aber zwischen den Reihen von Fahrzeugen war immer noch niemand zu sehen. Lachend sank ich gegen ihn, küsste ihn mit offenem Mund auf den Hals und nahm das leichte Kratzen von Bartstoppeln wahr.

„Wir sollten wohl lieber mal raufgehen", murmelte ich an seiner Haut.

„M-hm." Der vertraute Laut klang rau.

Wir hievten unsere Eislauftaschen aus dem Kofferraum und durchquerten das betonierte Parkdeck in einem Schweigen, das ich füllen wollte. Es war eiskalt, und ich wünschte, wir könnten in den Whirlpool gehen.

Ich sagte: „Brr", weil ich ein Trottel war.

Als wir in den Aufzug stiegen, fragte Henry: „Was isst du heute Abend?"

„Ich bestell' was bei Swiss Chalet. Ich hab' einen Werbespot für das Spezialangebot gesehen, das die haben, mit Füllung und Cranberry-Soße zum Hühnchen. Und Schokopralinen. Meiner Mom wird das nicht gefallen, aber was soll's. Schließlich ist Weihnachten." Ich trat unbehaglich von einem Fuß auf den anderen. „Ich bin schlimm, ich weiß."

„Du bist nicht schlimm."

Der Aufzug hielt in Henrys Stockwerk, und die Türen öffneten sich mit einem *ping*. Er stieg aus, dann drehte er sich nochmal um und streckte den Arm aus. Die Türen gingen wieder auf.

„Ich hab' nur gefragt, weil ich sichergehen will, dass du was Gutes zu essen hast."

„Oh! Ja. Danke. Ich komm' klar. Sehen wir uns morgen?"

Oder ich könnte runterkommen, nachdem ich telefoniert habe, und wir könnten fernsehen oder Sex haben oder Kreuzworträtsel machen oder Sex haben oder was auch immer. Wir könnten wieder zusammen in deinem Bett schlafen, und wir müssen nicht unbedingt

Sex haben. Ich will nur mit dir aufwachen.

Er nickte, und als die Türen sich schlossen, blieb ich auf zu vielen ungesagten Worten sitzen, die mir das Hirn verstopften.

Kapitel Zwölf

Theo

„Hmm, mal sehen." Ich musterte das Scrabble-Brett, aber mein Verstand drehte sich nutzlos im Kreis. Henry und sein Opa waren *unglaublich* gut in diesem Spiel, und ich legte traurige kleine Wörter wie „Lauf" und „Rad" und „los".

Mein Fuß wackelte unter dem kleinen Tisch. Wir waren in einem festlich geschmückten Gemeinschaftsraum im Altersheim. Ein Ghettoblaster mit überraschend klarem Sound spielte Weihnachtslieder, und mehrere Bewohner hatten Besuch von ihren Angehörigen.

Girlanden hingen unter der Decke, und ein großer Weihnachtsbaum in der Ecke war mit selbstgemachtem Christbaumschmuck aus Papier und Glitzer dekoriert, den wahrscheinlich ein paar Kinder gebastelt hatten.

Vor sich hin brummelnd steckte Mr. Sakaguchi sich eine Schoko-Rosette in den Mund und lutschte geräuschvoll. Er hatte sich geweigert, seine Hörgeräte zu tragen, und Henry hatte ihn nur eine Minute lang zu überreden versucht.

„Okay, ich glaube, ich hab' was." Kleinlaut legte ich meine Spielsteine aus und buchstabierte „wach" auf dem Brett.

Mr. Sakaguchi schüttelte den Kopf und tippte mit einem knorrigen Finger auf eine andere Zeile auf dem Spielbrett, die zu einem freien „e" führte. Er deutete auf das rote Quadrat, und ich musterte es.

„Oh!" Ich verschob meine Spielsteine. „Dreifacher Wortwert! Cool." Ich vergewisserte mich, dass er mich ansah, und lächelte. „Danke!" Henry zufolge konnte er ganz gut von den Lippen ablesen, und ich versuchte, langsam und deutlich zu sprechen, statt wie üblich einfach drauffloszulabern.

Er erwiderte das Lächeln und nickte. Sein Haar war weiß und auf liebenswerte Art zerzaust. Er war klein und ein bisschen gebeugt, aber sein Griff war erstaunlich kräftig gewesen, als ich ihm die Hand gegeben hatte.

Wir waren zuerst in sein Zimmer gegangen, und Henry hatte ihm eine Tüte mit Geschenken zum Auspacken überreicht, darunter auch den weichen grünen Pullover, den er jetzt trug. Henry trug einen ähnlichen Pullover über einem Anzughemd mit Kragen und dazu eine Stoffhose.

Dass er sich für Weihnachten schick gemacht hatte war einfach *zu* süß. Meine Familie machte das nie, aber ich sah in meiner dunklen Jeans und einem Henley-Shirt wenigstens ordentlich aus.

Ich hatte die Schoko-Rosetten in einem Gemischtwarenladen mitgenommen, und Mr. Sakaguchi schienen sie zu schmecken. Er lutschte noch eine, während er „bequem" legte, das „q" auf einem Dreifach-Feld. Als Henry seinen Punktestand mit Bleistift auf einem Notizblock notierte, fielen ihm die Haare ins Gesicht.

Er würde sie sich schneiden lassen müssen, bevor er zu den kanadischen Meisterschaften fuhr. Ich wollte über den Tisch greifen und sie ihm aus der Stirn streichen, aber ich behielt meine Hände bei mir. Er inspizierte seine Spielsteine und tippte dann mit einem leichten Kopfschütteln auf das Feld, das sein Großvater gerade belegt hatte.

„Ojiichan, ich hatte einen tollen Plan."

Mr. Sakaguchi grinste. „Buu-huu", sagte er laut.

„Brutal!", fügte ich hinzu.

Henry warf mir ein kleines Lächeln zu. „Beim Scrabble gibt es keine Gnade.“

„Aber ihr helft mir doch beide.“

Er zog eine Schulter hoch, den Blick auf seine Spielsteine geheftet. „Du lernst schließlich noch.“

„Wo ist dein berühmter Killer-Instinkt?“ Ich schnalzte missbilligend mit der Zunge. „Meine Mutter wäre schwer enttäuscht.“

Er sah mir in die Augen. „Ich gebe mir alle Mühe, deine Mutter zu enttäuschen.“

Ich lachte, aber mein Magen schlug einen Purzelbaum. Möglicherweise hatte er damit sagen wollen, dass er mir die Goldmedaille abnehmen würde, aber irgendwie glaubte ich nicht, dass er das gemeint hatte.

Mr. Sakaguchi schlug auf den Tisch. „Die Zeit ist um.“

Henry legte „Jockeys“, was mich natürlich an Unterwäsche denken ließ, obwohl er „Rennreiter“ meinte. Jedenfalls war ich mir ziemlich sicher, dass er das meinte.

Hör auf, an Henry und Unterwäsche zu denken!

Dann war ich wieder an der Reihe, mir ein triviales Wort einfallen zu lassen. Apropos meine Mutter – mein Handy vibrierte in meiner Hosentasche, und das war bestimmt sie. Als ich fertig war und nachschaute, war das Display tatsächlich voll mit verpassten Anrufen und Textnachrichten. Genau deshalb ließ ich es die meiste Zeit stummgeschaltet.

„Okay?“, fragte Henry.

Ich steckte das Handy wieder ein. „Ja, tut mir leid. Meine Mom hat viele Ansichten über eine Reportage, die der Sender für die Landesmeisterschaften macht. Die haben sich voll auf die Sache mit Mr. Webber gestürzt, und das gefällt mir nicht.“ Ich verdrehte die Augen. „Die Leute vom Verband sind natürlich ganz scharf darauf, die Sache mit dem toten Trainer hochzuspielen, und meine Mom ist mit allen befreundet. Du kennst die Eislaufszene. Jeder kennt jeden.“

Henry nickte. „Und jeder hat seine Meinung."

„Ja. Genau wie Arschlöcher." Ich schlug mir die Hand vor den Mund.

Mr. Sakaguchi gab ein schallendes Lachen von sich, das die Aufmerksamkeit der meisten Leute im Raum erregte. Mit glühend heißen Ohren versuchte ich, mir das Lachen zu verbeißen, aber es hatte keinen Zweck. Wenn man Lippen lesen konnte, waren die schlimmen Wörter wahrscheinlich ein Klacks.

Henrys Handy klingelte, und er tippte auf das Display. „Frohe Weihnachten." Sein Blick huschte kurz zu mir, dann rückte er seinen Stuhl näher zu seinen Großvater und hielt das Smartphone hoch. Mr. Sakaguchis Augen leuchteten auf, und er winkte.

Tja, das war peinlich. Henrys Familie in Vancouver war vermutlich wach, und da riefen sie natürlich an. Ich deutete mit dem Daumen über meine Schulter und lächelte Henry an, während ich aufstand. Er nickte kurz und wandte seine Aufmerksamkeit dann wieder dem Handy und dem Chor von Stimmen zu, die Fragen stellten.

Ich lungerte neben dem Christbaum herum und überflog die Textnachrichten von meiner Mutter. Ja, okay, schon gut, ich würde ein Video-Interview mit der Human-Interest-Reporterin des Senders machen, die versuchen würde, mich zum Weinen zu bringen.

Ich hatte nicht nein gesagt, aber ich war beschäftigt. Meine Mom führte sich auf, als stünde das Schicksal meiner gesamten Karriere auf dem Spiel. Ich scrollte runter zu der ersten Nachricht von heute Morgen in aller Herrgottsfrühe. Sie hatte mir nicht einmal frohe Weihnachten gewünscht.

Meine Schwestern hatten wenigstens während unseres Zoom-Calls gestern Abend das Thema gewechselt, nachdem ich ein kurzes Update über mein Training gegeben hatte. Darum hatte ich sie vorab gebeten, und sie hatten nur zu gern dafür gesorgt, dass die Familie von etwas anderem redete.

Ich schickte eine kurze Antwort, dass ich der Reporterin morgen eine E-Mail schreiben würde. Mein Magen krampfte sich zusammen, aber das würde schon gutgehen. Ich konnte über Mr. Webber reden und ihre Fragen beantworten und für Einschaltquoten auf die Tränendrüse drücken.

Mr. Webber hätte es gehasst. Kummer schnürte mir die Kehle zu, und Tränen brannten mir in den Augen, während ich darum kämpfte, mich zusammenzureißen. Ich konnte mir sein genervtes Augenrollen und seine bissigen Kommentare dazu vorstellen, wie der Sender seinen Tod ausschlachtete. Verdammt, ich vermisste ihn so sehr.

Und es war ja nicht so, als ob ich sein einziger Schüler gewesen wäre. Eine Menge Leute vermissten ihn! Seine Angehörigen, seine Freunde und viele Menschen, die ihm viel näher gestanden hatten als ich. Aber so toll Manon und Bill auch waren, ich wünschte mir so sehr, ich hätte meine Karriere mit Mr. Webber an der Bande beenden können.

Die Erinnerung an Henrys Frage, ob ich Mr. Webber stolz machen wollte, kam wieder auf. Ich wollte ihn wirklich stolz machen. Auch wenn ich eigentlich nicht an den Himmel glaubte, ich war sein letzter Champion, und in seinem Namen eine olympische Goldmedaille zu gewinnen wäre ein Riesenerfolg. Ich liebte es, zu gewinnen, aber wenn ich das Mr. Webber zu Ehren tun könnte…

Ich schüttelte die Gedanken an die Spiele ab und fühlte mich seltsam schuldig dabei, weil Henry gleich da drüben war. Wir hatten beide unser ganzes Leben lang darauf hingearbeitet, aber nur einer von uns konnte gewinnen.

„Sag bloß", murmelte ich vor mich hin. „Das ist nichts Neues."

„Ähm, Entschuldigung?"

Ich wirbelte herum und stellte fest, dass eine Familie in der Nähe stand, die Fotos vor dem Weihnachtsbaum machen wollten.

Ich ging beiseite und bot ihnen an, ein Gruppenfoto von ihnen zu machen. Dann sprach mich eine weitere Familie an, und ich spielte eine Zeitlang Fotograf, schnitt Grimassen und brachte Kinder zum Lächeln.

Als ich mich umblickte, beobachtete Henry mich. Mir stockte der Atem bei der Sanftheit in seinen Augen. Er hatte immer noch sein Smartphone in der Hand, aber sein Arm war herabgesunken, und Mr. Sakaguchi stupste ihn an.

Henry zuckte zusammen und konzentrierte sich wieder auf das Display. Sie mussten jetzt bald fertig sein, also nahm ich leise meinen Platz wieder ein und scrollte durch Instagram, während eine Männerstimme – wahrscheinlich Henrys Dad – zu Mr. Sakaguchi Senior sagte, dass er wirklich seine Hörgeräte tragen sollte.

„Wir sollten unser Spiel zu Ende machen", meinte Henry.

„Lass mal sehen! Wer gewinnt?", fragte jemand. Es hörte sich nach Henrys Bruder an.

Henry hielt das Smartphone über das Spielbrett und Sam sagte: „Moment mal, wer hat ‚Rad' gelegt? Das hätte ja sogar ich hingekriegt. Haha, kapiert? Du und Obaachan, ihr habt wohl zuviel Eggnogg gepichelt, Bro."

Wieder schaute Henry kurz zu mir. Er schien mit sich zu ringen, und dann schwenkte er das Handy mit der Vorderseite zu mir. Auf dem Display machten Henrys Eltern und sein Bruder identische verblüffte Gesichter mit hochgezogenen Augenbrauen und offenen Mündern. Eine winzige alte Frau, die Henrys Großmutter sein musste, lächelte verschmitzt.

„Hey!" Ich winkte. „Ich kenne so gut wie niemanden hier in Toronto, also hatte Henry Mitleid mit mir." Ehrlich gesagt war ich mir immer noch nicht sicher, ob Henrys Großvater wusste, dass ich Henrys Hauptkonkurrent war. Aber der Rest seiner Familie wusste das ganz genau.

„Theo!", rief Henrys Mutter. „Also, äh, frohe Weihnachten.

Wie geht es deiner Familie?"

Wir machten ein paar Minuten lang Smalltalk, bevor Henrys Großmutter sich einmischte und fragte: „Kommt ihr gut miteinander aus, Henry und du?"

Mit einem flüchtigen Blick zu ihm stellte ich fest, dass er wieder mal dreinschaute wie ein Reh im Scheinwerferlicht. „Ähm, ja!", sagte ich. „Wir motivieren uns gegenseitig, besser zu werden. Ich habe viel von ihm gelernt."

„Mm-hm. Weißt du, Henry sagt, er hätte keine Zeit für eine Beziehung, aber er sieht dich jetzt jeden Tag. Ihr solltet –"

„Obaachan!" Henry riss sein Handy schnell wieder an sich. Natürlich war er zu höflich, um einfach aufzulegen, also sagte er: „Frohe Weihnachten!", bevor er den Anruf beendete. Seine Ohrenspitzen waren rosa, und ich wollte sie küssen.

Bald wurden die Bewohner zum Mittagessen gerufen. Mr. Sakaguchi gab mir die Hand und umfasste sie mit beiden Händen, als ich ihm respektvoll zunickte. Henry bückte sich, um ihn zu umarmen, und sein Großvater drückte ihn fest und sagte: „Du bist ein guter Junge."

Ich musste unwillkürlich lächeln. Henry *war* ein guter Junge, und das liebte ich vielleicht am meisten an ihm.

Oha.

Liebte?

Wo kam denn dieses Wort jetzt her? Vor ein paar Monaten hatte ich Henry kaum gemocht. Ehrlich gesagt hatte ich ihn für langweilig gehalten und ansonsten kaum einen Gedanken an ihn verschwendet. Jetzt waren wir…

Was? Ich hatte keine Ahnung, was wir waren. Aber heute war Weihnachten, und ich hatte ein Geschenk für ihn, und sämtliche Elefanten konnten sich direkt in die Ecke verkrümeln. Oder ich würde sie erschießen müssen.

„TUT MIR LEID, dass ich dich damit nerve. Wenigstens ist an Weihnachten kein Verkehr. Na ja, natürlich gibt es schon Verkehr, aber viel weniger als sonst." Mein Herz raste, und ich wippte nervös mit dem Fuß.

„M-hm."

Es schien Henry nichts auszumachen, mich nach dem Besuch bei seinem Großvater noch zur Arena rauszufahren. Ich bat ihn, mich zum Hintereingang zu bringen und sabbelte weiter.

„Der Hausmeister hat gesagt, er legt es vor die Hintertür. Also, wer würde sich schon an Weihnachten hier draußen am Arsch der Welt rumtreiben und es klauen, oder? Es ist sowieso nur meine Teamjacke. Echt blöd von mir, sie zu vergessen, wenn ich heute ein Weihnachtsfoto von mir darin posten und den Verband taggen muss."

„Es macht mir nichts aus."

Ich war mir sicher, dass es ihm wirklich nichts ausmachte, weil er so *lieb* war. Er hatte immer eiskalt gewirkt, aber das war er gar nicht, wenn man ihn erstmal kannte. Und ich kannte immer noch nur einen Teil von ihm. Da war noch so viel mehr, und ich wollte alles. *Sofort.*

Aber nein, ich würde geduldig sein.

Habe ich schon erwähnt, dass ich es hasste, geduldig zu sein?

„Ich seh' nichts." Henry hielt in der Nähe der Zugangstür und ließ den Motor laufen.

„Hmm, ja. Ich schau' kurz nach."

Mit pochendem Herzen sprang ich aus dem Auto und versuchte, nicht zu grinsen. Meine Stiefel knirschten auf dem frischen Schnee, und mein Atem bildete Wolken in der Luft. Erst tippte ich den Code in das Tastenfeld an der Wand. Dann zog ich den Schlüssel aus der Tasche, steckte ihn ins Schloss, drehte ihn um und öffnete schwungvoll die Tür.

Jedenfalls hätte ich das gern getan, aber sie klemmte. „Oh, verdammt nochmal." Ich zerrte an der eisigen Türklinke. Meine

Handschuhe waren im Auto. Natürlich.

Der Motor des Hondas erstarb, und Henry stieg aus. „Was machst du denn?"

Mit einem verärgerten Schnauben rüttelte ich an der blöden Tür. Dann ruckelte ich mit dem Schlüssel, da der Hausmeister gesagt hatte, er würde manchmal klemmen, wenn ich so darüber nachdachte. Na also! Ich riss die Tür auf und wäre fast auf den Hintern gefallen, weil sie so plötzlich nachgab.

„Ähm, fröhliche Weihnachten." Ich deutete auf die Finsternis hinter der Tür.

Henry starrte mich an, die Stirn und alles andere gerunzelt.

„Ich dachte, du möchtest vielleicht gerne eine Extra-Trainingseinheit einlegen."

Er starrte mich immer noch an.

Ach du Scheiße. War das das schlechteste Geschenk aller Zeiten? „Ich hab' nur gedacht, wo du doch das Eislaufen so liebst, freust du dich vielleicht, wenn du die Bahn mal für dich allein hast. Du weißt schon, weil du so gern trainierst. Sie müssen dich praktisch vom Eis runterzerren. Aber wenn du nicht willst, können wir gehen. Das war wahrscheinlich eine bescheuerte Idee."

Mein Magen gurgelte. Mir war schlecht. Ich hatte es für ein gutes Geschenk gehalten, aber vielleicht kannte ich ihn noch weniger, als ich dachte.

„Aber das dürfen wir nicht. Die Eisbahn ist geschlossen."

„Ich hab' den Hausmeister überredet. Bin eben unwiderstehlich." Ich grinste, aber die Sorgenfalten auf Henrys Stirn glätteten sich nicht.

Er schürzte auf überaus niedliche Art die Lippen. Er war vierundzwanzig und ging auf die Vierzig zu, und ich hoffte, dass sich das nie ändern würde.

Ich sagte: „Er hat mir den Code und die Schlüssel gegeben. Es ist keine große Sache. Er weiß, dass du, äh, die vertrauenswürdigste Person der Welt bist."

„Aber das ist gegen die Regeln. Wir dürfen eigentlich nicht hier sein, wenn geschlossen ist. Und wir müssen für unsere Zeit auf dem Eis bezahlen." Schneeflocken fingen sich in seinem dunklen Haar, und ich hätte ihn nur zu gern geküsst.

„Es ist Weihnachten." Das war zugegebenermaßen kein allzu gutes Argument. „Ich wollte dich überraschen."

„Ich habe nichts für dich."

„Klar hast du! Es muss nicht – das ist mir egal. Willst du eislaufen?" Ich machte Anstalten, die Tür zu schließen. „Oder sollen wir lieber gehen?"

„Du hast das für mich getan?" Ein Lächeln breitete sich über sein Gesicht. Mit Zähnen! Der Sieg war mein!

„Jawoll." Ich grinste und zuckte nonchalant die Achseln.

„Ich hab' meine Schlittschuhe nicht dabei."

„Ach nee. Ich hab' deinen Kram in den Kofferraum geschmuggelt. Als ich runtergekommen bin, um mir deinen Pömpel zu leihen, hab' ich die Schlüssel geklaut." Wieder einmal typisch für mich – Henry glauben zu machen, ich hätte einen Mordshaufen gekackt und meine Toilette verstopft – aber mir war nichts Besseres eingefallen, warum ich mir angeblich dringend etwas borgen musste. „Meinen Kram hab' ich auch dabei, aber nur, wenn du mit mir laufen willst."

Statt zu antworten, ging einfach um das Auto herum und öffnete den Kofferraum mit einem Piepen seiner Fernbedienung. Er lächelte wahrhaftig immer noch, als er mit unseren Taschen zu mir an die Tür kam. Als wir uns hineinschlichen, fiel die Tür scheppernd hinter uns zu.

Ich spähte mit zusammengekniffenen Augen den dunklen Flur entlang und flüsterte: „Er hat gesagt, die Notbeleuchtung würde reichen, und der Laden hier ist so alt, dass es keine Bewegungssensoren gibt."

Die einzige Lichtquelle war eine Neonröhre ganz am anderen Ende des Flurs. Wo wir standen, war es stockfinster, und ich überlegte, ob ich mein Handy aus der Tasche holen und es als Taschenlampe benutzen sollte. Doch Henry nahm meine Hand, verschränkte unsere Finger miteinander, also scheiß auf die Taschenlampe. Ich hätte den Gang entlangschweben können.

Wir schlichen auf Zehenspitzen Hand in Hand auf die Eisfläche zu. Ich flüsterte: „Dann hast du sowas also noch nie gemacht?"

Er schnaubte. „Natürlich nicht."

Verspätet fiel mir ein, dass es der Polizei wahrscheinlich egal sein würde, ob ich den Schlüssel hatte, wenn wir erwischt wurden. Und Mist, ich wollte den Hausmeister nicht in Schwierigkeiten bringen. Vielleicht war das doch keine so tolle Idee. Aber Henry hielt meine Hand, also war es ganz klar die beste Idee in der Geschichte der Ideen.

Wir schlichen in die Eisbahn. Die Notlichter hoch oben in den Ecken der Halle beleuchteten die Eisfläche wie Scheinwerfer mit tiefen Schlagschatten dazwischen. Das Eis war gestern Abend mit dem Zamboni gereinigt worden, und es hatte diesen perfekten, frischen, kalten Geruch. Es war schwer zu beschreiben.

Widerwillig ließ ich Henrys Hand los, als wir zu den Bänken entlang der Eisfläche kamen. „Ich hab' deine Trainingsklamotten auch da reingetan", flüsterte ich, obwohl wir völlig allein zu sein schienen. Ich öffnete den Reißverschluss meiner Tasche und zerrte mir die Stiefel von den Füßen.

Ich hatte seinen Schwanz im Mund gehabt, und er meinen, aber wir hatten uns noch nie wirklich nackt gesehen. Mit den Händen an meinem Hosenschlitz zögerte ich, was eigentlich bescheuert war, denn seit wann war ich schüchtern? Ich zog den Reißverschluss runter und trat meine Jeans weg. Mein Boxerslip war grau und eng, und so, wie Henrys Blick über meinen Körper wanderte, würde ich gleich einen Ständer kriegen.

Anstatt in die Trainingshose zu schlüpfen, schälte ich mich aus meinem Henley. Henrys Blick hing an mir, während er seine Hose auszog und ordentlich zusammenfaltete. Ich hob meine Jeans auf und faltete sie, nur um das Ganze in die Länge zu ziehen. In der kalten Luft richteten sich meine Nippel auf, und zugleich strömte Hitze durch meine Adern.

Nur das Rascheln von Stoff war zu hören, als wir unsere schwarzen Trainingshosen und die langärmeligen Oberteile anlegten. Dabei beobachteten wir uns die ganze Zeit. Wir zogen unsere Trainingsjacken darüber, und Henry lachte leise, als ich meine aus der Tasche holte.

Mit fliegenden Fingern schnürte er sich die Schlittschuhe zu, und sobald ich ihn aufs Eis hinausgleiten sah, als würde er schweben, wusste ich, dass dies das richtige Geschenk war. Wir waren es gewohnt, bei Galas und Shows im Scheinwerferlicht zu laufen, daher waren die schwarzen Löcher kein Problem. Henry verschwand immer wieder für einen Moment und kam dann wieder aus der Dunkelheit angesegelt.

Ich ließ mir Zeit beim Anlegen der Schlittschuhe und sah ihm beim Dahingleiten zu. Bald erkannte ich die Choreographie seiner Kür, denn *natürlich* machte er einen Durchlauf. Einer seiner Kufenschoner hing halb über die Kante der Bank, wo wir unseren Kram gelassen hatten. Ich legte seine Schoner ordentlich nebeneinander auf die Bank, wie er es gern mochte, bevor ich meine abnahm.

Auf dem Eis hielt ich mich von ihm fern, um ihm nicht im Weg zu sein. In solchen Momenten, mit dem kühlen Lufthauch auf dem Gesicht und dem glatten Eis unter meinen Kufen, konnte ich das Eislaufen lieben – weder Elemente noch Preisrichter oder Haltungsnoten noch meine Mutter, die mir sagte, was ich falsch gemacht hatte. Das einzige, was fehlte, war das Publikum.

Aber Henry? Er konnte den ganzen Tag allein auf dem Eis verbringen, um jede Bewegung zu perfektionieren, verloren in seiner eigenen Welt.

Nachdem ich eine Stunde lang (für mich) beeindruckend still gewesen war, während Henry sein Ding machte, rief ich: „Wahrheit oder Pflicht!"

Henry verdrehte die Augen, ignorierte mich und lief eine weitere Runde um die Bahn.

Ich trank einen Schluck Wasser aus meiner Flasche, und als er näher kam, sagte ich es nochmal: „Wahrheit oder Pflicht!"

Immer noch ohne mich zu beachten lief Henry eine weitere Runde um die Bahn und setzte dann zu einer Waagepirouette wie aus dem Bilderbuch an, die Drehung perfekt zentriert und das Spielbein auf Taillenhöhe kerzengerade nach hinten gestreckt, in einer Linie mit seinem gebeugten Oberkörper.

Ich hätte meine Pirouetten so üben sollen, wie Henry es tat. Sie brachten allerdings nicht annähernd so viele Punkte ein wie Sprünge. Und wenn schon. Ich machte sie gut genug.

Es gab jetzt nichts, was mich davon abhielt, Pirouetten zu drehen. Aber ich rief stur wieder: „Wahrheit oder Pflicht!" als Henry aus der Drehung kam, und zu meiner großen Freude seufzte er tief. Er wurde allmählich schlechter darin, mich zu ignorieren, und das begeisterte mich auf eine Art, die ich nicht erwartet hatte.

„Ich fang' an", grinste ich und wartete.

Noch ein Seufzer. „Wir sind nicht in der siebten Klasse."

Ich lege den Kopf schief. „Hast du in der Mittelstufe oft ‚Wahrheit oder Pflicht' gespielt?" Er wirkte immer so ernst, dass ich mir das kaum vorstellen konnte.

Er schüttelte stirnrunzelnd den Kopf. Als wäre ‚Wahrheit oder Pflicht' schon immer unter seiner Würde gewesen, besten Dank auch.

„Na, komm schon." Ich ließ ein weiteres Grinsen aufblitzen. „Trau dich."

Er verschränkte die Arme vor der Brust und grummelte: „Wahrheit oder Pflicht."

„Pflicht!"

„Mach einen kompletten Durchlauf von deinem Langprogramm.“

Jetzt war ich es, der die Augen verdrehte. „Ha, ha. Komm schon – etwas, das Spaß macht.“

„Ein Backflip.“

„Kinderspiel!“ Ich lief los und nahm um das Ende der Bahn herum Tempo auf, dann sprang ich in einen Rückwärtssalto und landete mühelos auf zwei Füßen. „Okay, und jetzt du.“

Seine Augenbrauen zogen sich zusammen. „Du hast mir nicht die Wahl gelassen.“

„Ach ja, stimmt – Wahrheit oder Pflicht.“

„Pflicht. Solange es was mit Eislaufen zu tun hat.“

„Das ist keine Regel, nebenbei bemerkt. Aber okay. Ich fordere dich heraus, einen Backflip zu machen und auf einem Fuß zu landen. Da, bitte. Bist du jetzt zufrieden?“

Er war bereits losgelaufen und konzentrierte sich, bevor er einen beinahe perfekten Rückwärtssalto ausführte, auch wenn er bei der Landung mit dem anderen Fuß auftippen musste. Wir wechselten uns ab und versuchten uns an Backflips, bis wir beide schwer atmeten.

Der Schweiß stand mir auf der Stirn, und ich wischte mir das Gesicht mit dem Ärmel meiner Jacke ab. Dann zog ich sie aus und warf sie auf die Bank, wo Henry seine nach dem Aufwärmen zurückgelassen hatte. Ich machte zum Spaß kleine Tanzschritte vor dem Salto, um ihn nochmal zum Lächeln zu bringen.

Nein. Nichts. Er war voll konzentriert und beobachtete mich schweigend, bis er das nächste Mal an der Reihe war. Ich konnte praktisch sehen, wie sein Hirn daran arbeitete, was wir falsch machten und wie man die Technik verbessern konnte.

Mir war es eigentlich egal, ob ich auf einem Fuß landete oder nicht, daher machte ich bei meinem nächsten Durchgang diesen angeberischen Tanzschritt, der einmal so beliebt gewesen war. Aber ich verpatzte mein Timing und kam nicht mal wirklich in die Luft, sondern plumpste auf den Hintern und schlidderte lachend auf die Mitte der Eisbahn zu.

Ohne auch nur den Hauch eines Lächelns sauste Henry an mir vorbei und schaffte die Ein-Fuß-Landung auf den Punkt – denn wie könnte es anders sein. Ich applaudierte und johlte, und er nickte. Kein Lächeln, aber er schien zufrieden, dass seine harte Arbeit sich ausgezahlt hatte. Ich rappelte mich hoch.

Mit ein paar Kreuzschritten nahm ich Anlauf, warf die Arme nach hinten und benutzte die Zacken an meinem rechten Schlittschuh, um mich in die Luft und nach hinten zu katapultieren – und Scheiße! Ich landete viel zu knapp und kippte über die Zehen nach vorn, und die Schwerkraft sagte: *„Fröhliche Weihnachten, du Miststück!"*

Und jetzt lag ich plattgeklatscht und mit schmerzenden Rippen auf dem Bauch und röchelte vor mich hin. Aus dem Augenwinkel sah ich Henry so schnell auf mich zuschießen, dass ich schon befürchtete, er würde mich überfahren. Aber er stoppte mit einer scharfen, knirschenden Drehung seiner Kufen und fiel neben mir auf die Knie. Er drückte meine Schulter.

„Scheiße, das hat wehgetan", presste ich mit zusammengebissenen Zähnen hervor.

„Nicht reden."

Das war ein vernünftiger Ratschlag, also befolgte ich ihn. Meine Lungen dehnten sich kaum ein paar Millimeter. Ich hörte mich an wie meine Schwester, wenn sie einen Asthmaanfall hatte. „Bin okay", murmelte ich.

Henry blieb, wo er war, eine starke Hand auf meiner Schulter. Eine der Notleuchten hoch über uns brummte leise, aber sonst war alles still, bis auf mein erbärmliches Japsen. Es half mir sehr, als er mir den Kopf streichelte, was mir einen Schauer über den Rücken jagte.

„Bist du verletzt?", fragte er schließlich.

Ich stöhnte und wälzte mich auf den Rücken. „Mir ist nur kurz die Luft weggeblieben."

Mit geschürzten Lippen tastete er sanft meinen Brustkorb ab. Wahrscheinlich hatte ich mir ein paar Rippen geprellt, aber es fühlte sich nichts gebrochen an. Er stand auf und streckte mir die Hand entgegen, und ich nahm sie, drückte unsere feuchten Handflächen aneinander.

Verlangen durchströmte mich. Ich wollte ihn zu mir runterziehen, auf mich drauf, um mehr von seinem Körper zu fühlen. Ich wollte ihn gleich hier mitten auf dem Eis nackt ausziehen und jeden Zentimeter von ihm küssen. Ich wollte sein hauchiges, leises Stöhnen hören, wenn er kam. Ich wollte so vieles, dass in meinem Kopf alles durcheinanderging.

Ich ließ mich von ihm zum Sitzen hochziehen, doch dann ging ich auf die Knie, ohne seine Hand loszulassen. „Wahrheit." Mein Brustkorb hob und senkte sich, und mein ganzer Körper kribbelte, als ich zu ihm aufblickte. „Meine Wahrheit, und eine Pflicht für dich. Zwei in eins."

Er musterte mich argwöhnisch, dann zog er eine Augenbraue hoch, was anscheinend *Red weiter* bedeuten sollte.

„Ich will, dass du mich in den Mund fickst."

Henry fielen praktisch die Augen aus dem hübschen Kopf. Er sah so bezaubernd entrüstet aus, dass ich ihn *unbedingt* küssen wollte. Aber das hatte er vorhin nicht gewollt, also blieb ich auf den Knien. Ganz ehrlich, wenn ich ihn jetzt zu küssen versucht und er sich weggedreht hätte – das hätte zu sehr wehgetan. Ich hätte diese Zurückweisung von ihm nicht ertragen.

Und das ließ in meinem Kopf Alarmglocken schrillen, nebst einer Stimme, die zu sehr nach der meiner Mutter klang und wissen wollte, was zum Teufel ich hier eigentlich machte, wenn mir der größte Wettkampf meines Lebens bevorstand. Was ich hier mit dem einzigen Mann machte, der mich schlagen konnte.

Er hielt immer noch meine Hand. Umklammerte sie so fest, dass ich vielleicht befürchtet hätte, er würde mir die Knochen brechen, wenn ich nicht so angetörnt gewesen wäre. Und ich brachte sämtliche Warnungen zum Schweigen, weil ich mich mit dem ganzen Kram später befassen würde. Nur das Jetzt zählte.

Henry war nicht nur empört. Selbst in dem trüben Licht konnte ich sehen, wie sich seine Pupillen weiteten, wie seine rosa Zungenspitze hervorschnellte, als er sich die Lippen leckte. Ich hörte sein scharfes Einatmen, und dann flüsterte er: *„Hier?"*

Zum Teufel, warum nicht hier? Wir waren allein in der Arena, und ich kniete ja bereits auf dem Eis, dessen Kälte durch meine Trainingshose drang. Und ich wollte seinen heißen Schwanz im Mund haben. Ich strich mit meiner freien Hand über die Innenseite seines Oberschenkels und nagte an meiner Lippe.

„Wenn du dich traust."

Ein Schauder überlief seinen ganzen Körper, und – ja, er war bereits steinhart. Ein absolut niedliches Wimmern entschlüpfte ihm, als ich ihn durch das dehnbare, dicke Elasthan hindurch rieb.

Er hatte steif und fest behauptet, nicht mehr Jungfrau zu sein, aber es lag eine solche Unschuld darin, wie leicht er auf Touren zu bringen war. Nicht, dass ich da groß was sagen konnte, da ich selbst einen Mordsständer hatte.

„Komm schon. Fick meinen Mund." Ich zerrte an seinem Taillenbund, doch dann hielt ich inne. „Wenn du willst."

Henry keuchte bereits. Er nickte, schaute sich nochmal um und holte dann sein Ding raus. Ich war bereit, jetzt schnellstmöglich an seinem Schwanz zu würgen, aber ich wartete, während er ihn in der Hand hielt und mich ansah.

Ich war nicht viel älter als er, aber ich war schon lange nicht mehr mit jemandem zusammen gewesen, der so zögerlich war. Die Typen, mit denen ich es trieb, wussten, was sie taten, und das hätte viel geiler sein sollen. Aber bei Henry stand mein Blut in Flammen, und meine Eier waren kurz vor dem Explodieren, ohne auch nur berührt worden zu sein.

Zaghaft umkreiste er meine leicht geöffneten Lippen mit seiner Eichel. Er hatte meine Hand losgelassen, und ich rieb mit beiden Händen an seinen Beinen auf und ab und über seinen schönen Arsch.

„Ich will es", sagte ich, da ich die Stille nicht ertragen konnte. „Bitte. Es sei denn, du willst nicht?" Hatte ich ihn falsch gedeutet?

„Ich weiß nicht, wie... ich will nicht, dass du Schmerzen hast."

„Du tust mir nicht weh, versprochen." Ich leckte an seiner Eichel und stöhnte auf. „Du triefst schon. Du bist so sexy. Musst du abspritzen? Ich liebe es so. Du kannst ruhig grob sein. Ich weiß, dass du mir nie wirklich wehtun würdest." Ich packte seine Oberschenkel. Meine Worte klangen vielleicht zu sehr nach einem Geständnis. Aber es war wahr.

Henry schob mir die Finger in die Haare und stupste mit seinem Schwanz gegen meine Lippen. Ich öffnete mit einem dankbaren Seufzer den Mund und nahm ihn tief in die Kehle. Meine Wangen höhlten sich, als ich schlürfte und lutschte. Er fickte meinen Mund mit leichten, wiegenden Stößen und wurde allmählich selbstsicherer.

Ich murmelte lobende Worte, die er wahrscheinlich nicht verstehen konnte, und wünschte, ich könnte die Deckenbeleuchtung anmachen und Henry im hellen Licht statt hier im Halbdunkel die Beherrschung verlieren sehen.

Er hatte jetzt beide Hände an meinem Kopf, und ich war sicher, dass er gleich kommen würde. Ich schmeckte bitteres Salz, meine Lippen waren straff gespannt und Speichel tröpfelte aus meinem Mund, als er vollends die Kontrolle übernahm.

Ein lautes *Klonk!*, gefolgt von einem Rumpeln. Ich schnellte auf die Füße, Henry stopfte seinen Schwanz wieder in die Hose und wir spurteten mit Karacho an den Rand der Eisfläche. Wir sprangen vom Eis und hechteten unter die Tribüne. Man konnte sich dort eigentlich nirgends verstecken, und am Ende landete ich auf dem Betonboden hinter der ersten Sitzreihe und Henry auf mir.

Keuchend warteten wir. Mir wurde bewusst, dass unsere Sachen deutlich sichtbar auf der Bank lagen, aber es war zu spät, um sie zu holen. Also warteten wir.

Und warteten.

Uuuuund warteten.

„Ich glaube, das war der Heizkessel oder der Generator oder sowas", flüsterte ich. Unter der Tribüne war es zu dunkel, um Henrys Gesichtsausdruck zu erkennen, aber ich sah den schattenhaften Umriss seines Kopfes nicken.

Dann passierte etwas ganz Erstaunliches. Sein warmer Atem kitzelte mein Gesicht, als er in Gelächter ausbrach, und ich lachte auch. Ich hasste es, dass ich ihn nicht sehen konnte, und wünschte mir erneut, die Deckenbeleuchtung wäre an.

Obwohl es auch etwas ganz Besonderes hatte, mit ihm zusammen versteckt im Dunkeln zu liegen, sogar der Länge nach auf einem Fußboden, der ewig von den Limonaden, Slushies und Snacks vom Imbissstand verklebt war.

Ich würde mich für den Rest meines Lebens nackt in zerdrücktem Popcorn und heruntergefallenen M&Ms wälzen, um Henrys Lachen zu fühlen, während wir eng aneinandergeschmiegt in dem schmalen Zwischenraum zwischen den Bänken lagen.

Ich stemmte die Hüften hoch, rieb mich an ihm und genoss sein leises Aufkeuchen. Freute mich, wie schnell er wieder voll erigiert war. Und war *total* begeistert, als er ohne Aufforderung mitmachte.

Sein Atem streifte meine Lippen, und ich konnte mich gerade noch davon abhalten, seinen Kopf runterzuziehen und seinen Mund zu kosten. Stattdessen ließ ich meine Hände über seinen Rücken gleiten und packte seinen Hintern, um ihn anzutreiben, während ich mich hochwölbte. Wenn ich Platz dafür gehabt hätte, hätte ich die Beine gespreizt und ihn angebettelt, mich zu ficken.

Ich wollte ihn in mir haben. Ich wollte in ihm sein, falls er das mochte. Ich wollte blasen und ficken und mit ihm nackt sein —

vielleicht lieber in einem Bett als auf dem Fußboden der Eishalle – und ich wollte ihn so heftig zum Kommen bringen wie noch nie in seinem Leben. Ich wollte es schön für ihn machen und ihn lächeln und lachen und in meinen Armen schlafen sehen, bis wir aufwachten und er mich küsste.

Mein Aufschrei hallte durch die leere Eisbahn, als ich abspritzte. Ein Ruck ging durch meinen Körper, und ich klammerte mich an Henry. Die Lust ging schockierend tief, in Anbetracht dessen, dass wir nicht Haut an Haut waren. Er drückte die Stirn an meine Schulter, und sein Atem war warm und feucht an meinem Hals, während er mich ungestüm rammelte.

„Gut so." Meine Stimme war heiser. „Willst du für mich kommen?"

Er wimmerte nochmal, und es war immer noch bezaubernd. Ich wollte diesen Mann zum Orgasmus bringen, so oft ich nur konnte. Er war so ausgehungert und leidenschaftlich unter seiner kühlen Fassade, und es zerriss mir das Herz auf eine Art, die ich nicht verstand. Er war mein schärfster Konkurrent, und ich sollte ihn nirgendwo hin bringen wollen als auf den zweiten Platz.

Als er kam, schnappte er nach Luft und zitterte, und ich hielt ihn mit beiden Händen an der Taille fest. Unter der Tribüne war nicht genug Platz, um ihn richtig in die Arme zu nehmen. Meiner verspannten Schulter gefiel unsere Position ganz und gar nicht, aber ich hätte die ganze Nacht so zusammengequetscht bleiben können.

Natürlich taten wir das nicht. Henry kletterte von mir runter, und wir gingen in unseren klebrigen, feuchten Hosen unsere Kufenschoner holen. Es fühlte sich sehr nach Highschool an, und wir waren mit Sicherheit zu alt für sowas. Aber Henry war mir unter die Haut gegangen und hatte mich um den Verstand gebracht.

Wir vergewisserten uns, dass wir keine Spuren hinterlassen hatten, und hasteten zur Hintertür hinaus. Ich setzte den

Sicherheitscode zurück, drehte den Schlüssel um und rüttelte ein paarmal an der Tür, um sicherzugehen, dass sie auch wirklich abgeschlossen war.

Henry hatte Feuchttücher im Auto – wie könnte es auch anders sein – und wir lachten über die Absurdität des Ganzen, während wir unsere Geschlechtsteile säuberten, so gut wir konnten, und uns auf dem Rücksitz unsere Ersatz-Trainingshosen anzogen.

Es schneite heftig, und Henry fuhr uns durch den Spätnachmittag vorsichtig nach Hause. Die Sitzheizung unter meinem Hintern war fantastisch, und ich hielt meine Finger vor die Lüftungsöffnungen. Ob ich Henry wohl überreden konnte, bei Tim Hortons durch das Drive-In zu fahren?

„Ich habe kein Geschenk für dich.“

Es schien ihn wirklich zu quälen, und ich rieb ihm den Arm. „Ist schon okay! Du brauchst mir nichts zu schenken. Außerdem ist jeder Orgasmus ein Geschenk.“

„M-hm.“ Er klang nicht überzeugt.

„Ich meine, vielleicht habe ich das nur getan, um deinen Workaholic-Perfektionismus zu aktivieren, damit deine Verletzung wieder aufflammt und ich dich schlagen kann.“ Ich lachte wie ein Idiot, und Henry warf mir einen finsteren Blick zu. Ich rieb mir das Gesicht. „Oh mein Gott, das war ein saublöder Witz. Ich hab's nicht so gemeint, das schwöre ich.“

Dieser Elefant in der Ecke musste rausgeholt und erschossen werden – nichts gegen echte Elefanten, die sollte nie jemand erschießen. Ich fügte hinzu: „Das war wirklich ein Witz.“

Er seufzte. „Ich glaube dir. Aber das hier ist …“ Er trommelte auf dem Lenkrad herum und rutschte auf seinem Sitz hin und her. „Was machen wir hier?“

„Keine Ahnung. Aber es ist okay! So haben wir's doch vereinbart – sobald wir nach Calgary fahren, geht's nur noch ums Geschäft und nicht mehr um … das hier. Alles ist bestens. Wir…

hängen nur zusammen ab.“

Er warf mir einen skeptischen Blick zu. Verständlicherweise.

„Und in Calgary geben wir unser Bestes, und dann liegt es bei den Preisrichtern. Wir laufen sowieso beide im Januar bei Landesmeisterschaften. Dann bin ich mit Bill in Sacramento, und du mit Manon in Halifax. Oh, hast du gesehen, dass Ivan die Ukrainischen Meisterschaften gewonnen hat? Nicht, dass er viel Konkurrenz gehabt hätte. Und du hast doch gesehen, dass Kuznetzov mit seinem Kurzprogramm in Russland Erster geworden ist? Ich glaube, die Kür findet heute statt. Bei denen ist Neujahr der wichtigste Feiertag. Aber das weißt du bestimmt.“

Henry süßer, sexy Mund verzog sich zu einem Lächeln, bei dem mich ein Freudenschauer überlief. „Ja, weiß ich.“

Wir fuhren in unbehaglichem Schweigen weiter. Die Scheibenwischer schlugen rhythmisch, und der nasse Schnee fiel dicht und schnell.

„Was kann ich dir schenken?“

Ich verkniff es mir, den Blödmann zu spielen und „*Olympisches Gold!*“ zu witzeln. Stattdessen sagte ich: „Du brauchst mir nichts zu schenken. Du hast schon eine Menge für mich getan.“

Ich war schwer in Versuchung, einen Kuss zu verlangen, aber nein. Das wäre nicht cool. Wenn Henry mich küssen wollte, dann blieb das ihm überlassen. Er sollte sich nicht moralisch dazu verpflichtet fühlen.

„Um ehrlich zu sein, hätte ich schon einen Wunsch, den du mir erfüllen könntest. Na ja, bei Tim Hortons, wenn du einen Umweg machen würdest.“

Er verlangsamte an der Ampel, setzte den Blinker und fädelte sich vorsichtig in die linke Spur ein, um zum Tim Hortons an der nächsten Straßenecke abzubiegen. Dort bestellte er uns heiße Schokolade und Ahornsirup-Donuts; er wusste ganz genau, was ich wollte.

In unserem Apartmenthaus stieg er auf seinem Stockwerk aus

dem Aufzug. Wir hatten beschlossen, zu duschen, und dann würde ich zu ihm runterkommen, und wir würden zusammen zu Abend essen und einen Film schauen. Der Aufzug fuhr weiter nach oben, hielt an und die Tür ging auf. Ich schulterte meine Tasche, machte einen Schritt und blieb ruckartig stehen, als ich mich irgendwie plötzlich Auge in Auge mit Henry wiederfand.

„Äh, was?", sagte ich.

Wir starrten uns an. Die Tür prallte zurück, da ich sie blockierte. Henry musste die drei Stockwerke raufgerannt sein, was bei seiner Kondition ein Leichtes für ihn war. Aber sein Mund war leicht geöffnet und seine Wangen gerötet.

Der Aufzug piepste, und Henry drängte mich rückwärts gegen die verspiegelte Wand, eine Hand an meiner Hüfte und die andere in meinem Nacken, während er mich küsste, als wollte er mich verschlingen.

Er schmeckte nach verbotener Schokolade und zuckrigen Donuts, und er gab ein ganz leises, süßes Wimmern von sich, als ich seine Zunge willkommen hieß und der Aufzug uns davontrug.

Kapitel Dreizehn

Henry

„MEINE GÜTE!"

Erst als ich die Frauenstimme hinter uns hörte, wurde mir bewusst, dass der Aufzug in einem anderen Stockwerk angehalten hatte. Ich hielt Theo mit dem ganzen Körper an die Wand gedrückt und stöhnte in seinen Mund. Unsere Rettung war vermutlich, dass er mich an der Taille festhielt und nicht weiter unten.

Wir fuhren auseinander. Theos Lippen glänzten feucht. Er brach in Gelächter aus, und als ich mich zu der Frau umdrehte – wobei ich fast über Theos Sportasche fiel – stellte ich fest, dass sie mit drei Kindern und einem lachenden älteren Paar zusammen war. Und dass wir in der Lobby waren und der Concierge gerade von seinem Stuhl aufstand, um den Tumult zu inspizieren.

Ich war wie erstarrt, doch als sich die Türen schlossen, drückte Theo den Knopf für mein Stockwerk und rief: „Entschuldigung! Fröhliche Weihnachten!" Immer noch lachend sank er seitlich gegen mich. „Echt irre."

Ich stand immer noch stocksteif da, und meine Wangen brannten. Meine schwarze Hose verbarg meine Erregung nicht, und mein Instinkt befahl mir, wegzulaufen und mich zu verstecken. Doch Theo stupste mich an.

„Alles in Ordnung, Baby. Flipp' nicht aus, okay?"

Baby. Mein Magen flatterte, und zu meinem großen Erstaunen lachte ich. Man hätte es wahrscheinlich eher als Kichern bezeichnen können, und es freute Theo offenbar sehr, denn er grinste und küsste mich, einen Arm um meinen Rücken.

In meinem Stockwerk schnappte ich mir meine Tasche, die ich vorhin stehen gelassen hatte, und wir rannten zu meiner Tür. Ich fummelte mit meinen Schlüsseln herum, während Theo berauschend dicht hinter mir stand und mich auf den Nacken küsste und seine Hände sich unter meine Jacke stahlen. Wir stolperten hinein und bekamen kaum die Tür zu, bevor ich ihn im schwachen roten Lichtschein aus der Küche dagegen drückte.

Wir keuchten und stöhnten, unsere Zungen verhedderten sich, und ich hatte ein Bein zwischen seinen Oberschenkeln. Er war hart, aber seine Lippen waren weich. Hände waren überall zugleich, drückten und erkundeten. Ich küsste wahrscheinlich miserabel, aber das schien ihm nichts auszumachen.

Esmeraldas empörtes Miauen drang durch den Nebel der Lust, und wir lachten, als sie uns um die Beine strich. Theo umfasste mein Gesicht mit beiden Händen und murmelte: „Lass mich dich lächeln sehen."

Plötzlich befangen senkte ich den Blick. „Du hast mich schon oft genug lächeln sehen."

„Nicht so." Er strich mit dem Daumen über meine feuchte Unterlippe. „Dich zu küssen ist noch schöner, als ich gedacht hatte. Gefällt's dir?"

Ich nickte, und Esmeralda miaute erneut. „Ich muss sie füttern."

„Ja, okay." Er ging in die Hocke. „Hast du Hunger, Süße? Du bist ein ganz braves Mädchen. Ja, das bist du."

Nachdem wir unsere Mäntel und Stiefel ausgezogen hatten, gab ich ihr einen Extra-Teelöffel Nassfutter. Theo blieb immer an meiner Seite und berührte mich – eine Hand an meinem

Handgelenk, meinem Hals, ein Kuss auf meine Schulter, mein Ohr, ein kurzer Vorstoß seiner Zunge in meinen Mund, nur für einen Moment. Mir schoss das Blut in die Wangen – erstaunlicherweise, da sich schon so viel davon in meinem Unterleib befand.

„Ist das okay?", nuschelte Theo an meinem Mund. „Sollen wir uns weiter küssen?"

Zur Antwort leckte ich an seinen Lippen, und er drückte mich mit den Hüften gegen die Küchenzeile, rieb durch unsere Trainingshosen hindurch seinen harten Schaft an meinem. Er wich zurück, und seine Augen waren dunkel und forschend.

„Wollen wir ins Bett gehen? Können wir nackt sein?"

Eine Erinnerung durchfuhr mich mit einem schmerzhaften Ruck. Ich zögerte.

„Wir müssen ja nicht. Es ist okay. Was auch immer du willst. Oder nicht willst." Theo sah mich aufmerksam an. „Ich weiß, du hast gesagt, dass du sowas schon mal gemacht hast, aber -"

„Ich bin nicht Jungfrau."

„Okay, aber wenn es zu viel ist -"

„Ist es nicht."

Ich zog ihn an der Hand durchs Wohnzimmer. Vorhin hatte ich das Licht in der Küche angeschaltet, aber der Rest der Wohnung lag immer noch im Dunkeln. Die fernen Lichter von anderen Gebäuden funkelten durchs Fenster, hinter dem dichter Schnee fiel.

Ich hielt erneut inne. Überlegte. War es zu viel? Wollte ich mit Theo nackt sein? Ich holte tief Luft und atmete langsam aus.

Ja.

Ich wollte es. Ich wollte mit ihm zusammen sein. Ich war bereit. Als ich mein Shirt am Saum packte und es mir über den Kopf zerrte, hätte ich es fast zerrissen. Theo grinste, und wir zogen uns aus. Mein Gesicht brannte, als ich nackt vor seinem begehrlichen Blick stand, doch ich widerstand der ständigen Versuchung, mich zu verstecken.

Was genau wollte ich? Theos nackten Körper an meinem spüren? *Ja.* Mit pochendem Herzen lehnte ich mich an meine Kissen und zog ihn mit. Er kniete sich breitbeinig über meine Hüften und beugte sich vor, doch dann zögerte er.

„Soll ich dich ficken? Oder willst du mich ficken? Oder wir könnten auch einfach so weitermachen wie vorhin."

„Warum müssen wir darüber reden?"

Eben hatte ich mich noch wohlgefühlt, doch jetzt blieb mir die Luft weg, und ich konnte nur noch an *ihn* denken. Wie sehr ich mich damals in Vancouver zum Narren gemacht hatte. Ich glaubte, dass Theo anders war, aber plötzlich war die Zärtlichkeit, mit der er mich ansah, zuviel.

Ich sagte: „Wir können tun, was immer du willst."

Theo richtete sich auf, immer noch über mir kniend. Er strich mit seiner warmen Hand über meine Brust. „Du bist total verkrampft. Ich weiß, du redest nicht gern, und ich weiß, ich weiß, du hast gesagt, dass du nicht Jungfrau bist. Aber ich will sichergehen, dass das, was wir hier machen, gut für dich ist. Ich versuche zu verstehen, was in deinem Kopf vorgeht."

Ich zwang mich, zu atmen und nicht daran zu denken, was damals passiert war. Eigentlich hätte ich inzwischen darüber hinweg sein sollen. Nach so vielen Jahren hätten die meisten Menschen so etwas längst hinter sich gelassen. War es denn wirklich so schlimm gewesen?

Ich schloss die Augen, als die Erinnerungen aufblitzten. Damals hatte ich mich für meine Leichtgläubigkeit gehasst, und jetzt schlichen sich Zweifel ein. Wollte Theo mich wirklich?

„Du kannst mir alles sagen, ich urteile nicht, das schwöre ich." Er strich mir die Haare aus dem Gesicht, die Stirn besorgt gerunzelt. „Ist irgendwas… passiert?"

„Nein." Das war die eine Sache, über die ich nie reden würde. Von der Theo nie erfahren durfte. Wenn er davon wüsste… schon bei dem Gedanken allein stieg mir die bittere Galle in die Kehle. Das könnte ich nicht ertragen. Diese Demütigung hätte meine Privatangelegenheit bleiben sollen.

„Es ist okay, wenn du's mir nicht sagen willst."

„Ich will es dir nicht sagen", flüsterte ich kaum vernehmlich. Ich atmete ein und aus und fühlte mich, als ob sich eine Faust in meiner Brust öffnen würde. „Ich will im Hier und Jetzt sein. Mit dir."

„Okay." Er nickte. „Wir sind hier. Nur wir. Sonst niemand. Nicht mal die ganzen Elefanten in der Ecke. Die Biester sind alle draußen im Schnee. Tut mir leid, Elefanten."

Ich erlaubte mir ein Lächeln. Theo beugte sich vor, küsste mich zärtlich und setzte sich wieder auf. Dann beugte er sich wieder vor und küsste mich nochmal, als könnte er einfach nicht anders, und ich öffnete bereitwillig den Mund.

Nachdem wir uns wieder und wieder geküsst und uns aneinander gerieben hatten, bis ich kurz vor dem Kommen war, machte ich mich von ihm los und fragte: „Was würdest du denn gern machen?"

Er grinste. „Was würde ich *nicht* gern machen? Was auch immer du willst."

Ich lächelte nicht, und als er sich vorbeugte und mich wieder küssen wollte, hielt ich ihn mit einer Hand auf der Brust davon ab. Haare kitzelten meine Handfläche. „Sag's mir."

„Na ja… vorhin auf der Eisbahn? Da hab' ich daran gedacht, wie gern ich mich von dir ficken lassen würde." Mir stockte der Atem, und er strich mit den Fingerspitzen über meinen Schaft. „Wenn du magst, hätte ich wirklich gern deinen Schwanz in mir."

Die Vorstellung, mich in Theos Körper zu vergraben, war fast zuviel. Ich wusste nicht, ob abspritzen oder weglaufen sollte. Ich musste zugeben: „Ich hab's bisher nur andersrum gemacht."

Ein Ausdruck huschte über sein Gesicht – wieder Besorgnis? – aber er nickte. „Okay. Wenn du mich in dir haben willst, bin ich dabei.“

Einerseits wollte ich das schon, aber es war zu früh. Natürlich hätten wir das eigentlich überhaupt nicht tun sollen. Was hatten wir uns nur gedacht? Früher hatte ich Theo Sullivan gehasst. Wie kam ich dazu, jetzt nackt mit ihm im Bett zu liegen?

„Hey. Keine Elefanten erlaubt.“ Theo deutete auf das Fenster neben dem Bett. „Raus in den Schnee.“

Ich nickte. „Lass uns… wenn du willst… will ich auch.“

„Ja?“ Er wackelte mit den Augenbrauen. „Willst du mich mit deinem Riesending ficken?“

Ich runzelte die Stirn. „Ja, aber ich würde sagen, mein Penis ist eher mittelgroß.“

„Oh mein Gott, du bist wahrhaftig sogar bei Verbalerotik pedantisch!“ Er schlängelte sich nach unten und schnupperte an meinen säuberlich getrimmten Schamhaaren. „Gefällt dir das Wort? Das kam neulich im einfachen Kreuzworträtsel vor.“ Er fuhr mit der Zunge an meinem Schaft entlang. „Und dein Schwanz ist perfekt. Er wird sich in mir toll anfühlen. Davon hab‘ ich geträumt.“

„Wirklich?“ Ich erschauerte vor Aufregung.

„Und ob. Rühr‘ dich nicht vom Fleck.“ Er stieg aus dem Bett und stand innerhalb von Sekunden wieder neben der Eingangstür. „Tut mir leid, Süße, du musst dir ein anderes Plätzchen suchen.“

Ich schaute genauer hin und lachte leise in mich hinein, als ich sah, dass Esmeralda sich auf Theos Sporttasche räkelte wie eine Königin auf ihrem Thron. Sie sprang herunter und verschwand im Bad, und ich bat Theo, die Tür hinter ihr zuzumachen. Das würde ihr bestimmt nicht gefallen, aber der Gedanke, dass sie uns beobachtete, machte mich nervös.

Was albern war, da es weit wichtigere Gründe gab, nervös zu sein. Theo kam mit einer kleinen Flasche Gleitgel und einem ziehharmonika-artig gefalteten Folienstreifen Kondome zurück.

Er sagte hastig: „Die hab‘ ich eingepackt, weil ich optimistisch war. Nicht, weil ich mit jemand anderem Sex habe. Das hab' ich nicht. Ich will nur mit dir Sex haben. Wenn du immer noch willst?"

„Ja." Die Sorgfalt, die er auf das alles verwendete – auf mich – ließ mich innerlich weich werden. Früher hatte ich ihn immer für nachlässig gehalten, aber ich hatte ihn überhaupt nicht gekannt.

„Was?" Er runzelte die Stirn, während er die Flasche aufschraubte.

Ich zog ihn runter und küsste ihn, da ich nicht die richtigen Worte fand. Er seufzte und stöhnte in meinen Mund. Wie hatte ich nur solange widerstehen können, ihn zu küssen?

Er kniete sich zwischen meine Beine, bückte sich und kuschelte das Gesicht an meine Eier. „Wenn ich nicht so geil auf deinen Dödel wäre–" Er hob den Kopf. „Deinen *Penis*, sollte ich sagen, würde ich dir den Arsch lecken, bis du um Gnade flehst."

Der Gedanke, seine Zunge dort zu haben, war ebenso beängstigend wie erregend, und ich stöhnte auf.

Natürlich grinste er. „Ja, ich wette, das würde dir gefallen. Du magst es, wenn ich es dir mit dem Mund mache, stimmt's? Ich würde dich lecken, bis du ganz weit bist, und dich dann so zum Abspritzen bringen. Vielleicht später, hmm? Wir sollten erstmal in den Whirlpool gehen und frische Kräfte schöpfen. Gefällt dir der Ausdruck? ‚Kräfte schöpfen'? Oh! Wie geht's deinen Rippen?"

Alles Flirten verschwand, als er seine rechte Hand zärtlich unter meine Rippen schob. Ich sagte: „Sie tun nicht mehr weh."

„Ja? Bist du sicher?"

„Ganz sicher." Die Zerrung war verheilt und hatte nur ein gelegentliches Ziepen hinterlassen, das ich ignorierte. „Was ist mit dir? Das war ein schwerer Sturz vorhin."

„Mir geht's gut!" Mit einem breiten Lächeln gab Theo sich Gleitgel auf die Finger und griff nach hinten, um sich zu dehnen. Er wand sich und stöhnte, öffnete den Mund und ließ den Kopf nach hinten fallen, und er war so schön, dass ich ihn einfach berühren musste. Ich streichelte seine Brust, zupfte an den spärlichen Haaren. Im Halbschatten der Küchenbeleuchtung wirkten seine Brustwarzen dunkel und unwiderstehlich. Ich umkreiste sie mit den Fingern und zwickte hinein, was Theo sehr zu gefallen schien.

„Oh, fuck", keuchte er. „Fester. Das mag ich." Er spannte sich an, und die Hand hinter seinem Rücken bewegte sich heftig. „Das reicht." Er riss ein Kondom auf und streifte es über meinen Schwanz. „Kann ich dich erst mal reiten?"

Ich konnte gerade noch ‚ja' sagen, und schon kletterte er über mich und senkte sich herab. Von seinem heißen, engen Körper umschlossen zu sein war fantastisch. Ich packte seine haarigen Oberschenkel und versuchte, nicht auf der Stelle zu kommen.

„Verdammt, Henry. Du fühlst dich so gut an. Fühl' ich mich gut an?" Er warf den Kopf zurück und entblößte seine Kehle.

Ich nickte, aber er hatte die Augen geschlossen, daher krächzte ich: „Ja."

Sein triefender Schwanz hüpfte auf und ab, und ich streichelte ihn, aber er hielt mein Handgelenk fest. „Baby, hör auf, sonst spritz ich augenblicklich ab. Nicht, dass ich das nicht will, aber du sollst mich erst ficken."

„Das mach' ich ja." Ich war bis zum Anschlag in ihm vergraben, und ich spannte die Pobacken an und stieß nach oben. Der feste Druck war unglaublich.

Er lächelte, beugte sich vor und küsste mich wild. Sein heißer Atem streifte mein Gesicht. „Ja, du fühlst dich toll an in mir. Ist es immer noch okay für dich?"

Ich stieß nochmal zu. „Ja." Meine Eier kribbelten, und ich wollte unbedingt mehr.

„Kannst du's mir einfach so richtig besorgen? Ich will aber trotzdem dein Gesicht sehen, also wenn wir..." Er richtete sich auf, hielt meinen Schwanz fest und ließ ihn behutsam aus seinem Körper gleiten. Dann legte er sich neben mich, schlängelte sich herum und zog an mir, bis ich auf ihm lag, spreizte die Beine und ließ mich wieder eindringen.

Ich zwängte mich durch den straffen Ringmuskel an seiner Öffnung. Er nickte begeistert und zog an meinen Hüften. Ich stieß fest zu, und sein Lustschrei jagte mir einen Schauer über den Rücken.

„Gott, ja. Genau so. Fick mich knallhart, ja? Du wirst mir nicht wehtun."

Schweißperlen bildeten sich auf seiner Stirn und glitzerten im schwachen Licht aus der Küche. Ich presste die Lippen auf seine Haut, wollte jeden Teil von ihm schmecken, während ich wieder und wieder in seinen Körper glitt. Ich zwickte ihn in die Brustwarze, und er schrie auf.

Es war ein berauschendes Gefühl, ihm Lust zu bereiten. Ich stieß fester zu, und er klammerte sich an meine Arme, meine Schultern, meinen Rücken, mein Gesicht – was auch immer er zu fassen bekam. Er zerrte an meinen Haaren, und dann riss er die Augen auf.

„Ist das okay?"

Ich nickte und erinnerte mich daran, wie er den Kopf in meine Hand gedrückt hatte, als er mir zum ersten Mal einen geblasen hatte. Ohne den Blickkontakt zu unterbrechen wühlte ich die Finger in seine Haare und packte fest zu.

„Jaaaa", stöhnte er. „Fester. Ich bin ganz kurz davor. Bitte. Bring mich zum Kommen."

In diesem Moment hätte ich ihm alles gegeben. *Alles.* Ich fasste mit der anderen Hand nach seinem Schwanz, und ich war linkisch und unbeholfen, aber das schien ihm nichts auszumachen. Er spannte die Muskeln um meinen Schaft herum an und trommelte mir mit den Fersen auf den unteren Rücken.

Ein – ausnahmsweise einmal – wortloses Aufkeuchen, und er spritzte ab, zitternd und angespannt, mit gerötetem Gesicht und geschlossenen Augen. Er erschlaffte, und ich stützte mich auf die Arme und hielt still. Doch er blinzelte, umschlang mich noch fester mit den Beinen und sprudelte einen Schwall von Worten hervor:

„Hör nicht auf. Ich will, dass du in mir kommst. Ich lass' nicht los. Gut so. Du brauchst das auch, oder? Du bist so heiß, weißt du das? Wahrscheinlich nicht. Ja. Fick mich. Ich will sehen, wie du loslässt. Du fühlst dich so gut an. Du bist so gut."

Er überschüttete mich mit Worten und überzog mein Gesicht mit Küssen, und als mein Orgasmus losbrach und ich in seinen Armen zuckte – *in ihm* – fühlte ich mich, als würde ich über die Eisfläche fliegen. Fließend und gleitend, auf tiefen Kanten, den Wind im Gesicht. Alles perfekt.

Als sich die Sterne vor meinen Augen lichteten, stellte ich fest, dass Theo zu mir aufblickte, die Hände an meinen Wangen. Wir atmeten schwer, und ich brauchte Wasser. Ich erschlaffte in ihm, und würde jetzt alles peinlich und seltsam werden? Ich hörte schon die Elefanten trompeten.

Dann miaute Esmeralda hinter der geschlossenen Badezimmertür so nachdrücklich, dass wir erschraken. Theo brach in Gelächter aus, aber ich wusste, dass er mich nicht auslachte. Es war nicht wie bei meinem ersten Mal. Er war nicht wie –

Nein. Ich weigerte mich, daran zu denken. Das gehörte in die Vergangenheit. Theo war jetzt hier bei mir. Ich hatte genossen, was wir getan hatten. Das war ein zu schwacher Ausdruck. Es war mehr als nur ‚Genießen'. Es war Freude. Erfüllung. Euphorie.

Verbundenheit. Vertrauen.

Eng umschlungen mit Theo in meinem Bett, mit seinem warmen Lachen im Ohr, wusste ich, dass er mir nicht wehtun würde. Nur allzu bald würden wir zu den Landesmeisterschaften fahren und bis Calgary pausenlos trainieren. Selbst wenn der Friede flüchtig war, heute Nacht hatten wir ihn.

Theo grinste. „Sie denkt wahrscheinlich, ich hätte dich ermordet. Darf ich ihr ein paar Leckerlis geben?"

„Gleich." Erst musste ich ihn nochmal küssen.

Kapitel Vierzehn

Henry

„THEO? DEINE MOM hat meine Mom angerufen." Ga-young hielt ihm ihr Smartphone hin.

Ich konnte nur zusehen, als Theo etwas vor sich hin grummelte und das Handy nahm. Er atmete tief durch und sagte dann: „Hi, Mom! Ach, wirklich? Tut mir leid, ich war zu beschäftigt. Janice und die Kameracrew sind hier."

Mrs. Sullivan wusste das ganz genau. Sie hatte Theos Handy seit dem frühen Morgen mit SMS und Anrufen bombardiert. Dass sie den Nerv hatte, Ga-youngs Mutter zu belästigen, verblüffte mich, aber ich hatte im Laufe der Zeit bei Eislaufeltern schon alles erlebt.

„Bist du nicht froh, dass deine Familie das Eislaufen dir überlässt?", murmelte Bill.

Ich nickte. Meine Eltern hatten zehntausende von Dollars für meinen Unterricht, meine Kostüme und meine Eisstunden ausgegeben und viele Veranstaltungen besucht, um mich anzufeuern, aber sie hatten immer gesagt, dass ich jederzeit aufhören könnte.

In vieler Hinsicht wäre ihnen das vielleicht sogar lieber gewesen, aber sie hatten mich nie zu etwas gedrängt. Ich nahm mir vor, ihnen ausdrücklich dafür zu danken, als ich sah, wie Theo neben der Eisfläche in seinen Kufenschonern auf und ab tigerte.

Er sagte: „Ja. M-hm. Ja, Mom. Ich weiß. Okay."

„Ich wünschte, er würde ihr sagen, dass sie ihn in Ruhe lassen soll", sagte ich leise. Ich hasste die Anspannung in Theos Schultern und die Art, wie er den Kopf einzog, sobald er ihre Stimme hörte.

Bill sah mich so lange an, dass ich unbehaglich von einem Fuß auf den anderen trat. Ich zog fragend die Augenbraue hoch.

Er zuckte die Achseln, aber es wirkte gezwungen. „Ich hätte mir nur nie träumen lassen, dass du dich mal um Theo sorgst, statt dich nur über ihn zu ärgern, wenn er wieder mal eine neue Vierfach-Kombi gemeistert hat."

Ich antwortete nicht und zwang mich, wegzuschauen. Die Kameracrew vom amerikanischen Fernsehen machte sich bereit, uns beim Training zu filmen, bevor die Reporterin Theo interviewen würde. Ich würde dem kanadischen Fernsehen auch bald ein Interview geben.

In den zwei Wochen seit Weihnachten war er praktisch bei mir eingezogen. Wir trainierten den ganzen Tag hart, und abends kochten wir zusammen gesunde Mahlzeiten und behandelten unsere diversen Zipperlein. Theo legte oft sein schmerzendes Knie auf meinem Schoß hoch, wenn wir auf meinem Zweisitzersofa Fernsehen schauten. Mein Gefrierfach war voll mit unseren Eispacks und vorbereiteten Lunchpaketen.

Begehren flackerte in mir auf, als ich mich daran erinnerte, wie ich ihn vor ein paar Stunden in der Dunkelheit mit schläfrigen Küssen geweckt hatte, die sich schnell zu einem Blowjob entwickelten, bis er in meinem Mund abspritzte und hellwach war.

Es war immer noch surreal, gelinde gesagt. Ich hatte noch nie eine Beziehung gehabt. Ich hatte noch nie morgens beim Aufwachen einen anderen Menschen in den Armen gehabt, oder schnarchend auf meiner Brust, oder an meinen Rücken geschmiegt, warm und manchmal so schwer auf meiner Schulter, dass mir der Arm einschlief.

Dass es *Theo Sullivan* war, der mit mir im Bett lag, war beinahe unbegreiflich. Meine Familie hatte nicht auf Einzelheiten gedrängt – abgesehen von Sam, der mich täglich piesackte – aber ihnen war klar, dass Theo und ich nicht nur Trainingspartner und Konkurrenten waren. Dass wir…

Ja, was waren wir eigentlich? Bis zu den Spielen waren es nur noch ein paar Wochen. Wir hielten die Elefanten abgesondert, und somit stand es uns nicht frei, über Bezeichnungen oder über die Zukunft zu diskutieren. Wir hatten uns geeinigt, das hier zu genießen – was auch immer es war – bis wir nach Calgary fuhren. Dann würden wir gegeneinander antreten.

Danach hätte die Welt genausogut flach sein und in einem tiefen Abgrund enden können. Im Moment gab es nichts weiter als die Zeit, die wir noch hatten, und dann die Spiele. Ich konnte mir nicht erlauben, über irgendeine Zukunft jenseits davon nachzugrübeln.

Theo telefonierte immer noch mit seiner Mutter, als die Crew mich bat, an meinen Sprüngen zu arbeiten. Vor laufenden Kameras nahmen wir unsere Positionen ein, und ein Crewmitglied hielt ein Galgen-Mikro über Bill und Manon, die neben der Eisfläche standen.

Ich nahm Tempo auf, führte meine Vierfach-Toeloop-Kombi fehlerfrei aus und kehrte zu ihnen zurück, damit sie vor meinem nächsten Sprung einen Kommentar abgeben konnten. Wir machten weiter, bis Theo sich zu uns gesellte, und dann konzentrierte sich der Kameramann auf ihn.

Theo raste aufs Eis hinaus und spulte einen perfekten vierfachen Lutz herunter – dann drehte er sich um und hängte wie aus dem Nichts einen dreifachen Axel an.

Alle Anwesenden schnappten nach Luft und applaudierten. Obwohl die Aufmerksamkeit jetzt nicht mehr auf mich gerichtet war, konzentrierte ich mich auf meinen vierfachen Lutz, auch wenn ich am Ende lediglich einen Zweifach-Toeloop anfügen konnte. Meine Konsistenz hatte sich allerdings stark verbessert.

Während ich Anlauf für meinen nächsten Versuch nahm, überlegte ich, ob ich den Dreifach-Axel am Ende versuchen sollte, wie Theo ihn geschafft hatte. Kaum jemand machte diese Kombination, und es wäre dumm von mir, eine Verletzung zu riskieren. Aber ich würde einen perfekten Vierfach-Lutz/ Dreifach-Toeloop landen, und wenn es mich umbrachte.

Wieder und wieder sprang ich. Theo bemerkte es und sagte lachend: „Machen wir etwa ein Wettspringen?"

Ich nickte ihm kurz zu. Er patzte selten, und wenn doch, lachte er nur. Selbst vor laufenden Kameras war er voller Selbstvertrauen, schüttelte Fehler einfach ab und meisterte den Sprung gleich darauf.

Bei meinem nächsten Versuch rutschte ich mit der Zacke ab und stürzte ungeschickt während aus dem Absprung heraus. Ich krachte mit der Hüfte aufs Eis und rutschte auf dem Rücken weiter. Bevor ich mich auch nur aufsetzen konnte, war Theo an meiner Seite.

„Scheiße, das war heftig. Bist du okay?" Er griff nach meiner Schulter.

Ich sprang auf die Füße und fauchte: „Lass das!" ohne ihn anzusehen. Die Kameras liefen! Leute schauten zu! Freundliche Rivalen zu sein war die eine Sache. Wir brauchten die Gerüchteküche nicht mit noch mehr Spekulationen anzuheizen. Ich glitt davon, schüttelte den Sturz ab und kehrte zu Manon und Bill zurück.

Wir besprachen den misslungenen Absprung, und ich versuchte es nochmal. Bald verschwand Theo für ein Interview mit Janice Harvey in Bills und Manons Kellerbüro, dem einzigen Raum in dem alten Komplex, der sich dafür eignete, Lichter und Equipment aufzubauen und ohne Hintergrundgeräusche zu reden.

Die meisten Leute waren schon weg, als Theo Stunden später

mit mir zum Auto hinausging. Er war für den Rest des Tages ungewöhnlich still gewesen, wobei wir auch am Nachmittag unterschiedliche Trainingseinheiten gehabt hatten.

Wir stiegen in den Honda, und ich wartete darauf, dass er einen Witz machte oder anfing zu reden oder mich scherzhaft anbaggerte, obwohl wir vereinbart hatten, außerhalb der Privatsphäre des Apartments diskret zu sein.

Er saß schweigend da, als ich bei Hinausfahren aus dem Parkplatz des Ice Chalets einem Schlagloch auswich. Während eines warmen Tages um Neujahr herum war viel Schnee geschmolzen, aber jetzt häufte er sich wieder, und dicke Flocken rieselten pausenlos herab. Ich schaltete beide Sitzheizungen ein.

Die Elefanten trompeteten. Eine merkwürdige Anspannung schwirrte zwischen uns, und ich bereute meine Reaktion von vorhin. Er hatte sich nur Sorgen um mich gemacht. Das Problem war nur, dass ich mich noch Stunden später viel zu sehr über seine Fürsorglichkeit freute.

Bevor ich mich entschuldigen konnte, platzte er heraus: „Bist du sauer?“

„Nein.“

Er sah mich hoffnungsvoll an. „Nein?“

„Nein.“ Ich hielt an einer roten Ampel. „Es tut mir–“

Meine Entschuldigung wurde buchstäblich von Theo verschluckt, als er sich über den Schalthebel warf und mich küsste, eine Hand an meinem Gesicht. Er stieß mir die Zunge in den Mund, dass mir ganz schwindlig wurde, bis das Auto hinter uns hupte. Benommen machte ich mich von ihm los, trat aufs Gas und fuhr weiter.

Theo sackte mit einem dramatischen Seufzer auf seinem Sitz zusammen. „Okay, ich bin froh, dass du nicht sauer bist. Gott, ich will dich schon den ganzen Tag *unbedingt* küssen. Ich hab‘ schon gedacht, der endet nie. Janice hat mich natürlich nach dem Training mit dir gefragt, und ich hab‘ versucht, nicht zu viel zu sagen. Ich meine, ich hab' natürlich nette Sachen gesagt. Wie sehr du mich inspiriert hast, härter zu arbeiten, und das stimmt ja auch. Allerdings hab' ich ihr nicht erzählt, dass wir rammeln wie die Karnickel, und dass das noch inspirierender war. Ich steh' andauernd früher auf als je zuvor in meinem Leben, weil mit dir morgens vor dem Training eine Nummer zu schieben die beste Motivation ist."

Ich schnaubte belustigt. „Nicht die Art von Hintergrundstory, die das Fernsehen hören will."

Er lachte. „Oh, und hab' ich dir schon erzählt, dass der Verband mir die Hölle heiß macht, ich soll den V-Ausschnitt an meinem roten Oberteil ein paar Zentimeter weiter zunähen? Irgendwer beim Fernsehen hat wohl deswegen einen Zwergenaufstand gemacht. Ich bin anscheinend einfach zu sexy bei der Kür. Als wären wir noch in den Fünfzigern oder so. Stattdessen werd' ich ihn noch tiefer machen."

Ich schüttelte den Kopf, um mein Lächeln zu verbergen. „Du bist selbst dein schlimmster Feind."

„Ich dachte, das wäre dein Job." Er grinste, neigte sich zu mir und biss mir spielerisch ins Ohrläppchen.

Schuldgefühle durchströmten mich, beharrlich und unangenehm. Ich hatte ihn jahrelang so bitter und unfair gehasst. Es war kaum zu glauben, dass er mir so schnell gezeigt hatte, wie falsch ich lag.

„Was?" Seine linke Hand streichelte meinen Schenkel und blieb behaglich darauf liegen.

Ich war mir nicht sicher, wie ich es formulieren sollte, und Theo machte schon den Mund auf, um noch etwas zu sagen, wartete dann aber. Ich bremste vor einer weiteren roten Ampel. Die Scheibenwischer wummerten rhythmisch und wischten den leichten Schneefall weg.

Schließlich sagte ich: „Ich will nicht dein Feind sein."

„Ich weiß!" Er drückte mein Bein. „Es ist nur Eislaufen. Nicht das wahre Leben.“

Ich konnte ihn nur anstarren. „Eislaufen ist *alles*. Es ist unsere Berufung.“

„Es ist unser *Beruf*. Du hast Grün.“ Als ich mich wieder auf die Straße konzentrierte, sprach er weiter. „Ja, wir sind Eiskunstläufer. Wir laufen Schlittschuh. Das ist unser Job. Aber es gibt auch noch eine Welt außerhalb dieser verrückten Seifenblase, in der wir leben. Ja, es gibt kleinkarierten Schwachsinn und Preisrichter, denen man in den Hintern kriechen muss und die ganze Politik. Und wir müssten eigentlich Feinde sein – ja klar, okay, meinetwegen.“

„Mm.“ Natürlich wusste ich, dass das Leben nicht nur aus Eiskunstlauf bestand – auch wenn das schwer vorstellbar war.

Theo neigte sich zu mir und senkte die Stimme. „Wenn du sauer werden willst, weil ich dich die letzten zwei Saisons geschlagen habe, solltest du mich auf alle Viere gehen lassen und mich so hart durchficken, dass ich morgen kaum noch stehen kann, geschweige denn Schlittschuh laufen.“

Ich schnappte nach Luft, als meine Lust aufflammte. Er verschob seine Hand und umfasste die zunehmende Wölbung dort. „Muss fahren“, murmelte ich.

„M-hm.“ Er rieb meinen Schaft durch den dehnbaren Stoff meiner Hose. „Und du bist doch ein guter Fahrer. So verantwortungsvoll. Ich sollte dich nicht ablenken.“ Er hörte auf, mich zu streicheln und ließ seine Hand leicht auf meinem steifen Schwanz liegen. „Dann red‘ ich mal besser nicht mehr davon, wie du mich für die ganzen Goldmedaillen bestrafen kannst, die ich dir weggeschnappt habe. Diese Elefanten sollten eigentlich in der Ecke bleiben. Ich bin ganz brav, versprochen.“

Ich gab ein Brummen von mir und fluchte, als der Verkehr stockte. Wir hatten es jetzt nicht mehr weit, aber mir kam es vor wie eine Ewigkeit. Vor allem, da Theo weiterredete, denn so war er nun mal.

„Ich versuche wirklich, brav zu sein, weißt du. Aber manchmal kann ich einfach nicht anders, als unartig zu sein. Du musst mir eine Lektion erteilen, auch wenn ich dich anflehe, aufzuhören."

Ich runzelte die Stirn. „Wenn du sagst, dass ich aufhören soll, tu' ich das."

Er lachte leise und küsste mich auf die Wange. „Ich weiß, Baby. Keine Sorge, ich werde dich nie bitten, aufzuhören, weil ich es liebe, wenn du mir das Hirn rausfickst. Aber wir sollten ein Safewort haben. Mal sehen." Er fuhr die Konturen meiner Erektion müßig mit der Fingerspitze nach. „Wie wär's mit ‚Turin'?"

Erinnerungen an diese regennasse Straße, an Tiramisu und das erste Mal, als ich neben Theo eingeschlafen war, liefen vor meinem geistigen Auge ab. Ich nickte, weil ich vor lauter Zuneigung einen Kloß im Hals hatte.

Wir schafften es, ohne Erregung öffentlichen Ärgernisses in die Wohnung zu kommen, obwohl meine Erektion kaum nachgelassen hatte. Ich gab Esmeralda ein paar Leckerlis, um ihr bis zum Abendessen über die Runden zu helfen, und sperrte sie ins Bad. Als ich mich wieder umdrehte, war Theo bereits nackt.

„Weißt du noch bei der NHK in Nagano letzte Saison, als ich dich um, was, zwanzig Punkte geschlagen habe? Meine B-Note war lächerlich hoch."

„Zweiundzwanzig Komma Fünf Drei." Ich streifte mein Hoodie und mein Oberteil ab.

„Das war völlig überzogen! Du bist so gut gelaufen, aber die Wertung war hirnrissig. Ich hätte da rausgehen und das Eis aufwischen können, und wahrscheinlich hätte ich trotzdem gewonnen." Er fiel auf dem grauen Teppich auf die Knie und klimperte mit den Wimpern. „Kannst du mir verzeihen?"

Es war ein albernes Spiel, und wir hätten die Preisrichter und die ungerechte Bewertung, über die ich damals vor Wut gekocht hatte, außen vor lassen sollen. Wenn man mir damals gesagt hätte, dass ich mich einmal über meine Niederlage lustig machen würde, hätte ich das nie geglaubt. Aber Theo war so hinreißend zu meinen Füßen. Sein Lächeln so verführerisch.

Nichts von alledem hätte ich je geglaubt.

Ich zog mich vollends aus und fuhr ihm mit den Fingern durch die Haare. Seufzend schmiegte er den Kopf in meine Hand, wie Esmeralda es getan hätte. Dann packte ich fester zu. „Dreh dich um." Als er bereitwillig gehorchte und auf alle Viere ging, schnappte ich mir ein Kondom und das Gleitgel.

„Ist schon okay. Ich will es hart. Ich war *sehr* ungezogen."

Ich wusste, dass er das Gleitgel meinte, aber ich ignorierte ihn und gab mir etwas davon auf die Finger. Ich wollte es nicht riskieren, ihm wirklich wehzutun. Das war eine Grenze, die ich nicht überschreiten würde. Trotzdem dehnte ich ihn nicht erst behutsam, sondern stieß meine Finger ohne Vorwarnung tief hinein. Theo wölbte den Rücken und schrie auf.

„Ja! *Bitte*."

Nach einer lediglich rudimentären Vorbereitung rammte ich ihm meinen Schwanz hinein. Er stöhnte und wimmerte, als ich seinen engen Arsch fickte. Ohne jede Scham bettelte er darum, benutzt zu werden, und ich schwelgte darin, ihm zu geben, was er wollte. Es war ein wunderbares Gefühl, sich so gehen zu lassen — ihn richtig durchzubumsen, bis wir beide schweißnass waren und nach dem erlösenden Moment strebten.

„Ich liebe deinen Schwanz in mir", stöhnte Theo. Er hatte sich auf die Ellbogen fallen lassen und stemmte sich meinen Stößen entgegen. „Hör nie auf, mich zu ficken."

Niemals.

Ich japste nach Luft, die Finger in seine Haare gekrallt. Seine Schamlosigkeit erregte mich auf eine Art, die ich nie für möglich gehalten hätte. Ich stellte mir vor, wie es wohl wäre, ihn in mir zu haben, und der Gedanke war ebenso erregend wie beängstigend.

Ich war nicht bereit, aber das schien keine Rolle zu spielen, da

Theo darauf brannte, die Kontrolle aufzugeben – obwohl er immer noch fordernd war und in vieler Hinsicht das Sagen hatte. Ich hätte mir nie träumen lassen, dass Sex so sein könnte. Nicht nach –

Meine Bewegungen gerieten ins Stocken, und ich verfluchte mich dafür, auch nur einen Moment lang *daran* zu denken, während ich mit Theo zusammen war. Ich schloss die Augen, packte ihn an den Hüften und versuchte, wieder in meinen Rhythmus zu finden.

„Henry?"

Ich öffnete die Augen und stellte fest, dass Theo den Hals reckte, um mich anzusehen. Ich nickte. „Entschuldige."

Besorgnis malte sich auf seinem Gesicht. „Willst du aufhören?"

„Nein!" Ich war tief in ihm vergraben, und meine Eier taten weh. Es war ein einzigartiges Gefühl – nicht nur die heiße Enge seines Körpers, sondern das Vertrauen, das zwischen uns entstanden war. Ich zog mich zurück und stieß so kräftig zu, dass er aufschrie und begeistert lachte.

„Das fühlt sich so gut an. Alle denken, dass du so verklemmt bist, aber du fickst wie ein – ein – keine Ahnung, aber es ist fantastisch."

Ich musste lachen, und Theo schnappte nach Luft und schaute mich wieder an. Er wichste wie verrückt und krächzte: „Lächle! Hör nicht auf zu lächeln."

Er spannte sich um mich herum an und kam, als er mich lächeln sah. Der Druck um meinen Schaft war obergeil. Ich stieß noch ein paarmal zu und kam ebenfalls, füllte das Kondom und sah Sterne, während ich zitternd abspritzte, die Finger in Theos Hüften gekrallt.

Wir sackten zusammen und blieben klebrig und glitschig ineinander verschlungen auf dem Teppich liegen. Während ich in ihm erschlaffte, vergrub ich mein Gesicht an seinem Nacken und schmeckte Salz, als ich seine feuchte Haut küsste. Er murmelte etwas davon, wie gut es gewesen sei und wie fantastisch ich war, und sein inzwischen wohlvertrauter endloser Redeschwall war ein tröstliches Hintergrundgeräusch.

Nach einer Weile puffte er mich mit dem Ellbogen in die Rippen. „Ich weiß, dass du mir nicht zuhörst."

„Hmm?" Ich musste lächeln und küsste ihn auf die Schulter.

Er schnaubte verärgert. „Du kannst froh sein, dass ich dich–" Theo verstummte abrupt und verspannte sich unter mir.

Mein Herz setzte einen Schlag aus. Ich hielt den Atem an, da ich nicht wusste, was er sagen würde. Was ich von ihm hören wollte.

Wie aufs Stichwort durchbrach Esmeraldas forderndes Miauen die Stille, wir lösten uns voneinander und der Moment war vorbei. In ein paar Tagen würden wir fast den ganzen restlichen Januar über getrennt sein, während wir an unseren Landesmeisterschaften teilnahmen, bevor wir nach Calgary reisten.

Obwohl ein Teil von mir brennend gern wissen wollte, was Theo beinahe eingestanden hätte, blieb das besser unausgesprochen.

Kapitel Fünfzehn

Theo

„D AS IST NUN wirklich das Letzte, womit ich gerechnet hätte.“

Ich riss meinen Blick von Henry los, der auf der anderen Seite des Mittelgangs am Fenster lehnte und döste, den Kopf auf dem billigen Flugzeug-Kissen. Neben ihm schnarchte Bill mit offenem Mund, und Giselle, die am Gang saß, schaute einen Film. Ich blinzelte Manon an, die links von mir auf dem Mittelsitz saß.

„Was?“, murmelte ich. Unser Flug nach Calgary war in aller Herrgottsfrühe von Toronto gestartet, und viele von uns schliefen.

Manon blätterte in einer Modezeitschrift. Neben ihr tippte ein Assistenztrainer rastlos auf dem Monitor in der Sitzlehne herum und scrollte durch die Playlist. Manon sagte: „Du und Henry.“

Bumm. Meine Pulsfrequenz schoss in die Höhe. „Was?“

„Glaubst du etwa, wir hätte nicht mitbekommen, wie ihr zwei euch anschaut? Henry ist schlimmer, das gebe ich zu. Aber du bist nicht so clever, wie du denkst.“ Sie blätterte erneut um. „Du schaust ihm schon seit einer Stunde beim Schlafen zu.“

„Tu ich nicht!“ Ich setzte mich gerade hin und schlug die Beine andersherum übereinander. Mein Fuß in den knallbunten Ringelsocken wackelte. Ich hatte die Stiefel ausgezogen und zusammen mit meiner Olympiateamjacke unter den Sitz vor mir geschoben. Es gab kaum Beinfreiheit. Wenn ich aufstand und den Gang entlangging, würde Manon es vielleicht gut sein lassen.

Sie warf mir einen Blick zu, den Henry wahrscheinlich „unheilvoll" genannt hätte. Oder vielleicht „vernichtend"? Ich war mir nicht sicher. Jedenfalls gab sie mir damit klar und deutlich zu verstehen, dass ich ihr nichts vormachen konnte.

Seufzend flüsterte ich: „Geht mir genauso."

„Keiner von euch kann diese Ablenkung gebrauchen. Das wisst ihr."

„Ja, wissen wir. Deshalb ist es ab heute aus. Na ja, ausgesetzt. Von jetzt an geht es nur noch um den Sport."

„Mmm." Sie fixierte mich mit ihrem durchdringenden Blick, und ich setzte mich automatisch gerade hin und dachte an die Walnuss zwischen meinen Schulterblättern. „Ab heute."

„M-hm. Wir haben eine Vereinbarung getroffen. Einen Plan gemacht. Wir müssen den Wettkampf in den Mittelpunkt stellen. Du weißt, dass wir beide schon diese Woche beim Team-Event das Kurzprogramm laufen. Es ist Zeit, sich hundertprozentig aufs Eislaufen zu konzentrieren."

„Und ihr denkt, ihr könnt einfach so–" Sie schnippte mit den Fingern. „Eure Gefühle abstellen? Wie nichts?"

„Wir haben einen Plan gemacht", wiederholte ich.

Na schön, die fünf Stunden und neunzehn Minuten, seit wir uns zum letzten Mal geküsst hatten, fühlten sich an wie eine Ewigkeit, aber das war der Plan. Wir hatten mitten in der Nacht aufstehen müssen, um zum Flughafen zu fahren, daher hatten wir kaum geschlafen.

Wir hatten uns geküsst und Sex gehabt und dann wieder geküsst und nochmal Sex gehabt und mit Esmeralda gekuschelt und dann noch ein letztes Mal Sex gehabt.

Für den Moment. Ein letztes Mal *für den Moment*. Denn der Gedanke, dass das wirklich das letzte Mal gewesen sein sollte, war unerträglich.

Manon kniff argwöhnisch die Augen zusammen. „Und du denkst, Henry fällt das so leicht? Dir ist es ja vielleicht egal, aber Henry ist anders.“

Es hätte nicht wehtun sollen, aber das tat es. Ich zuckte die Achseln und lächelte, weil es so von mir erwartet wurde. Tatsächlich? Scheiß drauf. Ich ließ die gespielte Gleichgültigkeit fallen und flüsterte: „Mir ist es auch nicht egal. *Wirklich* nicht.“

Ihre Miene wurde sanfter, und sie drückte kurz meine Hand. „Ich weiß. Ich mach‘ mir nur Sorgen.“

„Wir kommen schon klar. Wir kommen bestens klar! Wir konzentrieren uns darauf, unseren Job zu machen. Und dann ...“ Was? Das war die Frage. „Eins nach dem anderen.“

„In Ordnung. Wir erwarten euer Bestes. Ihr habt beide zu hart gearbeitet, um eure Chance für eine Affäre zu vertun.“

Ich wollte widersprechen, dass es mehr war als nur eine Affäre, aber ... war es das? „Okay.“

„*Bon*.“ Offenbar zufrieden wandte Manon sich wieder ihrer Zeitschrift zu, und ich schaute Henry demonstrativ nicht beim Schlafen zu. Ein paar Minuten lang. Er war wunderschön, und das war für die nächsten paar Wochen meine letzte Gelegenheit. Und obwohl mein Hintern ziepte, weil ich ihn heute Morgen so hart geritten hatte, malte ich mir ein weiteres Mal mit ihm aus.

Konnte ich ihm einen Zettel zustecken und ihn um ein Treffen in der Toilette bitten? Aber irgendwer würde uns bestimmt sehen. Und dem Mile-High-Club beizutreten klang zwar theoretisch verlockend, aber Flugzeugtoiletten waren eklig.

Aber sobald wir im olympischen Dorf ankamen, waren wir offiziell bei den Spielen, und dann würden wir unsere eigenen Regeln brechen.

Kümmerte mich das auch nur im Geringsten? Ja und nein. Aber Henry liebte Regeln. Ich wollte ihn nicht zu etwas verleiten und dann erleben, dass er es bereute. Er sollte nie etwas bereuen, was wir miteinander machten.

Er fühlte sich inzwischen viel wohler in seiner Rolle als Top und fuhr auch darauf ab, das hatte er selbst gesagt, und mir war das nur recht. Andere Männer gingen meistens davon aus, dass ich ein Top war, weil ich extrovertiert und laut war und auf dem Eis immer diese kraftvolle, sexy Nummer abzog.

Und ja, ich hätte Henry liebend gern getoppt, wenn er das gewollt hätte. Aber das wollte er momentan eindeutig nicht, daher hatte ich nicht darauf gedrängt. Ich machte alles gern, aber mit ihm konnte ich mich wirklich entspannen und darauf vertrauen, dass er mich so hart fickte, wie ich es wollte, ohne zu weit zu gehen.

Es törnte mich an, daran zu denken, und das war extrem un-günstig, zusammengepfercht mit unseren Trainern in der Economy-Class und mit Theo außer Reichweite. *Von heute an geht es nur noch um den Sport. Komm damit klar. Schluck's runter.*

Nein, denk' nicht an Schlucken.

War es denn nur eine Affäre? Das Wort hallte mir immer noch im Kopf, beharrlich und seltsam unbehaglich. Jetzt war nicht der richtige Zeitpunkt, um sich darüber Gedanken zu machen. Ob es eine Affäre war oder mehr war erst nach den Spielen wieder von Belang. Jetzt war Showtime. Wir hatten unseren letzten Kuss bereits gehabt, auf dem Rücksitz des Lyft bei der Anfahrt zum Terminal.

Ich beugte mich weit genug vor, um zu sehen, wie Henry auf seinem Sitz herumrutschte und offensichtlich eine bequemere Haltung suchte, die Augen immer noch geschlossen. Bis er sie öffnete und mich direkt ansah, mit dieser ernsten Miene, die er so oft aufsetzte.

Mein Herz setzte einen Schlag aus, und wir starrten uns an, und ich konnte nur noch daran denken, wie sich seine Lippen auf meinen angefühlt hatten und wie verschlafen ich heute Morgen gewesen war. Und das ich noch einen Kuss brauchte.

Seine Brust hob sich in einem tiefen Atemzug, und dann

wandte er sich entschlossen ab und rollte sich am Fenster zusammen.

Ich wollte über Giselle und Bill auf Henrys Schoß klettern und ihn küssen, bis er keine Luft mehr bekam. Ihn noch einmal in mir fühlen. Nur einmal noch, und dann wäre es genug für die nächsten paar Wochen. Aber bäh, auf der Flugzeugtoilette ging das wirklich nicht.

In der Gerüchteküche brodelte es wahrscheinlich schon, aber ob andere Leute uns wirklich verdächtigten, würde ich erst mit Sicherheit wissen, wenn meine Mutter ausrastete. Vielleicht hatte ihr Eishallen-Spion Mitleid mit uns gehabt.

Einmal noch, einmal noch, einmal noch.

Es war wie ein Trommelschlag, und ich brainstormte Möglichkeiten, wie wir zusammen sein konnten, bevor wir auf dem Olympiagelände waren. Es gab eigentlich nur eine Option – die Flughafentoilette. An der Gepäckausgabe war eine. Aber dort würde viel los sein, und wir hätten keine Zeit. Wir müssten ganz leise sein.

Dieser Gedanke ließ die Lust lichterloh aufflammen. Könnten wir damit durchkommen? Nur noch einmal – dann würden wir brav sein.

Umständlich kramte ich in meinem Rucksack nach Kaugummi. Ich hätte ihn auskippen und umsortieren sollen, aber ich hatte hastig gepackt, da ich lieber jede Minute mit Henry verbringen wollte. Sein ganzer Kram war bestimmt ordentlich in Reißverschlusstaschen verpackt, statt ganz unten in seiner Tasche herumzuliegen.

Meine Finger streiften eine Folienverpackung. Es war ein verirrtes Kondom, und ich hatte einen Geistesblitz. Ich tastete am Boden des Rucksacks herum und hoffte, dass dort vielleicht ein – ja! Ein kleines Tütchen Gleitgel, das ich bei der Pride Parade in LA letzten Sommer gratis bekommen hatte.

Ich wusste genau, was ich tun musste.

Zwei Stunden später, als ich im Mittelgang stand und darauf wartete, aus dem Flieger steigen zu können, flogen meine Daumen über mein Smartphone. Ich schaute immer wieder verstohlen zu Henry, der immer noch auf seinem Platz saß, und wünschte, er würde sein Handy anschalten wie alle andern. Als die rastlose Energie an Bord zunahm, tat er es endlich.

Seine Augen weiteten sich, als er meine Message las. Er hob den Kopf und sah mich an, und einen grässlichen Moment lang befürchtete ich, er würde den Kopf schütteln. Aber er nickte knapp und senkte dann den Kopf.

Ja! Ich hab' mir nicht umsonst den Arsch mit Gleitgel eingeschmiert.

Die Flugzeugtoilette war so eng, dass ich mich dafür ziemlich verrenken musste, und ich konnte mir nicht vorstellen, da drin wirklich Sex zu haben. Glücklicherweise war mir eingefallen, dass es am Flughafen Calgary neue Toiletten mit Einzelkabinen gab, die vom Boden bis zur Decke komplett geschlossen waren.

Ich grinste in mich hinein.

Das Ganze war vermutlich bescheuert, und ich hätte mich nicht in die Idee verrennen sollen, es vor unserer... Auszeit noch ein letztes Mal zu tun. Aber ich musste einfach nochmal naschen.

Apropos Naschen, ich kaute ein frisches Stück Minzkaugummi, als wir endlich das Flugzeug verließen. Auf dem Fahrsteig zum Terminal überholte ich mehrere Leute und flitzte zur Toilette, erleichtert, dass wir uns nicht mit dem Zoll befassen mussten.

Ich wartete bei unverriegelter Tür in der letzten Kabine. Nur eine von den anderen war besetzt; die meisten Männer benutzten die Urinale. Eine Minute später öffnete jemand zaghaft die Tür. Ich drückte mich an die Rückwand, über die Toilettenschüssel gelehnt, so dass Henry sich mit reinquetschen und die Tür schließen konnte.

In meiner Textnachricht hatte nur gestanden, dass er mich in der letzten Kabine treffen sollte, und er sah mich stirnrunzelnd an und wartete. Wir hatten beide unsere Teamparkas nur überge-streift und den Reißverschluss nicht hochgezogen. Ich schlang ihm die Arme unter der offenen Jacke um die Taille, zog ihn an mich und flüsterte ihm ins Ohr: „Ich brauch' dich nochmal."

Ich spürte den Schauer, der ihn überlief, aber seine Arme blieben unten. Langsam leckte ich an seiner Ohrmuschel und ließ ihn erneut erschauern, dann redete ich weiter: „Ich weiß, heute Morgen haben wir gesagt, das war's jetzt. Aber ich war zu müde. Einmal noch. Ich hatte auf dem halben Flug hierher einen Mordsständer, weil ich es mir vorgestellt habe. Hier mit dir zusammen zu sein. Unser Geheimnis."

Er atmete zittrig aus und legte die Arme um mich. Seine Fin-gerspitzen stahlen sich unter mein T-Shirt und strichen über meinen unteren Rücken. Er lehnte sich zurück, um mir ins Gesicht sehen zu können, und sein Blick huschte zwischen meinen Augen und meinem Mund hin und her. Ich klemmte meine Unterlippe zwischen die Zähne und ließ sie langsam wieder herausgleiten.

„Willst du mich nicht?", hauchte ich.

Er verdrehte die Augen – völlig zu Recht – und rieb seine Erektion durch unsere Trainingshosen hindurch an meiner.

Ich konnte mein Grinsen nicht verbergen. „Du kannst mir nicht widerstehen."

Zur Antwort küsste Henry mich grob, stieß mir die Zunge in den Mund und verschluckte mein Stöhnen, als er mich gegen die Tür drückte. Seine Lippen dämpften mein Lachen.

„Geh sanft mit mir um", flüsterte ich.

Das war natürlich ein Scherz, aber er hielt trotzdem sofort inne, nur Zentimeter von meinem Mund entfernt. Wir keuchten, und ich griff schon nach seinem Kopf, um ihn an mich zu ziehen, da küsste er mich zärtlich auf die Lippen. Er wich zurück und heftete diesen typischen ernsten Blick auf mich, und mein Herz flatterte wie ein Vogel im Netz.

Wir hatten nicht viel Zeit, daher machte ich mich nach ein paar Küssen von ihm los. Ein Spuckefaden hing für einen Moment zwischen unseren Mündern, und ich verlangte. „Fick mich. Hier und jetzt. *Hart.*"

Er hatte schon wieder Sorgenfalten auf der Stirn, und ich sah ihm an, dass er Einwände machen wollte. Daher nahm ich seine Hand und schob sie in meine Unterhose, wo bereits das Gleitgel wartete. Seine Augenbrauen schossen in die Höhe, und ich grinste erneut.

Ich *liebte* es, Henry zu schockieren.

Ich beugte mich vor und raunte ihm wieder ins Ohr: „Ich bin bereit für dich. Fick mich noch einmal, dann bin ich ganz brav, das verspreche ich."

Er ließ den Finger um meine Öffnung gleiten, dann tauchte er ein. Ich zog das Kondom aus der Tasche, und seine Zurückhaltung löste sich in Luft auf. In Rekordzeit stand ich mit dem Rücken zu ihm über die Toilettenschüssel gebeugt, die Hosen bis zu den Knien heruntergezogen, und er nahm mich mit einem tiefen, wuchtigen Stoß.

Obwohl ich drauf vorbereitet war, konnte ich mein scharfes, *lautes* Aufkeuchen nicht unterdrücken. Henry klatschte mir die Hand vor den Mund, und *oh* ja. Ich nickte heftig, griff nach seiner Hand und presste sie für einen Moment auf mein Gesicht, um ihn wissen zu lassen, dass ich sie dort haben wollte. Dann stemmte ich mich gegen die glücklicherweise saubere, weiß gefliese Wand.

Draußen waren andere Toilettenbesucher zu hören; gelegentlich rauschte eine Spülung, oder ein Wasserhahn lief. Henry hielt mich mit der linken Hand an der Hüfte fest und fickte mich *heiß-hart-schnell*, so wie ich es brauchte. Ich keuchte hinter seiner Hand und blieb so leise wie möglich, seinen warmen Atem im Genick.

Wir mussten noch unsere Taschen holen, und alle würden sich fragen, wo wir steckten, aber es fühlte sich *zu* gut an. Ich wichste ungestüm und kam in meine Hand, als Henry mich leicht in den

Hals biss. Er stieß noch ein paarmal zu und kam ebenfalls.

Dann küsste er die Stelle, wo ich wahrscheinlich einen blauen Fleck von seinem Biss haben würde, drückte mich an sich und nahm die Hand von meinem Mund. Wir machten uns rasch sauber, dann schlängelte ich mich herum und sah ihn an. Er war rot im Gesicht und wunderschön. Ich strich im die Ponyfransen aus der Stirn und küsste ihn sanft auf die Wange.

„Danke, Schatz", murmelte ich, obwohl wir jetzt eigentlich rein professionell sein sollten. Vielleicht nach noch einem Kuss?

Ich brauchte ihn nicht zu überreden, da Henry bereits mein Gesicht mit beiden Händen umfasste und mich küsste, als gäbe es kein Morgen. Gab es ja auch nicht. Es gab nur Training und Konzentration und unseren Wettkampf auf höchstem Niveau.

Und nur einer von uns konnte gewinnen.

Widerwillig trennten wir uns voneinander. „Okay", flüsterte ich. „Das war's, oder? Wir kriegen das schon hin. Alles gut. Das war nur – keine Ahnung. Was auch immer. Von jetzt an geht's nur noch um die Spiele. Das war's."

Henry nickte, dann beugte er sich vor und drückte mir einen zärtlichen Kuss auf die Wange. Seine Lippen verweilten für einen Moment. Dann quetschte er sich aus der Kabine. Ich wartete ein paar Minuten, bis ich wieder atmen konnte.

Zu unserem Glück war im Flughafen sehr viel los, und die Koffer begannen gerade erst auf das Förderband zu fallen. Wir würden in Mannschaftsbussen zum olympischen Dorf fahren, und ich winkte ein paar Leuten am nächsten Gepäckkarussell zu, die ich kannte und die mit einem Flieger aus den Staaten eingetroffen waren.

„Hi, Henry!" Hannah Kwan winkte fröhlich, als sie mit ihrem Rollkoffer am Karussell vorbeikam. Unser Gepäck kam auf dem ersten in einer Reihe von Förderbändern heraus, und alle Passagiere der anderen Flüge mussten an uns vorbei.

Henry nickte ihr zu, plötzlich sonderbar angespannt. Dann

kam Anton Orlov um die Ecke, und Henrys sonderbare Anspannung ging auf elf, wie Bill aus unerfindlichen Gründen immer so gern sagte.

Anton hatte anscheinend gerade etwas zu Hannah sagen wollen, aber er stutzte, als er Henry sah. Er klappte den Mund zu und senkte den Blick auf den hässlichen grauen Fußboden.

Oha. Was zum Teufel…? Henry hatte nie etwas davon gesagt, dass er Streit mit Anton hatte. Aber seine Zähne waren so fest zusammengebissen, dass sein Gesicht praktisch zu Stein erstarrt war.

„Hey.“ Anton nickte uns grüßend zu, aber dabei sah er mich an.

Ich setzte ein Lächeln auf. „Hey!“ Eigentlich kannte ich Anton und Hannah kaum, aber wir hatten schon an denselben Wettbewerben teilgenommen.

Henry verschwand von meiner Seite, und als ich mich umdrehte, sah ich ihn zielstrebig auf die Toilette zusteuern. Vielleicht musste er wirklich pinkeln? Ich hätte eigentlich auch gemusst, aber ich verkniff es mir, da wir bereits dort drin gewesen waren.

Hannah schaute Henry mit verkniffenem, traurigem Gesichtsausdruck nach, und Anton zog an ihrer Hand, ohne auch nur einen Blick in Henrys Richtung zu werfen. Sie gingen weiter, und ich fragte mich, was zum Teufel da eben passiert war. Manon und Bill waren ins Gespräch vertieft und hatten anscheinend nichts bemerkt.

Wenn ich es nicht besser wüsste, hätte ich gedacht, dass zwischen Henry und Anton mal etwas gelaufen war.

Wusste ich es denn besser? Trotz seiner anfänglichen Unbeholfenheit hatte Henry steif und fest behauptet, es wäre nicht sein erstes Mal. Hatten er und Anton einmal etwas miteinander gehabt? Ich durchforschte mein Gedächtnis nach Gerüchten darüber, dass Anton auch schwul war, fand aber nichts. Waren Hannah und Anton nicht auch privat ein Paar? Oder vielleicht setzte ich das einfach voraus, weil so viele Eistanz – und Eiskunstlaufpaare auch im wahren Leben zusammen waren.

„Theo, ist das nicht deiner?", fragte Bill.

Ich drängte mich durch die Grüppchen der Wartenden und schaffte es, meinen Koffer zu schnappen, bevor er noch eine Runde auf dem Förderband drehte. Interpretierte ich da zu viel hinein? Es spielte keine Rolle, ob Henry und Anton einmal etwas miteinander gehabt hatten. Oder, genauer gesagt, es sollte keine Rolle spielen.

Aber ich stellte fest, dass mir der Gedanke ganz und gar nicht gefiel. Was lächerlich war! Henry und ich waren nur… was auch immer. Wir hatten unsere Freizeit zusammen verbracht, und jetzt waren wir bei den olympischen Spielen und traten nur noch auf dem Eis gegeneinander an.

Außerdem schuldete Henry mir nichts. Was auch immer zwischen ihm und Anton gelaufen war, hatte offenbar kein gutes Ende genommen. Es gab keinen Grund, eifersüchtig zu sein. Seit wann war ich eifersüchtig? Das war nicht meine Art. Alles war okay.

Und doch hasste ich den Schatten, der über Henrys Gesicht gefallen war, als Anton auftauchte. Sein Blick wirkte…

Gehetzt. Das war das Wort, das mir durch den Kopf schoss. Henry hatte angespannt und gehetzt gewirkt, und das gefiel mir ganz und gar nicht. Ich warf einen kurzen Blick zu den Toiletten und fragte mich, ob ich ihm nachgehen sollte.

Wollte er, dass ich ihm folgte und herausfand, was los war? Vielleicht sollte ich das tun. Aber bevor ich mich in Bewegung setzen konnte, kam er zurück. Er redete mit Etienne Allard, dem kanadischen Eistänzer, der mit seinem Bruder zusammen war. Na ja, Henry nickte, während Etienne redete.

Etiennes Partnerin Bree tauchte auf und umarmte mich stürmisch, und ich versuchte, mich zu konzentrieren. Ich sagte: „Toll, dass ihr es ins Team geschafft habt. Gratuliere!"

Sie strahlte, strich sich die blonden Haare hinters Ohr und gab sich bescheiden. „Anita und Christopher waren echt gut. Dass sie überhaupt angetreten sind! Wenn sie nach Anitas Verletzung mehr Zeit gehabt hätten…"

„So läuft das eben", sagte ich. „Ändert nichts an der Tatsache, dass ihr eine *tolle* Leistung gebracht habt, Etienne und du." Laut Henry hatten sie sich wirklich deutlich verbessert.

Bree lächelte breit, und Henry und Etienne traten zu uns. Ich klatschte mit Etienne ab und umarmte ihn, und dabei wünschte ich mir, Henry würde mich ansehen und mir irgendwie wortlos zu verstehen geben, dass er okay war.

Aber Henry stand schweigend daneben, den Reißverschluss seiner Jacke hochgezogen und die Hände in den Taschen. Aber nicht auf entspannte Art. Er war immer noch … abwesend.

Etienne grinste mich an. „Wie man hört, sind Henry und du ja *viel* besser miteinander ausgekommen, als jeder erwartet hatte."

Ich zuckte innerlich zusammen. Etienne und Henry teilten sich ein Zimmer im olympischen Dorf, und wenn Etienne nicht aufpasste, würde Henry ihn mit einem Kopfkissen ersticken.

Aber Henry wirkte nicht verärgert über die Anspielung. Nur unglaublich angespannt. Ich wollte ihm die Schultern massieren und mit ihm kuscheln und ihn küssen, bis er sich in meinen Armen entspannte.

„Lass das doch jetzt", sagte Bree und zog an Etiennes Ellbogen. „Wir müssen unser Gepäck holen. Bis später, ihr beiden."

Als sie weg waren, trat ich näher zu Henry, aber nicht zu nah. „Alles okay?"

Ohne mich anzusehen nickte er.

Ich hätte am liebsten vor Frust geschnaubt und ihm befohlen, es auszuspucken, damit ich das Problem besser machen konnte, was auch immer es war. Aber ich versuchte, locker zu bleiben. „Du bist kein Fan von Anton, was?"

Er wandte mir ruckartig das Gesicht zu und presste die Lippen zusammen. „Es ist nichts."

„Okay. Cool." Jetzt hätte ich es eigentlich gut sein lassen sollen. Wenn er es mir sagen wollte, würde er es mir sagen, und das tat er nicht, also ging das in Ordnung. Cool, cool, cool. Jau. Alles gut.

Nur – *warum* wollte er es mir nicht sagen? Was war da los? Warum hatten sie sich beide so komisch benommen? Vielleicht gab es ja tausend Dinge, die Henry mir nicht sagen wollte, und das war nur eines mehr.

Obwohl es mich daran erinnerte, wie wir einmal über Sex gesprochen hatten, und da war definitiv etwas in seiner Vergangenheit. Ein … Schatten. Etwas, worüber er nicht mit mir reden wollte. Das hatte er selbst gesagt. Und dabei würde ich es bewenden lassen! Ich respektierte das. Es war seine Entscheidung. Ich würde ihn nie unter Druck setzen wollen.

Aber warum will er es mir nicht saaaagen?

„Also, Anton–"

Henrys Hand schnellte vor, und er packte mich durch den Parka hindurch am Arm. Dann stieß er die Fäuste in die Taschen und schaute zu Boden. „Bitte. Tu das nicht."

Ich nickte schnell. „Okay. Tut mir leid. Reden wir nicht mehr davon." Und das würde ich auch ganz bestimmt nicht tun.

Aber das hielt mich nicht davon ab, mir Gedanken zu machen.

Nur allzu bald tauchte sein Koffer auf, und er musste zu seinen Mannschaftskameraden, um zusammen mit ihnen in den Bus zu steigen. Henry blickte sich noch einmal zu mir um. Das war es dann wirklich.

Wie sollte ich schlafen, ohne ihn in den Armen zu halten oder mich an ihn zu kuscheln, ohne seinen Atem im Nacken zu fühlen oder seine Lippen auf meiner Wange, wenn er viel zu früh aus dem Bett schlüpfte?

Ich rief mir in Erinnerung, dass es nur für ein paar Wochen

war, und ich brauchte doch nicht so ein Drama daraus zu machen, Jesus. Henry warf mir ein halbes Lächeln zu – ohne Zähne – nicht annähernd so wie sein echtes Lächeln – und dann war er weg.

Kapitel Sechzehn

Theo

*D*IE *BOHNEN MIT Reis im mexikanischen Restaurant sind sehr gut.*

Ich las Henrys Textnachricht nochmal. Und nochmal. Ich hatte mit einem lahmen „*Cool, danke!*" geantwortet. Und dabei wollte ich so viel mehr sagen. Jedes Mal, wenn er eins der internationalen Restaurants im riesigen Speisesaal des olympischen Dorfs ausprobierte, schickte er mir per SMS eine Mini-Bewertung.

Beim ersten Mal hatte ich scherzhaft geantwortet, ob er mich mästen wollte, und er hatte sofort zurückgeschrieben:

Achte darauf, genug zu essen.

Während ich in den Tiefen der Trainingsarena wartete, scrollte ich zu dieser Nachricht zurück. Henry ernährte sich sehr gesund und aß fast nie Junkfood, aber er schien nichts zu vermissen. Für ihn war das längst keine so große Sache wie für mich. Ich hatte ihm ein Zwinker-Smiley geschickt und geantwortet:

Keine Sorge, ich esse viel zu gern, um freiwillig zu hungern.

Sofort hatte er nochmal zurückgeschrieben:

Achte darauf, genug zu essen.

Es war seltsam, dass mich diese paar Worte so abgefahren glücklich machten.

Ich vermisste unsere gemeinsamen Abendessen so sehr. Ich

"

vermisste Henrys Flanell-Schlafanzüge und zusammen HGTV zu schauen, während wir unsere Wehwehchen kühlten. Ich vermisste Esmeralda und hoffte, dass sie nicht zu einsam war, obwohl die Katzensitterin jeden Tag nach ihr sah. Ich meine, sie war nicht meine Katze, also hätte ich mir eigentlich keine Gedanken um sie machen sollen, aber das tat ich.

„Gruppe B! Noch fünf Minuten", verkündete ein ehrenamtlicher Helfer.

Manon und Bill waren jetzt mit Henry draußen. Heute Abend war das Kurzprogramm des Mannschaftswettbewerbs, in dem wir beide antraten. Justin Lee, mein Teamkollege und Zimmergenosse im Olympischen Dorf, würde die Kür laufen.

Ich wollte mich nicht schon beim Mannschaftswettbewerb völlig verausgaben, und es war unwahrscheinlich, dass wir gegen Russland Gold gewinnen würden, selbst wenn ich beide Programme lief. Aber wir hatten solide Aussichten auf die Silbermedaille, wenn wir nicht total einbrachen, und auf diese Weise würde Justin auch eine Medaille bekommen. Und das Kurzprogramm zu laufen war ein großartiges Warm-Up, bevor es richtig ernst wurde.

Wobei eine Medaille im Mannschaftswettbewerb natürlich auch nicht zu verachten war. Ich hatte eine bronzene von der letzten Olympiade, und es hatte wirklich Spaß gemacht. Aber es war einfach nicht dasselbe wie eine individuelle Medaille. Es wäre vernünftiger gewesen, den Mannschaftswettbewerb nach den Einzelläufen abzuhalten, aber letztendlich ging es immer um die Bedürfnisse und die Einschaltquoten der Fernsehsender.

Die Eröffnungszeremonie war heute Abend, und es war seltsam, sich am Nachmittag davor auf einen Wettkampf konzentrieren zu müssen, aber meinetwegen. Ich würde mein Kurzprogramm wuppen und dann konnte ich Spaß haben und—

Wie aufs Stichwort kam eine SMS von meiner Mom:

Ich will, dass du dich heute Abend ausruhst. Du warst vor vier Jahren bei der Eröffnungszeremonie. Du brauchst nicht nochmal hinzugehen.

Du musst dich konzentrieren. Sakaguchi geht wahrscheinlich nicht hin.
Er springt gut. Zu gut.

Doch, er ging sehr wohl hin, aber das sagte ich ihr nicht. Ich fragte:

Wie ist sein vierfacher Lutz?

Sie antwortete blitzschnell:

ZU GUT. Hat noch nie besser ausgesehen.

Glücklicherweise konnte sie mein Grinsen nicht sehen. Ich antwortete nicht und joggte um den zementierten Wartebereich. Die vier anderen Teilnehmer aus meiner Gruppe, darunter auch Kuznetzov, machten Dehnübungen und lauschten in ihre Kopfhörer, um sich in die „Zone" zu bringen.

Ich weiß, dass du gestern Pizza gegessen hast. Ist es dir denn völlig egal, ob du gewinnst??

Ich schaltete mein Handy aus und verstaute es in meiner Tasche. Sie hatte wahrscheinlich die Angestellten sämtlicher Restaurants im olympischen Dorf als Spione auf ihrer Gehaltsliste. Okay, ich hatte ein Stück Pizza gegessen. Na und? Ich hatte gebratenen Lachs und einen großen Salat zu Mittag gehabt. Danach hatte ich stundenlang trainiert, und die Pizza hatte *fantastisch* gerochen.

Wenigstens würden Dad und meine Schwestern nächste Woche zu meinem Einzelwettbewerb kommen. Bis dahin war Mom allein hier, und ich konnte ihr nicht ewig aus dem Weg gehen. Sie war jetzt oben auf der Tribüne und schaute mit ihren Freunden vom Eislaufverband beim Training zu.

Wir waren an der Reihe, und mein Herz hüpfte, als ich zusammen mit den anderen aufs Eis ging. Henry stand am Tor und bückte sich gerade, um seine Kufenschoner anzulegen. Dabei fielen ihm die Haare in die Stirn. Ich hatte ihn seit dem Flughafen nicht mehr gesehen, und ich nahm die Konturen seiner schlanken Beine und schmalen Hüften begierig in mich auf.

Ich erinnerte mich an den festen Druck seiner Hand auf meinem Mund in der Toilettenkabine, an seinen Schwanz in mir, als er mir gab, was ich brauchte…

Die Anspannung in meinen Schultern ließ nach, und ich wünschte, wir könnten für ein paar Minuten zusammen verschwinden. Eine Minute konnte doch nicht schaden, oder? Nur um uns zu vergewissern, dass alles in Ordnung war. Schon allein ihn wiederzusehen brachte mich zum Lächeln. Ich hatte mich so sehr daran gewöhnt, in seiner Nähe zu sein. Ohne seine Ruhe war ich hibbelig und zerstreut. Ich hatte noch nie jemanden so sehr vermisst wie ihn.

Doch als Henry mit den anderen Eisläufern an mir vorbeiging, streifte er mich nicht einmal mit einem flüchtigen Blick. Was auch völlig in Ordnung war! So hatten wir es abgemacht. Er konzentrierte sich. Deswegen konnte ich nicht böse sein. Und nun war ich an der Reihe.

Schade, dass ich nach der Hälfte der Trainingszeit keinen sonderlich guten Job machte. Ich verwackelte meine Landungen, und ich stürzte beim Vierfach-Toeloop, was absolut lächerlich war.

Ich lief eine Runde um die Bahn und wich Wang Zhan aus, der gerade eine Killer-Vierfach-Salchow-Euler-Dreifach-Toeloop-Combo beendete. Dann setzte ich erneut zu einem Vierfach-Toeloop an, wieder zu ungeduldig, aber diesmal stand ich ihn wenigstens und hängte mit knapper Not noch einen halbwegs passablen Dreifachen an. Ich kehrte zu Manon und Bill an die Bande zurück, um hastig ein paar Schlucke Wasser zu trinken.

„Das war besser", sagte ich, nahm ein Papiertaschentuch und schnäuzte mich.

„Mmm." Manon wirkte nicht sonderlich beeindruckt.

Bill sagte: „Sei nicht zufrieden."

Das war einer von Mr. Webbers liebsten Motivationssprüchen gewesen, und ich hatte schlagartig einen dicken Kloß in der Kehle. Ich konnte kaum mein Wasser schlucken.

„Das hat er immer zu mir gesagt", fügte Bill hinzu, drückte

mir die Schulter und schüttelte leicht. "Allerdings hab' ich nicht immer auf ihn gehört."

„Ich auch nicht." Ich brachte ein Lächeln zustande. „Aber wenn es drauf ankommt, krieg' ich es hin." Seit meiner Kindheit stimmte das normalerweise.

Manon nickte. „Du bist mit deiner Musik dran. Kompletter Durchlauf."

Wang Zhans Kurzprogramm-Musik endete, und ich nahm meinen Platz ein. Wir hatten alle die Gelegenheit, einen Durchlauf zu unserer Musik zu machen, aber einige Läufer zeigten nur einzelne Abschnitte ihrer Programme. Kuznetzov lief seins nie ganz durch, aber ich absolvierte pflichtbewusst mein komplettes Programm, während Sinatra „Fly me to the Moon" sang.

Die Preisrichter waren hier und schauten zu, und ich setzte mein charmantestes Lächeln auf und achtete darauf, die Vierfach-Combo auf den Punkt zu schaffen, damit sie alle den uncharakteristischen Patzer von vorhin vergaßen.

Ich versuchte, es zu genießen. Ich hatte mein ganzes Leben lang dafür gearbeitet, hier zu sein. Ich hatte eine normale Kindheit dafür geopfert. Es sollte doch Spaß machen, nicht wahr? Was sollte das Ganze, wenn ich gestresst und unglücklich war?

Wenn Henry, Kuznetzov, Wang Zhan und Hayato Uchida, der japanische Vertreter, sich heute alle beim Kurzprogramm gut schlugen, würden wir abwarten müssen, wie die Preisrichter uns bei unseren Einzelwettbewerben einstuften. Die Wertungsgremien waren dann mit anderen Leuten besetzt, also war es kein Eins-zu-Eins-Vergleich, aber es war natürlich ein guter Indikator.

Die vereinzelten Zuschauer auf den Tribünen applaudierten, als ich meine Schlusspose einnahm und augenzwinkernd mit den Fingern schnippte. Ich stellte mir vor, wie es in ein paar Stunden sein würde, wenn ich dasselbe vor vollbesetzten Tribünen in der Wettkampfarena machte. Die olympischen Ringe schmückten die Mitte der Eisbahn unter der Oberfläche, und ich glitt über sie hinweg und versuchte, den Moment zu genießen.

Und wenn ich an Henry dachte und daran, wie kitzlig er an den Füßen war und wie seine Augen strahlten, wenn er wirklich lächelte, dann war das auch okay.

NUN, ES WAR nicht perfekt, aber es war ja auch ein Probelauf. Bei meiner Waagepirouette hatte ich die Konzentration verloren und nicht genug Schwung geholt, so dass ich zu langsam wurde und die letzten zwei Umdrehungen nur mit Mühe schaffte. Aber egal – ich hasste Pirouetten. Meine Sprünge waren hammermäßig gut, und die waren viel wichtiger.

Beim Mannschaftswettbewerb bekamen wir unsere Wertungen in unseren jeweiligen Länderlogen, während unsere Teamkameraden jubelten und Flaggen schwenkten. Ich umarmte sie und lächelte und formte mit den Händen Herzen für die Kamera. Henry lag bisher auf dem ersten Platz. Ich hatte ihn zwar nicht laufen sehen, aber ich erkannte an seiner Punktzahl, dass er sich gut geschlagen hatte. Vielleicht ein kleiner Fehler?

Meine Wertung wurde bekanntgegeben, und ich hatte ihn überholt – aber nur um drei Punkte. Der Abstand war deutlich kleiner geworden, seit er in dieser Saison den vierfachen Lutz in sein Kurzprogramm aufgenommen hatte. Das kanadische Publikum jubelte mir trotzdem zu, und ich vibrierte vor Begeisterung.

Ich hatte schon oft an Weltmeisterschaften teilgenommen, aber die olympischen Spiele waren im Vergleich dazu wirklich gigantisch. Ein Labyrinth von Tunneln führte zu den Umkleideräumen, und auf dem Weg dorthin kam ich wieder unter den charakteristischen Ringen hindurch.

Die Mitglieder des kanadischen Teams in ihren roten Uniformen mit weißen Zierstreifen hatten sich ein Stück weiter vorn zusammengeschart. Inzwischen wussten sie bestimmt, dass sie wahrscheinlich nur Bronze bekommen würden, also hatten sie Spaß, weil für sie die Sache sowieso gelaufen war. Mein Blick fand Henry sofort, aber er lachte und schwatzte nicht.

War er genervt, weil ich ihn geschlagen hatte? Vielleicht war das dumm, da es buchstäblich mein Job, ihn und alle anderen zu schlagen, aber ich wollte mich entschuldigen. Ich wollte ihn in den Arm nehmen. Ich wollte ihm nur nahe sein.

Aber wer war *tatsächlich* in seiner Nähe?

Ein Adrenalinstoß durchfuhr mich, als ich Anton in der Gruppe entdeckte. In der Gruppe, an deren Rand Henry sich herumdrückte, obwohl er doch derjenige war, der gerade gelaufen war. Was zum Teufel glaubte Anton eigentlich, wer er war? Er gehörte nicht zu Kanadas Spitzenpaar und nahm nicht am Mannschaftswettbewerb teil. Ja, klar, er und Hannah durften mit der Mannschaft in der Loge sitzen und jubeln, aber Anton musste doch wissen, dass seine Gegenwart Henry aus dem Gleichgewicht brachte.

Es war fast eine außerkörperliche Erfahrung, der Gruppe in einiger Entfernung zu folgen, als sie loszogen, Henry mit schnellen Schritten und mit seinem Rollköfferchen, das sein Kostüm und seine Ausrüstung enthielt.

Ich trug immer noch mein Kostüm, und ich konnte nicht gerade auf Schlittschuhen ins olympische Dorf zurück stapfen. Aber ich hatte Glück, als Anton stehenblieb und auf seinem Handy herumtippte. Die anderen verschwanden um eine Kurve des Betontunnels, und für einen Moment war sonst niemand in der Nähe.

Ich hatte noch nie mit jemandem gerauft, abgesehen von Spielplatzrangeleien, wer als nächstes auf die Schaukel durfte. Aber der Drang, Anton am Kragen zu packen und ihn gegen die Wand zu knallen, explodierte wie eine Bombe.

Als er mich kommen sah, lächelte er für einen Moment und

runzelte gleich darauf die Stirn. „Was geht? Alles okay?" Vermutlich war mir meine Wut deutlich anzusehen, denn er wich einen Schritt zurück, obwohl er größer war als ich.

Ich verkniff mir die Tätlichkeiten, aber nur gerade mal so. „Was ist zwischen dir und Henry vorgefallen? Was hast du gemacht?"

Anton wurde wahrhaftig noch eine Nuance blasser, und er war sowieso schon ziemlich weiß. Er schüttelte den Kopf. „Nein, Mann. Darüber rede ich nicht."

„Was hast du *gemacht*?"

Ich biss die Zähne so fest zusammen, dass sie schmerzten. Am liebsten hätte ich die Wahrheit aus ihm herausgeschüttelt. Es kam mir vor, als hätte ich hier das fehlende Puzzleteil vor mir, um aus Henry schlau zu werden. Ich hatte in den letzten paar Monaten so viel über ihn erfahren, und ich brauchte mehr. Ich musste verstehen. Henry würde es mir nicht sagen. Und auch wenn es mich eigentlich nichts anging, aber wenn Anton ihm wehgetan hatte – und das *hatte* er, es gab keine andere Erklärung – musste ich das in Ordnung bringen.

Anton schüttelte erneut den Kopf. „Das kann ich dir nicht sagen. Also, auf keinen Fall. Es steht mir nicht zu. Was interessiert dich das überhaupt?"

Ich ignorierte die Frage. „Was zum Teufel hast du gemacht?"

„Hast du ihn gefragt?"

„Er will's mir nicht sagen. Wenn er dich sieht, kriegt er immer diesen Gesichtsausdruck. Als ob er Angst hätte. Ich schwöre bei Gott, wenn du ihm was getan hast …"

Anton blickte sich um, aber wir waren immer noch allein. „Ich hab' ihm nichts – es ist nicht, was du denkst."

„Was denke ich denn?"

„Keine Ahnung! Sieh mal, Mann – du musst ihn fragen. Tut mir wirklich leid, was passiert ist." Er wich noch einen Schritt zurück. „Wenn ich's ändern könnte, würde ich das tun."

Ich fauchte: „Stopp! Sag's mir." Ich musste ständig an dieses kurze Aufblitzen von Furcht in Henrys Augen denken. Wie verletzlich er sein konnte, wenn jeder ihn für gefühlskalt hielt. Ich musste helfen, und das konnte ich nicht, solange ich nicht wusste, was zum Teufel Anton getan hatte.

„Du musst Henry fragen!" Anton blickte sich erneut schuldbewusst um.

„Er sagt es mir nicht. Anfangs wollte er sich nicht mal von mir küssen lassen." Mist. Diesen Teil hatte ich eigentlich nicht laut sagen wollen.

Anton bekam große Augen. „Es ist also wahr? *Du* treibst es mit Henry? Wow." Er fuhr sich mit einer Hand über das Gesicht und atmete geräuschvoll aus. „Sieh mal, ich weiß, dass er es nicht ertragen kann, mich um sich zu haben. Aber ich weiß nicht, was ich machen soll. Das ist Jahre her."

„*Was* ist Jahre her?" Ich wünschte, ich könnte ihm drohend auf den Pelz rücken oder so. „Hattet ihr mal was miteinander? Was hast du ihm angetan?"

Mit hängenden Schultern blickte Anton sich um und flüsterte: „Wir hatten nichts miteinander. Ich steh' nicht auf Männer. Hannah und ich sind jetzt zusammen, aber wir machen das nicht öffentlich, weil Fans manchmal so seltsam und neugierig werden."

Da hatte er nicht unrecht – Fans konnten manchmal wirklich verrückt spielen, wenn es um die Beziehungskisten von Eisläufern ging. Ich nickte ungeduldig. „*Und?*"

„Das war, als Henry noch in Vancouver trainiert hat, vor drei oder vier Jahren. Damals war er auch schon so, wie er eben ist. Du weißt schon, schüchtern und still. Immer so ernst und pedantisch. Wir mussten uns den Umkleideraum mit einer Eishockeymannschaft teilen, die in unserer Arena trainiert hat. Nur Regionalliga, keine Profis. Die meisten von denen waren im College-Alter und mehr am Partymachen interessiert als an sonst irgendwas. Henry konnte die Typen nicht ausstehen – obwohl es einen gab, auf den er scharf war.“

„Woher willst du das wissen?“

Anton schnaubte spöttisch. „Alle denken immer, er wäre ein Roboter, aber wenn du ihn erstmal durchschaust, ist er keiner. Ich meine, er sagt einem vielleicht nicht, was wirklich los ist, aber es ist ziemlich offensichtlich, wenn ihn was aufregt oder wenn er wütend ist oder auf jemanden steht. Na ja, wir haben alle schon im Oktober nach der Skate Kanada vermutet, dass er total auf dich abfährt. Wir hätten nur nie gedacht, dass du ihn auch magst.“

„Warum nicht?“ Ich war um Henrys willen empört.

„Weil du *du* bist. Du bist immer gut drauf. Alle mögen dich. Es hat schon seinen Grund, warum du in der olympischen Cola-Werbung bist. Henry ist ein unglaublich guter Eisläufer, aber er ist … zu verbissen.“

„Da kenne ich ihn aber anders. Er ist nett und großzügig und manchmal sogar richtig witzig.“

Anton hob die Hände. „Ich will ihn ja gar nicht kritisieren. Sieh mal, ich war siebzehn und ein Idiot, und ich fand die Hockeyspieler total cool.“

„Weil du jetzt so viel klüger bist?“

„Verglichen mit damals? Ja. Ich habe das Training viel zu wenig ernstgenommen. Ich hab‘ mit diesen älteren Jungs rumge-hangen und an den Wochenenden viel zu viel getrunken. Meine Eltern waren ständig sauer auf mich, und mein Vater hat gedroht, uns nicht mehr zu trainieren. Hannah hat dauernd davon geredet, sich einen neuen Partner zu suchen. Damals wäre es ihr nie in den Sinn gekommen, mich zu daten. Dieses eine Mal–“

„Du bist mir scheißegal. Erzähl mir von Henry.“

Er stieß einen missmutigen Seufzer aus. „Also, Henry war eindeutig in Mike verknallt, einen von den Hockeyspielern. Wann immer er konnte, hat er ihm heimlich auf den Hintern geguckt. Mike war schwul und hat pausenlos damit angegeben, dass er jeden Kerl ins Bett kriegt. Und obwohl Henry ganz klar heiß auf ihn war, konnte ich mir nicht vorstellen, dass er sich jemals wirklich mit Mike einlassen würde. Mike war so laut und unausstehlich. Ein hübscher Arsch ist ja nicht alles, weißt du?"

„Okay." Ich runzelte die Stirn und versuchte zu erraten, worauf das hinauslief.

Anton rieb sich das Genick und schaute überall hin, nur nicht zu mir. „Ich hab' mit Mike um einen Kasten Bier gewettet, dass er Henry nicht dazu kriegt, mit ihm zu schlafen."

Ich platzte schier vor Wut, so heiß und heftig flammte der Zorn in mir auf. „Was soll der Scheiß?"

„Ich weiß. Ich *weiß*." Er wollte mich immer noch nicht ansehen. „Ich war ein Arschloch. Aber ich hätte nie gedacht, dass es wirklich passiert! Ich dachte, Henry würde ihn eiskalt abblitzen lassen. Er hat nie Party gemacht, schon gar nicht mit Hockey-Schwachköpfen wie Mike. Es sollte ein Witz sein. Ich hatte es schon wieder völlig vergessen, als–" Er verstummte und schluckte mühsam.

Mir gefror das Blut in den Adern, und ich bekam ein ganz ungutes Gefühl im Bauch. „Als *was*?" Ich sollte aufhören. Losgehen und mit Henry reden. Aber ich musste es wissen. Alle möglichen Szenarien schossen mir durch den Kopf, wurden schlimmer und schlimmer.

„Mike hat mir ein Foto geschickt." Anton flüsterte jetzt kaum noch und blickte sich nochmal um. „Von Henry. Im Bett. Äh, nackt."

„Was zum Teufel…?" Meine Kehle war wie zugeschnürt.

„Ich glaube, Mike hatte es gleich danach gemacht. Du weißt schon. Nachdem sie… Henrys verstörter Gesichtsausdruck war einfach…" Er schüttelte den Kopf. „Er hat ausgesehen, als würde er gleich weinen. Und in der SMS von Mike stand nur *,Kasten Bud'* mit ein paar Auberginen-Emojis und Smileys."

Ich fühlte mich wie nach dem misslungenen Rückwärtssalto,

als es mir die Luft aus den Lungen gehauen hatte. Aus dem Wirrwarr meiner Gedanken tauchte die Erinnerung an Henry auf, wie er an Weihnachten in der leeren Eishalle neben mir gekniet und mir den Kopf gestreichelt hatte, statt sich den Arsch abzulachen, wie es die meisten anderen Leute getan hätten.

Antons Worte überschlugen sich, so hastig sprudelte er sie hervor. „Ich hab' wirklich nicht gedacht, dass er ihn tatsächlich verführt oder sowas, das schwöre ich! Es war ein Witz! Das war doch nicht ernst gemeint." Er sackte in sich zusammen. „Ich hab' mich scheiße gefühlt. Tu ich immer noch."

„Gut! Du Arschloch!" Meine Fäuste waren geballt, und ich hätte Anton am liebsten eine reingehauen und dann Jagd auf diese Drecksau von Mike gemacht.

„Ich weiß", stimmte Anton kläglich zu. „Ich hab' nicht gewusst, was ich machen soll. Dieses Foto – es war, als hätte ich eine kleine Bombe auf meinem Handy."

„Was hast du damit gemacht?" Jesus, der Gedanke, dass dieses Foto von Henry in seinem verletzlichsten Moment reihum ging – dass darüber *gelacht* wurde – war un-er-träglich.

„Ich hab's Hannah gesagt. Sie weiß immer, was zu tun ist … bei allem. Wir haben gewartet, bis Mike beim Training war und dann das Vorhängeschloss an seinem Spind geknackt. Ihr Cousin, der alles hacken kann, stand schon bereit und hat das Handy entsperrt. Hat das Foto überall gelöscht und sich vergewissert, dass er es an niemand anderen geschickt hat. Ich hab' es natürlich auch aus meiner Cloud und allem gelöscht. Dann hat Hannah Mike mit einer Anzeige bei der Uni und bei der Arena und bei der Eishockeyliga gedroht. Henry war zwanzig, also war er nicht minderjährig, aber die haben alle einen Verhaltenskodex."

Ich hatte Hannah Kwan noch nie lieber gemocht. „Hat's funktioniert?"

„Und ob. Hannah kann furchterregend sein, wenn sie will. Sie hat direkt danach mit mir Schluss gemacht und sich nach einem neuen Partner umgesehen."

Ich konnte mich vage daran erinnern, dass sie sich einmal getrennt hatten und dann wieder zusammengekommen waren. „Sie hätte weitersuchen sollen." Aber Anton war wahrscheinlich ein zu guter Paarlauf-Partner, und sie liefen schon seit ihrer frühen Jugend zusammen. Mit den Jahren waren sie auf dem Eis ein gutes Team geworden, und so etwas gab man nicht so leicht auf.

„Glaub mir, ich musste ganz schön bitten und betteln, bevor sie mich zurückgenommen hat. Und es hat zwei Jahre gedauert, bis sie auch nur daran gedacht hat, sich von mir küssen zu lassen. Ich war dumm und kindisch. Aber ich habe mich total abgerackert, um meinen Scheiß geregelt zu kriegen. Um zu den Spielen zu kommen. Wir sind jetzt das zweitbeste Paar in Kanada, und nachdem die Favoriten bald ausscheiden werden, kämpfen wir nächstes Jahr um den ersten Platz. Ich bin nicht mehr der Idiot, der ich damals war."

„Schön für dich. Aber das bringt Henry wenig."

Anton zuckte zusammen. „Ich weiß. Ich hab' mich entschuldigt, aber er ist nach Toronto gegangen, nachdem es passiert ist. Wenn wir uns bei Wettkämpfen begegnen, schaut er mich nicht mal an. Nicht, dass er nicht jedes Recht hätte, immer noch wütend zu sein. Ich wünschte, ich könnte die Zeit zurückdrehen und alles anders machen. Du hast ja keine Ahnung, wie sehr ich mir das – oh, *fuck*." Er hatte den Kopf gedreht, und seine Augen weiteten sich.

Ich folgte seinem Blick, und da stand Henry an der Biegung des Tunnels. Er umklammerte den Griff seines Rollkoffers. Er war allein, und ich hatte keine Ahnung, warum er zurückgekommen war. Vielleicht hatte er irgendwas vergessen. Vielleicht war er zurückgekommen, weil er mich sehen wollte – ein Gedanke, der mein trauriges Herz hüpfen ließ.

Aber mit dem nächsten rauen Atemzug war klar, dass Henry ganz genau wusste, worüber Anton und ich geredet hatten. So oder ähnlich musste sein Gesichtsausdruck wohl auch auf Mikes bösartigem Foto gewesen sein – verletzt und maßlos enttäuscht.

Anton wich vor mir zurück, mit erhobenen Händen, als hätte Henry eine Waffe gezogen. „Tut mir leid, Mann. Er hat mich gezwungen, es ihm zu sagen." Er rannte davon, wieder zurück zur Eisbahn, obwohl das die falsche Richtung war.

Ich hechtete praktisch auf Henry zu, da ich befürchtete, er würde verschwinden, bevor ich die ganze Scheiße hier wieder in Ordnung bringen konnte. „Bitte. Lass mich erklären."

Er starrte mich mit Tränen in den Augen an. Seine Wangen waren gerötet, und er schüttelte entschlossen den Kopf.

Mit ruckartigen Bewegungen drehte er sich um und verschwand. Und so gern ich ihm auch nachgelaufen wäre – diesmal musste ich ein Nein als Antwort gelten lassen.

Kapitel Siebzehn

Henry

ICH HÄTTE NIE aufhören sollen, Theodore Sullivan zu hassen.

Außerdem hätte ich seine Nummer blockieren sollen. Eine weitere flehentliche Textnachricht setzte die ununterbrochene Serie der letzten paar Tage fort.

Ich schaltete mein Handy aus und versuchte, den Kopf frei zu bekommen, indem ich über meine Kopfhörer Popmusik hörte und das Iliotibialband an der Außenseite meines rechten Oberschenkels aggressiv mit der Massagepistole bearbeitete.

Manon war in der Nähe, eine stille Unterstützung, und ich wusste, dass Bill mit Theo in einer anderen Ecke des Aufwärmbereichs der Arena war, der sich über einige mit Vorhängen abgetrennte Blocks erstreckte.

Es war schlimm genug gewesen, dass Anton und Hannah mein Geheimnis kannten. Jedesmal daran erinnert zu werden, wenn ich sie sah, war eine Qual. Die Schmach hatte sich mit dem Kcamerablitz dieses Handys auf einer molekularen Ebene in mein Innerstes eingebrannt.

Mike. Schon der Gedanke an seinen Namen war mir zuwider.

In jener Nacht hatte es nicht mal eine Minute gedauert, nachdem er in mir gewesen war, bis alles zusammenbrach. Ich hatte immer noch Schmerzen davon gehabt. Er war nicht grob gewesen, aber ganz gewiss auch nicht sonderlich sanft.

Er war aufgestanden und hatte das Kondom abgestreift. Es in den Müll geworfen. Als er sich umdrehte, hatte ich mich gefragt, ob er sich wieder zu mir ins Bett quetschen und mich küssen würde. Ich hatte darauf gehofft.

Der Blitz hatte mich geblendet.

Ich summte jetzt einen Lady-Gaga-Song mit, um das Echo seines höhnischen Gelächters aus meiner Erinnerung zu verdrängen, aber mein Hirn spielte nicht mit. Er hatte triumphierend irgendwas Unverständliches von einer gewonnenen Wette gekräht, während ich zu verarbeiten versuchte, was hier abging.

Ich hatte nach meinen Klamotten getastet. Immer noch ungeniert nackt hatte er sie zusammengerafft und hoch über seinen Kopf gehalten wie bei einem kindischen Spiel. Ich hatte um meine Jeans und meinen neuen Pulli betteln müssen, bevor ich aus seinem Wohnheimzimmer flüchten konnte.

Schluss jetzt!

Das war wirklich das Letzte, woran ich jetzt denken sollte. Das Kurzprogramm der Herren war im Gange, und die ersten paar Staffeln waren bereits abgeschlossen. Wir hatten noch eine Stunde bis zur letzten Staffel.

Wir. Ich hätte nicht von Theo und mir als „*wir*" denken sollen. Er hätte mir keine Textnachrichten schreiben sollen. Selbst wenn ich noch mit ihm geredet hätte – was ich definitiv nicht tat – mussten wir uns jetzt voll auf unsere Aufgabe konzentrieren. *Ich* musste mich voll auf meine Aufgabe konzentrieren.

Er hätte nicht zu Anton gehen sollen, um herauszufinden, was ich ihm nie freiwillig gesagt hätte. Er hatte es versprochen. Das hatte sich zwar nicht speziell auf Anton bezogen, aber ich hatte mich klar und deutlich ausgedrückt. Das hatte ich. Enttäuschung, Wut, *Schmerz* – ich schwankte von einer Emotion zur nächsten.

Ich war mir nicht sicher, was genau Anton ihm erzählt hatte, aber es war genug. Theos Mitleid war unerträglich. Wie konnte ich die Vergangenheit ruhen lassen, wenn er es *wusste*? Wie sollte er mich je wieder wollen?

Schluss jetzt!

Es sollte mir egal sein, ob Theo Sullivan mich wollte. Das Einzige, was mich interessieren sollte, war der Sieg. Ich war bei den olympischen Spielen. Ich würde gewinnen. Ich würde ihn besiegen. Ich würde auf dem Eis mein Bestes geben. Ich hatte jahrelang genau dafür trainiert, und ich würde mich von niemandem schlagen lassen.

Nicht einmal von ihm.

Ja, am Ende lag die Entscheidung bei den Preisrichtern. Seine Vierfach-Combo im Kurzprogramm war ein paar Punkte mehr wert als meine. Aber ich wurde jedes Element ausführen, so gut ich nur konnte, und in der B-Note so viele Bonuspunkte wie möglich holen. Und seine B-Note würde zu hoch ausfallen, wenn er sauber lief, aber ich würde jedes Zehntel von meiner verdient haben.

Ich würde gewinnen. Im Kurzprogramm würde ich wahrscheinlich Zweiter werden, aber das war nicht anders zu erwarten. In der Kür würde ich ihn schlagen. Darauf hätte ich mich diese ganzen Monate konzentrieren sollen, statt mich ablenken zu lassen. Ich war im entscheidenden Moment unachtsam geworden, aber es war noch nicht zu spät.

Ich würde dieses Ziel erreichen. Nur das zählte, nichts und niemand sonst.

Manon weckte mit einem leichten Winken meine Aufmerksamkeit und sah mich mit hochgezogenen Augenbrauen an. Sie war heute hochelegant in Designerklamotten gestylt. Ihre goldenen Ohrringe waren schimmernde, juwelenbesetzte Federn, ihr schwarzer Hosenanzug war maßgeschneidert, und ihr tiefroter Lippenstift war perfekt auf ihren dunklen Teint abgestimmt.

Ich merkte, dass die Massagepistole immer noch in meiner Hand vibrierte, obwohl ich sie nicht mehr benutzte. Ich schaltete sie aus und nickte Manon zu, dann schloss ich die Augen und visualisierte mein perfektes Kurzprogramm.

Exakt im Zeitplan schlüpfte ich für das sechsminütige Warm-Up in mein Kostüm. Wir versammelten uns am Zugang zur Eisfläche, zappelig und nervös und zitternd wie paillettengeschmückte Rennpferde in der Startmaschine.

Ich fühlte Theos Gegenwart hinter mir. Was unnötig dramatisch klang, denn er musste ja wohl hinter mir sein, da er keiner von den Läufern vor mir war.

Ich schaute nicht hin.

Ich konnte nicht hinsehen. *Würde* nicht hinsehen. Ich weigerte mich, an Theo und seine schönen, flehenden Augen zu denken. Dies war der Moment. *Mein* Moment. Mein Herz pochte, als der Steward das Tor in der Bande öffnete.

Das Gedränge begann, und ich bückte mich, um meine Kufenschoner abzunehmen – erst den linken, dann den rechten, wie immer. Ich gab sie Manon und glitt hinaus aufs Eis, über die olympischen Ringe hinweg, den Wind im Gesicht. Das Gemurmel des Publikums und die Popmusik, die aus den Lautsprechern dröhnte, verschwammen zu einem summenden Hintergrundgeräusch.

Nach exakt drei Runden um die Bahn vollführte ich einen simplen Doppelaxel und machte dann wieder Ausweichmanöver mit den fünf anderen Läufern auf der Bahn, während ich eine weitere Runde lief. Theos glitzerndes goldenes Trikot war aus dem Augenwinkel leicht auszumachen, aber als wir aneinander vorbeiglitten, spielte es keine Rolle, wer er war. Jetzt ging es um alles. Selbst wenn ihm das mit uns wichtig genug war, um mich zu verstehen, selbst wenn er –

Er ist niemand. Er ist gar nicht hier. Er ist unwichtig.

Mit diesen Lügen im Kopf warf ich mich in einen vierfachen Toeloop, und ein Großteil des Heimpublikums beklatschte meine lehrbuchmäßige Landung. Wie im Adrenalinrausch schoss ich um die Kurve und nahm rückwärts Tempo auf.

Ich registrierte das Anschwellen des Geräuschpegels kurz vor der Drehung in meine schwierige Einbein-Überleitung zum dreifachen Axel –

Im selben Moment stand mir Massimo Musetti gegenüber, und ich sah nur noch einen verschwommenen orangefarbenen Fleck, als er beiseite hechtete. Mein Bauch prallte gegen seine Hüfte, und ich wurde in die Luft geschleudert und segelte über ihn hinweg. Meine Hände klatschten aufs Eis, und einen Moment später schlug meine Schulter auf.

Meine Wange rutschte über die glatte Oberfläche, als die Fliehkraft mich herumwirbelte, bevor ich wieder auf die Füße kam. Ich war ein paar Schritte von Massimo entfernt, der blinzelnd zu mir aufblickte, als ich ihm die Hand reichte, um ihn hochzuziehen.

Halb benommen von Adrenalin und Schock nickte ich ihm zu, und wir entschuldigten uns beide. Und auf einmal lag eine Hand auf meinem unteren Rücken, vertraut und tröstlich. Ich nahm den schwachen Vanilleduft von Theos Duschgel wahr und merkte erst jetzt, dass ich diesen Duft vermisst hatte.

Sein verkniffenes Gesicht erschien in meinem seitlichen Gesichtsfeld. Sowohl Theo als auch Massimo redeten, aber mir dröhnten die Ohren. Hatte ich mir den Kopf angeschlagen? Nein, eher nicht – nur die Wange aufgeschürft. Ich ließ meine Schulter kreisen. Nichts gebrochen. Gelenk noch an seinem Platz.

„Mir geht's gut." Meine Stimme klang wie aus weiter Ferne.

Massimo nickte und skatete zu seinen Coaches an die Bande. Ich war mir nicht sicher, wer von uns beiden Schuld hatte, aber das spielte keine Rolle. Solche Zusammenstöße passierten eben manchmal.

Theos Hand lag immer noch warm auf meinem unteren Rücken, und ich gestattete mir diese Nähe noch einen weiteren Herzschlag lang, bevor ich davonskatete, obwohl Theo mit mir redete. Das Warmup neigte sich dem Ende zu. Ich musste das alles abschütteln.

Er ist niemand. Er ist gar nicht hier. Er ist unwichtig.

Immer noch Lügen, aber ich wiederholte das Mantra bei jeder Runde um die Bahn. Nachdem ich mich zweimal vergewissert hatte, dass der Weg frei war, sprang ich meinen vierfachen Lutz. Das Publikum spendete donnernden Applaus; offenbar waren nach der Kollision jetzt alle Augen auf mich gerichtet. Ich würde es schaffen. Meine Schulter schmerzte, aber das war unwichtig. Alles andere war unwichtig.

Eine merkwürdige Ruhe hüllte mich ein, als das Warmup endete. Ich nickte allen zu, die Besorgnis äußerten, als Manon mich kurz zu den Sanitätern brachte. Irgendwann tauchte auch Bill auf, und ich versicherte ihnen, dass sie sich keine Sorgen zu machen brauchten.

Sie gaben meiner Mutter auf der Tribüne per Textnachricht Bescheid, dass ich okay war, und ich lächelte bei dem Gedanken, dass Sam mich wahrscheinlich damit aufziehen würde, was ich für eine Drama-Queen war. Obaachan würde mich zwicken und sagen, dass ich eben besser aufpassen sollte. Dann würde sie mich zu sich runterziehen und umarmen.

In Toronto schaute Ojiichan am Fernseher zu. Ich bat Manon, meine Eltern daran zu erinnern, im Heim anzurufen und ihm ausrichten zu lassen, dass mir nichts passiert war. Das hatten sie bestimmt schon getan, aber nur zur Sicherheit.

Ich hatte gestern mit meiner Familie in der Innenstadt von Calgary zusammen zu Mittag gegessen, aber ich würde sie erst nach der Kür übermorgen wiedersehen. Ich musste konzentriert bleiben. Mir war nichts passiert. Dies war mein Moment.

Ich war der vierte Läufer von sechs in der Staffel, daher blieb mir nach dem Zusammenstoß genug Zeit, um wieder zu Atem zu kommen – aber nicht so viel, dass der Adrenalinschub abklingen und der Schmerz die Oberhand gewinnen würde.

Als der Läufer vor mir – es war zufällig Massimo – zum Abschluss kam, wartete ich mit Manon am Tor. Normalerweise analysierte ich immer die Reaktion des Publikums, um zu bestimmen, wie ein Konkurrent abgeschnitten hatte, aber es war, als wären meine Ohren mit Watte verstopft.

Während Massimo zur Tränenecke ging, betrat ich die Eisfläche und lief drei Runden, um meine Knie zu lockern. Als ich wieder an die Bande kam, hinter der Manon auf mich wartete, wurden Massimos Punktzahl und Platzierung bekanntgegeben. Ich hörte nicht hin.

„Das ist dein Moment, Henry. Bleib in deiner Mitte. Dein Körper weiß, was er tun muss, lass ihn einfach machen. Nicht denken. Nicht zweifeln. Lass dich vom Publikum lieben." Sie nahm meine Hände und drückte sie.

Mein Name dröhnte durch die Arena, begleitet von einem Aufbrausen von Beifall. Von *Liebe*. Ungebeten tauchte das Bild von Theos strahlendem, großzügigem Lächeln vor meinem geistigen Auge auf und weitete sich aus, bis es zu groß wurde.

Ich blieb allein in der Mitte der Eisfläche zurück. Schweigen senkte sich herab; tausende von Menschen wurden still, als ich den Kopf senkte und meine Startposition einnahm, die Arme an den Seiten.

Damien Rices „The Blower's Daughter" erfüllte die Arena, ruhig und gefühlvoll. Die beschwingte Melodie unterstrich meine weichen, tiefen Kanten und Schwünge, die mühelos wirkten, aber Konzentration, Kontrolle und Kraft erforderten.

Meine ersten beiden Sprungsequenzen – die Vierfach-Toeloop-Kombination und der dreifache Axel – fühlten sich an wie fließendes Wasser über glattgeschliffenen Kieseln. Mein vierfacher Lutz aus der Schrittfolge heraus war im zweiten Teil des Programms und brachte einen Zehn-Prozent-Bonus bei der Bewertung ein. Dieser Sprung würde mein Schicksal entscheiden. Ein Patzer würde mich aus den Medaillenrängen werfen, und ich verspannte mich beim Absprung.

Ich musste die Landung mit reiner Muskelkraft erzwingen, aber sie war auf einem Fuß und die Drehung vollständig. Als ich mein Spielbein streckte, war ich nicht so im Fluss, wie ich es mir gewünscht hätte. Es war nicht perfekt, und das *hasste* ich, aber ich hatte es geschafft. Ich glitt in meine Schrittsequenz und verlor mich in der anschwellenden Musik, einen Schritt näher an der Goldmedaille.

Als die Musik endete und ich meine Schlussposition einnahm, ein Spiegelbild meiner Startposition, tobten die Zuschauer und sprangen auf die Füße. In der letzten Minute meines Programms hatte ich fast vergessen, dass sie da waren. Ich hatte meine Musik gehört, als wäre es das erste Mal. Ihre Liebe rauschte über mich hinweg, und ich verbeugte mich dankbar.

Theo lief nach mir. Ich nahm wahr, wie er die Eisfläche betrat, als ich mich Manon näherte, die in der Tränenecke wartete. Die Verlockung, mir auch nur einen flüchtigen Blick zu ihm zu gestatten, raubte mir den Atem.

Die Eisfläche war mit Blumen und Stofftieren übersät, und ich bückte mich, um einen Elch aufzuheben, der die kanadische Uniform trug.

Er ist niemand. Er ist gar nicht hier. Er ist unwichtig.

Ich brauchte die Lügen nur noch zwei Tage lang zu glauben.

„DARF ICH REINKOMMEN?"

Hatte ich nicht schon genug Demütigung ertragen? Hannah Kwan stand in ihrer rotweißen Teamjacke vor meinem Zimmer im olympischen Dorf und spielte an ihren klimpernden Armreifen herum.

Nein zu sagen wäre unhöflich gewesen, und ich wusste, sie meinte es gut. Ich trat zurück und machte die Tür hinter ihr zu.

Die Arme vor der Brust verschränkt wartete ich darauf, dass sie sagte, was sie zu sagen hatte, und es hinter sich brachte.

„Glückwunsch zum Kurzprogramm! Du warst super. Nur zwei Punkte im Rückstand. Das ist so knapp! Wir freuen uns alle total für dich. Geht es dir gut?" Sie schüttelte den Kopf, dass ihr schwarzer Pferdeschwanz tanzte. „Entschuldige. Das ist wahrscheinlich eine dumme Frage. Brauchst du noch Eis für dein Gesicht oder so? Es sieht heute eigentlich schon viel besser aus."

„Du bist nicht hier, um über mein Gesicht zu reden."

Hannah seufzte. „Schau, Anton fühlt sich scheiße. Nicht, dass es hier um Anton gehen würde. Aber es tut ihm wirklich schrecklich leid."

Ich wartete. Ich glaubte gern, dass er es bereute, aber das war nicht mein Problem.

„Die Sache ist die – ich habe neulich ein Gerücht gehört, dass du in Toronto was mit Theo hattest."

Wenn das eine Frage war, würde ich sie nicht beantworten.

Sie ging ein paarmal auf und ab. „Es geht mich nichts an, ich weiß. Es ist nur… ich dachte, du kannst ihn nicht ausstehen? Und Theo ist immer so–" Sie fuchtelte mit der Hand herum, dass ihre Armreifen klirrten, und verzog das Gesicht. „Frivol. Es ist verdammt nervig, wie er Siege aus dem Ärmel schütteln kann, wenn es darauf ankommt, aber er hat anscheinend ganz vorn gestanden, als Gott das Talent für Sprünge verteilt hat. Und er ist echt nett, versteh' mich nicht falsch. Er wirkt nur immer so… oberflächlich. Als ob ihm eigentlich nie irgendwas wirklich wichtig wäre."

„Das ist nicht wahr." Der Einwand war heraus, bevor ich mich zurückhalten konnte.

Sie blieb stehen und blickte mich von unten herauf mit scharfsinnig zusammengekniffenen Augen an. Wie viele Paarläuferinnen war sie klein, aber taff. „Weißt du, alle machen ein Riesen-Gesums darum, wie er nach dem Zusammenstoß beim Warmup sofort an deine Seite geeilt ist.“

Mir wurde ganz eng ums Herz. „Ach ja?“

„Machst du Witze? Du hast dich wirklich seit dem Morgentraining hier drin verkrochen, was? Er kam angeschossen wie ein Eisschnellläufer. Und was Anton erzählt hat, wie er neulich ausgerastet ist? Du bedeutest ihm was. Und warum sollte er ausgerechnet dich unbedingt beschützen wollen? Ihr zwei kämpft um die Goldmedaille. Aber er war stinkwütend. Sogar *eifersüchtig*. Auf Anton, meine ich, nicht nach dem Zusammenstoß. Vermutlich hat er gedacht, du wärst mal mit Anton zusammengewesen?“

„Anscheinend.“ War Theo wirklich eifersüchtig gewesen? Der Gedanke hätte mich nicht so begeistern sollen.

„Und er hat gedacht, Anton hätte dich misshandelt oder so? Ich weiß, Anton hätte ihm nichts erzählen sollen, aber Theo hat sich solche Sorgen um dich gemacht. Offen gesagt hätte ich ihm das gar nicht zugetraut.“

Ich hätte mich wirklich nicht darüber freuen sollen, dass Theo sich Sorgen um mich machte, und doch wurde mir bei dem Gedanken ganz warm ums Herz. Ich rief mir ins Gedächtnis, dass er mich hintergangen hatte. Er hatte in dieser Wunde herumgestochert, nachdem ich ihn ausdrücklich gebeten hatte, es nicht zu tun.

Es war unerträglich, dass er es wusste. Ich hatte so hart daran gearbeitet, meine Demütigung wegzuschließen und mich zu schützen. Jetzt war ich wieder verwundbar. Die Freude verflog. Mir war speiübel.

„Henry?“ Hannah runzelte die Stirn. „Du siehst ganz benebelt aus.“

„Ist das Bild wirklich weg?“

Sie blinzelte in offensichtlicher Überraschung. „Was? Du meinst…? Ja! Mein Cousin hat das Handy und die ausgehenden Nachrichten von diesem Scheißkerl in jeder App durchforstet. Soweit ich weiß, hatte er es nur an Anton geschickt. Wir haben es aus der Cloud gelöscht und sein Handy auf Werkseinstellungen zurückgesetzt. Antons auch. Das ist jetzt schon ein paar Jahre her. Ich glaube, du bist außer Gefahr."

Außer Gefahr. Ich fühlte mich gefährlich schutzlos. Ich war ein freiliegender Nerv.

„Falls da irgendwas ist zwischen dir und Theo –"

„Bitte, lass mich in Ruhe." Ich biss die Zähne zusammen. Meine Kehle war wie zugeschnürt, und meine Augen brannten.

Mit bekümmerter Miene wich sie zurück. „Es tut mir leid, Henry. Wir drücken dir morgen die Daumen. Das tun ganz viele Leute."

Nachdem die Tür sich hinter ihr geschlossen hatte, stand ich wie erstarrt auf dem rotweißen Teppich. Ich konnte mich nicht bewegen. Ich konnte kaum atmen. Ich würde in tausend Stücke zerspringen, und das konnte ich nicht zulassen.

Das würde ich nicht zulassen.

Morgen würde ich die wichtigste Kür meines Lebens laufen. Ich musste alles andere unter Verschluss halten. Ich durfte mir nicht erlauben, an Theo zu denken. Ich konnte nicht –

„Hey."

Ich blinzelte. Irgendwie stand jetzt Theo in der offenen Tür. Hatte er überhaupt geklopft? Ich musste ihn rauswerfen, raus, raus, *raus.* Ich hätte nie zustimmen dürfen, dass er in Toronto trainierte.

Hätte ihn nie im Auto mitnehmen sollen. Ihn nie in meine Wohnung lassen sollen. Für ihn kochen und mich um ihn kümmern. Ihn lächeln und lachen lassen. Nie zulassen sollen, dass er Gefühle in mir weckte, die ich so lange verdrängt hatte. Ich hätte mich nie dazu verleiten lassen sollen, zu glauben, ich könnte meine Emotionen einfach wieder abstellen.

Ihn zu hassen war so viel einfacher gewesen. Das hier tat *weh,* und ich konnte es nicht ertragen.

„Raus. Hier." Meine Kiefermuskeln schmerzten, so fest biss

ich die Zähne zusammen.

„Nein!" Er machte die Tür zu. „Bitte. Wir müssen reden."

Wut kochte in mir hoch, und ich klammerte mich verzweifelt an ihr fest. „Ich habe dir geglaubt. Du hast gesagt, du würdest nicht fragen. Bist du jetzt zufrieden? Jetzt weißt du, wie erbärmlich ich bin."

„Was?" Er schüttelte den Kopf und machte einen Schritt auf mich zu, blieb dann aber stehen, die Hände an den Seiten zu Fäusten geballt. „Ich weiß, dass Anton und dieser Wichser von Mike fiese Arschlöcher waren. *Das* ist alles, was ich weiß."

Ich schnaubte verächtlich. „Ich hätte es besser wissen müssen. Es war alles ein Witz. Eine Wette. Mir hätte klar sein müssen, dass niemand wirklich mit mir zusammen sein will."

„Wenn hier jemand erbärmlich war, dann waren *sie* das! Und hallo, haben die letzten vier Wochen nicht bewiesen, dass ich wirklich mit dir zusammen sein will? Komm schon. Bitte."

„Vielleicht war das auch alles nur ein Witz." Die Worte waren wie Glassplitter auf meiner Zunge.

Theo zuckte zusammen, als hätte ich ihm eine Ohrfeige gegeben. „Du denkst doch nicht etwa-" Seine Stimme versagte, und er räusperte sich. „Das kannst du nicht wirklich glauben."

„Warum nicht? Ich hätte dir nie vertrauen sollen. Du willst mich schlagen. Du willst Gold gewinnen. Vielleicht war alles nur vorgetäuscht."

Er presste die Lippen zu einem schmalen Strich zusammen. „Im Ernst? Nein, das glaubst du nicht." Er schüttelte den Kopf. „Unmöglich, dass du das tatsächlich glaubst."

Er hatte recht, aber das konnte ich nicht zugeben.

Theo warf die Hände hoch. „War es vorgetäuscht, als ich mir in Turin in deinen Armen die Augen ausgeheult habe? Was, glaubst du etwa, ich hätte nur so getan, als wäre ich traurig wegen Mr. Webber? Hey, vielleicht hab' ich ja seinen Tod arrangiert und das war alles nur ein Trick, um dich ins Bett zu kriegen und dir die Goldmedaille abzuknöpfen. Auch wenn ich dich in den letzten zwei Saisons jedes Mal geschlagen habe, wenn wir direkt gegeneinander angetreten sind! Ich brauch' dich nicht zu ficken, um dich zu besiegen, Henry. Ich hab' einen Vierfachen mehr als du, schon vergessen?"

„Wie könnte ich das vergessen?", fauchte ich, um nur ja nicht an Turin oder irgendwas davon zu denken. „Es war ein Fehler. Es war alles ein Fehler."

Sein Zorn schien zu verschwinden. Er schluckte so krampfhaft, dass sein Adamsapfel hüpfte. „Bitte sag das nicht. Es tut mir leid, dass ich die Geschichte aus Anton rausgeholt habe. Ich weiß, dass ich damit ein Versprechen gebrochen habe, aber ich wollte es unbedingt verstehen. Dich besser kennen. Jeden Teil von dir. Ich will jeden einzelnen Teil von dir lieben."

Liebe.

Mir rauschte das Blut in den Ohren. Das Wort schien in der Luft zu hängen und riesengroß zu werden, zusammen mit den treuen Elefanten, die nie weggegangen waren. Ich konnte ihn nur anstarren; mein Mund war trocken und mein Herz pochte.

Die Tür ging auf, und Etienne blieb ruckartig stehen. Seine Augenbrauen gingen in die Höhe, als er zwischen mir und Henry hin und her schaute. Er warf einen Blick zurück in den Flur und machte schnell die Tür hinter sich zu.

„Hey!" Theo lächelte, selbst für seine Begriffe zu strahlend, fast schon hysterisch. „Ich wollte nur mal nach Henry sehen. Wir sind Freunde. Wir trainieren schließlich zusammen."

Etienne nickte, obwohl er dabei ausgesprochen skeptisch wirkte. „Theo, ich glaube, deine Mutter ist draußen im Flur?"

Theo wurde blass. „Meine was?"

„Deine Mutter?" Etienne streifte mich mit einem offensichtlich besorgten Blick.

Es hätte mir egal sein sollen, dass Theos Mutter herumschnüffelte. Es hätte mir völlig egal sein sollen, ob sie wusste, dass er in meinem Zimmer war. Was zwischen uns gewesen war, war vorbei.

Vielleicht würde ich die Lüge als wahr empfinden, wenn ich sie mir noch ein paar tausend Mal wiederholte.

Theo schüttelte immer noch den Kopf und überschüttete Etienne mit Fragen: „Was? Wie? Sie darf gar nicht ins Dorf. Sie kann hier nicht reinplatzen." Seine Nasenflügel bebten, und er bekam einen roten Kopf.

„Schon gut." Ohne nachzudenken streckte ich die Hand nach ihm aus, zog sie dann aber schnell wieder zurück. Ich hasste es, dass seine Mutter keine Grenzen kannte und ihn so aus dem Gleichgewicht brachte. Es überraschte mich, dass er nicht sofort mit dem Eislaufen aufgehört hatte, als er achtzehn war.

Sie hatte ihn vielleicht nie geschlagen – jedenfalls soweit ich wusste – aber sie war übergriffig. Dies war der größte Wettkampf in Theos Leben. Sie sollte ihn nur unterstützen.

Und das alles sollte mir eigentlich egal sein, aber ich marschierte zur Tür – und tatsächlich purzelte Patricia Sullivan fast herein, als ich sie aufmachte. Es fehlte nur noch, dass sie ein Stethoskop ans Holz gedrückt hätte, um besser lauschen zu können.

Sie stolperte, fing sich wieder und begrüßte mich mit einem breiten, verlogenen Lächeln: „Oh, hallo, Henry. Wie geht es dir nach diesem schlimmen Zusammenstoß?"

„Ich rufe den Sicherheitsdienst." Ich drückte die Tür zu.

Ihr Fuß schnellte vor, um das zu verhindern, während sie an mir vorbei zu spähen versuchte. „Theo! Ich weiß, dass du da drin bist. Was fällt dir eigentlich ein? Schluss mit dem Unsinn. Willst du überhaupt gewinnen?"

An meiner Seite knurrte Theo: „Weißt du was, Mom? Du kannst mich mal. Was ich mache, geht dich nichts an. Du hast kein Recht, hier zu sein!"

Ihr Blick heftete sich auf mich. „Ich dachte, du würdest einen guten Einfluss auf meinen Sohn haben. Aber du hast ihn manipuliert, das weiß ich.“

Obwohl ich wie festgewachsen in der Türöffnung stand, schlängelte Theo sich an mir vorbei. „Red‘ gefälligst nicht über Henry. Untersteh‘ dich! Es geht dich nichts an. Gott, verschwinde einfach.“

„Wie kannst du nur so mit deiner eigenen Mutter reden?“ Ihre Stimme zitterte, und wie aufs Stichwort füllten sich ihre Augen mit Tränen.

„*Wie?*“, brüllte Theo praktisch. „Willst du das wirklich wissen? Na schön. Schnall‘ dich an.“

Kapitel Achtzehn

Theo

ICH STÜRMTE AUS Henrys Zimmer. Ein Stück weiter den Flur entlang waren andere Sportler und schauten uns an, aber egal. Ich war fertig. Ich war *sowas von* fertig.

„Ich bin fünfundzwanzig. Ich weiß, dass ich zuhause unterrichtet wurde und in der Eislaufszene aufgewachsen bin, was bedeutet, dass ich eher wie neunzehn bin, aber ich bin erwachsen. Du hast in meinem Leben und bei meinem Training nichts mitzureden. Was dich natürlich nicht davon abgehalten hat, bei jeder Gelegenheit deine Meinung zu äußern. Aber du hast nicht die Kontrolle. Die habe ich.“

„Das weiß ich“, schniefte sie und hatte auch noch die Stirn, beleidigt zu tun.

Meine Finger zuckten, und mein ganzer Kopf fühlte sich kochend heiß an. Ich hatte damit gerechnet, das Henry die Tür hinter mir zumachen würde, aber er stand immer noch da und schaute zu. Vielleicht hätte es mir peinlich sein sollen, dass er mich so ausrasten sah, aber ich war dankbar, dass er da war.

Ich sagte zu meiner Mutter: „Als ich mit dem Eislaufen angefangen hatte, hat mir das einen Riesenspaß gemacht. Ich fand's toll, schnell zu laufen und Pirouetten zu drehen. Dann habe ich Springen gelernt, und das hat noch mehr Spaß gemacht. Aber manchmal wünschte ich, ich wäre nie gut darin gewesen. Sobald ich angefangen habe, zu gewinnen und sie dir gesagt haben, dass ich ein Champion werden könnte, hat sich alles verändert."

Ihr qualmten praktisch die Ohren, als sie Henry wütend anstarrte. Etienne stand als stille Verstärkung hinter ihm. Mom setzte ihr seit Jahren perfektioniertes „PR-Lächeln" auf, wie ich es nannte.

Sie sagte: „Und schau nur, wo du jetzt bist, Liebling. Bei den olympischen Spielen! Auf dem ersten Platz und kurz davor, die Goldmedaille zu gewinnen! Natürlich war dafür Disziplin und harte Arbeit nötig. Ich wollte immer nur dein Bestes. Dafür werde ich mich nicht entschuldigen. Und sag mir nicht, dass du nicht gern gewinnst!"

„Ja, Mom, ich gewinne gern." Ich warf die Hände hoch. „Wer tut das nicht? Gewinnen ist toll! Aber ich wollte ganz normal zur Schule gehen und mit meinen Freunden abhängen und ja, manchmal auch Doritos essen. Du hast mir meine ganze Scheiß-Kindheit vermiest."

„Du hättest jederzeit aufhören können."

„Von wegen! Machst du Witze? Das hättest du mir ewig vorgehalten. Und ich laufe wirklich gern Schlittschuh! Ich wollte nur nicht, dass mein ganzes Leben nur daraus besteht."

„Hast du uns deswegen im Stich gelassen und bist nach L.A. gezogen? Wegen deiner kostbaren Freiheit?"

„Wieso ‚im Stich gelassen'? Weil ich nicht wollte, dass du mitkommst? Dad arbeitet in Chicago, und die Mädels waren in der Highschool. Und nein, ich wollte nicht, dass du mitkommst. Ich wollte mal ausnahmsweise selbst über mein Eislaufen bestimmen, und mit Mr. Webbers Hilfe habe ich das ja ganz gut hingekriegt, nicht? Ich habe zwei Weltmeisterschaften gewonnen!"

Sie schniefte. Hier kamen die Tränen. „Du weißt, wie stolz ich auf dich bin. Ich wollte dir immer nur helfen, Erfolg zu haben. Aber du schließt mich aus. Du triffst wichtige Entscheidungen, ohne mich auch nur nach meiner Meinung zu fragen!" Erneut warf sie Henry einen finsteren Blick zu. „Und jetzt lässt du dir dein Urteilsvermögen ganz offensichtlich von Emotionen trüben. Was hast du dir dabei gedacht, mit *ihm* zu trainieren?"

„Stopp!", fauchte ich, in dem Bewusstsein, dass immer noch Leute im Flur standen und unseren Streit beobachteten. „Kein Wort über Henry. Er ist tabu."

Ihre Augen weiteten sich, und sie blickte ruckartig von Henry zu mir. Für einen Moment dachte ich, ihr Kopf würde tatsächlich auf der Stelle explodieren.

Sie schaute immer noch zwischen uns hin und her. „Das darf doch nicht wahr sein. Ich habe die Gerüchte vor Wochen ignoriert, weil ich es nicht für möglich gehalten habe, dass du so unverantwortlich bist." Sie starrte mich mit offenem Mund an. „Was in aller Welt hast du dir nur dabei gedacht?" Dann wirbelte sie herum und ging auf Henry los, der sie argwöhnisch musterte: „Von dir hätte ich Besseres erwartet!"

Ich musste lachen. Ehrlich, was hätte ich im Moment sonst tun können? Meine Schultern bebten, und ich war kurz vor der Hysterie. „Tut mir leid, dich zu enttäuschen, Mom. Er ist doch keine Maschine. Wir versuchen beide unser Bestes. Aber wenn ich nicht alles genau so mache, wie du es willst, bist du nie zufrieden. Ich fürchte, dir stehen weitere Enttäuschungen bevor. Gewöhn' dich dran."

Sie wischte sich die Augen. „Ich habe immer nur versucht, dir zu helfen. Jetzt bin ich die Böse!"

Ich seufzte, als die Resignation einsetzte, während ihr Zorn und ihre Hysterie nachließen. Das war die Märtyrertum-Phase ihres Zyklus', und ich kannte das alles schon. „Mom, ich kann das jetzt nicht mit dir machen. Du musst gehen."

Sie nickte. „In Ordnung. Das ist in Ordnung." Sie schaute auf die Uhr. „Du hast ein Interview mit Janice im Studio."

„Fuck", murmelte ich, als ich auf mein Handy schaute und

sah, wie spät es war. Ich würde mich beeilen müssen, um es rechtzeitig zu schaffen. Der Verband wäre sauer, wenn ich in letzter Minute absagte, und das zu Recht.

Mom lächelte dünn. „Geh nur. Wir können das später klären.“

Ich wollte widersprechen, dass es da nichts zu „*klären*“ gab. Sie würde sich nicht ändern, und ich würde mir ihren Scheiß nicht bieten lassen. Aber egal. „Okay. Gehen wir.“

„Ja, du beeilst dich mal besser, Liebes.“

Henry beobachtete uns immer noch schweigend, und obwohl er eigentlich kein gutes Pokerface hatte, war ich mir nicht sicher, was er empfand. Abscheu vielleicht? Sie könnte mir gelten, meiner Mutter oder uns beiden.

„Es tut mir leid“, sagte ich nochmal zu ihm, obwohl ich wahrscheinlich alles endgültig ruiniert hatte. Ich zwang meine Füße, sich in Bewegung zu setzen. Doch nach ein paar Schritten merkte ich, dass meine Mutter mir nicht folgte.

Oh nein. Auf keinen Fall.

„*Mom*. Gehen wir.“

„Ja, Liebling, lauf besser schon voraus.“ Sie machte einen Schritt auf mich zu. „Du weißt, dass ich immer Rückenschmerzen bekomme, wenn ich den ganzen Tag auf der Tribüne sitze und dich anfeuere. Geh nur.“

Ich rührte mich nicht vom Fleck. „Damit du Henry allein ins Kreuzverhör nehmen kannst? Oh nein. Gehen wir. Du darfst eigentlich gar nicht hier sein.“ Nicht, dass Henry nicht mit ihr fertig werden würde, aber nein. Das kam nicht in die Tüte. Und wenn ich sie unter Geschrei rauszerren musste, aber ich würde sie nicht mit Henry allein lassen.

Wieder plusterte sie sich empört auf. „Ich will niemanden ‚ins Kreuzverhör nehmen‘.“

„Ich rufe den Sicherheitsdienst“, sagte Henry ausdruckslos.

„Das ist doch lächerlich.“ Mom hob das Kinn und marschierte

den Flur entlang.

Ich blickte mich noch einmal zu Henry um, der uns nachschaute. Es gab noch so vieles, was ich ihm gern sagen wollte, aber ich musste ihn in Ruhe lassen. Morgen war die Kür, und wir hatten unsere Jobs zu erledigen.

Im Moment war es mein Job, meinen Hintern schnellstens ins US-Network-Olympiastudio zu schaffen, einen Behelfsbau mit Glaswänden und Blick auf die fernen Berge. Meine Mutter redete auf mich ein, während ich sie aus dem olympischen Dorf eskortierte, aber ich blendete sie größtenteils aus. Glücklicherweise erschien der Shuttlebus bereits am Horizont.

„Falls Janice nach Sakaguchi fragt-"

„Mom, hör auf. Es ist mein Interview."

„Ich sollte mitkommen. Ich habe mit dem Verbandspräsidenten eingehend über die Botschaften gesprochen, die wir senden sollten. Wir könnten unterwegs einige Antworten durchgehen."

Es war, als hätte es den Streit nie gegeben. Als hätte sie kein Wort von dem registriert, was ich gesagt hatte. Aber so war es immer gewesen. Sie würde sich nicht ändern. Für einen Moment brannten meine Augen, und ich wäre fast in Tränen ausgebrochen, als die eisige Luft mir schmerzhaft in die Nase schnitt.

Ganz egal, wie deutlich ich es zu erklären versuchte oder wie zornig ich wurde, sie würde immer versuchen, mich zu kontrollieren. Und ich würde sie trotzdem lieben, aber sie würde nie die Mutter sein, die ich mir wünschte.

Ich atmete eine Emotion weg, die sich sehr nach Kummer anfühlte. „Mom, bitte hör mir zu. Ich mache dieses Interview allein. Du kommst nicht mit."

Sie machte den Mund auf, doch dann seufzte sie. „Na gut. Bleibt es dabei, dass du nach der Kür mit uns essen gehst?"

„Nein. Wir gehen am nächsten Morgen zusammen frühstücken. Das hatten wir doch schon besprochen. Dad und die Mädels sind einverstanden. Wenn ich morgen gewinne, werde ich zu beschäftigt und zu müde sein. Wenn ich nicht gewinne–"

„Natürlich gewinnst du! Warum *sagst* du sowas überhaupt?" Sie rang die Hände. „Du darfst dich nicht von Sakaguchi schlagen lassen. Was haben Manon und Bill dir eingeredet? Ich weiß, dass sie ihn bevorzugen." Ihr Atem formte Wölkchen in der kalten Luft wie Ausrufezeichen.

Das Shuttle hielt an, und die Türen öffneten sich mit einem *wuusch*. Ich stieg ein und sagte zu meiner Mutter: „Wir sehen uns dann übermorgen zum Frühstück."

Die Türen schlossen sich und schnitten ihr das Wort ab. Es spielte keine Rolle. Ich hatte das alles schon einmal gehört, und ich würde es wieder hören, bis ich sie ganz aus meinem Leben ausschloss. Vielleicht würde ich das eines Tages tun, aber das war leichter gesagt als getan.

Im Studio wurde ich gleich zum Hairstyling und Make-Up geschickt, und bald saß ich vor den großen Fenstern Janice Harvey gegenüber, einer älteren Reporterin, die für die Human-Interest-Stories und den Promiklatsch zuständig war.

Sie trug Hosenanzüge und hatte ihr rotes Haar zu einem praktischen Bob frisiert. Sie war inzwischen fast sechzig und hatte diese nette, mütterliche Ausstrahlung, als würde sie einem gleich selbstgebackene Brownies anbieten. Ich hatte sie schon immer gemocht.

Sie stellte mir leicht zu beantwortende Fragen über den Traum von der Olympiateilnahme und die Freude, hier zu sein und all sowas. Bis sie sagte: „Sprechen wir über Ihre Beziehung zu Henry Sakaguchi."

Mein Herz setzte einen Schlag aus. Oha. Wollte Janice mich überrumpeln? Das war nicht ihr Stil, und der Sender war nie besonders scharf darauf gewesen, über meine sexuellen Neigungen zu reden. „Ähm… Aha?"

„Es ist heutzutage nicht ungewöhnlich, dass Top-Konkurrenten zusammen trainieren. Würden Sie sagen, dass Sie im Verlauf dieser Monate Freunde geworden sind?"

Erleichterung durchströmte mich. Okay, das klang eher nach einer der typischen Fragen. „Allerdings! Die Atmosphäre auf der Eisbahn ist sehr familiär."

Eigentlich traf das eher auf das Ice Chalet zu als auf jeden anderen Ort, wo ich trainiert hatte. Aber über Friede, Freude, Eierkuchen beim Training und in der Mannschaft zu reden war das täglich Brot der Eiskunstlauf-Schwachsinns-PR.

Janice neigte mitfühlend den Kopf, und ich wusste schon, was jetzt kam, bevor sie sagte: „Ihr liebgewordener Trainer, Walter Webber, ist leider im Dezember verstorben. Hat sein Verlust Sie schwer getroffen?"

Für einen Moment sah ich wieder vor mir, wie ich im Regen an Henrys Brust geschluchzt hatte, und ich musste ein paarmal tief durchatmen, um gegen eine Welle von Emotionen anzukämpfen. „Oh ja. Mr. Webber war eine Legende, und er hat mich zu dem Eisläufer gemacht, der ich heute bin. Aber er war nicht nur ein guter Coach, sondern auch ein wunderbarer Mensch. Freundlich und geduldig, und er hat im Laufe der Jahre so viele Menschen in der Eislaufwelt beeinflusst. Ich fühle mich geehrt, sein Schüler gewesen zu sein."

„Das hat sich doch bestimmt auf Ihr Training ausgewirkt?"

„Ja, aber ich kann gar nicht oft genug sagen, wie großartig es von Bill und Manon war, mich aufzunehmen. Sie setzen Mr. Webbers Vermächtnis fort, was Einfühlungsvermögen und Kompetenz betrifft."

Janice lächelte. „Wissen Sie, viele Menschen haben sich lobend über Sie als Mentor für jüngere Eisläufer im Training und im US-Team geäußert. Die koreanische Meisterin Ga-young Park sagte zu uns: ‚Theo wird eines Tages mal ein super Coach.' Haben Sie das in Betracht gezogen?"

Ich blinzelte, aufrichtig überrascht. „Wow. Also erstens, Ga-young ist wirklich nett. Ich habe sehr gern mit ihr in Toronto trainiert. Sie ist ein künftiger Champion, lassen Sie sich das gesagt sein. Und zweites… nein, ich habe noch nie darüber nachgedacht, Trainer zu werden.“

Janice lächelte. „Immer noch zuerst auf eine olympische Goldmedaille konzentriert?“

„Ja, meine Gedanken sind hier in Calgary.“ Ich lachte mit ihr. „Eins nach dem anderen. Es war großartig, mit meinen fantastischen Teamkollegen zusammen eine Silbermedaille im Mannschaftswettbewerb zu gewinnen, und ich hoffe, ich kann im Einzelwettbewerb mein Bestes geben.“

„Aber haben Sie überhaupt schon über die Zukunft nachgedacht? Sie sind jetzt fünfundzwanzig. Werden Sie nach dieser Saison weiterhin an Wettbewerben teilnehmen? Hängt das von den Ergebnissen hier ab?“

„Ja, ich glaube schon.“

Ich hielt inne und versuchte, mir eine angemessene, nichtssagende Sportlerantwort einfallen zu lassen. Wenn es nach meiner Mutter gegangen wäre, hätte ich jetzt sagen müssen, dass ich *selbstverständlich* weiter an Wettkämpfen teilnehmen würde, und selbst wenn ich bei der nächsten Olympiade schon neunundzwanzig war, so ungewöhnlich war das nun auch wieder nicht, und dass ich das Eislaufen eben so sehr liebte, bla, bla, bla.

Doch in diesem Moment, als ich unter den grellen Studiolichtern blinzelte und Janice auf meine Antwort wartete, mit den olympischen Ringen hoch über uns an der Studiowand über dem Fenster, kam mir nur ein Wort in den Sinn. Es erfüllte mein Herz und meine Seele, wenn man ganz kitschig werden wollte.

Nein.

Ich ertappte mich dabei, zu sagen: „Offen gesagt, ob ich hier in Calgary gewinne oder verliere, meine Wettkampfkarriere ist zu Ende. Ich habe alle anderen Wettbewerbe gewonnen, die man gewinnen kann, darunter zwei Weltmeisterschaften. Es war fantastisch. Aber ich freue mich schon sehr auf neue Herausforderungen und die Freiheit, ohne Regularien bei Shows zu laufen."

Ihre Augenbrauen schnellten in die Höhe. „Dann ist dies also Ihr Abschied vom Wettkampfsport?"

„Damit habe ich Ihnen wohl gerade eine Schlagzeile geliefert. Sie erfahren es hier als erste. Auf Spitzenniveau zu trainieren erfordert viel harte Arbeit und Hingabe, und ich glaube, ich bin bereit, das nächste Kapitel meines Lebens aufzuschlagen. Vielleicht überlege ich es mir in ein, zwei Monaten wieder anders, aber schauen wir mal."

Janice nickte. „Sie können Ihre Meinung jederzeit ändern, und ich weiß, dass die Eislaufwelt sie mit offenen Armen willkommen heißen wird, wenn Sie doch wieder an Wettkämpfen teilnehmen wollen." Sie scherzte: „Ihre Top-Konkurrenten vielleicht nicht, aber Sie sind überall sehr beliebt bei den Fans."

Wir brachten das Interview zum Abschluss, und ich war wie benommen, als ich mich zu Fuß auf den Rückweg ins olympische Dorf machte, eine Meile oder so unter strahlend blauem Himmel. Ich bekam eine kalte Nase, und mein Atem bildete Wolken in der frischen, trockenen Luft.

Ich hatte ehrlich gesagt nicht weiter als bis zu den olympischen Spielen gedacht. Die Weltmeisterschaften fanden ein paar Wochen nach den Spielen statt, aber viele der Spitzenläufer hier würden nicht daran teilnehmen. Die Ernüchterung nach dem größten Wettkampf unseres Lebens durchzumachen und sich ein paar Wochen später schon wieder zu Höchstleistungen pushen zu müssen war brutal.

Sieg oder Niederlage, ich würde nicht hingehen. Würde Henry teilnehmen? Darüber hatten wir gar nicht gesprochen. Die olympischen Spiele waren unsere rote Linie gewesen, und wer wusste schon, was danach passieren würde. Aber anscheinend hatte ich gerade meinen Rücktritt bekannt gegeben?

Scheiße, meine Mom würde ausrasten. Wenigstens wurde das Interview erst morgen gesendet. Wie auch immer. Sie würde sich damit abfinden müssen, denn ich spürte instinktiv, dass diese Entscheidung richtig war. Und mit jedem Schritt, den ich zurücklegte, wuchs diese Gewissheit weiter.

Ich hatte mein ganzes Leben lang trainiert und an Wettkämpfen teilgenommen, und ich hatte *genug*. Ich konnte immer noch Shows machen und auf Tournee gehen und zum Teufel nochmal, vielleicht sogar *tatsächlich* Trainer werden. Ich liebte Kinder.

Und falls Henry weiterhin an Wettkämpfen teilnehmen wollte – und das wollte er zweifellos, da er das Training so liebte – super! Ich würde ihn liebend gern anfeuern. Wir konnten ein normales Paar sein, ohne die ganzen Elefanten, die uns erdrückten.

Falls er überhaupt noch mit mir zusammen sein wollte. Gott, hatte ich wirklich alles zwischen uns ruiniert?

Panisch kramte ich mein Handy aus und sah eine Textnachricht auf dem Sperrbildschirm.

Ich bin stolz auf dich.

Mein Herz ging los wie ein Presslufthammer. So wie ich Henry kannte – und inzwischen glaubte ich ihn ziemlich gut zu kennen – bezog er sich darauf, dass ich meiner Mutter die Stirn geboten hatte. Mit zitternden, unbeholfenen Fingern entsperrte ich das Handy. Ich wollte Millionen von Dingen zur Antwort sagen, aber drei Worte brannten mir unter den Nägeln.

Ich liebe dich.

Ich tippte sie nicht. Doch sie hallten in meinem Kopf und in meinem Herzen wider – sogar in meiner Seele, wenn ich nochmal unglaublich kitschig sein wollte. Ich liebte ihn. Gott, ich liebte ihn so sehr.

Ich vermisste ihn und ich wollte mit ihm zusammen sein und ihn nie wieder hintergehen. Ihn überhaupt nie wieder aufregen – obwohl ich das sicher tun würde, ganz egal, wie sehr ich mich bemühte.

„Ich liebe dich", sagte ich laut zum Bürgersteig, und ein Paar, das vor mir ging, blickte sich verwundert um. Ich sagte nochmal: „Ich liebe dich. Ich liebe dich!"

Aber damit konnte ich ihn nicht am Abend vor der Kür bei Olympia überfallen. Das wäre nicht fair. Ich wusste, dass er mich mochte, selbst nach dem, was ich getan hatte. Aber ob er mich *liebte*? Da war ich mir nicht sicher.

Selbst wenn er es tat... Nein. Ich wollte es ihm ins Gesicht sagen, nicht so. Also tippte ich nur:

Danke

Ich hätte noch so viel mehr sagen können, und ich tippte tatsächlich eine ewiglange Nachricht, die ich dann wieder löschte, bis nur noch dieses eine Wort übrigblieb. In vierundzwanzig Stunden würde von einer von uns die Goldmedaille haben – außer, wenn wir Mist bauten und Kuznetzov oder Zhan oder sogar Musetti sie uns wegschnappten.

Was auch immer geschah, in vierundzwanzig Stunden würde es vorbei sein. War es zwischen mir und Henry auch aus?

Vermutlich musste ich ausnahmsweise einmal geduldig sein und abwarten, um das herauszufinden.

Kapitel Neunzehn

Henry

E S GAB NICHTS und niemanden außer mir, dem Eis und der Mondscheinsonate.

Als ich meine Startposition einnahm, mit Make-Up im Gesicht, um den blauen Fleck auf meiner Wange von dem Zusammenstoß zu kaschieren, tobte in meinem Kopf ein Chor von Zweifeln. Ich brachte sie zum Schweigen.

Es spielte keine Rolle, dass ich nach dem Zusammenstoß an vielen Stellen grün und blau war. Es spielte keine Rolle, dass dies die wichtigste Kür meines Lebens war. Dies war nur ein weiterer Durchlauf wie so viele zuvor. Dies war mein Moment. Wie Manon mir aufgetragen hatte, musste ich auf mein Training vertrauen.

Ich war bereit.

Das Klavier hätte in meiner Brust spielen können, so eng verbunden fühlte ich mich der Melodie. Ich hatte keine Zweifel, als ich zu meinem vierfachen Toeloop ansetzte. Von einem Augenblick zum nächsten war er vorbei, die Landung perfekt, als ich den Dreifach-Toeloop anhängte.

Element für Element schwebte ich durch das Programm. Mal trug mich die Musik, mal spornte sie mich an. Mit ausgestrecktem Bein in meinen Dreifach-Axel und wieder heraus, vierfacher

Salchow, Kombipirouette. Weitere Sprünge. Ich hatte das Gefühl, als würden meine Füße kaum das Eis berühren, obwohl meine Kufen tiefe Furchen darin hinterließen.

Vierfacher Lutz in der zweiten Hälfte des Programms.

Ich tippte mit der Zacke ins Eis und sprang ab. Landete komplett rotiert und streckte mein Spielbein, während das Adrenalin durch meine Adern schoss und die Milchsäure abdämpfte, die sich in meinen Beinmuskeln bildete. Noch eine Sprungpassage – *nein, hör auf die Musik, nichts überstürzen!*

Beim Anlauf zu meiner Dreifach-Axel-Kombination verschärfte sich der Druck, alles stand auf dem Spiel – Absprung vorwärts, dreieinhalb Umdrehungen, Schwung holen für den zweiten Sprung – und ein sauberes Ausgleiten auf der Laufkante.

Ein Beifallssturm brach los. Ich fühlte den Jubel und Applaus mehr, als ich ihn hörte. Selbst die Musik hörte ich kaum, doch ich hatte Beethovens Melodie längst verinnerlicht, mir jede einzelne Note tief ins Gedächtnis eingeprägt.

Ich flog in meine Schrittsequenz. Die zusammengeschnittene Musik schwoll an, von meditativ zu der Fanfare im dritten Satz, die den Abschluss meines Programms markierte. Das Publikum war bereits auf den Füßen, als ich zur Schlusspose kam und auf ein Knie runterging, den Rücken gewölbt und mit hochgestrecktem Arm.

Ich hatte es geschafft. Mein Verstand war wie in Nebel gehüllt, als ich mich verbeugte und den Zuschauern zuwinkte, ohne mich auch nur im Geringsten zum Lächeln zwingen zu müssen.

Theo skatete an der Bande entlang um die Eisfläche, während ich mich auf den Weg in die Tränenecke machte. Der V-Ausschnitt an seinem leuchtendroten Oberteil war immer noch *sehr* tief. Meine Knie waren wie Wackelpudding, und mein Atem war flach. Blumenmädchen und –jungen schossen hin und her, um das Eis sauberzumachen. Manon weinte.

Sie riss mich an sich und umarmte mich stürmisch, den Präsidenten des kanadischen Eislaufverbands an ihrer Seite. Beide redeten auf mich ein, aber ich verstand kein Wort von dem, was sie sagten. Alles verschwamm zu einem undeutlichen Summen, während ich meine Kufenschoner anlegte und auf der Bank Platz nahm. Immerhin dachte ich daran, in die Kamera zu winken, nachdem ich die Wiederholungen meiner Darbietung gesehen hatte.

Ich hatte es geschafft.

Bereits jetzt spulte mein Verstand zu den winzigen Fehlern zurück, die die meisten Leute nicht einmal bemerkt hätten. Trotz dieser Mängel hatte ich es geschafft. Jetzt lag es an den Richtern.

„Nun bitte die Wertung für Henry Sakaguchi." Die ruhige Stimme der Stadionsprecherin übertönte das Stimmengewirr, als sie die Noten verlas.

Das Publikum *tobte*.

„Er liegt momentan auf dem ersten Platz."

Manon umarmte mich von der Seite und schrie mir praktisch ins Ohr, während sie auf der Bank auf und ab hüpfte. Ich konnte nur die Anzeigentafel anstarren. Ich war immer noch außer Atem, meine Nackenhaare schweißnass und meine Stirn feucht. Ich merkte, dass mir der Mund offenstand, und klappte ihn hastig zu.

„Genieß' es! Sei stolz auf dich!" Manon sagte noch etwas auf Französisch, das ich nicht verstand.

Die Zuschauer jubelten immer noch, und ich stand auf, winkte ihnen zu und verbeugte mich dankend. Ich fühlte meine Beine kaum, und ich ging wie auf Wolken, als ich die Tränenecke verließ.

Theo wurde angesagt, und bald ertönte „Sympathy for the Devil". Ein Teil von mir wollte an die Bande zurückrennen und ihm zusehen. Der andere Teil wollte ins Bad rennen und alle Wasserhähne aufdrehen.

Aller Wahrscheinlichkeit nach war mir die Silbermedaille sicher. Ich hatte mein Bestes getan, obwohl meine Sitzpirouette am Ende zu langsam geworden war, und ich würde die Abläufe für meine zweite Vierfach-Kombi revidieren müssen, da ich bei der Landung nicht *ganz* im Gleichgewicht gewesen war –

„Hör auf, dich zu kritisieren! *Genieß* es!" Manon schüttelte mich liebevoll und kehrte dann an die Bande zurück, um sich zusammen mit Bill von dort aus Theos Darbietung anzuschauen.

Benommen nickte ich den Gratulanten zu und ließ ihre Umarmungen über mich ergehen, bevor ich meinen Platz auf dem mittleren Stuhl im Wartebereich der Medaillenanwärter einnahm. Kuznetzov nahm mich kurz in den Arm und setzte sich dann auf den Stuhl rechts neben mir. Massimo rückte eins weiter nach links und verdrängte den japanischen Läufer, der jetzt wahrscheinlich fünfter werden würde.

Drei Kameras standen bereit, um unsere Reaktionen nach Theos Lauf einzufangen, und ein Monitor zeigte sein Programm. Mick Jaggers Stimme erfüllte die Arena. Jetzt konnte ich nur noch dasitzen und warten und Haltung bewahren, ganz gleich, was passierte. Top-Rivalen im Eiskunstlauf mussten immer lächeln, und das galt jetzt mehr denn je, da ständig Kameras auf unsere Gesichter gerichtet waren.

Mein Top-Rivale.

Das schien nicht mal ansatzweise ausreichend, um Theodore Sullivan zu beschreiben. Was war er jetzt? Ein Freund? Mein Lover? Dieses Wort nur zu denken jagte mir einen Schauer über den Rücken.

Er war mein Lover *gewesen*. Und jetzt wusste er, wie leichtgläubig und dumm ich gewesen war. Diese Scham klang immer noch nach. Aber wie lange konnte ich mich noch davon vergiften lassen?

Erst als Theo sich beim vierfachen Salchow kurz mit der Hand abstützte, wurde mir bewusst, dass ich auf den Monitor gestarrt hatte, ohne wirklich darauf zu achten, was vor sich ging.

Das überraschte Aufstöhnen des Publikums war laut, gefolgt

von einer Welle von aufmunterndem Applaus für das nächste Element, die Vierfach-Lutz-Kombination in der zweiten Hälfte des Programms.

Er überstürzte den Absprung.

Ohne ausreichende Höhe unterrotierte er den Lutz und schaffte es kaum, einen schwachen Zweifach-Toeloop anzuhängen. Solche Fehler hatte er häufig gemacht, bevor er zu Mr. Webber gegangen war: mangelnde Konzentration. Manchmal verfielen wir alle unter Stress wieder in alte Gewohnheiten. Ich kannte das Gefühl, und mir tat das Herz weh für ihn.

„Heilige Scheiße", murmelte Kuznetzov. „Henry, du packst das vielleicht wirklich."

Wir drei verfolgten in angespanntem Schweigen das Geschehen auf dem Monitor. Mein Blick fiel auf den Tracker für den technischen Score in der linken oberen Ecke. Meine Wertung stand dort, und daneben: Leader. Darunter wurde Theos Punktzahl berechnet, während er lief. Die GOE-Wertung für die Lutz-Kombination war rot unterlegt mit einer -2,23.

Wie üblich ließ Theo sich von Fehlern nicht beirren, abgesehen von wenigen Sekunden, in denen ich ihm anmerkte, dass er nach dem Patzer die Konzentration verloren hatte. Dann drehte er den Charme voll auf und gab den Zuschauern alles, was er hatte. Dafür gaben sie ihm eine wohlverdiente stehende Ovation, und ich klatschte auch für ihn.

Ich sah mir die Wiederholungen an. Mein Puls raste, und das Summen begann erneut. Das Berühren des Eises mit der Hand beim Salchow war ein relativ geringfügiger Fehler. Eineinhalb Punkte Abzug beim Grad der Ausführung.

Aber der vierfache Lutz würde vom Technischen Spezialisten begutachtet werden, und der würde ihn sicher als unterrotiert bewerten, was die Gesamtpunktzahl minderte. Theo lag nach dem Kurzprogramm vorn, aber würde das reichen?

Die Bewertung wurde angesagt.

„Und er liegt momentan auf dem zweiten Platz.“

Chaos brach aus. Obwohl Massimo gerade vierter geworden war, lächelte er und umarmte mich, und Kuznetzov ebenfalls. Kameras blitzten, Leute drängten sich um uns, und auf dem Monitor, der die Tränenecke zeigte, lächelte Theo und applaudierte.

Für mich.

Jetzt würde ich wirklich gleich ohnmächtig werden oder mich übergeben oder weinen.

Ich habe gewonnen. Ich habe die olympische Goldmedaille gewonnen.

„Was ist das für ein Gefühl?“, fragte jemand. Irgendwann würde ich mit den Medien reden müssen, aber im Moment brachte ich kein Wort heraus. Ich wurde von der Welle der Gratulanten mitgetragen.

„Um weniger als einen Punkt ist Henry Sakaguchi der neue olympische Champion!“, rief Janice Harvey.

Ich flüchtete in den Umkleideraum, der für den Moment glücklicherweise leer war. In der Toilette beugte ich mich übers Waschbecken und spritzte mir kaltes Wasser ins Gesicht, ohne einen Gedanken an den Concealer zu verschwenden. Ich richtete mich wieder auf und blinzelte mein fleckiges Spiegelbild an.

„Ich habe gewonnen“, sagte ich zu mir.

Als hätte ich gerade einen Schlag in die Magengrube bekommen, brach ich in Tränen aus.

Ich hatte gewonnen, aber Theo hatte verloren, und das zerriss mir das *Herz*. Er musste auch gewinnen. Ich wollte nicht, dass er enttäuscht oder traurig oder wütend war. Er sollte nicht leiden. Niemals.

Ist das Liebe?

Musste es wohl sein, denn falls nicht, war die einzige möglicher Erklärung, dass ich jetzt den Verstand verlor. Ich hatte gerade mein Lebensziel erreicht, und doch taumelte ich vor Kummer. Ich rang nach Luft. Schritte näherten sich, als ich gerade nutzloserweise an meinem Gesicht herumwischte. Ich stürzte zu den Toilettenkabinen, aber es war zu spät.

„Gratuliere." Theos Stimme war warm.

Mir blieb nichts anderes übrig, als mich ihm zu stellen. Als ich mich umdrehte, verwandelte sich Theos aufrichtiges, strahlendes, wunderschönes Lächeln in Besorgnis. Er war bereits in Bewegung und griff nach meinen Händen.

„Nein! Was ist denn? Du hast gewonnen!"

„Aber du nicht." Meine Stimme war rau. Ich konnte nicht aufhören zu weinen, und was war bloß los mit mir? Wenn das Liebe war, dann war sie chaotisch und unbehaglich. Sie tat *weh*.

Dieses perfekte Lächeln verwandelte Theos Gesicht erneut. „Oh, Baby. Schon gut." Er nahm mich in die Arme, wo ich wieder sicher war. „Alles okay. Ich musste nicht gewinnen. Wirklich nicht."

„Aber…" Ich versuchte, das zu begreifen, während ich an seinem Hals nach Luft japste und in seine Arme sank.

Er streichelte mir über die Haare und rieb mir den Rücken. „Ich bin enttäuscht von mir, aber ich freue mich total für dich. Du hast das verdient. Ich bin so froh, dass du gewonnen hast. Ich war heute nicht schlecht, aber du warst besser. Und das war die beste Zeit meines Lebens, und ich würde nichts ändern. Nicht einmal das."

„Wie kannst du das sagen?"

Er nahm mein Gesicht in seine warmen Hände und sah mich eindringlich an. „Weil ich mich in dich verliebt habe."

Ich konnte nicht atmen. Konnte nicht sprechen. Meine Augen füllten sich mit frischen Tränen, und meine Kehle wurde schmerzhaft eng. „Warum?", krächzte ich.

Ein leichtes Lächeln spielte um seine Lippen. „Du hast meine verkotzten Klamotten gewaschen."

„Ich…" Mein Hirn versuchte, das zu verarbeiten.

„Du hast dich wieder und wieder um mich gekümmert. Du hast mir zugehört, selbst wenn ich viel zu viel geredet habe. Meistens jedenfalls. Du hast mich zum Lachen gebracht und mich nie ausgelacht. Du warst ernst, wenn ich das gebraucht habe. Du bist lieb und freundlich und stark, und ich habe mich bei dir und Esmeralda mehr zuhause gefühlt als irgendwo sonst. Und es tut mir so leid, dass ich dich hintergangen habe, um mit Anton zu reden."

Ich wand mich und senkte den Blick, doch er hielt mein Gesicht fest und strich mit den Daumen federleicht über meine Wangenknochen, ganz vorsichtig, wegen des blauen Flecks.

Theo sagte: „Du brauchst dich für nichts zu schämen. Ich verstehe, wenn du nicht mehr mit mir zusammen sein willst. Du bist rein und gut, und ich wünschte, ich könnte dich in Luftpolsterfolie packen, damit dir nie wieder jemand wehtun kann. *Ich* will dir nie wieder wehtun. Ich bin so glücklich, dass du heute gewonnen hast. Du hast das verdient, und ich liebe dich dafür, dass du dich um mich sorgst, wenn du eigentlich feiern solltest. Dass ich angefangen habe, mit dir zu trainieren, war das Beste, was mir je passiert ist. Wobei es natürlich nicht gut war, dass Mr. Webber gestorben ist. Aber wenn's einen Himmel gibt, dann schaut er jetzt zu und ist stolz auf mich, weil ich heute mein Bestes gegeben habe. Nur einer von uns konnte gewinnen, und ich will, dass du auf dieses Podium steigst und deine Nationalhymne singst – oder vielleicht eher summst, du singst ja nicht viel – und du solltest jede Sekunde dieses Sieges genießen und dir keine Gedanken um mich machen. Und ich weiß, dass ich wieder zu viel rede, wie immer."

Wenn Theos Hände mich nicht geerdet hätten, wäre ich davongeschwebt wie ein Heliumballon. Ich nahm dankbar seinen Mund in Besitz und klammerte mich an seinen jetzt so vertrauten Körper. Unsere Küsse schmeckten nach Salz und Hingabe.

Als Theos junger Teamkollege hinter uns „Heilige Scheiße, es stimmt also!" rief, lächelte ich.

Dann lachte ich. Und ich konnte nicht aufhören. Ich wollte nicht aufhören.

Auf dem Podium schwollen Jubelrufe und Applaus für mich an, als würde Musik die Luft erfüllen, so mächtig, dass ich sie beinahe greifen konnte. Die Stimme der Sprecherin, die „Aus Kanada: Olympiasieger und Goldmedaillengewinner Henry Sakaguchi!" sagte, hallte in einer freudigen Endlosschleife in meinem Kopf wider, als ich dem loyalen, wunderbaren Publikum zuwinkte.

Sam, unsere Eltern und Obaachan waren unter den Tausenden, und ich konnte es kaum erwarten, sie hinterher ausfindig zu machen und fest zu umarmen. Sie hatten mich mein ganzes Leben lang unterstützt, aber immer den Abstand gehalten, den ich gebraucht hatte – nie erdrückend und nie kontrollierend. Ojiichan und ich sprachen kaum jemals über meinen Sport, aber ich wusste, dass auch er stolz war.

Ich klatschte für Theo, als er angesagt wurde. Er schenkte dem Publikum sein wunderschönes, strahlendes Lächeln. Es war mir ein Rätsel, wieso er nicht am Boden zerstört war. Erneut kribbelten Tränen in meinen Augen.

Doch nachdem er auf die zweite Stufe des Podiums gesprungen war, breitete er die Arme aus und umarmte mich stürmisch. Ich beugte mich zu ihm herab, und wir drückten uns wahrscheinlich zu lange. Das würde Gerede geben.

Und wenn schon.

„Das musst du voll auskosten, Baby!", schrie er mir ins Ohr, während wir uns immer noch in den Armen hielten und die Zuschauer das, was sie wahrscheinlich für sportliche Fairness oder olympischen Geist hielten, erneut mit stürmischem Beifall belohnten.

Schließlich mussten wir einander loslassen – aber nicht für lange.

„OKAY, MOM, ICH schalte jetzt mein Handy aus. Wir sehen uns dann alle morgen früh beim Frühstück." Theo zögerte. „Ja. Hab' dich auch lieb."

Er blies die Backen auf und atmete aus. Dann schaltete er wie versprochen sein Handy aus und verstaute es in der Tasche seiner Jacke, die an einem Haken an der Tür meines Zimmers im olympischen Dorf hing. Etienne verbrachte die Nacht mit Sam, also waren Theo und ich allein.

Außerdem waren Theo und ich verliebt.

Wir hatten das inzwischen eindeutig klargestellt. Ich hatte es ihm zugeflüstert, während wir vor der Medaillenzeremonie im Flur gewartet hatten, und er hatte einen wortlosen, empörten Protestlaut von sich gegeben und auf die diversen Leute gedeutet, die um uns herumstanden.

Stimmt schon, vielleicht hätte ich „Ich liebe dich" sagen sollen, als wir noch in der Umkleide waren und er entsprechend reagieren konnte, aber das hatte ich nicht getan. Und dann hatte ich einfach keinen Moment länger warten können.

„Okay", sagte Theo. „Sie wird sich mit Valium und Chardonnay therapieren. Ihr Traum, die Mutter eines Goldmedaillengewinners zu sein, ist ausgeträumt, aber damit wird sie sich abfinden müssen." Er fuhr sich mit einer Hand durch die immer noch feuchten Haare. Wir hatten beide nach der Medaillenzeremonie im Stadion geduscht.

„M-hm. Was ist mit dir?"

„Na ja, es ist ein bisschen früh, um über Kinder zu reden, findest du nicht? Obwohl wir bestimmt einen Champion großziehen könnten, da habe ich keinen Zweifel."

„Ha, ha."

Er grinste. „Und wir haben uns eben erst unsere unsterbliche Liebe erklärt. Dass du das getan hast, als ich nicht mal was drauf sagen konnte!" Theo schubste mich spielerisch und küsste mich. „Frechheit. Aber jetzt sind wir allein, und ich kann alles sagen. Obwohl ich das eigentlich schon getan habe, glaube ich. Also könnte ich jetzt noch mehr reden, oder wir könnten uns ausziehen. Was ist dir lieber?"

Ich tat so, als würde ich nachdenken, aber er riss sich bereits die Kleider vom Leib. Er rief: „Oh, ich hab' eine Idee!" und nahm behutsam meine Medaille aus der Schatulle. Ich hatte sie drin gelassen, da ich Theo nicht daran erinnern wollte. Ganz egal, was er sagte.

Er hielt mir die Medaille hin. „Leg' sie an."

Inzwischen hatte ich mein Hoodie ausgezogen und war gerade dabei, es zusammenzufalten. Ich hielt inne. „Wie bitte?"

„Du hast mich schon verstanden." Er grinste verschmitzt. „Trag deine Goldmedaille." Er deutete auf meine Hose und fügte hinzu. „Na, komm schon! Scheiß auf die Falten. Ich bügle deine Klamotten morgen."

„Nein, das machst du nicht." Trotzdem ließ ich wunschgemäß meine Hose über der Stuhllehne hängen und zog mich vollends aus. Ich hängte mir die Medaille um und kam mir dabei total bescheuert vor. „Das ist albern."

Doch mein Protest verstummte, als Theo mich lüstern musterte und mich dann zu sich ins Bett winkte. Er lag auf dem Rücken, und ich bückte mich, um ihn zu küssen – und Theo zuckte zusammen und rieb sich die Nase. „Aua! Die ist aber schwer!"

Ich hielt die pendelnde Medaille fest. „Du hast gesagt, dass ich sie tragen soll!"

Es dauerte eine Weile, bis wir wieder mit dem Lachen aufhören konnten. Ich nahm die Medaille ab und legte sie vorsichtshalber auf den Beistelltisch, bevor ich ihn auf die Nase küsste. Als wir zusammenkamen, war das Lachen bald verklungen, und unsere Münder trafen sich, erst langsam und dann immer schneller. Wir hatten beide einen Ständer, aber wir hatten es nicht eilig, das hier zu Ende zu führen.

„Darf ich dir den Arsch lecken?", fragte Theo. „Würde dir das gefallen?"

Ich gab ein hilfloses leises Wimmern von mir. Er wusste, dass mir das gefiel – er hatte mir mit der Zunge schon alle möglichen Laute entlockt. Aber ich sagte: „Ja!", weil er das hören wollte. Theo fand es zwar toll, wenn ich manchmal aggressiv mit ihm umging und die Kontrolle übernahm, aber er liebte es auch, mir Lust zu bereiten. Und mich mit Worten zu schockieren.

Die heißen Dinge, die er mir ins Ohr flüsterte, während er mich auf den Bauch drehte und mir ein Kissen unter die Hüften schob, brachten mein Blut in Wallung.

„Du hast einen fantastischen Arsch." Er spreizte meine Hinterbacken und fuhr mit der Zunge durch die Spalte, dann tauchte er tiefer ein und lutschte an meinen Eiern. „Gefällt dir das?"

„Ja." Ich liebte es, sein Gesicht an meinen intimsten Stellen zu spüren, dieses perfekte leichte Kratzen von Bartstoppeln. Er zwängte die Zungenspitze hinein, und ich zog die Knie hoch, gab mich ihm völlig preis.

Als ich unter den Wellen von schwelender Lust erschauerte, wollte ich mehr. Theo wollte *mich*, und obwohl ich das schon vorher geglaubt hatte, war immer dieses Körnchen Furcht und Zweifel geblieben, an dem ich eigensinnig festgehalten hatte. Es war, als hätte es sich mit der Erinnerung an diesen Kamerablitz in mein Gedächtnis gebrannt.

Ich suchte jetzt danach, als er mit der Zunge in mich eindrang, aber es war wirklich verschwunden. Ich liebte Theo, und er liebte mich. Es gab nur uns beide. Kein Eislaufen, keinen Wettbewerb, und *ihn* gab es auch nicht. Kein Mike. Ich hatte viel zu lange auf viel zu vieles verzichtet.

Damit war jetzt Schluss.

„Baby?" Theo küsste die Wölbung meiner Hinterbacke. „Bist du noch bei mir?"

„Ja." Meine Stimme klang heiser, und ich schluckte mühsam. „Würdest du… willst du…" Es war immer noch schwer, es zu sagen – bescheuert, ich weiß. Theo hatte mich gerade *dort* geleckt, also sollte ich diese Bitte auch aussprechen können.

Er streckte sich neben mir aus, mit dem Gesicht zu mir und der Wange auf der Matratze, und fuhr mit den Fingern an meiner Wirbelsäule auf und ab. „Was soll ich tun?" Ein spitzbübisches Grinsen erhellte sein Gesicht. „Soll ich mir meine Silbermedaille umhängen, während ich es mit dem Champion treibe?"

„Nein!" Es war mir schleierhaft, wie er darüber Witze machen konnte, aber ich musste lachen. Er machte alles so viel leichter, und was war Liebe, wenn nicht das?

Ich sagte: „Diesmal will ich dich in mir haben", und mein Puls raste, dass mir ganz schwindlig wurde.

Und Theo machte es leicht.

Er rollte mich auf den Rücken, kniete sich zwischen meine Beine und drang langsam mit den Fingern in mich ein, während er redete. „Es wird nicht wehtun, versprochen. Ich meine, vielleicht ein bisschen, aber du weißt ja, dass das dazugehört. Und du weißt, wie es sich anfühlt, wenn du mich fickst. Wenn's dir irgendwann zu viel wird, sagst du mir das einfach. Äh, natürlich. Stimmt's? Stimmt. Du bist so heiß. Es kommt mir so vor, als würdest du mir nicht glauben, aber du bist umwerfend. Vielleicht siehst du das irgendwann ein, wenn ich es oft genug sage."

Ich musste lächeln. „Vielleicht."

Grinsend küsste er mich und beugte die Finger. Ich keuchte auf, und er machte es nochmal und murmelte an meinen Lippen: „Mmm. Gefällt dir das? Ich sorg' dafür, dass du abgehst wie eine Rakete."

„Beim ersten Mal bin ich nicht gekommen."

Für einen Moment fragte ich mich, warum ich das gesagt hatte. Irgendwie war es mir herausgerutscht, und ich erstarrte unter ihm. Warum hatte ich das gesagt? Warum dachte ich jetzt an dieses schreckliche erste Mal? Ich kniff die Augen zu.

„Hey", flüsterte Theo und küsste mich auf die Wange. Er zog behutsam seine Finger heraus. „Ist schon okay. Soll ich aufhören?"

Ich öffnete die Augen und schüttelte heftig den Kopf. „Nein. Ich will das. Will dich." Ich klammerte mich an seine Taille.

„Okay. Ich bin hier. Ich geh' nicht weg. Aber wir können erst reden. Du weißt, wie gern ich rede." Er rieb seine Nase an meiner.

Mit einem tiefen, hörbaren Ausatmen entspannte ich mich. Ich versuchte zu lächeln, und ich wollte schon sagen, dass ich nicht reden wollte – ich wollte nur, dass er weitermachte. Aber… vielleicht wollte ich doch reden.

„Es war nur dieses eine Mal mit ihm. Mike. Ich bin nicht gekommen, und er hat dieses Foto gemacht. Er hat gelacht."

Theos Wangenmuskeln spannten sich an. „Es tut mir leid. Ich hasse ihn, und ich find's schlimm, dass es so passiert ist. Du hast viel mehr verdient. Das glaubst du mir doch, oder?" Sein Blick suchte meinen, und seine Stirn war gerunzelt. „Du brauchst nicht perfekt zu sein, um das Beste zu verdienen."

Ich nickte, aber er schaute immer noch so finster drein, also sagte ich: „Ich verdiene mehr."

„So ist es! Ganz im Ernst, nicht nur ‚mehr'. Du verdienst das *Beste*! Und das werd' ich dir geben. Nicht nur beim Ficken. Ich meine, ich geb' mir auf jeden Fall alle Mühe, dir das Hirn rauszuficken, bis du mich anbettelst, kommen zu dürfen. Hundert Pro. Aber du hast alles verdient."

„Du auch." Ich zog ihn an mich und küsste ihn. „Du bist so redegewandt."

Lachend setzte er sich auf die Fersen. „Ich bin eloquent wie Sau, was? Sprachgewandt. Wortreich? Oder ist das eine Beleidigung? Hmm."

„Redselig."

„Oh, das ist gut! Das muss ich mir merken." Er wurde ernst und strich mir behutsam die Haare aus dem Gesicht. „Danke, dass du es mir gesagt hast." Er küsste mich auf die Stirn. „Du kannst mir immer alles sagen."

Ich nickte. „Und jetzt zu dem, was du versprochen hast…"

„Dir das Hirn rauszuficken?" Grinsend streichelte er meinen Schwanz und zwängte wieder einen Finger in meinen Anus. „Bin schon dabei."

Und wie.

Als er meine Knie an meine Brust gedrückt und seinen Schwanz tief in mir vergraben hatte, war ich bereits am Schwitzen und Stöhnen und sehnte mich nach Erlösung. Der Schmerz war abgeklungen, und ich flehte ihn an, sich zu bewegen und zerrte an ihm, wo ich ihn zu fassen bekam.

„Sieh an, der feine Herr Henry Sakaguchi bettelt wahrhaftig", neckte er.

Ich schnaubte verärgert. „Nichts mit feiner Herr, als ich dich am Flughafen gefickt habe."

Grübchen bildeten sich in Theos Wangen, als er lachte. „Vulgäre Sprache! Und da ist was dran." Er zog sich etwas zurück und stieß dann so fest zu, dass ein Ruck durch meinen Körper ging. „Wie ist das?"

„Ja!"

Er hatte viel Geduld bewiesen, als er mich vorbereitet hatte, und die Tatsache, dass Geduld nicht gerade seine Stärke war, machte es umso besser. Ich versicherte ihm, dass es sich wunderbar anfühlte, und das stimmte auch. Es war nicht annähernd so wie bei diesem schrecklichen ersten Mal, und mit Theo würde es nie wieder so sein, das wusste ich.

Nachdem wir gekommen waren, ließ er sich neben mir auf den Rücken plumpsen und sagte: „Lass uns das noch ein paar Millionen mal machen." Dann verspannte er sich, lachte ein bisschen gekünstelt und schaute an die Decke. „Kein Druck. Wir sind ja nicht verheiratet. Du willst sicher noch andere Typen ficken und dich austoben und so."

Ich ergründete die Vorstellung für einen Moment in der Stille. Dann fragte ich: „Mache ich den Eindruck, als wäre ich sonderlich wild darauf, mich auszutoben?"

Er wandte mir das Gesicht zu und sah mich hoffnungsvoll an. „Ähm, nicht unbedingt? Na ja, manchmal kannst du schon überraschend wild sein – und das ist echt heiß – aber ich will nichts als gegeben voraussetzen und auch keine Erwartungen an dich stellen. Aber stimmt schon, wenn ich jetzt mit ja oder nein antworten müsste, würde ich nein sagen."

„Korrekt."

Er nagte auf liebenswerte Art an seiner Unterlippe. „Wir sind zusammen, stimmt's? Exklusiv?"

„M-hm."

„Cool." Seine Wangen röteten sich, und er grinste. „Das ist echt super. Und ich weiß, wir sind noch jung, aber ich liebe dich und ich bin unheimlich gern mit dir zusammen. Ich will niemand anderen. Das Partymachen fehlt mir nicht. Ich will mit dir und Esmeralda zusammen sein – und meinst du nicht, wir sollten zusammenziehen? Ich finde schon. Ich wohne ja praktisch schon bei dir, und wenn man es weiß, weiß man es. Aber ich überstürze wahrscheinlich schon wieder alles. Wir sind schließlich nicht verheiratet."

Ich rückte näher, küsste ihn auf die Lippen und sagte einfach nur: „Noch nicht."

Epilog

Theo

Sieben Jahre später

„DIE KAMERA-CREW IST hier!"

Henry war am anderen Ende der Eisfläche, aber ich wusste, dass er bei meiner Ankündigung resigniert seufzte. Er sagte etwas zu unserer Schülerin, Grace, und sie lief los, um ihren dreifachen Axel nochmal zu versuchen.

Henry beobachtete sie, während er auf mich zu glitt. Der Axel war unterrotiert, aber sie war inzwischen nicht mehr an der Sicherung und arbeitete sich heran. Sie schaute erwartungsvoll zu Henry, und er nickte ihr beifällig zu und bedeutete ihr mit einer Handbewegung, weiter zu üben. Grace strahlte.

Mittlerweile nahm Jialiang Tempo auf und setzte zu seiner Vierfach-Kombination an, aber seine Schultern waren bei der Landung nach dem Lutz viel zu offen, und er war nicht im Gleichgewicht, als er den Toeloop anzuhängen versuchte. Er schaffte kaum einen Einfachen.

Ich rief: „Wer hat hier das Kommando? Läufst du nur hinterher? Lass dich nicht vom Sprung kontrollieren!"

Henry fügte hinzu: „Schultern", als er an Jialiang vorbeikam und sich zu mir gesellte.

Wir behielten unsere typischen schwarzen Trainingshosen und

"

Jacken an und tauschten die Schlittschuhe gegen Sneakers. Henry steckte seine Handschuhe in die Tasche und warf einen letzten, sehnsüchtigen Blick auf die Eisfläche.

Lachend zog ich ihn an der Hand. „Na komm schon. Wenn wir das Interview hinter uns haben, bleiben immer noch ein paar Stunden Training, versprochen."

Für einen Moment hielt er meine Hand, während wir um die Eisbahn herumgingen, dann drückte er meine Finger und ließ los. Henry hielt nicht viel von körperlichen Liebesbekundungen in der Öffentlichkeit, aber das machte mir nichts aus. Wenn wir allein waren? Oh Mann, dann holte er alles nach.

Ich neigte mich zu ihm und flüsterte: „Und ich verspreche dir, ich belohne dich heute Abend dafür, dass du bei diesem Dreh mitmachst."

Er sah mich nicht an, doch um seine Lippen spielte ein leichtes Lächeln, als wir an der Snackbar vorbeigingen. Diese Eislaufanlage war neu, aber ein genauso hässlicher Betonklotz wie das Ice Chalet. Wenn auch nicht in so scheußlichen Farben gestrichen.

Unser erster Trainerjob hatte darin bestanden, Manon und Bill zu assistieren. Wir fuhren immer noch einmal im Monat quer durch Toronto, um Workshops bei ihnen abzuhalten, und sie revanchierten sich, indem sie hierher in den Westen der Stadt kamen.

Die Crew baute gerade in einem kleinen, voll verglasten Konferenzraum mit Blick auf die Haupteisbahn ihr Equipment auf. In der Anlage gab es drei Eisbahnen, die viel Platz für Eishockey, Eiskunstlauf und Ringette boten. Wir mussten uns das Eis oft mit anderen Coaches und ihren Schützlingen teilen, und da wir noch dabei waren, uns einen Namen zu machen, war dies das perfekte Setup.

Wir saßen nebeneinander auf Stühlen, während die Fernsehleute die großen Scheinwerfer auspackten. Janice Harvey, immer noch gut in Form, ging ihre Fragen vorab mit uns durch. Natürlich wollte sie unsere Beziehung in den Mittelpunkt stellen – hier ging es um eine Hintergrundstory, die während der bevorstehenden US-Meisterschaften gesendet werden würde, und der Sender nahm immer etwas aus dem Privatleben der „Stars" als Aufhänger.

Obwohl ich wusste, wie ungern Henry solche Fragen beantwortete, wies er nur eine zurück. „Ich will nicht über meinen Großvater reden."

Mr. Sakaguchi war vor kurzem im wirklich verdammt beeindruckenden Alter von hundert Jahren gestorben. Es war nicht unerwartet gekommen, aber trotzdem nicht leicht gewesen. Offen gesagt wollte ich auch nicht darüber reden. Henrys Familie hatte mich von ganzem Herzen willkommen geheißen.

Ich vermisste die Nachmittage mit Ojiichan, wenn er und Henry ihre Kreuzworträtsel machten und ich auf meinem Laptop irgendein Computerspiel spielte, von dem ich gerade besessen war, und versuchte, nicht allzu viel herumzubrüllen.

„Natürlich", sagte Janice. „Mein herzliches Beileid." Sie schaute kurz nach unten und lächelte.

Ich merkte, dass ich unbewusst nach Henrys Schenkel gegriffen hatte, als er sich verspannte, und dass meine Hand immer noch dort ruhte. Ich drückte kurz, bevor ich meine Hand wegnahm, und sagte: „Danke für Ihr Verständnis."

„Natürlich", sagte sie. „Hey, haben Sie beide sich nicht kürzlich ein Haus gekauft? Wieviel über Listenpreis mussten Sie bieten? Mein Neffe lebt in Toronto, und er versucht es seit Monaten."

„Ja, wir mussten zwei-fünf über Listenpreis gehen. Das ist verrückt, aber wir hatten uns in den Garten verliebt. Direkt dahinter ist ein Naturschutzgebiet, deshalb ist es sehr friedlich, aber wir sind trotzdem noch in den Vororten."

„Wie viele Quadratmeter? Wie weit ist es zu fahren? Wenigstens ist diese Arena nicht in der Innenstadt.“

Während wir für die Kamera gepudert wurden, unterhielt ich mich mit Janice über Immobilien und Henry wünschte sich bestimmt, er wäre schon wieder auf dem Eis.

Als alles für den Dreh bereit war, fragte Janice: „Hätten Sie sich letztes Jahr um diese Zeit träumen lassen, dass Sie einmal eine US-Meisterin trainieren würden?“

Ich antwortete: „Ehrlich gesagt wussten wir, dass Grace dazu fähig war, aber wir hätten erst ein, zwei Saisons später damit gerechnet.“ Ich fügte nicht hinzu, dass die vorherige US-Meisterin einen Nervenzusammenbruch bekommen und versagt hatte – und zwar völlig – und dass dieser glückliche Zufall zu Graces Sieg beigetragen hatte. „Wir lernen als Trainer immer noch dazu und entwickeln uns weiter, und mit Grace haben wir die nächste Ebene erreicht. Wenn sie ihr Bestes gibt, kann sie unserer Ansicht nach wieder gewinnen.“

„Und ich bin sicher, Sie und Grace freuen sich auf die nächsten olympischen Spiele in zwei Jahren. Schließlich sind Sie beide Olympiasieger, wobei Henry natürlich in Calgary Gold und vier Jahre später in Norwegen Silber gewonnen hat. Theo, viele waren überrascht, als Sie sich nach Calgary zur Ruhe gesetzt haben. Haben Sie das je bereut oder in Betracht gezogen, wieder an Wettkämpfen teilzunehmen?“

„Nein, keineswegs. Ich war sehr gern auf Tournee, und als ich anfing, nebenberuflich als Trainer zu arbeiten, wurde mir klar, wie sehr mir das liegt. Für mich ist es befriedigender, andere Eisläufer zu unterstützen. Dadurch habe ich mich auf eine ganz neue Art ins Eislaufen verliebt.“

Genaugenommen hatte ich mich erst dadurch überhaupt ins Eislaufen verliebt, statt es nur zu machen, weil ich gewann und gut darin war und nie etwas anderes getan hatte.

„Apropos verlieben, es war sogar noch überraschender, als Sie beide ein paar Jahre nach Calgary geheiratet haben! Wie konnten

Sie Ihre Beziehung so lange vor der Öffentlichkeit geheim halten?"

Schritt eins: Ich habe meiner Mutter erst erzählt, dass wir heiraten wollen, als Henry und ich das auf Barbados schon heimlich getan hatten, dachte ich ironisch.

Meine Schwestern hatten sich wahnsinnig für mich gefreut, meinem Dad war es recht gewesen, wenn ich nur glücklich war, und meine Mutter war… noch in Arbeit. Sie war, wie sie war. Ich machte mir deswegen keinen Stress. Kaum.

Ich warf einen Blick zu Henry und sagte: „So schwierig war das eigentlich gar nicht. Er hat weiter trainiert, und ich war viel auf Tournee, also haben wir ziemlich lang eine Fernbeziehung geführt. Aber es hat funktioniert."

Janice sah Henry erwartungsvoll an. Er sagte: „Getrennt zu sein hat uns zu der Gewissheit verholfen, dass wir wirklich zusammengehören."

Ich gab ihm einen spielerischen Rippenstoß. „Jetzt hat er mich bei der Arbeit *und* zuhause den ganzen Tag am Hals."

„Nicht am Hals", sagte er schlicht, und mir ging das Herz auf. Selbst nach all den Jahren machten mich Henrys kleine Liebeserklärungen geradezu lächerlich glücklich.

Janice strahlte. „Und was ist das Geheimnis ihrer Beziehung?"

„Wenn ich das beantworte, bekommen wir wahrscheinlich Ärger." Ich zwinkerte Janice scherzhaft zu und Henry seufzte.

Sie lachte aufs Stichwort. „Henry, diese Frage übernehmen wohl besser Sie!"

Die meisten Leute hätten jetzt wahrscheinlich selbst einen Witz gemacht, aber nicht mein Henry. Er schien wirklich darüber nachzudenken, bevor er sagte: „Wir waren immer füreinander da."

Es war ein Wunder, dass ich der Versuchung widerstand, ihn auf der Stelle zu küssen.

„Konkurrieren Sie als Trainer immer noch miteinander?", fragte Janice Henry.

„Nein. Wir haben dasselbe Ziel – unseren Schülern zu helfen, so gut wie möglich zu werden. Wir haben noch nicht viel Erfahrung als Trainer. Wir lernen gemeinsam."

„Haben Sie eine Art ‚Yin/Yang'-Herangehensweise?"

Ich antwortete: „Ja, das kann man so sagen. Henry ist eher der Techniker. Er hat ein unschlagbares Auge fürs Detail. Außerdem ist er auch der Künstler – er ist sehr musikalisch. Ich bin der Cheerleader."

Janice lächelte. „Und ein sehr guter, wie ich gehört habe. Da wir gerade von Musik sprechen, Grace läuft ihre Kür diese Saison zu einem Klavierstück von Etienne Allard, dem ehemaligen Eistänzer und langjährigen Partner Ihres Bruders, Henry. Wie fanden Sie die Zusammenarbeit?"

Henrys Mundwinkel hoben sich ein wenig. „Sehr lohnend. Etienne ist ziemlich talentiert."

Janice konzentrierte sich wieder auf mich. „Theo, was ist Ihre Hauptaufgabe bei den Schülern?"

„Mein Job besteht hauptsächlich darin, sie zu motivieren und zu ermutigen. Vor allem, wenn sie müde sind und keine kompletten Durchläufe machen wollen. Henry würde immer noch den ganzen Tag komplette Durchläufe machen, wenn man ihn lässt."

Janice lachte. „Ist es schwer, das Coaching und die Auftritte bei den Shows unter einen Hut zu bringen?"

Henry schüttelte den Kopf und ich sagte: „Eigentlich nicht. Die Shows sind meistens über die Feiertage oder im Frühling und Sommer. Wir wechseln uns mit dem Auftreten ab, so dass immer einer hier bei unseren Kids ist."

Ihre Augen leuchteten auf, und sie wich vom Skript ab: „A-propos Kinder…"

Henry behielt sein Pokerface bei, aber ich lachte und sagte: „Wir haben vorläufig mit unseren Katzen genug zu tun."

Aber in ein paar Jahren? Oh ja.

Wenn Henry die süße alte Esmeralda zärtlich an sich drückte und sie auf die oberste Plattform ihres Kratzbaums hob, den sie nicht mehr erklettern konnte, liebte ich ihn nur noch mehr. Er wartete immer geduldig, bis sie wieder runter wollte und passte auf, dass sie nicht herunter purzelte.

Eines Tages würde er bestimmt ein wunderbarer Vater sein. Ich war mir ziemlich sicher, dass ich das auch sein würde, und mit ihm zusammen ein Kind zu haben war ein Lebensabenteuer, in das wir uns stürzen würden, wenn es richtig war.

Wir beantworteten weitere Fragen und gingen dann nochmal runter zur Eisbahn, damit sie uns in unserer Rolle als Trainer filmen konnten, vor allem mit Grace. Wieder auf Schlittschuhen sahen wir ihr dabei zu, wie sie zu „Moon River" ihr Kurzprogramm durchprobte. Wir klatschten Beifall, als sie ihre Lutz-Kombination landete.

„Das war doch ganz okay, oder?", murmelte ich.

„Es war ausgezeichnet. Sie hat ihr Timing wieder."

„Ich hab' das Interview gemeint, und das weißt du auch." Als Grace vorbei flitzte, rief ich „Kopf hoch!". Sie lächelte strahlend, als würde eine Menschenmenge zuschauen.

„M-hm." Bei Henry hieß das „Ja."

Letztendlich dauerte es Stunden, bis die Aufnahme-Crew zufrieden war. Wir mussten nach Hause, um Esmeralda und ihre jüngeren Schwestern Cosette und Eponine zu füttern. Wir hatten das Victor-Hugo-Thema beibehalten. Die Arena würde bald schließen, und eigentlich wollte ich nur noch nach Hause zu unseren Mädels, einem schönen großen Glas Rotwein und unserer Lieblings-Wochentags-Bolognese.

Aber ich sagte zu Henry: „Willst du dein neues Stück nochmal proben, bevor wir gehen?"

Er lächelte immer noch selten so strahlend wie jetzt, und er schnürte sich mit fliegenden Fingern die Schlittschuhe zu, während ich in die Kabine ging, um die Musik zu starten. Die Choreographie hatte er erst kürzlich mit Annabelle für ein Showprogramm entwickelt, und ich wusste, dass er darauf brannte, sie zu üben.

Allein auf dem Eis machte er einen Durchlauf nach dem anderen, verloren in seiner eigenen Welt aus Schwüngen, Pirouetten und Sprüngen zu Ravels „Bolero". Wenn jemand dem Klassiker gerecht werden konnte, dann war das mein warmer, wunderbarer Henry.

Wir würden noch bald genug zuhause sein.

ENDE

Über die Autorin

Keira strebt in ihren schwulen Liebesromanen nach der perfekten Mischung aus Charakter, Handlung und Leidenschaft. Sie schreibt alles Mögliche, von abenteuerlichen Piratengeschichten bis hin zu herzerwärmenden Weihnachtsromanzen. Ihre liebsten Genres sind Enemies-to-Lovers, Altersunterschied, erzwungene Nähe und leidenschaftliche erste Male. Und obwohl sie ihren Protagonisten weder Herzschmerz noch Drama erspart, garantiert Keira immer ein Happy End !

Mehr unter:

keiraandrews.com